HAUTE-ÉCOLE

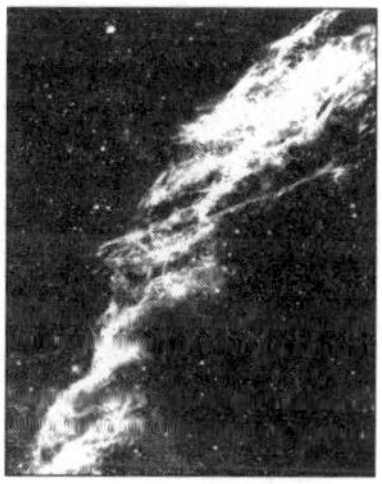

LA DENTELLE DU CYGNE

DU MÊME AUTEUR

Jardins virtuels, « Folio science-fiction », Gallimard, 2003

Sylvie Denis

Haute-École

L'ATALANTE
Nantes

L'auteur a bénéficié de l'aide du Centre national du livre pour la composition de cet ouvrage.

Illustration de la couverture : Didier Graffet

ISBN 2-84172-263-5

Librairie l'Atalante, 11 & 15, rue des Vieilles-Douves, 44000 Nantes

C'est beau en vérité, c'est beau.
Je suis l'esprit à l'intérieur de la terre,
les pieds de la terre sont mes pieds,
les jambes de la terre sont mes jambes,
la force de la terre est ma force.
C'est beau en vérité, c'est beau.
Les pensées de la terre sont mes pensées,
la voix de la terre est ma voix,
la plume de la terre est ma plume,
tout ce qui appartient à la terre m'appartient,
tout ce qui entoure la terre m'entoure,
et moi je suis la parole sacrée de la terre.
C'est beau en vérité, c'est beau.

Chant cérémoniel navajo.

« If you want a red rose, said the Tree, you must build it out of music by moonlight, and stain it with your own heart's blood. You must sing to me with your breast against a thorn. All night long you must sing to me, and the thorn must pierce your heart, and your life-blood must flow into my veins, and become mine. »*

Oscar Wilde,
The Nightingale and the Rose.

* « Si tu veux une rose rouge, dit le rosier, il faut que tu la crées avec de la musique, au clair de lune, et que tu la teintes du sang de ton propre cœur. Il faut que tu chantes pour moi, ta gorge contre une épine. Toute la nuit, il faut que tu chantes pour moi et que l'épine perce ton cœur, et que le sang de ta vie coule dans mes veines et devienne mien. » Oscar Wilde, *Le Rossignol et la Rose.*

PREMIÈRE PARTIE

CHAPITRE PREMIER

Le jeune Hérus Tork possède les deux qualités indispensables à celui qui désire le pouvoir : il sait se faire remarquer et il sait se faire oublier.

Mérot l'Ancien,
rapport annuel.

Hérus Tork avait toujours attendu la mort de Mérot l'Ancien.

Cela datait du jour même de son arrivée à la Haute-École. Le directeur était venu jeter un coup d'œil aux nouveaux, envoyés par leurs parents à peine célébré leur sixième anniversaire. Levé à l'aube, il s'était lavé à l'eau froide et avait avalé un petit-déjeuner loin d'être succulent, mais copieux. Puis il s'était mis en rang avec une douzaine de nouvelles recrues dans une des innombrables cours des multiples bâtiments qui jouxtaient le château. Ses futurs compagnons étaient des fils d'apothicaires et de maçons, de bouchers et de cultivateurs. Pas de filles. Les filles fréquentaient une autre école, celle de Sopok, sur les rives de la mer d'Avole, dans le Premier Quadrant.

Mérot était un homme de haute taille, aussi musclé et large d'épaules que certains Chasseurs. Ayant effectué plusieurs allers-retours devant les gamins, il s'arrêta devant Hérus Tork et demanda au Chasseur qui s'occupait d'eux depuis leur arrivée où il avait trouvé cet avorton.

Le Chasseur consulta sa liste.

— Son nom est Hérus Tork. Fils d'un marchand de drap de la ville. Il semble qu'il ait de bonnes aptitudes.

Le directeur fronça ses épais sourcils.

— Aptitudes ? Vous avez vu ses jambes ? On dirait un lapin écorché !

Les nouvelles recrues éclatèrent de rire. Le directeur sourit avec elles.

— Il est jeune, dit le Chasseur. Il a le temps de se développer.

— Bah. Ne me prenez pas pour un idiot, Chasseur. Un freluquet reste un freluquet, et nos nobles clients n'aiment pas qu'on leur fournisse des avortons. Ça dépare leurs châteaux. Enfin… s'il a des « aptitudes », comme vous dites, peut-être trouvera-t-il une place chez nous.

— Maître ? Nous sommes arrivés.

Hérus Tork ne sursauta pas – il ne sursautait jamais. Même plongé dans ses souvenirs, il demeurait conscient du pas de son cheval sur la route boueuse et de la présence des Chasseurs à ses côtés, tandis qu'ils approchaient d'une auberge dont la pluie battante lessivait les volets clos.

— Allez-y, Gaskar. Nous vous attendons.

Le Chasseur descendit de cheval et alla frapper à la porte de l'auberge, une bâtisse de pierre au toit d'ardoises aussi grises que les nuages qui déversaient sur elles leur eau glacée. La pluie ne tombait ni sur la lourde cape que portait Hérus Tork, ni sur le pelage de son cheval. Les innombrables gouttes étaient interceptées par une barrière invisible, à quelques millimètres du tissu et du poil. Mais, même au sec, Tork en avait assez de la campagne alentour, de son immensité plane et de sa grisaille. Son esprit se tourna à nouveau vers le passé.

En entendant Mérot l'Ancien, l'ensemble des gamins avaient dressé l'oreille. De tous les sorts qui les attendaient une fois refermées sur eux les portes de l'École, celui de professeur était de loin le plus enviable. En dépit de leur jeune âge, ils en étaient déjà conscients.

— Ne vous faites pas d'illusions, avait poursuivi Mérot. Cet établissement compte environ six cents élèves. Tous les cinq ans, une douzaine d'entre eux sont admis à passer les examens qui mènent au professorat. Pas plus. Je vous conseille donc d'écouter vos maîtres et de suivre scrupuleusement leur enseignement. Vous deviendrez alors les fidèles serviteurs dont ce royaume a besoin.

Écouter cette montagne de bêtise ? Suivre un enseignement qu'il avait, dès les premières semaines, jugé grotesque et dépassé ?

Non. Hérus Tork avait d'autres ambitions.

— Holà ! cria Gaskar, debout sous le déluge. Y a-t-il quelqu'un ici ? Hérus Tork de la Haute-École et ses hommes ont besoin de chambres.

Derrière la porte, l'aubergiste, sa femme, sa fille et un valet échangeaient des regards terrorisés. Lorsque Gaskar frappa à nouveau, plus fort, la femme ordonna à son mari d'ouvrir la porte. Terrifié, il souleva le loquet à contrecœur. Un visage rond et blafard apparut. Derrière son masque, Gaskar sourit.

— Vos Seigneuries… Je suis désolé… Nos chambres ne peuvent être assez confortables… Nous ne vous attendions pas, notre garde-manger est à peine rempli…

— Cela nous conviendra, dit Gaskar.

Il se tourna vers Hérus et attendit ses instructions. Le petit homme aux yeux aussi gris que les ardoises dégoulinantes de pluie avait le regard vague, ses rênes pendaient mollement entre ses doigts.

Des centaines de kilomètres séparaient ce hameau de Dramanorre mais, pour Hérus Tork, cela ne comptait pas. Depuis plusieurs cycles, le début de sa campagne de Chasse annuelle, le troisième adjoint écoutait chaque soir les esprits prêts à basculer dans le sommeil, et tout particulièrement ceux de la capitale. Mérot l'Ancien luttait contre la maladie depuis des années. Parti du foie, le cancer avait peu à peu envahi tout son corps, dévorant organe après organe. Aujourd'hui, Mérot l'Ancien agonisait.

Sur son cheval, immobile sous la pluie, Hérus Tork *sentit* son esprit sombrer à jamais dans la nuit.

Pourquoi ? Pourquoi l'esprit, qui pouvait se défier des distances, avait-il besoin d'un corps en bonne santé pour subsister ?

Il le saurait. Maintenant que ce vieil idiot était mort, il allait pouvoir poursuivre ses recherches de façon sérieuse. Et il saurait !

Un sentiment d'exaltation l'envahit.

À la porte de l'auberge, Gaskar haussa légèrement le sourcil.

— Maître ?

— Oui. C'est bon, faites descendre les enfants.

Les Chasseurs avaient conduit leur chariot bâché dans la cour. Les garçons en descendirent un à un, l'air hébété et perdu sous la pluie qui ne cessait de tomber. En les voyant, la silhouette dodue de l'aubergiste sembla rapetisser, comme s'il essayait de disparaître. Pourtant, il ne cachait nul clandestin dans ses greniers ou dans ses caves. Face à des représentants de la Haute-École, les innocents eux-mêmes avaient peur.

— Je n'ai pas assez de chambres pour eux… balbutia-t-il.

— Des chambres ? La paille de l'écurie et une soupe suffiront.

Tandis qu'il déposait le contenu de son nécessaire de voyage sur une table de nuit branlante, Hérus *écouta* à nouveau.

Orhgon, qui deviendrait Orhgon IV lorsque son père Urbain, actuel souverain du Royaume extérieur, mourrait à son tour, était déjà dans la chambre, sa petite cervelle débordant de satisfaction.

Il était trop loin pour percevoir avec précision les pensées des autres personnes qui entouraient Mérot – le cadavre de Mérot – mais il n'avait aucun mal à imaginer la scène.

Fenêtre fermée. Bougies soufflées. Drap tiré sur le corps décharné. Au chevet du directeur, Momek, le premier adjoint, dont ni les pouvoirs ni la science n'avaient su sauver leur supérieur. Vilrok, deuxième adjoint. Deux gardes royaux à la porte de la chambre. Les autres se tenaient dans l'antichambre : professeurs de la Haute-École, attachés aux ministères, conseillers, messagers envoyés par la noblesse et les corporations. Muets pour l'instant, en attente. Premiers détenteurs de la nouvelle, ils se demandaient déjà quel usage en faire.

Ayant déposé sur la table de nuit son nécessaire de toilette et deux livres confisqués dans le village précédent, Hérus sortit de sa malle un étui de cuir plat fermé par une serrure dont il gardait toujours la clé sur lui. Il l'ouvrit. L'étui était doublé de velours et contenait une pierre plate et sombre, pareille à un gros galet de verre noir. Lorsqu'il se pencha dessus, il ressemblait à un vautour au-dessus d'un miroir.

Sa tâche accomplie, il avait le sourire aux lèvres. Quand, dans un mois, la saison de la Chasse finie, il rentrerait au château, les deux premiers adjoints seraient morts. De maladie mystérieuse, après avoir dîné dans une taverne un peu louche, de fièvres inconnues ou d'accidents inexplicables. Peu importait.

Et lui, Hérus Tork, accéderait enfin au poste qu'il méritait.

CHAPITRE DEUX

De tous les magiciens formés par l'École, les Chasseurs sont les plus redoutés. Pas à cause de leurs grands pouvoirs – certains Éclairants ou même certains Pousseurs sont bien plus puissants qu'eux – mais parce qu'ils traquent ceux qui cherchent à se soustraire à leur devoir. On dit qu'ils peuvent entendre n'importe quel esprit à des dizaines de kilomètres. Qui plus est, lorsqu'ils prennent le masque, ils font vœu de silence, abandonnent leur nom pour prendre un de ceux de la première compagnie de Chasseurs et jurent de consacrer leur vie à la sauvegarde de l'École.

La Haute-École de Dramanorre :
histoire et mœurs d'une institution,
Silvar Burdot.

Ian cassa sa plume lorsqu'il sentit la présence des Chasseurs à quelques kilomètres du village.

Dans la classe, personne ne s'en aperçut.

Sauf Arielle.

La blonde fille du maire n'avait pas de pouvoir : bien qu'elle fût assise juste derrière lui, son esprit ne pouvait entrer en contact avec celui de Ian. Il crut pourtant l'*entendre* murmurer à son oreille.

Contrôle-toi, imbécile. C'est peut-être toi qu'ils viennent chercher.

Un frisson glacé descendit le long de sa colonne vertébrale. Sa main se crispa sur son porte-plume. Il serra les dents au point d'avoir l'impression qu'elles s'enfonçaient dans ses mâchoires.

Cependant, les cavaliers entraient dans Mongeronde et enfilaient l'une après l'autre les rues désertes. Arrivés au lavoir de la place des Rouies, ils tournèrent sans hésiter dans celle qui montait jusqu'à l'école. Le portail s'ouvrit de lui-même alors qu'ils passaient en trombe devant les premières maisons. Ils étaient cinq, tous vêtus de noir, tous montés sur de superbes étalons de même couleur. Quatre d'entre eux portaient le masque des Chasseurs.

Ils ralentirent leurs montures une fois dans la cour, où les tilleuls avaient répandu leur abondante moisson de graines. Le cinquième homme, enveloppé dans un manteau qui paraissait trop grand pour lui, mit pied à terre le premier. Les graines et les feuilles odorantes s'écrasèrent sous ses pas.

Comme le portail, la porte d'entrée de l'école s'ouvrit toute seule. Dans le silence absolu qui s'était abattu sur les classes, des pas résonnèrent sur le carrelage du couloir. Ian sentit un gémissement de pur désespoir monter dans sa gorge. Il se mordit la langue. Le goût du sang agit comme un coup de fouet et lui éclaircit le cerveau.

Surtout, ne pas se trahir. Ne pas bouger. Respirer, mais à peine. Cesser de penser et de sentir. Se rendre invisible. Ne plus exister.

Devant lui, sur l'estrade, le maître était debout, figé, la bouche à demi ouverte sur une remarque désormais sans plus d'intérêt que les graines de tilleul écrasées sous les fers des chevaux. Dans la classe, chaque enfant, le nez sur son cahier, essayait de se convaincre que l'univers se limitait à un rectangle de papier. Un gouffre d'espace et de temps infini séparait chaque table de sa voisine.

La porte s'ouvrit à la volée. Une vague de panique balaya les élèves. Comment étaient-ils censés se comporter ? Devaient-ils se lever comme lorsque le maire ou l'inspecteur général venaient en visite ? Ou, au contraire, devaient-ils agir comme si tout était normal ?

Ian Bren leva les yeux et rencontra le regard terrifié du maître.

Le jeune garçon n'avait jamais éprouvé une grande admiration pour son instituteur. C'était un homme rond et dévoué, à qui la vie routinière imposée par sa profession convenait à merveille. En cet instant précis, il faisait de son mieux pour dissimuler sa terreur. Tentative inutile; Ian se trouvait à moins de deux mètres de lui. Rien ne pouvait lui échapper : ni le tremblement mal contenu de ses mains et de son menton, ni le voile opaque sur son regard tout entier habité par la terreur.

Le petit homme en noir entra, suivi par deux des cavaliers masqués.

Certains élèves restèrent assis. D'autres se levèrent. D'un geste, le petit homme leur intima l'ordre de se rasseoir.

Raoul des Crapauds demeura debout.

Poings serrés, tête baissée, nez sur ses chaussures. Le visage pâle et crispé de quelqu'un qui s'apprête à vomir.

Ian se força à détourner son attention de Raoul pour jeter un coup d'œil furtif au petit homme. Malgré la peur qui paralysait la plupart de ses pensées, son intuition lui disait qu'il devait graver dans sa mémoire la forme de son crâne un peu chauve et sa bouche aux lèvres minces. Il remarqua aussi les mains, longues et fines, ornées de bagues serties de joyaux : améthyste, turquoise et citrine, mais il n'osa pas s'attarder sur les yeux, enfoncés dans des orbites creuses, du même gris pâle et nacré que les perles dont l'éclat glacé décorait les doigts osseux.

C'est ce genre d'homme, se dit-il, *qui sert le château. C'est ce genre d'homme qui utilise ses pouvoirs pour repérer ceux qui refusent de le servir...*

Le magicien fit un pas en avant.

Raoul ne bougea pas. Il continua à fixer le sol et à serrer les poings, comme lorsque l'instituteur lui posait une question et qu'il refusait de répondre, même menacé des pires punitions.

Raoul Tête-de-Bois, se dit Ian, comment as-tu fait pour attirer l'attention de la Chasse ? Quelle sottise as-tu bien pu commettre pour qu'ils viennent te chercher jusqu'ici ? Si jamais, à cause de toi, on me découvre, je ne te le pardonnerai jamais !

Le petit homme fit un autre pas. Au troisième, Raoul poussa un petit cri étranglé. Le sol parut cesser d'exercer son pouvoir d'attraction sur lui.

Il leva les yeux.

On eût dit qu'il se rendait enfin compte de la situation dans laquelle il se trouvait : seul, sans défense, face à un magicien de la Haute-École.

Ne me regarde pas, pensa Ian.

Ne le regarde pas ! lui criait sans doute Arielle. Mais Raoul des Crapauds ne les voyait ni l'un ni l'autre. Il leva ensemble les deux poings. L'effort tordit son visage. Rien ne se passa. Raoul des Crapauds n'était après tout qu'un petit type aux cheveux bruns coupés trop court, aux yeux marron, aux mains larges et carrées de paysan. Tout juste bon à hypnotiser les grenouilles...

Le petit homme aux yeux couleur d'huître bougea la main ; un souffle chaud souleva livres et cahiers, une atroce odeur de chair grillée envahit la salle de classe.

Raoul gisait au pied de son pupitre, les membres tordus de façon étrange et les yeux révulsés.

Les Chasseurs, qui étaient jusque-là restés dans le couloir, entrèrent. Ils passèrent devant l'instituteur livide et paralysé et ficelèrent Raoul comme un rôti avant de l'emporter. Pendant ce temps, le mage fouillait son pupitre. Raoul était-il venu avec un de ses crapauds favoris ? Non, le mage ne trouva que des livres prêtés par la commune. Il les laissa.

Dans la cour, les Chasseurs se remirent en selle. Celui qui portait Raoul le jeta en travers du cou de sa monture, où il demeura tel un paquet mou et sans vie. Ils s'élancèrent alors dans un tonnerre de sabots qui ébranla tout le village.

Plus tard, dans la soirée, l'instituteur et ses élèves apprirent qu'ils s'étaient arrêtés devant la boulangerie de son père pour avertir ses parents, coupables d'avoir soustrait leur fils au service du Royaume, qu'ils auraient à payer son éducation à la Haute-École. Plus tard encore, ils racontèrent comment à compter de ce jour la mère de Raoul pleura sans s'arrêter pendant trente levers.

Et, une nuit, Ian se glissa dans l'arrière-cour de la boutique pour chasser les crapauds qui chaque soir se rassemblaient là pour attendre et empêchaient tout le voisinage de dormir.

CHAPITRE TROIS

Orne Bonfils (conseiller municipal). — Pourquoi je refuse de prêter des Éclairants à monsieur Loriot afin qu'il illumine son théâtre aux frais de la municipalité ? Eh bien, c'est simple. Tous ces poètes, écrivaillons, acteurs et autres bouffons ne sont en fin de compte que des inutiles. D'ailleurs, ils n'ont pas de corporation pour les représenter. S'ils en avaient une, ils auraient droit au même nombre d'Éclairants que les autres.

Philippe Loriot (propriétaire de théâtre). — Oserais-je vous rappeler, monsieur le conseiller municipal, qu'un édit royal nous interdit de nous réunir en corporation ?

Orne Bonfils. — C'est bien ce que je disais. Si vous étiez bons à quelque chose, vous en auriez le droit.

Minutes de la réunion de la commission royale d'attribution.

Tous les jours en milieu de matinée, Germain Comsic quittait son appartement au château et allait s'asseoir à une table du Tonneau de feu, face aux quais.

Il demandait du papier, de l'encre et une plume à l'aubergiste, prenait place au fond de la salle au plafond voûté, près d'une fenêtre en ogive, et se mettait au travail. Quand il levait le nez – ce qui lui arrivait plus fréquemment qu'il n'aurait voulu, il voyait l'eau tantôt verte, tantôt grisâtre, tantôt couleur sable de la Jaune. Cette surface lisse et étale donnait une fausse impression de tranquillité. En fait, des barques ne cessaient d'aller et venir d'une rive à l'autre, des péniches accostaient sur les débarcadères, chargeant ou déchargeant marchandises et passagers. Le flot des marchands, des débardeurs, des mariniers, des vignerons et des maraîchers de la plaine venus vendre leurs produits en ville était constant.

Tout cela le réjouissait. Il adorait avoir la sensation de se trouver au cœur de la ville, le lieu d'où partait et où aboutissait toute activité. Le visage joyeux et coloré de Dramanorre, la cité au cœur noir.

Dans le Royaume extérieur, on disait des habitants de la capitale qu'ils peignaient leurs volets, leurs balcons et leurs toits de couleurs vives pour faire oublier que leurs maisons étaient construites en granit gris et couvertes d'ardoises, et surtout pour combattre la noirceur du château, bâti autrefois avec la mystérieuse pierre des magiciens, et dont la silhouette massive et lugubre dominait la cité du haut de la plus haute de ses trois collines.

Là où il se trouvait, dans l'auberge de maître Tornot, Germain tournait le dos au château. Il voyait le cœur de la ville et ses deux collines les plus accueillantes : à droite la colline des Grands Ormes, où l'on ne trouvait plus beaucoup d'arbres mais qui était essentiellement couverte de maisons, et en face de lui la colline des Petits Champs, sur laquelle on ne trouvait pas de champs mais des ateliers et des boutiques.

Et tout ce monde allait et venait sur les quais, se bousculait, déchargeait les péniches, poussait des charrettes ou portait des paniers au bout de longues perches. Parfois, un très gros marchand passait dans sa chaise, flottant dans l'air entre deux Porteurs, ou bien un contremaître donnait des ordres à des Pousseurs qui, depuis le pont d'une péniche, faisaient rouler une file de tonneaux à l'intérieur d'un hangar. Mais le travail des quais était en général accompli par des hommes ordinaires. Sauf exception, les élèves de la Haute-École étaient réservés aux besoins de la municipalité : on les trouvait dans les moulins, actionnant les pompes qui fournissaient de l'eau à la plupart des maisons, ou dans les ateliers collectifs des grandes corporations.

Les hommes et les femmes qui entraient et sortaient de l'auberge n'accordaient pas un regard au grand jeune homme à lunettes qui buvait son vin épicé en écrivant ou mangeait son ragoût en lisant.

Ce qui ne le gênait pas, puisqu'il passait en théorie plus de temps à travailler qu'à regarder les passants ou à écouter leurs conversations. En théorie. Et lorsque des dizaines de questions ne se pressaient pas dans l'esprit sans cesse actif du jeune homme, qui fixait alors la voûte de briques patinées en passant une grande main maigre dans ses cheveux bruns emmêlés, et laissait sécher l'encre sur sa plume.

C'était pour cela qu'il avait quitté l'abri du domaine de son père, Hubert Comsic de Plont, membre respectable et respecté de la petite noblesse. Un homme bon, courageux et intelligent ; il avait reconnu dès qu'ils s'étaient manifestés les signes du talent de son fils.

Chez son père, Germain avait toujours pu lire tout ce qui se trouvait dans la bibliothèque. Il avait aménagé comme il le désirait les pièces d'une des tours de la demeure ancestrale. Quand des amis de la famille avaient lu ses premiers poèmes, puis assisté à des représentations de ses pièces et demandé à son père la permission de les imprimer dans la gazette qu'ils faisaient circuler au mépris de la censure royale, il n'avait pas hésité à la donner. Et lorsque était venu pour son fils le temps de servir dans l'armée du roi, il lui avait sans hésiter acheté les services d'un jeune homme qui était parti à sa place se battre contre les armées du Royaume intérieur.

Germain avait accepté. Il était jeune. Il n'avait pas envie de mourir. Mais, peu à peu, le doute s'était installé en lui et puis, après le doute, la honte. Il avait lu des lettres que les soldats envoyaient du front et un poids glacé s'était installé au creux de sa poitrine.

Il avait continué à écrire et à correspondre avec des hommes et des femmes qui partageaient sa détestation absolue de la violence et son désir… Son désir de quoi, au juste ? Il n'en savait trop rien. Ou peut-être si : son désir de changement.

Il avait – il ne le disait jamais mais il le savait – un talent rare : celui d'exprimer les désirs et les aspirations des hommes, de les leur rendre plus présents, plus tangibles, plus vrais… Ce talent ne pouvait pas s'épanouir en province.

Deux groupes venaient d'entrer dans l'auberge. Le premier était composé de débardeurs venus manger leur repas de midi. Ils s'installèrent à une grande table et commandèrent du vin. Le deuxième était un couple, un homme et une femme. L'homme était assez grand, bien bâti, vêtu sobrement mais avec élégance et enveloppé dans une cape de drap couleur taupe. C'était le comte Guy de Norrœke, membre du conseil municipal, de la commission royale d'attribution et du Haut-Conseil. La jeune femme qui l'accompagnait était rousse, avait les yeux verts et s'appelait Violette Chimain. Elle était actrice et Germain aurait donné sa main droite pour qu'elle accepte de jouer une de ses pièces.

Lorsqu'ils entrèrent, les débardeurs sifflèrent la jeune femme. Elle esquissa un salut de théâtre et leur accorda un gracieux sourire ; le couple alla s'asseoir au fond de la salle.

Au fil des mois qui avaient précédé son départ, le cocon de sa chambre aux murs tapissés de livres était apparu à Germain pour ce qu'il était : une protection contre la réalité et ses horreurs.

Le titre de son père lui donnait droit à paraître à la cour. Il avait donc rempli deux malles de livres et était venu à la ville dans l'espoir d'y rencontrer les hommes qui étaient à la tête de ce mouvement d'opinion et de pensée dont il n'était qu'un minuscule représentant. Des hommes tel Guy de Norrœke. Des femmes comme Violette Chimain.

Vexé qu'ils ne l'aient pas cherché alors qu'ils savaient que Le Tonneau était son camp de base, Germain revint à son texte. L'encre avait séché à la fois sur son papier et sur sa plume. Il la trempa dans l'encrier – le trouva vide. Cependant, maître Tornot, l'aubergiste, s'était empressé de servir Norrœke et la jeune femme.

Germain occupait une chambre dans les Grandes Tours du château, à l'extrémité d'un long et sinistre corridor. Sa seule fenêtre donnait sur unc cour minuscule, noire, nue et humide. Le seul intérêt de ce sinistre logement était qu'à l'autre extrémité du couloir habitait un certain Arik Renshaw, dont on disait partout, en ville comme au château, qu'il était l'amant d'Orhgon, prince héritier du trône.

Les hautes fenêtres de son immense appartement ouvraient sur un des nombreux jardins cachés derrière les murs des cours et des terrasses. Germain et le courtisan ne s'étaient pourtant jamais rencontrés. Renshaw regagnait son logement bien après le retour du jeune homme dans sa chambre, après son repas du soir qu'il prenait au Tonneau. Et, quelle que fût l'heure à laquelle Germain quittait le château le matin, il ne croisait jamais Arik Renshaw.

Germain fit signe à Tornot de lui servir son repas de midi et, son assiette fumante à la main, traversa la salle. De part et d'autre de la cheminée, des alcôves garantissaient intimité et confort aux clients qui désiraient manger au calme.

— Germain, s'écria Violette en le voyant. Tu viens d'arriver ?

Évidemment, il ne pouvait dire si elle était sincère ou si elle jouait la comédie…

— Non. J'étais assis près de la fenêtre, comme presque tous les jours.

— Asseyez-vous, dit Norrœke. Et dites-nous ce qui ne va pas sans ameuter toute l'auberge.

Germain ne se demanda pas comment Guy de Norrœke avait deviné son humeur. Cet homme-là était membre du Haut-Conseil et totalement impliqué dans le mouvement réformateur. Deviner à qui il avait affaire devait être aussi facile pour lui qu'inventer une scène pour Germain.

Il jeta un discret coup d'œil par-dessus son épaule. Non, on mangeait, on ne les regardait pas. Seul l'aubergiste gardait un œil sur eux tout en essuyant des verres.

Qui savait, parmi ses clients, que ce grand et gros homme, pragmatique et chaleureux, abritait dans son auberge des auteurs séditieux et des conspirateurs en puissance ? Aucun, et cela valait mieux pour lui car, si quelqu'un venait à le savoir, il aurait affaire à la police municipale, sinon à la garde royale. Le tout ne pouvant finir que dans les prisons du château.

Germain s'assit.

— Vous préparez quelque chose, dit-il. Je le sais. J'ai entendu Violette en parler à Tornot l'autre soir. Ça doit se passer sur la rivière. Je n'en sais pas plus, ils se sont tus dès qu'ils m'ont vu.

— Voyons, Germain, c'est ridicule, dit Violette en battant des paupières et en se penchant suffisamment en avant pour lui offrir une vue imprenable sur sa splendide poitrine.

— Violette… s'il te plaît, dit Norrœke en levant la main. Notre ami Germain n'est pas en ville depuis longtemps…

Il posa ses mains à plat sur la table, se pencha légèrement en avant lui aussi, mais pour plonger son regard dans celui de Germain.

— … mais je ne l'ai jamais considéré et je ne le considérerai jamais comme quantité négligeable. Nous préparons effectivement quelque chose, et je demandais justement à Violette lequel de ses amis serait susceptible de nous aider.

— Ce n'est pas parce que personne n'est disponible qu'il faut s'adresser à notre auteur, bouda la jeune femme.

— Notre auteur, comme tu dis, est discret et solide. Je lui fais confiance.

Germain ouvrit la bouche puis la referma.

Oui, le comte Guy de Norrœke était un homme intelligent. Il avait tout de suite compris qu'un jeune auteur dépité pouvait, à la longue, devenir un jeune auteur amer. Néanmoins, il n'était pas homme à confier quoi que ce soit à quelqu'un dont il n'était pas sûr. Germain sentit sa rancœur fondre. Un peu.

— J'ai lu *Le Retour de Mola Guirre*, dit Norrœke. Vous avez très bien compris pourquoi nous pensons qu'il faut cesser de faire la guerre avec le Royaume intérieur.

— Ce n'est qu'un vaste gâchis, dit Germain. Nous ne savons même plus pourquoi nous nous battons. Si nous utilisions nos ressources autrement, nous serions dix fois plus prospères. Le Royaume intérieur aussi.

Guy de Norrœke hocha la tête.

— Quelqu'un va venir. Un envoyé du gouvernement du Royaume intérieur. Il vient s'entretenir secrètement avec Tork.

Nous pensons que ces discussions, dont le but est de le sonder, ne seront d'aucune utilité à l'envoyé. Nous voudrions lui parler et lui faire comprendre que le Royaume intérieur a tout intérêt à s'entendre avec nous.

— Il doit s'arrêter à une auberge de La Chaussée, ce petit bourg situé avant Dramanorre. Il faudrait que deux personnes à l'attitude à la fois ferme et courtoise le convainquent de les suivre là où je les rejoindrais. Vous croyez en être capable ?

— J'imagine que c'est une personne normalement intelligente et cultivée, quelqu'un avec qui l'on peut avoir une conversation intéressante tout en appréciant un bon plat ?

— Oui, bien sûr, sourit Guy de Norrœke.

— Alors, si Violette veut bien m'accompagner, je crois qu'à nous deux nous devrions être capables de faire en sorte qu'il ne s'ennuie pas en vous attendant.

CHAPITRE QUATRE

On dit que chaque magicien aurait un « protecteur », une personne dont le destin serait de le protéger et de le guider. C'est totalement faux. Si de telles personnes existent, comment se fait-il que la Chasse exécute si bien son travail ?

Billio Billon,
premier directeur de la Haute-École,
Mémoires.

Ian était sorti du village depuis dix minutes lorsqu'il entendit un bruit de pas rapides et réguliers sur la terre durcie du chemin. Il les reconnut tout de suite, mais ne ralentit pas pour autant.

Arielle marchait vite ; elle ne tarda pas à le rattraper. Arrivée à sa hauteur, elle régla son allure sur la sienne. Ils avancèrent un moment en silence, tête baissée, sans se regarder. Comme s'il n'y avait rien de plus important au monde que leurs pieds foulant les feuilles colorées de teintes minérales, or, ocre, rouille et terre de Sienne, qui jonchaient le chemin.

Ian était bien décidé à ne pas parler le premier. Si Arielle le suivait, c'était son problème. Pour sa part, il n'avait rien à lui dire. Pendant un moment, l'univers fut empli du froufrou sec des feuilles mortes. Et puis, au moment où, n'y tenant plus, Ian allait demander à Arielle ce qu'elle faisait là, celle-ci prit la parole.

— Alors, grand mage, tu es content de toi ?

Effaré, Ian s'arrêta net.

— Tais-toi !

En guise de réponse, elle lui retourna son plus gracieux sourire, celui qui illuminait ses extraordinaires yeux bleus et 0faisait d'elle la plus jolie fille du village.

— Quoi ? Tu es fier de toi, non ? La Chasse vient de s'emparer de Raoul des Crapauds sans même soupçonner l'existence des pouvoirs de Ian Bren. N'est-ce pas étonnant, époustouflant, extraordinaire ? N'est-ce pas la preuve que tu es invincible ? Je devrais me prosterner à tes pieds.

Ian, affolé, regarda autour de lui. Le chemin sur lequel ils se trouvaient menait à l'étang du Vert. Les enfants du village aimaient s'y baigner. Sauf Ian, qui détestait cette étendue d'eau verte et opaque, et savait à peine nager.

Il n'y avait personne. De toute façon, il aurait *entendu* l'esprit d'un promeneur longtemps avant de le voir. Les événements remontaient maintenant à deux jours, mais Ian était encore secoué par la capture de Raoul. Il était sur ses gardes, les nerfs à vif, l'esprit en permanence à l'affût.

Arielle profita de ce qu'il avait momentanément perdu son esprit de repartie pour poursuivre son attaque.

— Tu es inconscient. Tu ne te rends pas compte. Un petit fonctionnaire met la main sur notre Raoul, et tu crois avoir trompé la vigilance d'un grand mage ! Redescends sur terre, mon vieux ! Comprends qu'un jour un vrai magicien passera par ici et *sentira* ta présence, et ce jour-là…

— Ce n'était pas un petit fonctionnaire.

Arielle ne parut pas remarquer le ton sec, définitif, qu'il avait employé.

— Pourtant, il en avait l'air. Et ça m'étonnerait que la Chasse envoie ses meilleurs limiers par ici.

— Détrompe-toi. Je ne sais pas quelle position il occupe à la Haute-École, mais c'est un magicien puissant. Je le sais. Je l'ai *senti.*

Arielle fronça les sourcils. Elle ne pouvait le contredire.

— Raison de plus, alors, pour être prudent. Ça tient du miracle qu'il ne t'ait pas repéré.

— Tais-toi.

— Tu te répètes.

Ian se remit en marche.

— Tu as vu leur carriole ? Tu t'imagines monter là-dedans et aller jusqu'à Dramanorre ? Tu crois qu'ils les traitent bien pendant le voyage ? Et là-bas, à la Haute-École ? On dit qu'ils les font trimer dur pour les dompter.

Ian ne l'écoutait pas. Des images du passé venaient de resurgir.

Il marchait sur ce même chemin. Se croyant seul, il avançait les mains dans les poches. Son panier cheminait devant lui, à cinquante centimètres au-dessus du sol. Tout à coup, une silhouette avait surgi de derrière un chêne et saisi son bras pour l'entraîner derrière une haie de noisetiers. Au même moment, un homme était apparu au bout du chemin.

Arielle venait de lui sauver la vie.

— Pourquoi ne te mêles-tu pas de ce qui te regarde ?

— Pourquoi es-tu incapable d'assumer toutes les conséquences de ce que tu es ?

Pourquoi, songea-t-il, es-tu plus intelligente que moi ? Pourquoi ai-je des pouvoirs et pas toi ? Pourquoi vivons-nous dans un monde où les gens comme moi doivent soit servir le Royaume, soit se terrer tels des animaux que l'on chasse ?

— À ton avis, que dois-je faire ? demanda-t-il.

— Partir.

— Quoi ?

— Quel autre choix as-tu ? Tu ne pourras pas te cacher éternellement. Et je ne vais pas passer ma vie à te surveiller. J'ai quand même autre chose à faire. Et puis tu vas avoir besoin d'un maître. Quelqu'un qui t'apprenne à te servir de tes dons.

Ian avait bien entendu parler de magiciens cachés, de réseaux secrets, de réunions clandestines. Rumeurs. Ragots. On-dit.

— Voyons, dit Arielle, ne fais pas cette tête. Je ne t'ai pas suggéré de partir dans l'heure. Au contraire. Il faut réfléchir. Te préparer.

Elle sourit. Un sourire indulgent, voire compatissant. Ian ne le connaissait que trop bien : sa mère avait le même, parfois, lorsqu'il n'était pas à la hauteur des espoirs insensés qu'elle nourrissait pour lui.

— Les grenouilles, dit alors Arielle.

— Quoi, les grenouilles ? demanda-t-il, heureux qu'elle ait renoncé à le tarabuster.

— Elles vont l'attendre. Il faudrait les prévenir.

Ian manqua s'étrangler de rire.

— Qu'est-ce que ça a d'amusant ? Raoul ne les aurait jamais abandonnées.

— Et alors ? Je ne suis pas Raoul, que je sache.

Il avait toujours été convaincu que ses pouvoirs étaient autrement plus puissants – *plus importants* – que ceux du charmeur de crapauds. Mais, comme venait fort justement de le faire remarquer Arielle, il n'avait jamais rencontré d'adulte aussi doué que lui. Quelqu'un qui aurait pu lui expliquer ce qu'il ressentait et mieux encore : lui montrer comment développer ses dons, le rendre plus puissant encore…

— Aller jusqu'à l'étang et… penser à Raoul devrait suffire, dit Arielle. On est juste à côté.

Mais ces gens-là sont à la Haute-École, imbécile.

— Parce que tu sais où il allait ?

— Où crois-tu que je cueille mes herbes ? Allez, viens, je vais en profiter pour te trouver du jorne.

— Pour quoi faire ?

— Te détendre.

Arielle s'éloignait déjà à grands pas. Ian la suivit. Le chemin s'enfonça sous les arbres, puis devint une sente au milieu des roseaux et des sphaignes.

— C'est ici ?

— Pas loin.

Encore quelques pas dans cette zone incertaine où la terre, l'eau et les plantes étaient si intimement mêlées qu'on ne savait plus où se trouvaient les unes et les autres, et puis tout à coup il sentit une présence. Là, à la surface de l'eau, des bulles vertes le regardaient. Sur une feuille de nénuphar, un morceau de bois cracha une langue goulue et collante. Il sentit un mouvement près de ses pieds et devina que sous l'eau des poissons se rassemblaient et venaient aux nouvelles.

Sauf qu'il n'y a rien à dire, pensa-t-il. Cet imbécile de Raoul s'est fait prendre, voilà tout.

Partez, songea-t-il en direction de l'étang. *Raoul ne viendra plus. La Chasse l'a eu, ils l'ont emmené en ville, il ira à la Haute-École et mettra ses dons au service du Royaume. C'est la loi. Retournez à votre vie de bêtes et oubliez-le.*

Et moi aussi, pensa-t-il, je vais l'oublier.

— Ça va ? lui demanda Arielle, qui venait de réapparaître à côté de lui.

— Bien sûr.

— Tu es pâle.

— Non. Je n'aime pas les bestioles, c'est tout.

Arielle, cette fois, eut le bon sens de ne rien dire.

Plus tard, dans le village, on raconta que ceux qui s'attardaient près de l'étang à cette époque de l'année finissaient mangés par les grenouilles. Longtemps après que le nom de Raoul eut été oublié, les habitants de l'eau vengèrent la disparition de leur ami.

CHAPITRE CINQ

Journal d'Élisabeth de Siff.
Douzième lever du dixième cent
du huit cent quatre-vingtième cycle après la Fondation.

J'ai toujours vécu au château.

Mon père prétend le contraire. Lorsque ma mère vivait encore – c'est-à-dire pendant les quatre premières années de mon existence –, nous avons habité la maison familiale sur les berges du lac de Pyth.

Je n'en ai aucun souvenir.

Je revois pourtant le sourire de ma mère. Sa silhouette mince se dessine sur une des hautes et étroites fenêtres du château. Pour moi, c'est entre ces murs sinistres, dans lesquels la légende veut que coule le sang épais et noir de la magie, que j'ai grandi.

Jusqu'à ces dernières semaines, je n'ai jamais envisagé de consigner quoi que ce soit de ma vie par écrit. J'avais bien trop peur que les Chasseurs ne surprennent mes pensées au moment de la rédaction et ne devinent ce que je suis.

Mais Mérot l'Ancien est mort il y a un cent environ, enfin vaincu par le cancer qui le rongeait depuis des cycles. La tradition aurait voulu que le premier adjoint lui succède.

Il est mort avant la fin de la période de deuil, dans un accident de cheval que je ne suis pas la seule à avoir trouvé suspect. Le deuxième adjoint a alors pris la direction de l'École. Mérot, qui ne l'appréciait pas, l'avait nommé à ce poste dans le seul but de calmer ses ennemis. Le deuxième adjoint a succombé à une fièvre maligne. Tout le monde a pensé que la fièvre lui avait été donnée par les partisans de feu le premier adjoint.

Alors c'est Hérus Tork, le troisième adjoint, qui est devenu directeur. Et Hérus Tork est un monstre. Voilà pourquoi j'ai décidé de tenir ce journal.

Mais revenons à mes parents.

Mon père a été nommé capitaine dans l'armée du roi peu après la mort de ma mère. Il me semble me souvenir qu'à cette époque déjà elle trouvait qu'il nous laissait trop souvent seules. Lorsque je la revois debout à la fenêtre, je sais que c'est mon père qu'elle attend.

Après sa mort, mon père m'a confiée à la garde de Blise, ma gouvernante.

Il ne sait pas ce que je suis.

J'étais encore un bébé lorsque ma mère m'a fait comprendre que personne, jamais, ne devait le savoir.

Je vais en classe avec des enfants de la maison royale et de la noblesse. Parfois, certaines leçons d'histoire, de géographie ou de mathématiques nous sont dispensées par d'éminents professeurs de la Haute-École, des hommes ou des femmes qui n'hésiteraient pas à me tuer s'ils connaissaient mes pouvoirs.

Par chance, le plus grand d'entre eux est celui de passer totalement inaperçue à leurs yeux.

J'avais sept ou huit ans quand j'ai commencé à endormir la pauvre Blise après le repas du soir et à me glisser hors de nos appartements. C'était pour moi l'unique moment de la journée où je pouvais enfin être seule et marcher, marcher, marcher dans les interminables corridors du château, et *écouter* les esprits de ceux qui y vivaient.

Hier soir, pourtant, je n'avais pas envie de quitter ma chambre. À chaque fois que je posais le pied sur le rectangle de lumière pâle que le Lunaire peignait sur le sol dallé, j'avais l'impression de le tremper dans une flaque d'eau glacée. Je me pelotonnais aussitôt sous les couvertures. Il fallait pourtant que je sorte. Trop de choses sont en train de changer depuis que Tork est à la tête de l'École. Je ne peux vraiment pas me permettre d'ignorer ce qui se trame. Mais j'avoue m'y être reprise à trois fois avant de trouver le courage de me glisser hors du lit.

À tâtons dans le noir, j'ai trouvé puis enfilé mes vêtements. Des chausses collantes, une chemise de couleur sombre, des bottes de cuir souple. J'aime assez m'habiller en homme. C'est pratique et cela me donne du courage, je crois.

Deux hommes se trouvaient en faction au bout du couloir où se trouve notre appartement. Des gardes royaux sont postés ainsi à chaque palier. Assis autour d'un brasero, ils essayaient de se réchauffer en grillant des saucisses et en se racontant des histoires grivoises.

Je connais bien les deux premiers : des pères de famille aux mâchoires carrées, qui patrouillent sur les créneaux et dans les coursières par tous les temps. Le visage du troisième m'était inconnu.

C'est lui qui s'est retourné. Il m'a vue et m'a souri. Surprise, un peu effrayée, j'ai tout de même eu le réflexe de poser un doigt sur ma bouche avant de traverser le palier pour atteindre l'entrée du couloir qui mène au corps de bâtiment principal du château, celui qu'on appelle les Grandes Tours, destination coutumière de mes sorties nocturnes.

Lorsque j'ai jeté un coup d'œil par-dessus mon épaule, le jeune soldat discutait avec les deux autres. S'il s'est à nouveau retourné, j'étais déjà loin.

J'ai très vite parcouru quelques corridors déserts pour quitter les Petites Tours, dont les murs sont en pierre de taille ordinaire. Les Grandes Tours, elles, sont construites dans la pierre noire et vitreuse des anciens, celle dont on dit qu'elle est magique.

Elle ne l'est pas.

Non.

Elle ne l'est *plus*.

Elle le fut autrefois, à la construction du château. On raconte qu'à cette époque les mages commandaient à la pierre, ils lui donnaient la forme qu'ils voulaient avec leur esprit. Mais le secret s'est perdu et n'intéresse plus personne sauf Hérus Tork, que tout fascine du moment qu'il pense qu'il pourra l'utiliser…

Mais je vais trop vite.

Revenons à ce corridor aux murs lisses sur lesquels se reflétait la lueur d'une unique torche. Il était désert, comme tous ceux que j'avais utilisés. À cette heure-là, les Éclairants ne sont en faction que devant les portes des gens importants. Deux courtisans éméchés ont fait irruption à l'autre extrémité du couloir ; je me suis aussitôt réfugiée dans l'alcôve vide de l'Éclairant pour les laisser passer. Sans que je sache pourquoi, le visage du garde m'est alors revenu à l'esprit. Un visage plutôt agréable, à bien y réfléchir. Des yeux d'un bleu profond, des cheveux qui pendaient en quatre longues tresses sur son pourpoint, à la mode du Troisième Quadrant. Il m'avait vue. Ce n'était pas normal.

Les deux fêtards sont passés devant moi, laissant dans leur sillage des effluves de vin, de transpiration et de parfum. J'ai attendu de ne plus entendre leurs rires alcoolisés pour sortir. J'avais à peine fait trois pas que d'autres ont résonné. Un peu affolée, je me suis à nouveau réfugiée dans l'alcôve.

Un flot de dentelles parfumées, le chatoiement d'étoffes précieuses, l'éclat des perles et des pierreries : je l'ai reconnu tout de suite.

Arik Renshaw.

Beau, élégant et, contrairement à la plupart des courtisans, suprêmement, authentiquement raffiné. Intelligent. Riche. Cruel. Et l'indétrônable favori d'Orhgon IV. Bref, l'un des hommes qu'après Hérus Tork je hais le plus au monde.

Et, cette nuit-là, l'espace d'une seconde, un visage bouleversé, livide, figé par… par quelque chose qui ressemblait à de la terreur.

Je jure que je ne voulais pas pénétrer ses pensées.

Mon esprit s'est élancé vers le sien telle la patte d'un chat : par réflexe. Par curiosité aussi, parce que jamais je n'avais vu Arik Renshaw exprimer autre chose qu'une absolue confiance en lui. Il fallait que je sache ce qui avait bien pu imprimer une telle terreur sur son beau visage.

Je n'ai rien trouvé. Ses pensées ? Un bon repas dans une chambre éclairée de dizaines de bougies, une femme renversée dans un lit. Tout trahissait l'écran de fumée, mais réalisé avec une rare perfection.

J'aurais bien sûr voulu le suivre. Mais j'étais sortie pour surveiller Tork et Orhgon, pas pour enquêter sur Arik Renshaw.

Deux couloirs plus loin, dans une alcôve en tout point semblable à la première, j'ai fait glisser mes doigts sur une des pierres qui composent le siège où s'assoit tous les jours l'Éclairant. Un des blocs de la paroi du fond a vibré. J'ai dû m'arc-bouter de toutes mes forces pour le pousser sur des rails que personne n'a huilés depuis des centaines d'années, et j'ai pénétré dans le passage secret. C'est une galerie à peine plus large que moi – et je ne suis pas grosse –, étrangement sèche et dépourvue de toiles d'araignées, qui conduit en ligne droite derrière la grande salle du conseil, dans un minuscule réduit dissimulé par une tenture. J'y viens souvent, et jamais personne n'a détecté ma présence, mais j'ai toujours peur de me trahir en éternuant, car j'observe ce qui se déroule dans cette pièce par une fente minuscule que j'ai pratiquée moi-même en coupant un à un quelques fils de trame, et qui m'oblige à coller mon visage sur la poussière qui alourdit cette vénérable tapisserie.

Une cheminée me faisait face. À la lueur du feu, les serpents et les lianes dont on a jadis imprimé les formes dans la pierre noire et translucide paraissaient vivants – mais pas aussi vivants et bien moins terrifiants que les mannequins d'Hérus Tork.

Ce sont des cires anatomiques dont Hérus a fait réaliser plusieurs séries, toutes destinées à l'étude et à l'enseignement.

Dans son bureau, il a gardé deux modèles grandeur nature du corps humain, l'un représentant le squelette avec ses articulations et ses ligaments, l'autre les muscles superficiels et le système nerveux. Hérus les a fait réaliser par les plus grands sculpteurs et dessinateurs d'après de vrais modèles. Si j'en crois certaines conversations de médecins, aucune faculté ne possède de collection anatomique plus précise et plus complète. Ce sont de véritables œuvres d'art, d'une exactitude et d'une délicatesse inégalées.

Ils n'ont rien d'effrayant en eux-mêmes, si ce n'est les très fines aiguilles que Tork a plantées en certains endroits, et qui sont précisément les points que l'on ne doit pas *toucher* dans un corps humain – sauf si on désire déclencher d'épouvantables souffrances.

Un peu sur la droite, entre la cheminée et moi, se trouvait un immense bureau de chêne noir. Des bulles de lumière brillaient à la pointe des bougies de deux chandeliers en or massif, éclairant la table et les objets posés dessus de leur riche lueur dorée : une pierre de vision, noire et translucide sur un petit coussin de velours rouge, un modèle en cire d'un crâne humain dont la calotte s'ouvre pour laisser voir le cerveau, que l'on peut extraire par tranches.

Assis à ce bureau, Hérus Tork, directeur de la Haute-École, une masse de papiers étalée devant lui, regardait Orhgon, fils d'Urbain III et héritier du trône du Royaume extérieur, arpenter la pièce. De mon réduit derrière la tapisserie, je voyais mal son expression, juste l'éclat glacé de son regard. Il porte fourrure depuis son accession au poste de directeur. Mais avec son visage maigre, son crâne presque chauve, ses longues mains et ses yeux de pierre grise, il a l'air d'un rat dans un manchon.

Orhgon n'est pas laid. Son visage est un peu trop chevalin à mon goût, mais pas désagréable. Néanmoins, il n'est pas très grand et, surtout, il n'a pas la prestance naturelle d'un Arik Renshaw. Quoi qu'il fasse, quand ce dernier est présent, il a toujours l'air mal fagoté. Et quand il se trouve face à Tork, il est comme un jeune étalon nerveux et agité.

Je ne pouvais m'empêcher d'avoir un léger mouvement de recul chaque fois qu'il s'approchait de ma cachette.

— Oui, disait Orhgon, cela semble une bonne idée. Pourtant, je crains que mon père ne s'y oppose.

Hérus a levé les yeux des notes posées devant lui. De dangereuses lueurs ambrées se mouvaient dans ses yeux couleur de métal.

— Nous le convaincrons, a-t-il dit.

Lorsqu'il parle à Orhgon, c'est toujours sur ce même ton faussement neutre des hommes dévorés par l'ambition.

— Comme l'autre fois ? Je vous fais confiance, Hérus, mais pas au point de vous laisser tourmenter mon père dans l'état qui est le sien.

Je ne savais pas du tout à quoi il faisait allusion. Voulait-il dire que Tork avait osé user de ses pouvoirs pour obliger le vieux roi à signer une ordonnance quelconque ? Sur le moment, j'ai eu du mal à y croire. Tork était plus malin que ça. Il savait que le plus grand désir d'Orhgon était de monter sur le trône, mais il n'était tout de même pas un monstre prêt à pousser son père dans la tombe.

— Non, a ajouté Orhgon. (Il était de profil. J'ai pu voir que la colère durcissait ses traits d'étalon bien nourri.) Nous attendrons. Il sera toujours temps de mettre en place votre projet quand je serai sur le trône – ce qui, étant donné l'état de santé de mon père, ne saurait hélas tarder.

— Comme vous voudrez, a dit Hérus en baissant à nouveau le regard sur ses notes.

C'est un très grand artiste. Il est toujours au bord de l'obséquiosité mais n'y sombre jamais complètement.

— D'ailleurs, a repris Orhgon, ne serait-il pas plus prudent de régler la question des transports avant de nous lancer dans des expérimentations hasardeuses ?

Depuis que Tork a remplacé Mérot à la tête de la Haute-École, projets et innovations se succèdent à une vitesse ahurissante. Je l'avais toujours soupçonné d'être ambitieux, mais je ne m'attendais pas à cette débauche d'idées nouvelles. Elle m'effraie d'autant plus qu'il a attendu des années avant d'être en mesure de les exposer en haut lieu.

L'impatience de voir son génie enfin écouté l'a rongé pendant longtemps ; je crains de voir son inventivité se déployer avec la force terrifiante d'une énergie trop longtemps contenue.

Dès son arrivée au poste de directeur, il s'est attaqué aux transports. Il a décidé que les barges qui apportent légumes, céréales, charbon et autres à Dramanorre sont bien trop lentes. Il a demandé aux professeurs de former des élèves à pousser des barges le plus vite possible, et obtenu du roi qu'une flottille expérimentale soit lancée sur la Jaune.

— Il n'y a pas de problème avec les péniches.

— Hérus, je n'ai pas vos pouvoirs, mais je ne suis pas idiot. On m'a dit que tous les nouveaux Pousseurs ont disparu.

Cette fois, j'ai vu des éclairs crépiter dans les yeux du magicien. Je n'ai pu m'empêcher de me plaquer contre la pierre froide. Il sous-estime Orhgon. Celui-ci a beau être faible et influençable, jouisseur et paresseux, il n'est pas totalement stupide et, comme tous ceux qui vivent au Château, il a son propre réseau d'espions et d'informateurs.

Au bout de quelques secondes de silence glacial, Hérus a fini par reprendre la parole :

— Tous les Pousseurs de la Jaune ont disparu, c'est vrai. Sans aucune trace et sans qu'on comprenne comment ils ont pu s'échapper. Ils ont évidemment reçu une aide extérieure. C'est très fâcheux, je le reconnais. Mais cela ne remet pas en cause l'efficacité du système.

Certes non. L'incident venait juste s'ajouter à une demi-douzaine d'autres qui avaient tous frappé l'une ou l'autre des innovations d'Hérus.

— Nous aurons bientôt de nouveaux mariniers pour nos barges, a-t-il poursuivi. Et j'ai là des rapports qui augurent bien des projets dont je vous ai fait part en ce qui concerne la Haute-École de filles de Sopok.

— Vous noyez le poisson, Hérus.

— Je ne vois pas l'intérêt d'en discuter tant que notre enquête n'est pas terminée, c'est tout. Il y a du clandestin là-dessous. Laissez-moi le temps de découvrir de qui il s'agit et où ils se cachent, et je les écraserai comme les cloportes qu'ils sont !

Je ne comprendrai jamais pourquoi les éclats de métal froid qui scintillent dans la voix d'Hérus ont le don d'apaiser et de rassurer Orhgon. Toujours est-il qu'il a consenti à aborder un autre sujet.

— Quant aux métiers à tisser que je compte présenter bientôt devant la commission d'attribution, ils ne sont qu'une étape. Un moyen d'étudier les capacités et le comportement des enfants. Plus tard, je vous l'ai dit, cela nous servira. Jusqu'à présent, on a utilisé la magie de manière irréfléchie et primitive. J'entends rationaliser nos pratiques et les étendre à des domaines encore inexplorés. Imaginez les centaines de machines que l'on pourra faire fonctionner avec des jeunes filles bien entraînées.

— Des centaines de machines ? Le Royaume ne produit que quelques dizaines d'enfants par an !

Depuis le début de son discours, Hérus s'était animé. Son visage pâle et surtout ses yeux sombres étaient comme illuminés de l'intérieur. Il a bombé le torse. J'ai cru qu'il était furieux parce qu'Orhgon avait osé railler ses projets. Mais non. Un éclair de triomphe est apparu dans son regard. Il s'est levé et s'est mis à aller et venir dans la pièce en agitant une liasse de feuilles couvertes de dessins et de plans. J'ai instinctivement reculé, une boule dans l'estomac et les mains moites. Mais il fallait que je sache. Je me suis donc obligée à reprendre ma place contre la tapisserie.

— C'est pour cela que je veux que votre père passe ce décret, disait Tork, de plus en plus sûr de lui. Si les nobles auxquels sont alloués nos élèves sont obligés de déclarer les ventes et les échanges, nous pourrons garder un œil sur les meilleurs sujets.

— Ils ne veulent pas de ce genre de contrôle, vous le savez bien. Et, dans son état actuel, mon père n'a pas envie de les contrarier.

Hérus avait sans doute déjà entendu cet argument. Le regard lointain, il ne l'écoutait pas.

— Les sélectionner, les préparer puis les rassembler dans une maison où, la nature aidant, les mâles et les femelles feront ce qu'ils font habituellement et produiront enfin autant de petits mages que le Royaume a besoin ! a-t-il poursuivi, de l'exaltation dans sa voix.

Les fils de trame et de chaîne de la tenture se sont mis à onduler, j'ai senti mes genoux se dérober. Je n'ai eu que le temps d'esquisser un pas en arrière avant de sombrer dans un puits noir.

Je ne pas suis restée inconsciente plus d'une seconde ou deux. J'ai écouté la suite de la conversation assise sur le sol de pierre froide, les genoux ramenés devant ma poitrine. Des frissons parcouraient mon corps sans que je puisse les arrêter.

— Les couples de magiciens ne produisent pas nécessairement des enfants dotés de pouvoirs… a dit Orhgon, un peu interloqué mais séduit. Et il en naît dans des familles tout à fait normales.

Un sourire venimeux a soudain éclairé le visage de Tork.

— De nos jours, les couples de magiciens sont certes rares. Cela tient au fait que les deux Écoles, filles et garçons, sont séparées, et aux précautions que prennent leurs maîtres pour ne pas les laisser ensemble de peur qu'ils ne se liguent contre eux. On n'a jamais étudié ce qui se passerait si l'on permettait à des couples de produire autant d'enfants que la nature le permet. Ce que j'entends faire, si toutefois j'obtiens les moyens nécessaires : le décret dont nous parlons et l'argent que votre père me refuse depuis des mois.

Orhgon, fasciné, buvait ses paroles. Jusqu'à présent, il n'avait fait qu'entrevoir le rôle qu'un homme tel qu'Hérus pouvait jouer auprès de lui. Tout à coup, il envisageait des perspectives radicalement nouvelles. Des conquêtes et des accomplissements inouïs. Il serait un grand roi, il en avait la certitude.

— Que vous faudrait-il ?

Tork, lui, avait gardé tout son sang-froid.

— Dans un premier temps, une maison où pourraient vivre une demi-douzaine de personnes. L'École subviendrait bien sûr à leurs besoins.

Orhgon a fait semblant de réfléchir. En réalité, il était désormais totalement acquis à la cause d'Hérus Tork.

— C'est envisageable, a-t-il dit, sans que mon père soit au courant.

J'en savais assez. Je me suis levée, prête à filer dans le couloir secret. À peine avais-je franchi quelques mètres que la nausée s'est emparée de moi. J'ai vomi le peu que contenait mon estomac, et j'ai dû attendre qu'il cesse de se soulever pour expulser de la bile en dépit de ma volonté pour repartir. Je ne me souviens absolument pas de la façon dont a pu se dérouler le chemin du retour.

Une fois recroquevillée sous mes draps, je n'ai pas pu dormir. J'étais terrifiée. Hérus Tork était trop puissant, trop machiavélique pour moi. Un jour, il me trouverait, c'était inévitable. Et s'il détectait ma présence cette nuit ou demain, avant que j'aie pu communiquer ce que je savais à qui que ce soit ?

Comme si j'avais quelqu'un à qui en parler !

Pourtant, il faut que l'on sache, même si je ne suis plus là.

Alors j'ai pris ces feuilles dans le secrétaire de ma gouvernante et j'ai écrit tout ceci sans presque lever la plume. Maintenant, la nuit s'achève, et c'est assise à ma fenêtre que je trace ces dernières lignes.

Dramanorre est bâtie sur une rivière et trois collines.

Le château étant construit sur la plus haute, de ma chambre je vois la cité telle une cape multicolore jetée sur leurs flancs, sur la rivière et sur toute la vallée qui débouche dans les plaines de la Jaune.

Au-delà, je ne peux me fier qu'aux cartes, aux récits des voyageurs et aux rares lettres de mon père. Là-bas, dans le lointain, se trouve la ligne de front où il se bat pour protéger nos frontières. Tout comme le Royaume extérieur est coincé entre les montagnes de Brume et la frontière avec le Royaume intérieur, ce dernier est limité par celle-ci et le désert du Centre. La seule différence entre les deux royaumes – mais elle est de taille, du moins si j'en crois mon père – c'est la quantité de territoire situé sur les côtes de la mer d'Avole. Nous en avons un tiers alors que le Royaume intérieur en a deux. Et, parce que la chaleur du Solaire est plus propice aux plantes comme aux hommes sur les rivages maritimes, nous aimerions avoir la mer pour nous, ainsi que toutes les riches terres de nos ennemis.

Mais je m'égare. La colonne de lumière spectrale du Lunaire est retournée à la terre d'où elle naît : sa lumière argentée n'éclaire plus la nuit. C'est l'heure étrange, l'heure sombre où le monde est plongé dans l'obscurité du début des temps, avant que les dieux ne se décident à lui donner la vie.

Parfois, et surtout lorsque je vois des hommes tels que Tork, je me dis qu'ils auraient mieux fait de la garder pour eux.

Les Livres disent qu'ils sont partis parce que les premiers mages n'ont pas su faire bon usage de leurs dons. C'est pour cela que nous sommes condamnés à être les esclaves des hommes. Mais pourquoi les dieux, dont les pouvoirs et les connaissances étaient sans limites, ne nous ont-ils pas aussi accordé la faculté de juger de nos actes ? Et qui dit qu'aujourd'hui, alors que tant de temps a passé depuis les débuts du monde, ne ferions-nous pas preuve de plus de discernement, pour peu qu'on nous en donne la chance ?

Ce sont là de vaines pensées qu'on pourrait croire nées de l'heure sombre. Je vois qu'une lueur rougeâtre filtre au loin, sous l'horizon. J'imagine qu'au centre du monde, au cœur du désert, là où, dit-on, la terre fond en un magma incandescent, la lumière s'apprête à jaillir comme l'eau d'un geyser. Bientôt le Solaire sera assez haut pour redonner couleur aux choses.

Ce sera l'aube, mais elle ne m'apportera aucun réconfort.

CHAPITRE SIX

Les magiciens qui ne reçoivent pas une éducation rigoureuse sont un danger pour la société et pour eux-mêmes. À l'adolescence, leurs dons se développent très rapidement, et ils sont en général incapables de les comprendre et de les maîtriser. Seule une discipline stricte, une vie saine et bien réglée peuvent les aider à contrôler et canaliser les énergies qui bouillonnent en eux. Sans cela, le pire est à craindre. Et le pire finit toujours *par arriver.*

Billio Billon,
premier directeur de la Haute-École,
Mémoires.

Ian faisait un cauchemar, toujours le même.

Il était en classe. Raoul était allongé sur le sol ; il s'agenouillait près de lui, et posait son oreille sur sa poitrine. Son cœur ne battait plus ; celui qui n'avait jamais été son ami était mort.

À ce moment-là, Ian comprenait non seulement qu'il rêvait, mais qu'il ne pourrait pas sortir de ce rêve tant qu'il ne serait pas terminé.

Il sentait alors une présence au-dessus de lui. Le mage s'était approché. Son pouvoir était pareil à une hydre dont les multiples têtes se balançaient devant Ian. Toutes avaient des yeux couleur de plomb et de nacre, les yeux du petit fonctionnaire royal.

C'était un regard opaque, indéchiffrable et qui pourtant l'attirait, le fascinait, l'immobilisait peu à peu, muscle après muscle, nerf après nerf, cellule après cellule.

Il s'éveilla en sursaut, le corps en sueur, les draps en bataille, la respiration courte et la bouche sèche. Sa mère était là, penchée sur lui, une lampe à huile à la main. Elle avait l'expression soucieuse des jours où il était malade.

— Ne dis rien, dit-elle. Tu es tombé du lit. Un mauvais rêve. Ton père ne t'a pas entendu.

Ian avait depuis longtemps conclu que tous les pères étaient sourds et aveugles. Le sien réparait les chaussures de tout le village. Les pieds étaient sa passion et il passait sa vie les yeux fixés au sol, raison pour laquelle, croyait Ian, il n'avait jamais rien soupçonné des talents de son fils. Pas plus que celui de Raoul – mais ce père-là avait au moins l'excuse de boire.

Les mères, elles, connaissaient leurs fils. Celle de Raoul avait depuis longtemps deviné que son fils parlait aux crapauds et aux grenouilles. Celle de Ian n'avait jamais rien dit lorsqu'elle l'avait vu soulever sa cuillère pour manger ou tenter de nouer les lacets de ses chaussures sans les toucher. Mais, comme beaucoup de mères, elle n'avait jamais compris la nécessité d'en faire part aux autorités.

— Allez, rendors-toi, tu as école demain.

Il aurait bien voulu dormir d'un vrai sommeil sans rêves, mais, comme il craignait de retrouver le cauchemar, il demeura désespérément éveillé jusqu'au matin.

Ce matin-là comme tous les autres, Ian entra dans la cour de l'école au dernier moment, muet, les mâchoires contractées, le corps couvert de sueur froide. La leçon de calcul se passa dans un nuage, alors qu'il s'efforçait de ne pas piquer du nez sur son pupitre.

Lorsque la cloche de la récréation retentit, il sauta presque de sa chaise.

— Ian Bren, où courez-vous ainsi ? entendit-il alors l'instituteur lui dire. Restez donc à votre table. J'aimerais vous parler.

La surprise lui ôta toute réplique de la bouche. Il se rassit. Du coin de l'œil, il vit Arielle lui adresser un petit signe d'adieu et sortir de la classe avec ses amies.

Lorsque le dernier élève fut dans la cour, l'instituteur quitta son bureau et prit une chaise pour venir s'asseoir en face de Ian.

Ne crois pas que tu vas m'amadouer avec ce genre de truc !

— Eh bien, Ian Bren, que t'arrive-t-il ?

— À moi ? Rien.

— Ce n'est pas mon impression. J'ai remarqué que tu entres en classe à reculons depuis quelque temps. Tu n'apprends pas tes leçons. Tu ne fais pour ainsi dire plus tes devoirs.

— Je suis pas le seul !

Mais les autres se trouvaient dehors. Tout au fond, près du mur qui séparait la cour du petit parc entourant la mairie.

— Je sais. Les Chasseurs agissent de manière à effrayer, et ils y réussissent très bien.

Ian avait-il détecté une note de désapprobation ? Impossible. Comme tout le reste du village, l'instituteur avait paru apprécier le travail de la Chasse. Et comme tout le village, il parlait désormais du « départ » de Raoul – comme s'il s'était agi d'un simple voyage d'études au pays des grenouilles.

— Leurs résultats, et surtout leur concentration, ont chuté pendant quelque temps, c'est un fait. Mais ils remontent. Alors que les tiens… Tu m'écoutes ?

Ian renifla. Il se passait quelque chose de bizarre. On entendait des cris, et tous les élèves étaient rassemblés au même endroit, sauf une demi-douzaine d'entre eux qui couraient comme des dératés en direction des salles de classe.

— Au feu !

C'était donc ça. Le vent apporta une bouffée de fumée par une fenêtre restée ouverte.

— Au feu ! La mairie brûle !

Ian ne se le fit pas dire deux fois. Plantant là le maître et ses remontrances, il s'élança vers la foule.

— Ça vient de la mairie ! cria quelqu'un.

— Non, de la bibliothèque.

Ces deux bâtiments jouxtaient l'école. Des employés, hommes et femmes, en sortaient, l'air affolé. Du village arrivaient déjà des hommes portant des seaux et des sacs de sable. Malgré la fumée qui s'échappait de la mairie en tourbillons épais, une chaîne s'organisa, des seaux remplis d'eau passèrent de main en main.

Loin de l'effrayer, l'atmosphère électrique et l'agitation rassurèrent Ian. C'était là un tourbillon dans lequel il pouvait se fondre et demeurer délicieusement anonyme.

Comme les autres élèves, Ian s'empressa de s'insérer dans la file, le plus près possible de l'incendie.

— Qu'est-ce qui brûle ? demanda-t-il à la femme qui se trouvait devant lui et qui faisait passer les seaux en répandant la moitié de leur contenu sur ses pieds et ceux de Ian.

— Les archives.

Cette information lui procura un intense sentiment de satisfaction. Les archives ! Cette masse de vieux papiers pouvait flamber pendant des heures. Et il y avait maintenant tant de monde occupé à juguler l'incendie qu'il serait impossible au maître de lui remettre la main dessus aujourd'hui

Quelques minutes plus tard, il commençait à s'ennuyer. L'incendie n'était pas à la hauteur de ses attentes. Parfois les flammes qui venaient lécher les embrasures des fenêtres ressemblaient à des langues de serpents géants comme il était censé en exister dans les déserts brûlants, au centre du monde. Mais elles étaient rares ; on voyait surtout de la fumée. Ian se souvenait d'un autre incendie, l'été précédent : une grange pleine de foin s'était mystérieusement embrasée. Le bâtiment ressemblait à une dent de géant évidée. À l'intérieur ronflait un brasier incandescent d'où montait, telle une haleine chargée de paillettes d'or en fusion, un lent geyser de paille enflammée. C'était un spectacle aussi exaltant et joyeux que celui du feu autour duquel il avait dansé avec les autres enfants du village, lors des fêtes du Haut-Solaire.

Il posa son seau et quitta la chaîne.

— Hé, qu'est-ce qui te prend ? C'est pas fini !

— Envie de pisser. Je reviens

Ce dont il se garda bien. Il marcha droit devant lui aussi vite qu'il le put et, sans trop savoir comment, se retrouva bientôt sur le chemin de l'étang du Vert.

— Ian ! Tête de mule ! Attends, il faut que je te parle !

Dans son dos, les pas se rapprochèrent.

La colère monta en lui. Il s'arrêta net, fit volte-face et leva devant lui, grandes ouvertes, ses deux mains.

Arielle se retrouva assise sur son derrière.

Mais, au lieu de pleurer ou de se mettre en colère, elle resta là, dans l'herbe, et s'installa en tailleur tout en époussetant sa robe tachée de cendre.

— Tu sais faire du feu, Ian ?

— Du feu ?

— Tu m'as bien comprise.

Ses deux mains imitèrent le mouvement de flammes dansantes. À moins que ce ne fût celui des feuilles de papier s'envolant par les fenêtres de la mairie.

— Avec du bois. Ou sans, qui sait ?

Il examina les alentours. Les rives de l'étang, le couvert des bouleaux et des saules, le chemin : personne.

— Non.

Tête baissée, il chuchotait.

— Mais tu as déjà essayé ?

Un signe de tête.

— Et ça a marché ?

— Non.

Il lui tendit la main.

— C'est trop dur. Il me faudrait…

Une lueur de triomphe s'alluma dans les yeux bleus d'Arielle. Il retira sa main. Elle se leva sans aide.

— Mais quel rapport avec les archives ? C'est sans doute un de ces gros commerçants qui n'a pas payé ses taxes et qui veut effacer les registres…

— Ils ont des trucs moins voyants que ça !

D'une main salie par la terre humide, elle repoussa une mèche de cheveux blonds et la cala derrière son oreille.

— Alors que toi, tu as tes pouvoirs… dont tu ne sais pas toujours te servir. Tu sais ce qui arrive à l'eau des rivières lorsque trop de bois mort obstrue leur lit ?

— Je croyais qu'on parlait de feu…

— Elles débordent. Tu débordes, Ian ! Il y a eu la grange des Sadeaux.

— C'était l'été dernier ! La sécheresse…

— Peut-être. Comme le bois du père Pime, frais coupé et humide, au début de l'automne. Et les corbeilles à papier, à l'école, tant de fois que j'ai arrêté de compter.

— D'accord ! Je ne contrôle pas tout. Je le sais. Mais comment… Quand j'essaie d'allumer un feu, ça ne marche jamais !

— Sauf avec la colère. Tu l'as dit : il te faudrait de l'aide.

— Un professeur !

— Il n'y a personne. Sauf à la Haute-École, bien sûr. Et chez les clandestins.

— Où ça ? Ce n'est pas parce que les gazettes que te vend le colporteur en parlent qu'ils existent. De toute façon, où pourraient-ils se cacher ?

— En ville. À Dramanorre. Là où les habitants sont si nombreux qu'il doit être quasiment impossible de repérer quelqu'un.

— Je n'ai pas envie de quitter Mongeronde.

Arielle eut un mouvement d'impatience.

— C'est vrai, j'oubliais ! railla-t-elle. Tu aimes tant la campagne. Aider ton père, te baigner dans l'étang, aller à l'école, à la bibliothèque dont tu as lu tous les livres…

Ian comprit alors pourquoi Arielle tenait tant à son départ. *C'était elle qui voulait quitter Mongeronde*. Elle qui lisait les comptes rendus des spectacles dans les journaux et achetait des pamphlets interdits aux colporteurs. Elle qui s'intéressait à tout ce qui était à la mode à la capitale, des robes aux chaussures en passant par les pièces de théâtre et les chansons.

— D'accord ! Je n'ai pas plus envie que toi de passer ma vie ici. Mais aller à Dramanorre ? Mettons que j'y parvienne : de quoi y vivrai-je ? Et comment entrerai-je en contact avec ces mystérieux clandestins ?

— Je ne crois pas que tu auras à les chercher longtemps.

D'une poche de sa robe, elle tira une feuille pliée en quatre : une des gazettes qui publiait des pièces de théâtre et des poèmes séditieux.

— Lis-la. Il y a une chanson qui raconte comment des enfants que l'on amenait à l'École ont été délivrés…

Ce n'était pas la première fois qu'Arielle essayait de lui faire avaler sa littérature de contrebande. La plupart du temps, ces poètes se préoccupaient plus du sort des paysans soi-disant floués par la commission d'attribution que de celui des magiciens. Haussant les épaules, il prit la feuille.

— D'accord. Je te crois. Mais comment va-t-on là-bas ? C'est à des jours de marche.

— On emprunte un cheval, tiens. Ceux de mon père sont robustes et très doux. Je sais quand et comment m'y prendre…

Elle s'interrompit. Ses yeux clairs, d'ordinaire si transparents qu'on ne pouvait y lire la moindre émotion, attendaient une réponse.

— Tu le ferais vraiment ?

— Oui ! J'y pense depuis des années. Je m'ennuie ici, tu le sais. Un jour, mon père voudra me marier à un de ces paysans stupides. Je serai piégée. Je préfère tenter ma chance à Dramanorre.

Et les yeux bleus lui disaient sans ambages : voilà, tu partages à présent mon désir le plus cher. Viens avec moi.

Il détourna le regard.

— Je ne peux pas. Si je m'en vais sans crier gare, ma mère ne s'en remettra pas. Si je préviens, elle mourra d'inquiétude.

— Parce que tu crois qu'elle ne se fait pas déjà assez de souci comme ça ?

— Et ton père ? Tu ne te demandes pas ce qu'il va ressentir si tu pars ?

— Il sera malheureux comme les pierres. Bon, et alors ? Il ne l'est pas quand il pense à me marier contre mon gré !

L'argument était irréfutable. Ian regarda autour de lui. Maintenant que se présentait une toute petite possibilité de ne pas en être prisonnier, les bois et les champs lui paraissaient moins sinistres. Puis, tout à coup, il sentit une présence. Quelque chose bougea à l'angle de son champ de vision.

— Brisseau et son amoureuse, dit-il. Je rentre.

— Quand, Ian ? demanda Arielle.

— Quoi, quand ?
— Quand partons-nous ?
Bon sang, il n'en était pas encore là !
— Quand je serai prêt ! répondit-il.
Et Arielle leva au ciel ses beaux yeux bleus.

CHAPITRE SEPT

Pourquoi certains essaient-ils d'échapper à la Haute-École ? C'est un mystère. Un mystère insondable que celui qui pousse des jeunes gens à refuser un toit, trois repas chauds par jour, une bonne éducation et une position assurée dans la vie. Ne comptez pas sur moi pour le résoudre.

Mérot l'Ancien
(paroles rapportées par son premier adjoint).

Assis sur un maigre lit de paille, Raoul Terrime, dit Raoul des Crapauds, ne dormait pas.

C'était pourtant son tour de profiter du fond du chariot. Il n'y faisait pas vraiment plus chaud qu'à l'avant ou au milieu, mais on y était à l'abri des bourrasques qui soulevaient la bâche censée empêcher la pluie de pénétrer à l'intérieur du véhicule.

Raoul, qui ne cessait par ailleurs de s'étonner de l'apathie des quatorze autres prisonniers, appréciait à sa juste mesure cette forme minimale de solidarité. Mais il ne parvenait pas à trouver le sommeil.

Plusieurs de ses compagnons d'infortune avaient attrapé un rhume. Leurs respirations embarrassées étaient un contrepoint exaspérant aux ronflements des autres. Et parfois l'un d'eux se réveillait en hurlant d'un cauchemar.

— Étonnant, hein ? chuchota une voix devant lui.

Dassouf, un grand garçon taciturne à l'allure massive et sombre, qui parlait peu et semblait avoir toujours les sourcils froncés, partageait avec Raoul le privilège d'occuper le fond de leur prison roulante.

— Quoi ?

— Qu'ils dorment.

Raoul haussa les épaules.

— Plutôt dormir que songer à ce qui nous attend, dit-il, tout à coup conscient – et pas spécialement heureux de l'être – du fait que l'inconfort physique n'était pas la seule cause de son insomnie.

— Parce que tu sais ce qui nous attend, toi ?

Raoul n'avait jamais compris ce qui conduisait les autres à le prendre pour un balourd, à peine plus malin que les animaux à qui il parlait. Dans ce groupe de prisonniers, il n'était même pas le plus gros – le rôle était échu à un garçonnet d'à peine six ou sept ans, frais et tendre comme une miche de pain. Mais il sentait bien que tous pensaient qu'autour de lui flottait le parfum de la terre, la pensée lente et informe du monde qui était le sien… et qu'ils le méprisaient.

— On sait tous la même chose, non ? répliqua-t-il. Ce qu'on raconte dans les villages éloignés de la capitale.

Car c'était là leur véritable point commun : avoir réussi à échapper à la Haute-École parce qu'ils vivaient à bonne distance de Dramanorre.

Raoul sentit que Dassouf, qui était assis en face de lui, se penchait en avant. Ils étaient dans le noir. Ils avaient cessé depuis plusieurs jours de faire halte dans des auberges. Les Chasseurs et le magicien bivouaquaient tandis que leurs prisonniers demeuraient enfermés dans la carriole, sans feu ni lumière.

— On va être testés, non ? fit Raoul. Pour savoir à quoi on est bons.

Comme si chacun d'eux n'avait pas déjà eu le temps d'observer l'évolution de son pouvoir. Quoique… Ian – c'était la première fois que Raoul pensait à lui depuis le jour de sa capture , Ian ne paraissait pas spécialement doué pour quoi que ce fût. Sauf pour se planquer, bien entendu.

La bile remonta dans sa gorge. Si Ian ne l'avait pas toujours considéré comme un abruti, s'il n'avait pas été un crétin imbu de lui-même, et lui un paysan complexé, eh bien, ils auraient pu parler. Et, qui sait, peut-être que lui aussi aurait échappé à Hérus.

— C'est pas bientôt fini, ce boucan ?

Sur la gauche de Raoul, Gillil se redressa. Ce grand type blond était le plus âgé des captifs, et le seul qu'Hérus obligeait à porter des chaînes. Raoul, à qui son attitude hautaine rappelait celle de Ian, l'évitait autant qu'il le pouvait.

— On n'a presque rien dit, et en chuchotant !

— Juste dans mes oreilles. Et pour raconter n'importe quoi !

— Ils ne vont pas nous tester ?

— Si, bien sûr. Ils vont nous faire passer des épreuves et déterminer dans quelle spécialité on devra servir.

Gillil avait prononcé le dernier mot comme s'il avait été enrobé de merde.

— Et on n'aura plus le droit de faire autre chose, on sait, dit Raoul.

Mais ça, songeait-il depuis des jours qu'ils progressaient de village en village, c'est valable pour ceux qui ont plusieurs talents. Mais moi ? Tout ce que je sais faire, c'est hypnotiser les goujons, les perches et les ablettes, sans oublier les salamandres et les crapauds. Et, se dit-il avec un frisson d'horreur en songeant aux récits de marchands ambulants qui avaient vu, en ville, des gamins enchaînés aux moulins qu'ils faisaient tourner, c'était une vie qui lui convenait. Une vie qui ne dérangeait ni ne blessait personne. Pourquoi voulait-on l'en priver ?

— Pire que ça, assura Gillil. On ne pourra plus rien faire du tout. Ils vont nous prendre notre esprit ! Nous ne serons même plus capables de penser par nous-mêmes.

— Balivernes. Tu en sais encore moins que nous sur le château.

Gillil avait été capturé dans le Deuxième Quadrant, au pied des montagnes de Brume, dans les marches du Royaume extérieur. De tous les captifs, c'était certainement celui qui avait vécu le plus éloigné de toute source fiable d'information.

— Possible. Mais ce que je sais me suffit : je ne vais pas me laisser décerveler.

— C'est sûr qu'avec tes chaînes tu vas pouvoir courir loin d'ici.

Il les portait depuis qu'il avait fait voler des cailloux pour distraire les Chasseurs.

Le grand blond ne répondit pas. Sans doute conscient, tout à coup, de la réalité de sa situation.

Raoul était fatigué de cette conversation ; il avait envie de dormir. Il se fabriqua un oreiller de paille et s'allongea.

Ce type est puissant, se dit-il en songeant à son voisin de gauche. Il a l'esprit clair et il n'a pas peur… Tandis que Ian… Ian était si fier de ses dons qu'il en oubliait de les cultiver. Il essayait tout et n'importe quoi, et souvent n'importe comment, puis passait à autre chose. Et pourtant… pourtant il était là, et Ian avait échappé à Tork. Raoul fut envahi par la rage comme chaque fois qu'il pensait au jour funeste de sa capture. Il n'avait jamais été jaloux de Ian, mais à présent il aurait donné toutes ses conversations avec les bêtes pour être à sa place, dans son village.

Je t'aurai, Ian Bren, songea-t-il avant de sombrer enfin dans le sommeil. Je ne sais ni quand ni comment, mais je te ferai regretter d'avoir méprisé Raoul des Crapauds.

Des cris le réveillèrent, si brusquement qu'il crut un instant n'avoir pas dormi. Mais non : il faisait jour ; une lumière couleur de beurre frais entrait par une déchirure de la bâche, laquelle s'agrandit soudain lorsqu'un des Chasseurs la souleva.

— Debout. Le grand blond s'est enfui ! Venez nous aider à le rattraper.

Les compagnons de Raoul sautèrent un à un du chariot.

— Allez ! Les derniers, dépêchez-vous ! S'il s'échappe, vous irez tous jusqu'à la capitale sans manger !

— Comme si ce qu'ils nous donnent était de la vraie nourriture, marmonna Raoul en se levant.

— Bah, c'est mieux que ce que j'avais chez moi, murmura Dassouf.

Apparemment capable de dormir au milieu du pire vacarme, il venait tout juste de se réveiller.

— Eh bien, qu'est-ce que ça devait être !

— Du gruau, des châtaignes, de la viande les jours de chasse.

— Et des gâteaux ?

Tout en parlant, ils s'étaient levés et approchés de la bâche. Le camp était en ébullition. Tork n'était nulle part en vue. Les Chasseurs, quant à eux, organisaient les prisonniers par équipes de deux, qu'ils envoyaient chacune dans une direction différente.

— Si vous le voyez, l'un le prend en filature et l'autre vient nous prévenir, disait un Chasseur.

— Des *gâteaux* ? T'es malade, dit Dassouf en se joignant au groupe de ceux qui attendaient les ordres d'un des Chasseurs.

— Non. Fils de boulanger. Je sais faire le pain. Mais ce que je préfère, c'est la pâtisserie. Rien qu'avec le riz qu'ils nous donnent…

— Au fond, taisez-vous !

— … du lait et du sucre, je pourrais confectionner une crème…

Les deux garçons debout devant eux ayant détalé, Raoul et Dassouf se retrouvèrent tout à coup face au Chasseur. Son masque était si vieux et si abîmé qu'il ressemblait à un bloc de bois à peine dégrossi.

— Je disais juste que vous avez envoyé après Gillil celui qui était chargé de préparer le petit-déjeuner. On va perdre du temps avant de partir.

— Pardon ? De quoi je me mêle ? Allez par là, vous deux – et au trot ! Cette vermine ne doit pas s'échapper.

— C'est vrai, dit Raoul. Mais vous, ça ne vous dirait pas de manger une bonne crème de riz ?

Il ne savait pas trop ce qui lui prenait. Il n'aimait pas spécialement le grand blond mais n'avait pas non plus envie de se lancer à sa poursuite. Encore moins qu'on s'aperçoive, d'une manière ou d'une autre, qu'il ne percevait pour ainsi dire rien des esprits des autres.

Il crut voir une lueur de curiosité amicale dans les yeux du vieux Chasseur et fonça.

— Mon père est boulanger. Il m'a appris ses recettes de gâteaux et de crèmes. Si vous me donnez du lait et du sucre, vous aurez de la crème de riz.

Unc gousse de vanille, des œufs et du sucre pour le caramel n'auraient pas été de trop, mais, de toute façon, ils n'avaient pas de four pour y cuire un gâteau. Il saurait donc se contenter du chaudron.

— Du lait ? Où veux-tu qu'on prenne du lait ?

— Dans les vaches qui paissent dans le pré voisin, dit Dassouf. (Il semblait avoir compris comment échapper lui aussi au rôle de bourreau.)

— Et tu sais traire ?

Dassouf haussa les épaules et prit un air supérieur.

— Je viens des montagnes de Brume.

Quelques minutes plus tard, il versait le lait mousseux dans la marmite culottée, et Raoul y ajoutait le riz qu'il avait grossièrement concassé à l'aide de pierres.

— Ça va être long ? demanda Dassouf en le voyant commencer à tourner lentement le mélange.

— Une bonne heure.

— Quoi ?

— Ça m'étonnerait qu'ils le prennent avant. Surtout s'il est parti avant l'aube. Ce qui serait logique, non ?

Ça l'était probablement car, un peu plus d'une demi-heure plus tard, Hérus et les Chasseurs ramenaient Gillil.

Il était dans un piteux état, la moitié gauche du crâne mise à nu par une brûlure et les vêtements réduits à l'état de lambeaux roussis. Muet, la tête basse, il se laissa enchaîner à un arbre sans un regard en direction des autres.

Une bonne moitié d'entre eux étaient revenus avec Tork et les Chasseurs. Les autres ne tardèrent pas à rejoindre le campement, par petits groupes.

Tous, en arrivant, voyaient d'abord Gillil enchaîné, puis les autres assis autour du feu. Ils se joignaient à eux en essayant de cacher leur peur, leur pitié ou leur soulagement. Dassouf ou

Raoul leur servait alors leur premier repas de la journée. Incapables de parler, ils remerciaient d'un hochement de tête.

Raoul eut la satisfaction de constater qu'ils mangeaient, certains en grinçant des dents, d'autres en reniflant, mais ils mangeaient. Et même s'ils n'osaient pas manifester leur plaisir autrement que par des coups d'œil par en dessous, ils appréciaient. Mieux : Hérus et les Chasseurs, que la poursuite et la capture semblaient avoir affamés, avalaient eux aussi la nourriture avec avidité.

— Est-ce que tu crois que je pourrais lui en donner ? demanda-t-il à Dassouf en désignant le prisonnier du menton.

— Y en a plus, répondit-il, et Raoul ne put s'empêcher d'avoir un mouvement de fierté.

— Ils ont tout avalé ?

— Jusqu'au dernier grain. T'es plus malin que t'en as l'air, tu sais, ajouta-t-il en commençant à récurer le chaudron.

— Moi ?

— Plus malin que Gillil, pour sûr.

CHAPITRE HUIT

Oubliez l'amour. Les magiciens n'aiment personne. Une seule passion les dévore : celle de la magie. Tout le reste est mensonge et littérature – mauvaise, cela va sans dire.

Billio Billon,
premier directeur de la Haute-École,
Mémoires.

Le Solaire allait disparaître sous l'horizon lorsque Sargh acheva son tour de garde. Il traversait d'un pas rapide la cour du bâtiment où logeaient les gardes royaux quand il aperçut son sommet rougeoyant entre les deux collines.

La lumière cuivrée qui se répandait sur le fleuve et baignait les toits de la ville lui parut une invitation à quitter les murs sombres du château dès sa journée achevée.

Il franchit les hautes portes bardées de fer de l'entrée principale et traversa d'un pas rapide la Grand-Place : en raison de son orientation, elle était balayée par le vent glacé du nord qui ramenait dans ses tourbillons des parfums de pierre nue et de neige. Sauf les jours de grand marché, où les rues de cette partie de la ville grouillaient de monde, les habitants comme les marchands de Dramanorre lui préféraient celles du marché aux fleurs, avec ses fontaines et ses arcades, et surtout la chaleur réconfortante des auberges, tavernes et autres tripots des alentours.

Sargh aurait également pu bifurquer sur sa gauche, sortir de la ville et se rendre à Brime, le lointain faubourg où demeurait celle à qui il allait rendre visite, en suivant le chemin de halage qui longeait la Brime, l'affluent principal de la Jaune.

Mais il préférait traverser la ville. Voir les habitants ordinaires de la capitale vaquant à leurs occupations le reposait et le nettoyait de l'atmosphère suffocante du château. Et comme Madge Mayfield ne quittait jamais son quartier, ces longues marches à travers la cité étaient un excellent moyen de lui fournir une image assez précise de l'atmosphère qui y régnait.

Environ une heure plus tard, Sargh franchit la porte qui séparait Dramanorre du faubourg de Brime. Une petite porte peu fréquentée, mais tout de même dotée de Pousseurs pour la mouvoir et d'Éclairants pour fournir de la lumière à quiconque en passait le seuil.

Les Pousseurs étaient invisibles ; ils exerçaient leur office anonyme enfermés dans les tourelles. Les Éclairants, eux, portaient l'uniforme de la Ville et officiaient dans deux alcôves protégées par des grilles.

Lorsque Sargh arriva, une foule s'était rassemblée autour de l'une d'entre elles.

Peu intéressé par l'arrestation d'un coupeur de bourse ou de quelque autre criminel de bas étage, le jeune garde commença à se frayer un passage entre les corps qui barraient le passage.

Il constata que deux policiers municipaux étaient postés devant l'alcôve du deuxième Éclairant.

C'était un jeune homme qui pouvait avoir l'âge de Sargh ; comme ceux de la plupart des mages de la Haute-École, son visage était lisse et impassible, son regard vide. Bien que la nuit fût tombée, il ne produisait aucune lumière. Et les deux policiers qui surveillaient les alentours paraissaient mal à l'aise.

Sargh renonça à franchir la barrière de la foule excitée pour se diriger vers eux. La vue de son uniforme de garde ne parut pas les rassurer le moins du monde.

— Que se passe-t-il ? demanda Sargh. Les Éclairants sont malades ?

Les élèves de la Haute-École refusaient parfois d'effectuer la tâche pour laquelle on les avait éduqués. Comme il n'était pas question de mettre en doute la formation dispensée par l'École, on disait alors qu'ils étaient souffrants…

Le policier comprit que, contrairement au citoyen ordinaire qui s'attendait à ce que les produits de la Haute-École soient toujours parfaits, Sargh était au courant de ces petits problèmes et de la façon dont on devait en parler.

— Celui-là peut-être, mais il se tient tranquille. L'autre est fou. Au lieu de nous fabriquer une belle bulle de lumière bien claire comme d'habitude, il s'est mis à lancer des boules de toutes les couleurs sur les passants. Et pas moyen de l'arrêter.

Sargh jeta un coup d'œil en direction de la foule. On ne voyait rien.

— C'est trop tard pour le spectacle, dit le second policier. Le chef de sa section a réussi à l'enfermer dans un sac… Il s'agite comme un beau diable, c'est ça qu'ils regardent, précisa-t-il avec un haussement d'épaules fataliste. On attend quelqu'un de l'École pour le calmer.

— Des bulles multicolores, vous dites…

— Jaunes, violettes, vertes, orange, bleues, tout sauf du blanc.

— Rien de bien dangereux, donc ?

— Eh bien… non.

— Dans ce cas, merci pour les renseignements, mais vous n'avez pas besoin de moi.

Pendant qu'ils parlaient, une partie des badauds s'étaient déjà lassés de la scène.

Sargh prit congé du policier et s'éloigna aussi vite qu'il put.

Dans une ruelle étroite et sombre, sous une tenture de chèvrefeuille odorant, une porte presque invisible ouvrait sans un grincement sur un jardin qui, en cette saison, commençait à revêtir un air fané.

Mais les feuilles tombées et les arbustes dénudés n'engendraient chez le garde aucune mélancolie. Au contraire. Les rouges ventrus, les jaunes craquant sous le pied, les bruns brûlés réjouissaient son regard fatigué par la noirceur des murailles.

La porte de la cuisine n'était jamais fermée. Enfant, il avait mangé à cette table. Il avait admiré les jupes, les robes, les jupons et les chemises qui attendaient sur le mannequin, à côté de la cheminée. Il s'était assis dans le fauteuil en osier qui lui faisait pendant. Tandis que Madge travaillait, il avait ouvert les portes du vaisselier à la recherche de confitures. Et surtout il avait soulevé le lourd rideau de velours vert bouteille qui séparait la cuisine de l'arrière-boutique pour apercevoir les clientes.

Sargh entendit des voix. Il s'approcha et, d'un doigt discret, écarta le rideau.

Une grande et belle femme brune, seulement vêtue d'une jupe en cours de fabrication et d'une chemisette brodée, était debout sur un tabouret. À ses pieds, la couturière, une petite femme un peu grasse, piquait des aiguilles dans l'ourlet.

Le regard de Sargh ne s'attarda pas sur les doigts de Madge. Il remonta vers la dame brune.

La réputation de la duchesse d'Alfide n'était pas usurpée. Les formes de sa célèbre poitrine ne devaient rien au talent de sa couturière et tout à la générosité de la nature. Derrière le rideau, Sargh, le sourire aux lèvres, en apprécia à loisir la perfection jusqu'à la fin de la séance d'essayage.

Lorsque la duchesse fut partie, la couturière ferma sa boutique. Tandis qu'elle tirait un deuxième rideau devant la porte qu'elle venait de verrouiller, Sargh vit un mouvement sur la jupe maintenant posée sur un mannequin. Semblables à des fourmis d'argent, des aiguilles s'affairaient sur l'ourlet et le long des coutures.

— Vous ne devriez pas faire ça, dit Sargh lorsque la couturière l'eut rejoint dans la cuisine.

Le regard gris de Madge Mayfield était intelligent, attentif et sévère, quoique non dépourvu d'une certaine malice.

— Voyons, Sargh… (Elle haussa les épaules.) La duchesse veut sa robe pour demain. Vu ce qu'elle paie, elle l'aura. As-tu mangé ?

— Non.

— Pâté en croûte ? Saucisson ? Tarte aux pommes ?

— Pâté et tarte, dit le garde, l'eau à la bouche.

— Quelles nouvelles du château ? demanda-t-elle en posant les plats sur la table et en coupant plusieurs tranches. Hérus Tork est-il satisfait de ses innovations ?

— Satisfait ? Oh non, il est furieux au contraire.

— Furieux ?

Sargh engloutit un morceau de pâté avant de répondre, la bouche à moitié pleine.

— Je vous avais parlé des barges de la Jaune ? Celles qu'il voulait faire *pousser* plus vite que les autres ? Eh bien, les gamins ont tous disparu. Pffuit. Envolés on ne sait où. Il n'est pas content. Il accuse de négligence les gardes qui accompagnaient le convoi.

Il prit un morceau de tarte et mordit dedans. Du jus coula sur son menton bleui par la barbe naissante. Il l'essuyait d'un revers de main lorsqu'une idée lui traversa l'esprit. Il reposa sa tarte sur son assiette.

— Vous ne feriez pas ça sans me prévenir ? demanda-t-il.

— Quoi donc ?

— Vous attaquer à l'École. Saper l'autorité de Tork avant qu'elle ne s'étende trop.

La couturière avait préparé du thé. Elle posa sa tasse sur sa soucoupe avec un délicat tintement de porcelaine. Sargh remarqua les taches brunâtres, semblables à des miettes de pain, qui marquaient la peau fine de ses mains. Il lui sembla qu'elles étaient plus nombreuses que la dernière fois où il y avait prêté attention.

— Voyons Sargh, depuis combien de temps nous connaissons-nous ?

— Depuis le jour où vous m'avez tiré d'une bagarre de rue. Cinq cycles. La moitié de ma vie !

Madge sourit.

— Alors tu sais que, si nous tentions quoi que ce soit de ce style, tu serais au courant. Mais nous ne préparons rien, Sargh.

— Mais il y a un cent, quand Tork a été nommé…

— J'ai dit que c'était une catastrophe et que nous *devrions* faire quelque chose. Si nous étions plus nombreux, plus puissants, plus organisés…

Elle soupira. Non loin de là, les aiguilles en avaient terminé avec la robe. Toujours semblables à des fourmis de métal, elles formèrent une file pour rentrer à la queue leu leu dans une boîte à couture posée sur le manteau de la cheminée.

— J'ai fait une rencontre étrange, dit Sargh une fois le couvercle refermé.

— En ville ?

Une lueur complice éclaira soudain ses yeux gris. Il répondit par un sourire.

Cinq cycles plus tôt, après l'avoir lavé, soigné et nourri, Madge lui avait promis qu'un jour il ferait chavirer le cœur des filles, à condition de ne plus se battre et d'écouter ses conseils.

— Au château. Je montais la garde. Dans l'aile droite des Petites Tours, celle des membres éloignés de la famille royale. Et voilà qu'au beau milieu de la nuit je vois cette gamine qui se faufile vers l'escalier…

Comme il décrivait la jeune fille, Madge leva les yeux. Sargh crut que quelqu'un venait d'entrer dans le jardin et s'interrompit.

— Continue, je t'écoute.

— J'ai vraiment eu une impression bizarre. On aurait dit qu'elle était à la fois là et pas là.

— Comment cela ?

Il écarta les mains, qu'il avait larges et puissantes.

— Eh bien, si elle était passée dans mon dos, je n'aurais jamais soupçonné sa présence. Je l'ai vue. Une gamine debout à cette heure de la nuit dans cette partie du château, c'est rare. Mais je ne l'ai pas *sentie.*

Sargh n'avait pas de pouvoirs magiques. Il était juste sensible à leur existence chez les autres.

— Elle n'avait pas d'aura. J'aurais aussi bien pu croiser un fantôme…

Il avait fini de manger. Au-dehors, le Solaire avait disparu, mais le ciel était encore embrasé. Baignée de rouge liquide, la porte bleue de la cuisine avait pris une étrange teinte violine. Des à-plats de cuivre encadraient les tasses posées devant eux. Sur le mannequin, le tissu de la robe paraissait avoir été trempé dans un mélange de sang et d'or en fusion.

— Je suis de garde au même endroit ce soir. Peut-être la reverrai-je. Ce doit être une invitée. La cousine ou la nièce d'un comte ou d'un marquis quelconque…

Il se leva et, en ouvrant la porte, ne vit pas le regard que Madge jeta au fauteuil d'osier. Avant de partir, il promit, comme à chacune de ses visites, de lui rapporter aussitôt tout ce qu'il apprendrait.

Dès que la porte se fut refermée, Madge se tourna vers le fauteuil. L'homme ganté et botté déplia sa haute silhouette avec toute la grâce affectée d'un courtisan pour se lever et saluer Madge.

— Arik Renshaw, dit-elle, je te demanderai, à l'avenir, de ne plus te livrer à ce genre de plaisanterie.

— Il ne m'a pas vu.

Madge eut un soupir agacé.

— Là n'est pas la question, tu le sais. Et tu sous-estimes Sargh : tu as entendu ce qu'il a raconté à propos de cette fille ? Rien ne dit qu'il ne pourrait pas *sentir* ta présence.

Arik se laissa choir sur la chaise que venait d'abandonner le garde. Pendant que Madge ouvrait le vaisselier, il coupa un morceau de tarte et en prit une bouchée. Madge revint avec une tasse blanche décorée d'un liséré d'or et une lampe à huile. Lorsqu'elle l'eut allumée, une sphère de lumière jaune les enveloppa de son nimbe chaleureux.

Madge s'assit en face de son nouvel hôte et l'observa pendant qu'il buvait son thé. Son pourpoint de velours était froissé, ses dentelles flétries, son teint pâle. Ses traits tirés dénonçaient une nuit sans sommeil – mais le fait n'était pas rare. Arik ne jouait pas le rôle d'un courtisan. Par bien des aspects, il en était un. Il aimait le luxe, les beaux vêtements, la musique, les livres, les concerts et le théâtre. De tous les clandestins de sa génération, lui, et lui seul, était capable de jouer le rôle qu'il tenait auprès d'Orhgon.

Une de ses boucles d'oreilles, dont les pierres, en se balançant, renvoyaient parfois un éclat rougeoyant, l'écho lointain du Solaire disparu, pendait de façon bizarre, comme si elle avait été perdue puis replacée en hâte.

— Que t'arrive-t-il ? demanda la couturière.

Il leva vers elle un regard empreint de lassitude. Un sourire contraint étira ses lèvres.

— Rien...

Elle attendit.

Il regarda la lumière jouer sur le filet d'or qui décorait la tasse, ouvrit la bouche puis se ravisa et but une gorgée de thé avant de se lancer.

— Il ne s'est rien passé. La situation est toujours la même. Tork veut plus d'argent pour l'École. Il a le projet de faire construire de nouveaux bâtiments, des laboratoires d'études, des ateliers... Urbain n'est pas disposé à lui donner tout cela sans savoir exactement à quoi il va l'employer. Et depuis sa dernière attaque Orhgon répugne à bousculer son père.

Il s'interrompit. Ses yeux s'agrandirent. Son regard se perdit dans le vide.

— Je l'ai vue !

— Qui donc ?

Il se leva, fit trois pas vers la gauche, pivota sur ses talons dans un froufrou de dentelles pour se retrouver à nouveau face à Madge.

— La fille ! Celle dont Sargh vient de parler ! Je l'ai *sentie*. En sortant de ma cachette, je suis passé devant une alcôve – je pensais à autre chose – mais j'ai senti... une présence. Comment a-t-il dit tout à l'heure ?

— Elle était là et pas là.

— Exactement, dit-il en se rasseyant. Pour une fois, notre ami Sargh a eu le mot juste.

Madge ignora la moquerie inutile et demanda :

— Tu te rappelles où tu te trouvais ?

— Dans un couloir. Quelque part dans l'aile gauche. Près de la salle du conseil. Je n'y ai pas prêté attention – c'était si bref et j'étais furieux, bouleversé...

— Quand ?

Il réfléchit.

— Assez tard. Vers une heure, une heure et demie…

— Qu'est-ce que tu en penses ?

— Rien. Je ne sais pas. Je ne comprends pas.

Il se tut, le regard perdu dans le vague. Madge attendit quelques secondes avant de demander :

— Pourquoi étais-tu furieux ?

Lentement, comme avec effort, il ramena son attention vers elle.

— Oh. Pour rien. Un détail.

— Un détail ? Arik Renshaw furieux et bouleversé à cause d'un détail ? Ce n'est pas son genre.

La voix de Madge était douce. Arik, d'ordinaire si habile à détourner les questions auxquelles il ne voulait pas répondre, se taisait. Elle l'avait toujours connu ainsi – tantôt loquace, tantôt secret – depuis le jour lointain où elle l'avait vu voler des fromages sur le marché. À cette époque, elle et son ami Nathan abritaient deux autres petits réfugiés. Des trois, Arik s'était révélé le plus doué, le plus brillant – et le seul qui, d'une manière ou d'une autre, n'avait jamais cessé de la terrifier.

Il se força à sourire.

— Non. Et ce n'est pas un détail.

— Encore une invention d'Hérus ?

Il hocha la tête et parla sans la regarder.

— Il s'est rendu compte qu'il ne trouverait jamais assez de magiciens pour mener à bien ses plans, alors il a imaginé… Tu me crois ?

— Tu ne m'as encore rien dit !

— Tu vas penser que j'invente, dit-il en évitant à nouveau son regard.

La couturière ne l'avait jamais vu hésiter à ce point.

— Il a imaginé – tu me crois, n'est-ce pas ? – que s'il formait des couples de magiciens, il obtiendrait des enfants dotés de pouvoirs.

Il but une gorgée de thé en attendant la réaction de la couturière.

— C'est possible, tu sais, murmura Madge. De nos jours, la plupart d'entre nous demeurent célibataires, mais des couples se formaient autrefois et, si l'on en croit les récits anciens, presque tous leurs enfants avaient des pouvoirs.

— Je sais. C'est bien pour ça que c'est l'idée la plus monstrueuse qui soit sortie de ce cerveau de malade. Vous auriez dû me laisser le tuer quand on l'a nommé directeur.

— Tu sais très bien pourquoi nous en avons décidé autrement.

— Zorr a pris cette décision. Nathan et toi avez préféré écouter sa voix suave plutôt que les folles idées de ce courtisan d'Arik. Qu'allons-nous faire à présent ? Attendre qu'il nous traite *vraiment* comme du bétail ? Lui donner la recette pour extraire nos cerveaux de nos crânes et les greffer directement sur les machines dont il dessine les plans ?

Il avait élevé la voix. Madge posa la main sur ses doigts couverts de bagues qui captaient toute la lumière de la lampe.

— Il en a l'intention ?

Arik haussa les épaules.

— J'y ai pensé, moi, et je ne suis pas un monstre, n'est-ce pas ? Il y pensera un jour. Pour le moment, il a surtout besoin d'argent pour bâtir sa Maison des enfants, et de Chasseurs entraînés pour surveiller ses cobayes. Je ne pense pas qu'Urbain lui donnera l'argent. Mais, comme je le répète depuis des cents, le roi n'est plus lui-même depuis qu'il a eu ces attaques. Il mourra dans moins d'un cent. Et, une fois Orhgon monté sur le trône… plus rien ne nous protégera.

Il se servit à nouveau du thé et en but une tasse d'un trait. Puis reprit une part de tarte dans laquelle il mordit avec rage.

— Je vais en parler à Zorr et à Nathan, dit Madge. Ils comprendront que ce projet est épouvantable.

Arik essuya le sirop qui coulait sur son menton d'un revers de dentelle.

— Oh, mais je ne leur reproche pas de ne pas *comprendre*, railla-t-il. Je leur reproche de voir et de ne pas agir, sauf quand je pousse de trop grands cris. Et encore – ça ne les empêche pas de me considérer comme une sorte de girouette que la moindre alerte affole et qui prend peur au plus petit souffle de vent.

— C'est vraiment ce que tu crois ? Qu'ils n'ont pas confiance en ton jugement ?

— Peut-être pas Nathan, mais Zorr sûrement. Il a toujours assimilé mon goût pour l'action à un manque de cervelle. Il pense qu'être quotidiennement au contact de la cour m'empêche d'apprécier les faits de façon objective. Le sot ! Tout ce qu'il connaît, ce sont ses livres. Et il croit être le seul à savoir lire, le malheureux.

Madge ne put s'empêcher de sourire.

— Vous êtes décidément trop sévères l'un envers l'autre. Tu n'es pas le bretteur idiot qu'il voit en toi, et il n'est pas, comme tu le sais fort bien, le rat de bibliothèque que tu aimes à voir en lui.

— Dans ce cas, qu'il le prouve !

— Je vais les prévenir. Si Hérus a vraiment ce projet en tête...

— C'est sa marotte. Le moyen idéal d'obtenir les élèves qu'il pourra employer à faire fonctionner les machines qu'il invente.

— ... Ils comprendront que nous devons réfléchir...

— Avant la mort du roi ! Et pas seulement réfléchir, agir !

— Pas avant d'avoir étudié tous les aspects du problème, Arik.

— Bien sûr. Tu sais bien que je ne ferais jamais rien qui puisse mettre un seul d'entre nous en danger.

Madge n'avait jamais pu résister au sourire d'Arik. Son repas terminé, il se leva et prit congé d'elle en lui baisant la main.

Une fois la porte du jardin refermée derrière lui, Madge demeura un long moment assise à sa table, plongée dans ses pensées. Puis elle se leva et se rendit dans sa chambre. Les lampes s'allumèrent toutes seules quand elle entra. C'était une pièce simple et claire : le plancher peint en blanc était orné de motifs floraux dans des tons jaunes et verts que reprenaient les tapisseries et les rideaux du lit à baldaquin au style très simple, tout comme l'armoire.

Seule la coiffeuse détonnait par la sophistication de ses multiples tiroirs, son miroir taillé et sa marqueterie.

Madge glissa un doigt le long d'une arête. Un compartiment apparut, semblable à l'aile secrète d'un papillon de nuit.

Elle y prit une bourse de velours rouge d'où elle tira une large pierre plate, pavé noir décoré de spirales et de motifs en étoile. Elle la posa devant elle, entre un pot de crème, une boîte à bijoux et un flacon de parfum.

Elle commença par vérifier que le champ était libre. Il l'était. Cela faisait des années que personne au château ne se préoccupait plus de surveiller les faubourgs.

Puis elle se concentra sur la pierre. Il ne se passa rien pendant une longue minute. Les pierres de vision n'aimaient pas l'impatience. Le centre de l'objet pâlit et s'éclaira progressivement, jusqu'à ce qu'un visage d'artisan aux cheveux poivre et sel apparaisse.

Bien que de la même génération que la couturière, son interlocuteur paraissait plus âgé. Il posa la montre sur laquelle il travaillait et se racla la gorge.

— Alors ?

Nathan, dit l'Horloger, avait toujours préféré le chant des montres, le tic-tac des horloges et des pendules à la voix de ses frères humains. Depuis trente ans qu'ils œuvraient à mettre à l'abri les enfants qu'ils parvenaient à sauver de la Haute-École, Madge ne l'avait jamais entendu s'embarrasser de formules de politesse.

— Alors rien, dit-elle en haussant les épaules. Nous avons parlé de Tork et de ses projets. Il m'a paru encore plus anxieux et fatigué que voici quelques semaines, mais il m'a demandé des nouvelles des gosses sans battre d'un cil.

— Le contraire eût été étonnant, non ?

— N'empêche… Arik n'a jamais pris une telle initiative sans notre accord. Il m'a encore dit que ce qu'il considère comme notre inaction lui pèse…

— Si le voyage des gamins n'avait pas été si bien organisé, je dirais qu'il a agi sur un coup de tête…

— Où en sont-ils, justement ?

— Arrivés chez Zorr depuis deux jours. Il est fort en colère après Arik et exige des explications…

Madge ne put s'empêcher de rire.

— Bah, ils ne sont que six. Il s'en sortira.

— Et nous passerons l'éponge ?

— Sur la petite manigance d'Arik ? Oui. En toute franchise, Nathan, ce qu'il m'a dit tout à l'heure m'incite à penser qu'il a hélas raison. Hérus est bien l'esprit le plus machiavélique qui ait jamais été à la tête de l'École. Que nous le voulions ou non, il va nous falloir agir.

Madge rapporta à l'Horloger les paroles d'Arik au sujet de la maison des Enfants. Dès les premiers mots, son vieil ami pâlit et serra les mâchoires.

— Je vois. Tu l'as trouvé fatigué ?

— Trop de nuits blanches.

— Il faudrait le convaincre de passer quelque temps loin de la cour. Les gosses seraient heureux de le voir. Et nous pourrions discuter de tout cela… Il nous faut savoir ce que Tork prépare et qui, parmi les amis d'Orhgon, sera prêt à le soutenir quand son père sera mort.

— J'y ai pensé. Mais persuader Arik de s'éloigner du château en ce moment semble impossible. Il a croisé une jeune fille dans les couloirs. Sargh l'a lui aussi remarquée, d'ailleurs : une gamine dépourvue de *présence*.

— Au château ? C'est invraisemblable.

— C'est ce que j'aurais dit s'ils ne m'en avaient pas parlé tous les deux à quelques minutes d'intervalle. Arik va tâcher de savoir qui elle est.

— Ça ne l'empêche pas de venir nous voir. Il a raison au moins sur un point : nous ne pouvons pas nous laisser prendre de vitesse par Tork.

Madge convint que Nathan avait raison et l'assura qu'elle userait de toute son influence pour persuader Arik de quitter la cour pour quelques journées.

Quelques minutes plus tard, un autre visage apparut dans la pierre plate. Il était beaucoup moins âgé et pourtant aussi grave que celui de l'Horloger. Ce jeune homme à la mine sévère affectait de ne porter que des vêtements à la coupe sobre et aux couleurs sombres. L'effet en était au moins aussi ostentatoire que les tenues chamarrées d'Arik.

— Bonjour, Zorr. On me dit que vous n'êtes pas satisfait de vos nouveaux pensionnaires ?

— Pas satisfait ? Bien sûr que si. Ils sont sages comme des images. Ce qui m'exaspère dans cette histoire, c'est… Oh, je comprends. Arik s'est déjà moqué de moi. On voit bien qu'il n'a jamais dirigé de pensionnat !

À sa droite, une pile de papier attestait du travail fourni par le magicien, mais, à sa gauche, Madge reconnut les reliures des livres entassés sur son bureau : études sur la magie, sa nature, son emploi et son enseignement, histoire naturelle, récits de voyages ; en dépit de ses responsabilités, le plus studieux des élèves de Madge et de Nathan avait toujours le temps d'étancher sa soif de connaissance.

— Arik n'a rien dit du tout. Il continue à faire comme si l'évasion des gamins était purement accidentelle.

— Quel toupet ! Et il croit que nous allons gober ça ?

— Gober n'est pas le mot. Disons que nous allons pudiquement détourner le regard.

Intérieurement, Madge sourit de l'expression indignée de Zorr. Néanmoins, elle savait qu'il avait raison : pour leur sécurité à tous, ils ne pouvaient laisser Arik prendre de telles initiatives.

— Son geste était dangereux, c'est vrai. Mais j'ai compris ce qui l'a motivé.

L'exposé des projets d'Hérus Tork suscita en Zorr le même dégoût que chez Nathan.

— Il en est sûr ?

— Zorr ! Il nous a dit cent fois comment il obtient ses informations.

— Et il est sur les nerfs… Oui, il devrait venir ici. Voir un peu comment je gère ses coups de tête.

— Fort bien, Zorr, tu le sais et lui aussi. Les enfants sont heureux et en sécurité.

— Sauf que je n'ai aucune famille chez qui les placer ! Il sait pourtant combien c'est dangereux d'en avoir autant à la fois !

— Oui, Zorr, il le sait. Mais n'oublions pas qu'il voit bien plus d'horreurs que toi ou moi.

— Certes. Et ça n'arrange pas sa cervelle de coquette !

— Zorr !

— Désolé. Vous avez raison. Tout ça mérite une réunion. Je vais me débrouiller pour caser les gosses. Nous serons plus tranquilles. Si toutefois vous arrivez à convaincre Arik que la cour peut se passer de sa présence.

— Il ne tient pas tant que ça à la cour.

Zorr eut un haussement d'épaules peu convaincu.

Par le Solaire, songea Madge en replaçant la pierre noire dans son étui de velours qu'elle glissa dans le tiroir secret, ces deux-là cesseront-ils un jour de se disputer ?

Il faisait nuit à présent. Le Lunaire avait commencé à monter, mais sa lueur argentée ne se répandrait pas sur les collines avant une heure ou deux. Madge Mayfield prépara son repas à la lumière de la lampe à huile. Elle songeait à Arik et à Zorr. Après les avoir soustraits à l'École, elle les avait élevés comme les fils qu'elle n'avait jamais eus. Nathan et elle les avaient voués à une vie de fuite et de dissimulation, au cours de laquelle ils n'avaient pu exercer leurs talents qu'à condition de les cacher. Ils leur avaient également appris à se servir de ces pouvoirs avec loyauté, sans jamais nuire aux hommes qui ne possédaient ni pouvoirs magiques ni moyens de se défendre face à ceux qui en avaient. Malgré leurs défauts, ils étaient tous les deux droits, honnêtes et – quoique de manière différente – courageux. Le sort des derniers magiciens libres reposait désormais sur eux.

Mais ce n'était pas le destin qu'elle aurait souhaité à ses enfants.

CHAPITRE NEUF

Il n'y a pas à proprement parler d'élément plus difficile à maîtriser qu'un autre. La maîtrise parfaite d'un seul élément n'est pas non plus la preuve d'un très grand pouvoir. Ce qui est extrêmement difficile, et signe d'un talent exceptionnel, c'est la maîtrise parfaite des quatre.

Hénnik Dott,
premier adjoint.

— Alors ? demanda Raoul à Dassouf.

Assis sur un banc dans une pièce aux murs blancs et nus, Raoul des Crapauds attendait depuis l'aube.

Dassouf avait la même expression que tous ceux qu'il avait vus entrer puis ressortir de la pièce voisine. Hagard, l'air de ne plus savoir où il se trouvait et encore moins comment il y était arrivé.

Il ne parut se souvenir de Raoul qu'à l'instant où il entendit sa voix.

— Je ne sais pas, dit-il avec un geste évasif. Ils ne disent rien.

Raoul eut la conviction qu'il mentait.

Dassouf se dirigea vers la sortie, s'arrêta, parut vouloir parler, puis se ravisa et quitta la pièce d'une démarche de somnambule.

— Cherche pas, dit le garçon qui attendait avec Raoul. On m'a dit que c'était toujours comme ça.

Depuis leur arrivée à la capitale, on ne leur parlait que du jour où ils seraient testés. Leur existence à la Haute-École en dépendrait entièrement, du dortoir où ils auraient leur lit à la nourriture qu'on leur donnerait, en passant par les professeurs et les cours qu'ils leur prodigueraient.

Raoul s'attendait donc à dormir sous des couvertures trop minces, à manger mal et à ne jamais recevoir que le plus basique des enseignements.

— Raoul Terrime !

Le Chasseur chargé d'ouvrir la porte lui fit signe d'entrer. C'était celui qui lui avait donné la permission de faire la cuisine le fameux jour où… Mais ses yeux, derrière le masque, n'exprimaient rien. Son attitude était celle d'une statue, et il ne parut pas le reconnaître.

Raoul se leva, les genoux flageolants.

Dans une pièce deux fois plus grande que la salle d'attente mais tout aussi blanche et nue, trois hommes et une femme étaient assis derrière une grande table de chêne.

D'abord Hérus Tork, ensuite Hénnik Dott, son premier adjoint, un petit magicien sans envergure dont l'unique ambition était de ressembler à Tork, et enfin Milla Donne, la directrice des études des novices. Une femme forte, au caractère aussi carré que ses formes amples étaient rondes. Le Chasseur se plaça dos à la porte, les bras croisés. Hérus Tork prit la parole :

— Raoul Terrime. (Le seul son de sa voix suffisait à transformer en glace la colonne vertébrale de Raoul.) Né le vingt-septième lever du troisième cent du huit cent soixante-sixième cycle à Mongeronde, où il a été soustrait à la loi par ses parents.

Par sa *mère*, faillit rectifier Raoul.

— Que sais-tu de ton pouvoir ? demanda Hérus Tork.

— Je…

Rien du tout ! Je ne sais rien du tout. Sauf qu'il est insignifiant et surtout inutile…

— Je sais juste qu'il est… que les dieux qui nous ont quittés ont donné des pouvoirs à certains hommes, avec pour mission de les utiliser pour soulager le fardeau de l'humanité… Mais les premiers magiciens, la tête tournée par leur nouvelle puissance, décidèrent de garder leurs pouvoirs pour eux seuls, alors…

— C'est bon… nous ne te demandons pas de nous réciter ce que tu sais sur la naissance de l'École. Dis-nous plutôt ce qui, selon toi, est à *l'origine* de notre pouvoir ? N'as-tu pas un avis là-dessus ?

Un avis ? Non, Raoul n'en avait pas. Les avis, c'était pour Ian, tout comme les opinions et les certitudes. Tout ce que savait Raoul, c'était qu'il avait une affinité avec les créatures vivantes.

— Hérus, dit Milla Donne, vous voyez bien que ce paysan n'a jamais réfléchi à ce qu'il est.

— Ce n'est pas un paysan, dit Dott, levant le nez des papiers posés devant lui. Son père est boulanger.

— Écoute-moi, dit Hérus. Le pouvoir que nous ont donné les dieux peut se décrire ainsi : alors que l'esprit des autres hommes est sourd à celui des créatures vivantes, le nôtre perçoit les vibrations de tout ce qui existe. De la pierre sur le chemin à l'oiseau dans le ciel, en passant par les arbres et les hommes. C'est parce que nous percevons ces vibrations que notre esprit peut exercer sa force sur le monde réel. Mais nous n'entendons pas tous la même chose. Comme des instruments, nos esprits sont accordés sur des fréquences différentes. Certains d'entre nous sont en phase avec l'air, d'autres avec l'eau, le feu ou la terre. Les épreuves que nous allons te faire passer visent à déterminer ce avec quoi tu entres le plus facilement en relation et, donc, à décider quel enseignement tu recevras et à quelle tâche tu seras préparé.

C'est-à-dire dans quel moule la pâte sera coulée, pensa Raoul. Mais s'il n'y a pas assez de pâte ? Ou si elle n'est même pas bonne à lever ?

Sur la table étaient à présent posés quatre coffrets de bois sculpté. Raoul était sûr qu'ils ne s'y trouvaient pas quand il était entré.

Lentement, le couvercle du premier se souleva.

Il était vide.

Plusieurs secondes s'écoulèrent dans un silence de fin du monde. Raoul prit tout à coup conscience du regard du Chasseur posé entre ses omoplates. Il fut saisi d'une brusque envie de prendre ses jambes à son cou et…

— Alors, interrogea la directrice des études d'un ton tranchant, ça vient ?

Raoul était paralysé. Il avait l'impression que le coffret s'agrandissait et que le vide l'attirait. Il allait tomber à l'intérieur, aspiré par le néant.

— Allons, dit le premier adjoint sur un ton un peu plus conciliant. Ne nous oblige pas à prendre les choses en main.

La panique gagnait Raoul. Il se tortilla, ouvrit la bouche, jeta un coup d'œil affolé par-dessus son épaule.

Il lui sembla que le Chasseur écartait légèrement les mains, illustrant l'évidence. Qu'il dise ce qu'il voyait !

— Je… Il n'y a rien là-dedans. Qu'attendez-vous de moi ?

— Comment ça, *rien* ?

Milla Donne semblait ne pas en croire ses oreilles. Hénnik Dott se pencha en avant.

— Que veux-tu dire ?

— Que ce coffret est vide.

D'un geste de la main, Hérus arrêta les objections des juges.

— Tu en es sûr ?

— Oui. Je ne vois rien.

— Alors poursuivons.

Les autres juges échangèrent des regards incrédules avant d'obéir.

Le couvercle du deuxième coffret se leva. Il contenait du charbon.

Raoul dut se mordre la langue pour ne pas éclater d'un rire hystérique. Ce n'était pas faute d'avoir essayé – mais il n'avait jamais réussi à allumer la moindre étincelle.

C'est Ian, pensa-t-il, que vous cherchez. C'est Ian qui allume des feux n'importe comment et n'importe où.

Bon, se dit-il, jouer la comédie ne résoudra rien, mais il faut au moins que je montre de la bonne volonté. Il prit une bonne inspiration, fronça les sourcils, fit des gestes des mains et des grimaces.

— Ça suffit, dit la femme, exaspérée. C'est toujours comme ça ?

— Non…

— Tu as déjà réussi à allumer du feu ?

— Eh bien…

— Et à l'éteindre ? jeta Hérus Tork.

Au même instant, un galet de charbon jaillit du coffret, s'enflamma et frappa Raoul à l'épaule gauche. Le tissu de sa chemise prit feu. Il dut l'éteindre à grands coups de la main droite.

— Je… Non…

— Ça va, dit Milla Donne. On a compris. Tu n'appartiens pas au feu.

Le troisième coffret s'ouvrit. Sur un lit de sable blanc étaient posés une sphère de pierre noire, un cube de pierre rouge et une pyramide de pierre verte. Raoul gratifia son public de nouvelles grimaces et gesticulations, mais aucune des formes ne daigna se soulever fût-ce d'un millimètre. Dégoûtée, Milla Donne esquissa un geste ; le couvercle se referma avec un claquement sec.

Le dernier coffret contenait du liquide.

Raoul trouva difficile de qualifier d'eau la substance verte, opaque et huileuse qui l'emplissait. Il sentit qu'elle attirait son esprit comme un aimant et il voulut repousser cette sensation déplaisante. Aussitôt la surface fut agitée de rides. La surprise qui envahit le visage de Raoul arracha un sourire aux quatre juges.

— Tu n'as jamais essayé d'agir sur l'eau ?

— Non. Sur les grenouilles.

— Pardon ?

— Les batraciens. Les crapauds. Les grenouilles. Les salamandres. Les poissons, même. Tout ce qui vit dans l'eau. C'est avec eux que je communique le mieux. Et c'est tout ce que je sais faire, vraiment.

La directrice se pencha vers Hérus et lui murmura quelque chose à l'oreille.

L'adjoint avait couvert un feuillet de pattes de mouche.

— C'est l'eau, conclut-il, sans le moindre doute. Mais à quoi l'employer ? Il n'est même pas assez puissant pour les pompes.

— S'il parle vraiment à l'esprit des poissons, on pourra toujours le mettre sur une barque, au service d'un maître pêcheur. Mais en attendant… il n'est bon à rien.

— Il sait cuisiner.

Raoul n'avait pas entendu le Chasseur s'avancer. Il se tenait derrière lui. Lentement, il posa la main sur son épaule.

Un homme qui ne doute jamais est rarement perplexe. Sur le visage d'Hérus Tork, l'expression avait quelque chose de comique ; Raoul se garda bien de sourire.

— Il a préparé une crème de riz quand nous étions sur la route. Et le chef m'a dit qu'il l'avait vu rôder près des cuisines.

— Je voulais juste voir comment il travaillait !

— Ainsi c'était toi… Tu as donc appris le métier de ton père… dit Hérus. Pourquoi pas ? Qu'on l'affecte aux cuisines, trancha-t-il.

Avant même qu'il ait compris ce qui venait de lui arriver, la main du Chasseur serra l'épaule de Raoul et le guida jusqu'à la porte.

Arrivé sur le palier du deuxième étage, il le laissa rejoindre seul son dortoir. Mais, au lieu de descendre l'escalier, Raoul s'engagea dans le couloir. Là se trouvaient les classes de trois des professeurs les plus renommés de l'École. Même en dernière année, seuls les meilleurs étaient autorisés à bénéficier de leur enseignement.

Raoul retint son souffle et s'approcha de la première salle sur la pointe des pieds. Il s'accroupit et colla son œil sur la serrure.

Sur l'estrade, assis les yeux bandés dans un vieux fauteuil au cuir éraflé, un élève de dernière année se livrait à un exercice. Autour de lui flottaient un encrier, des plumes, plusieurs livres et cahiers, la corbeille à papier et un nuage d'épluchures.

En face de Raoul, au bout de l'estrade, un autre élève était chargé d'accroître le nombre des éléments en lévitation. À chaque lancer, le professeur commentait la façon dont l'élève amortissait la chute du projectile et l'intégrait à la sarabande qui tournoyait au-dessus de sa tête. Comme il était au fond de la salle, Raoul n'entendait pas ce qu'il disait. Parmi les objets posés aux pieds du lanceur se trouvait une théière. Encouragé par toute la classe, il la projeta de toutes ses forces. Elle atterrit à côté du fauteuil où elle éclata, suivie par une pluie d'épluchures, puis de tous les objets jusque-là suspendus dans les airs.

Se retenant de rire, Raoul se glissa jusqu'à la salle voisine.

Il avait obéi à une intuition en se dirigeant vers les salles de classe, et il avait eu raison.

Sur l'estrade, Gillil était assis sur un tabouret. Maigre et dépenaillé, ses cheveux blonds pendant en paquets sales et emmêlés sur son visage hagard, il posait sur les élèves assis en face de lui un regard vide d'animal captif, mais néanmoins encore assez intelligent pour comprendre l'horreur de ce qui l'attendait.

Le professeur se tenait à côté de lui, aussi, cette fois, Raoul entendit-il clairement ses explications.

— Nous vous avons appris à connaître votre corps pour que vous puissiez pénétrer sans la moindre hésitation ou difficulté dans celui de vos semblables. Voyez ce jeune homme. Il est ici parce qu'il a essayé d'échapper aux Chasseurs qui le conduisaient chez nous. Je vous propose aujourd'hui d'étudier son souffle, sa respiration, la façon dont elle pénètre dans sa gorge et descend dans ses poumons. Je veux que vous parveniez à la contrôler, à la stopper même – mais sans le tuer, bien entendu, car il doit vivre jusqu'à la fin de sa punition. Comme ceci.

Le maître ferma les yeux. C'était un homme grand et mince, à la bouche tombante et à la mine sévère, mais il eut un sourire quand les doigts du condamné se crispèrent sur le bord du tabouret.

Gillil ouvrit la bouche comme un poisson sorti de l'eau ; sa poitrine aux côtes saillantes se souleva. Quand Raoul quitta le couloir, aussi vite et silencieusement qu'il le put, il commençait à suffoquer.

CHAPITRE DIX

Un royaume qui n'est pas en guerre n'est pas un royaume.

Urbain II,
grand-père d'Urbain III.

— Bien, dit Violette, il ne nous reste donc plus qu'à attendre.

Les informateurs de Guy de Norrœke leur avaient communiqué l'adresse de l'auberge, le jour où l'envoyé y était attendu et même une heure approximative d'arrivée. La jeune actrice avait joué de ses charmes et de la bourse fournie par Norrœke pour obtenir de l'aubergiste le numéro d'une chambre retenue par un Chasseur.

— « Plus que » ? Tu en as de bonnes ! Imagine qu'il arrive en fin de journée. Je n'ai pas envie de passer des heures derrière ce pot.

Le pot en question contenait un palmier étique, censé donner un air de jardin d'hiver au couloir du premier étage de l'auberge. Il y parvenait peut-être lorsque le Solaire était haut et que le jardin de l'établissement, lui-même couvert de vigne et de glycine, se prolongeait par une plate-forme dont les jardinières et les claustras croulaient sous les roses et le jasmin. Mais, en saison de Bas-Solaire, ce n'était qu'une plante en pot maigre et poussiéreuse.

Germain et Violette profitèrent néanmoins de la taille impressionnante de la poterie pour s'accroupir entre elle et le mur.

— On ne passera pas la journée ici, dit Violette en sortant un objet de sous sa cape. Ils parleront ce soir ; donc l'envoyé arrivera dans l'après-midi. Je dirais d'ici une heure tout au plus. Mais je m'étonne que tu n'aies pas emporté quelque chose à lire.

L'objet était un pistolet. Un *petit* pistolet, avec une crosse de nacre et un air de sortir d'un mauvais roman d'aventure, mais une arme tout de même.

— D'où sors-tu ça ? demanda Germain qui n'avait jamais ni possédé ni utilisé une arme de sa vie.

— Norrœke me l'a donné, répliqua-t-elle avec fierté.

Germain vit rouge. C'était idiot et il le savait, mais une bouffée de jalousie s'empara de lui.

— Il croit que, moi, je ne serais pas capable de m'en servir, hein ? Parce que je ne suis qu'un auteur de théâtre qui s'est débrouillé pour échapper à la conscription ?

La jeune femme écarquilla les yeux.

— Hé ! Je plaisantais ! D'abord je ne savais pas, pour l'armée, ensuite je m'en fiche.

— Alors pourquoi Norrœke ne nous a-t-il pas donné un pistolet à chacun ?

Elle soupira.

— Ce n'est pas la première fois que je fais ça, idiot. Toi, tu n'as pas eu le temps d'apprendre. C'est tout. Je connais Norrœke : s'il est satisfait de toi, il te fera participer à d'autres actions.

— Tu en es sûre ?

— Oui. Ne serait-ce que parce que peu de gens sont prêts à nous aider vraiment. On est obligés d'utiliser tout le monde – même les types à lunettes.

Germain allait ouvrir la bouche pour protester. Violette le fit taire d'un grand sourire et d'une bourrade dans les côtes ; l'aubergiste montait l'escalier, suivi d'un client enveloppé dans une grande cape au capuchon baissé.

Ils attendirent que le client se fût enfermé dans sa chambre et que l'aubergiste eût disparu en bas de l'escalier pour sortir de leur cachette.

Violette plongea une main dans ses jupes et en sortit un anneau de clés. Elle en sélectionna une, l'introduisit dans la serrure et s'agenouilla, l'oreille collée contre la porte. La clé tourna,

Violette se releva et ouvrit la porte. Ils entrèrent aussitôt et la refermèrent derrière eux.

L'envoyé du Royaume intérieur était debout devant le lit sur lequel elle venait d'étaler une robe.

L'envoyée, rectifia alors Germain.

— Non, dit Violette, ne vous changez pas. Cette tenue conviendra tout à fait là où nous allons.

L'espionne portait des chausses et un pourpoint d'homme, des vêtements ajustés qui soulignaient une silhouette comme Germain en avait rarement vu – la fréquentation des théâtres lui avait pourtant donné l'occasion de rencontrer beaucoup de jolies femmes, parmi lesquelles Violette n'était certes pas la moins séduisante.

Mais jamais il ne s'était trouvé face à une beauté aussi raffinée, qui paraissait élégante en tenue de cheval et qui aurait surpassé la plupart des dames de la cour – jusques et y compris la duchesse d'Alfide – si elle avait revêtu la toilette posée sur le lit…

Cela venait sans doute de l'éclat de la peau couleur de miel, ou peut-être de ses yeux… Il n'avait vraiment jamais croisé un tel regard : profond, velouté, étiré en amande, et à la fois noir et lumineux.

— C'est-à-dire ? demanda la belle espionne.

— Pas loin d'ici. Sur la rivière. Nous savons qui vous êtes et d'où vous venez, et nous désirons parler avec vous avant que vous n'entendiez les mensonges d'Hérus Tork.

— Nous ? Qui est ce « nous » ?

— Nous n'avons pas le temps de vous expliquer tout cela ici, dit Germain.

Il avait réussi à reprendre ses esprits. C'était très simple, en fait : il suffisait de ne plus se laisser attirer par les profondeurs de ces yeux, de ne plus regarder cette bouche, de ne plus tenter d'imaginer la peau sous le tissu qui prenait la taille si fine…

— Venez, dit-il. Nous n'avons pas l'intention de vous faire du mal.

— Vous, non, dit la jeune femme en décochant à Germain un sourire qui le fit rougir jusqu'aux oreilles. Mais elle ?

— Nous avons ordre de vous amener à une personne qui désire *parler* avec vous, dit Violette. Parler, c'est tout.

— Je ne vois vraiment pas qui cela pourrait être en dehors des porte-parole officiels de la Couronne, déclara la jeune femme. Mais cela m'intéresse.

Elle se dirigea vers la porte. Violette rangea son pistolet dès qu'ils furent dans l'escalier et profita de ce qu'il la précédait pour se pencher sur l'épaule de Germain et lui murmurer :

— Arrête donc de la reluquer comme ça, imbécile, on va crier au viol en nous voyant passer !

Le jardin était désert, comme on pouvait s'y attendre en cette saison, de même que la plate-forme où était amarrée la barque dans laquelle ils montèrent.

Germain prit les rames pendant que Violette expliquait à Esquira – nom sous lequel elle se présenta – qui était Guy de Norrœke et pourquoi il voulait la rencontrer. Arrivés à destination, Germain aida la belle Esquira à quitter la barque. Un escalier aussi étroit que raide les mena dans la péniche.

Guy de Norrœke avait vraiment tout organisé à la perfection. Germain n'en attendait pas moins de lui, mais il n'aurait jamais cru qu'on pouvait transformer l'intérieur d'une péniche en un confortable salon dont les « murs » et le plafond étaient lambrissés de chêne et protégés par des tapisseries représentant des scènes de sous-bois et de lacs de montagne, le tout éclairé par un lustre en cristal de Nirce. Au fond de cette pièce, bien entendu beaucoup plus longue que large, une banquette tendue de velours prune où étaient éparpillés des coussins de soie brochée invitait à s'asseoir devant une table déjà dressée pour une collation.

Guy de Norrœke s'inclina légèrement lorsque l'envoyée du Royaume intérieur descendit la dernière marche de l'escalier. La jeune femme s'immobilisa pour balayer du regard les lieux et leur propriétaire. Elle hésita un instant avant de conclure, ainsi que cela avait été prévu, qu'elle se trouvait en présence de gens civilisés. Elle rendit son salut à Norrœke et prit place en face de lui. Germain et Violette s'assirent à leur tour, l'actrice à côté de leur invitée, Germain près du comte.

Une domestique arriva alors avec un plateau chargé de canapés, des assiettes de jambon et de rôti froid ainsi que divers fromages.

— Comment, pas de Pousseur pour faire glisser les plats dans les airs ? demanda leur invitée tandis que la servante apportait un dernier plateau de fruits et une carafe de vin.

— Contrairement à ce que beaucoup croient, les trois quarts, sinon plus, des magiciens qui sortent de la Haute-École sont employés soit par les services du Royaume, soit par l'armée. Seules des personnes beaucoup plus haut placées que je ne le suis se voient attribuer des élèves de la Haute-École pour leur usage personnel.

— Oh. Alors l'armée doit se tailler la part du lion. Nos espions nous disent que, sur le front, tous les officiers ont des serviteurs particuliers.

Norrœke haussa très légèrement les épaules.

— C'est possible. Est-ce pour cette raison que vous êtes ici ? Parce que les mages donnent à notre armée un avantage contre lequel vous ne pouvez rien ?

Esquira savoura plusieurs bouchées de viande et une gorgée de vin avant de répondre.

— C'est ce qu'on vous a dit ?

— On m'a dit qu'Hérus Tork et le ministre de la Guerre s'apprêtaient à recevoir un envoyé du Royaume intérieur. Je ne vois pas pourquoi ledit Royaume nous enverrait quelqu'un alors que nous sommes en guerre et que nos forces ont récemment remporté plusieurs victoires éclatantes – sinon pour tenter de négocier… je ne sais quoi.

— Cette charmante personne, dit Esquira en se tournant très légèrement vers Violette, m'a expliqué que vous représentez un groupe d'hommes et de femmes décidés à en finir avec cette guerre. Elle m'a également dit que vous faisiez partie du Haut-Conseil. Je ne pense pas me tromper en supposant que votre famille appartient à la noblesse, avec tous les privilèges et la fortune que cela implique…

— Cette charmante personne, comme vous dites, se nomme

Violette Chimain. Le jeune homme assis en face de vous est Germain Comsic. Quant à moi, je suis Guy de Norrœke. Ainsi, les raisons pour lesquelles je mets en danger ma vie et mon rang échapperaient à votre intellect de citoyenne de l'intérieur ?

— Non ! Même un royaume qui laisse vivre les mages ne peut être entièrement peuplé d'imbéciles. J'imagine assez bien que certains d'entre vous sont aussi dégoûtés que nous le sommes par cette boucherie sans but ni fin.

— Ah ! (Guy de Norrœke leva son verre.) Enfin des paroles vraies. Qu'êtes-vous donc venue faire ici ? Signer un acte de reddition ?

— Sûrement pas. Mon gouvernement ne l'acceptera jamais, et nous non plus.

— Nous ?

— Le Parti de la Paix. Clandestin comme vous, sinon nous serions arrêtés pour haute trahison. Nous sommes peu nombreux mais, si je me fie à vos méthodes, aussi déterminés que vous l'êtes à changer les choses. Officiellement, je suis un agent de renseignement chargé de sonder les intentions futures de vos autorités. En réalité, je suis ici pour déterminer s'il existe des gens capables de comprendre que nos deux États peuvent coexister en paix.

— Eh bien, vous les avez trouvés, dit Violette. En tout cas, en ce qui nous concerne, Norrœke et moi.

— On dirait que oui, répondit Esquira, prudente.

Et, à la surprise de tous, elle se tourna vers Germain.

— Germain Comsic. Il me semble avoir lu ce nom au bas de textes dont le contenu ne m'a pas semblé très orthodoxe.

Elle sourit. Germain se sentit rougir jusqu'aux oreilles.

— C'est moi, oui, dit-il.

— J'ai aussi lu vos pièces. Vous avez du talent.

Guy de Norrœke leva un sourcil surpris.

— Je vous ai dit que je travaillais pour nos services de renseignement, non ? Les pièces de monsieur font partie des divers signes qui nous ont conduits à penser que nous pouvions tenter de trouver des interlocuteurs.

Monsieur l'auteur bomba le torse et décocha à Violette, qui ouvrait des yeux ronds, un sourire de triomphe. Il remonta même fièrement ses lunettes qui glissaient sur son long nez.

Au même moment, quelqu'un dégringola l'escalier en bois. Le marinier qui conduisait leur barge apparut, l'air très troublé.

— Monsieur ? Il y a des cavaliers sur les berges. Je crois que ce sont des Chasseurs et qu'ils nous suivent.

Guy de Norrœke posa ses couverts et s'essuya posément la bouche avec sa serviette brodée.

— Des Chasseurs ? Tu en es sûr ?

— De beaux chevaux bien harnachés et des cavaliers masqués vêtus de noir. Ce ne sont pas des gardes.

— C'est moi qu'ils veulent, dit Esquira. Ils ont dû remarquer que je n'étais plus à l'auberge.

— C'est probable... Peut-on accoster non loin d'ici ?

— Oui.

— Mais, même si elle débarque en toute sécurité, nous ne pourrons pas repartir sur la rivière. Pas dans cette péniche, dit Violette.

— Non, ajouta Germain. Le seul moyen de nous en tirer, c'est de nous emparer de leurs chevaux...

Norrœke le regardait soudain avec une expression étrange.

— C'est exactement ce à quoi je pensais. La question est : comment allons-nous les leur subtiliser ? Ce sont des Chasseurs...

— Et nous sommes des femmes, intervint Esquira. C'est moi qu'ils veulent. Je vais donc me livrer. Soit ils ont un cheval pour moi, et il vous suffira de vous mettre en position de le prendre à ma place, soit l'un d'entre eux me prendra en croupe, et je saurai bien m'en occuper.

En disant cela, elle plongea sa longue main dorée dans son corsage. Un mince lacet de cuir se déroula entre ses seins.

— Intéressant, mais vous oubliez une chose : ils perçoivent les pensées et peuvent manipuler votre esprit.

— Vraiment ?

Le marinier, qui était retourné sur le pont prendre des nouvelles, redescendit, l'air affolé.

— Monsieur… Ils doivent avoir emmené un Pousseur. Je n'arrive plus à contrôler la barge. Nous nous dirigeons droit sur eux.

— Si vous avez des doutes quant aux pouvoirs des magiciens, pourquoi donc les tuez-vous à la naissance ? demanda froidement Guy de Norrœke en se levant.

— Parce que l'existence de gens si… différents des autres est une source potentielle de troubles dans la société. Admettez tout de même qu'il est difficile de croire à des dons qu'on ne voit jamais exercer par personne…

Guy de Norrœke ouvrit un tiroir et en sortit deux pistolets et un morceau de tissu noir. Il tendit un des pistolets à Germain. Le morceau de tissu était un masque qu'il noua sur son visage.

— Moins ils en sauront sur nous, mieux ce sera, dit-il.

— Votre idée est bonne, dit Norrœke à Esquira. Vous allez sortir, faire ce qu'ils vous demanderont et trouver un moyen de créer une diversion pour nous permettre de nous emparer des chevaux. Je suis désolé que notre rencontre se termine ainsi… Nous aurions dû prévoir que vous seriez surveillée.

Quelque chose fit frémir et craquer la coque de l'embarcation. Une force irrésistible les attirait vers la berge.

— Écoutez-moi bien, dit Guy de Norrœke. Notre seul atout est la surprise – alors il s'agit de le jouer au bon moment.

Rien ne pouvait empêcher le Pousseur d'attirer leur embarcation vers la berge ; l'envoyée du Royaume intérieur elle-même dut admettre l'évidence. Germain la vit pâlir, assise toute droite contre les coussins de soie de la banquette.

Norrœke et Violette échangeaient quelques phrases à voix basse avec le marinier. Germain s'approcha alors de l'espionne aux yeux de velours et, dans un immense élan de courage, posa la main sur la sienne.

— Ce ne sont jamais que des êtres humains, vous savez.

— Pardon ?

Elle ne retira pas sa main.

— Les magiciens. Ils ont des pouvoirs, mais ce sont des hommes et des femmes comme nous.

— Impossible. On ne peut pas accomplir toutes ces choses extraordinaires et demeurer humain.

— C'est pour cela que nous avons l'École. Pour qu'ils apprennent à servir le Royaume, pas leurs propres intérêts.

Mais au moment où il disait cela Germain savait qu'il mentait. Il avait souvent réfléchi au problème : un homme était un homme, que ses capacités fussent inférieures ou supérieures à celles de ses semblables. La réponse d'Esquira lui sembla faire directement écho à ses pensées :

— À servir, oui, comme des animaux. Vous ne me ferez pas croire qu'il n'est pas plus charitable de les tuer dans l'œuf.

— Nous y sommes, intervint Guy de Norrœke. Bonne chance, ajouta-t-il pour Esquira et Violette.

Les deux jeunes femmes montèrent l'escalier et attendirent.

Guy de Norrœke ouvrit un hublot. Il avait ôté son pourpoint et ne portait plus que sa chemise et ses chausses. Germain l'imita pendant qu'il se glissait par le hublot hors de la péniche, invisible des Chasseurs.

— Sur ordre du roi, nous vous demandons de sortir, dit une voix mâle et sonore. Nous savons que vous détenez une personne qui est sous la protection de Sa Majesté. Laissez-la partir et il ne vous sera pas fait de mal.

— Tu parles, murmura Violette.

Esquira lui avait prêté un châle de soie qui dissimulait sa chevelure flamboyante et pouvait la faire passer pour une servante pendant quelques instants.

Esquira hocha la tête, et elles montèrent sur le pont.

Sur la berge, entre deux grands saules dont le feuillage retombait vers l'eau immobile, trois cavaliers masqués les attendaient à côté de leurs montures. L'un d'entre eux tenait une chaîne fixée au cou d'un jeune homme accroupi dans l'herbe humide : le Pousseur.

Germain vit la scène du coin de l'œil tandis qu'il nageait de toutes ses forces et en silence de la barge à la rive. Heureusement, ils n'avaient que quelques mètres à franchir. Il n'aurait sans doute pas supporté un séjour plus long dans l'eau glacée. Sans compter que les Chasseurs ne pouvaient que détecter leur présence...

— Voyons, messieurs, disait Esquira en mettant pied à terre, vous voyez bien que ma servante et moi sommes en parfaite santé. Nous avons juste accepté une invitation à nous promener sur cette belle rivière.

Les Chasseurs étaient au moins aussi surpris et charmés que Germain lorsqu'il avait vu Esquira pour la première fois.

Elle s'avança vers eux en dévidant avec un aplomb quasi hypnotique un chapelet de propos creux sur la beauté de la rivière.

Sortant de l'eau, Germain Comsic et Guy de Norrœke se faufilèrent à quatre pattes dans les hautes herbes.

Violette avait pris la parole. Lorsqu'ils arrivèrent près des chevaux, le large dos des trois Chasseurs n'était qu'à quelques pas devant eux et Germain avait du mal à croire que le seul charme féminin pouvait suffire à les dépouiller de tout réflexe professionnel. Norrœke lui fit signe de détacher les chevaux. Il obéit tout en le regardant se rapprocher du garde le moins éloigné d'eux.

Germain sortit alors son pistolet de la bourse qu'il avait nouée sur sa tête pour le garder hors de l'eau, le retourna et assomma l'homme d'un coup de crosse aussi net qu'efficace.

Les deux autres Chasseurs se retournèrent, pareils à des fauves surpris dans leur tanière au moment de la sieste.

— Ne bougez pas ou je tire, dit Violette qui braquait à son tour son arme sur eux. Tout ce que nous voulons, c'est partir d'ici sains et saufs.

Des soldats ordinaires auraient peut-être accepté de s'en sortir à si bon compte. Mais ils avaient affaire à des Chasseurs. Et, bien qu'il fût impossible de lire quoi que ce fût sur leurs visages dissimulés derrière ces masques aux traits tourmentés, Germain était convaincu que la lueur d'humiliation et de fureur qu'il distinguait au-delà des fentes des yeux n'était pas le fruit de son imagination.

Il avait détaché l'un des chevaux. Il tenait l'animal bien en main, calme et prêt à lui obéir. Lorsque le Chasseur le plus proche de Guy de Norrœke esquissa un pas en avant, le jeune homme monta en selle et, d'un coup de talon, lança sa monture entre les Chasseurs. Il vit Guy de Norrœke lever le bras à la périphérie de son champ de vision et entendit un coup de feu. Il laissa le cheval avancer sur quelques mètres avant de l'obliger à faire demi-tour.

Lorsqu'il descendit de sa monture, Esquira avait déjà utilisé son lacet de cuir autour du cou du troisième Chasseur.

— Il est mort ?

— Non, fit-elle avec un sourire exquis. Juste assommé. Je veux qu'ils me conduisent au château comme prévu.

Elle se leva et tendit sa main délicate à Germain, qui se pencha pour la baiser, au risque de tomber et de perdre toute la dignité qu'il avait acquise en quelques instants.

Guy de Norrœke et Violette étaient déjà à cheval.

— Vous me voyez désolé que notre entretien se soit achevé ainsi, dit Norrœke. D'autant plus que, je le crains, la prudence nous contraint à ne pas en provoquer un autre avant longtemps. Mais je transmettrai ce que vous nous avez dit à mes amis. Votre voyage n'aura pas été inutile.

— J'en suis convaincue, acquiesça-t-elle.

Une fois à bonne distance, Guy de Norrœke leur fit signe de s'arrêter.

— C'est bon. Abandonnons les chevaux ici.

Ils avaient atteint le seul pont qui permettait de franchir la rivière de ce côté des faubourgs.

— Si loin de la ville ?

— Ces animaux vont rentrer seuls à leur écurie. Vous m'avez agréablement surpris, jeune homme, vous voulez tout gâcher en étant vu près d'eux ?

Se sentant rougir jusqu'aux oreilles, Germain profita de ce qu'il descendait de sa monture pour dissimuler sa gêne.

— Rentrez chez vous et ne cherchez surtout pas à me voir. Et ne vous étonnez pas si je ne vous recontacte pas. Nous devons laisser passer du temps. Mais, dit le comte en se tournant délibérément vers Germain, je ne vous oublie pas. Soyez-en assuré.

Ils franchirent le pont à pied et se séparèrent une fois sur l'autre rive.

CHAPITRE ONZE

Journal d'Élisabeth de Siff.
Vingtième lever du dixième cent
du huit cent quatre-vingtième cycle après la Fondation.

Parfois, dans la soirée, lorsque les membres du Haut-Conseil, les chefs de cabinet, les secrétaires, les courtisans et les domestiques sont rentrés chez eux, je me glisse jusqu'au cœur des Grandes Tours et je rends visite au vieux roi.

Ou alors c'est le matin, avant l'arrivée de son médecin. Et quand Orhgon et Hérus Tork ne sont pas là à tourner autour de lui comme deux mouches à merde autour d'un tas d'ordures.

Non, le vieux roi ne mérite pas cette comparaison méprisante. Il estime, comme tout un chacun, que les pouvoirs des magiciens doivent être contrôlés. Mais jamais il n'a songé à employer les méthodes d'un Hérus Tork.

S'il a toujours accordé aux nobles tout ce qu'ils exigeaient, s'il a consenti à mener cette guerre inutile contre le Royaume intérieur, c'était pour les contrôler eux aussi, pour limiter les dégâts que leur cupidité pouvait causer, en quelque sorte.

S'il n'avait pas été victime, au cours des deux dernières années, de plusieurs attaques cérébrales, il se rendrait compte à quel point le nouveau directeur est dangereux. Il verrait qu'il manipule son fils et qu'il va définitivement précipiter son peuple dans la guerre, l'oppression et le malheur.

Mais tout cela n'est que commentaire vain et inutile. Le moyen de chasser de mon esprit ce que j'ai vu et entendu, *et que je dois rapporter*. Parce que personne d'autre que moi ne pourra le faire.

Le même type de couloir secret qui mène au bureau d'Hérus Tork permet d'accéder à la chambre du roi. Je suis arrivée au moment où le médecin du roi s'en allait. Orhgon se tenait au chevet de son père. Je dois dire à sa décharge qu'il avait le teint pâle et l'air égaré – et pas parce qu'il avait passé la nuit en compagnie d'Arik Renshaw.

J'étais à nouveau cachée derrière une tenture. Un trou minuscule me permettait, en y collant un œil, de voir le profil d'Orhgon et le pied du lit où était couché son père. La chambre sentait le camphre et cette étrange odeur de poussière et de flétrissure qui émane des vieux corps malades. À ma gauche se trouvait un Éclairant. Je n'osais pas bouger pour mieux voir le vieil homme, mais par chance Tork l'a tout de suite renvoyé. Pendant qu'il le remplaçait par une boule de lumière flottant à l'intérieur du lit, je me suis glissée de l'autre côté de l'alcôve.

Le vieux roi était allongé sur le dos, soutenu par des oreillers dont la blancheur soulignait ses traits cireux. Ses paupières fripées étaient fermées, les coins de sa bouche mince retombaient. Ses bras reposaient sur les couvertures, comme abandonnés là depuis des siècles. Son souffle était si faible qu'on avait l'impression que des éternités s'écoulaient entre deux respirations.

— Qu'a dit le médecin ? a demandé Hérus.

Le vieux roi n'a jamais voulu des docteurs de l'École. Cela exaspère Hérus, qui méprise les autres.

— Qu'il nous entend et nous comprend peut-être encore, mais, comme il ne peut ni parler ni s'exprimer par gestes, il n'y a aucun moyen d'en avoir la certitude. Vous, bien entendu…

Orhgon attendait qu'Hérus lui dise si son père était encore conscient.

D'un doigt, le directeur de la Haute-École a dirigé la boule de lumière vers le visage immobile du vieil homme. Il a fermé les yeux et étendu une main ornée d'une seule améthyste, sertie dans une bague d'argent, au-dessus de sa tête.

Du théâtre.

C'est avec l'esprit qu'on *entend* un autre esprit. Les Chasseurs pratiquent des passes magiques pour rassembler leur énergie lors d'un combat, mais cela n'a rien à voir. La seule chose qui puisse faciliter la perception des pensées ou des émotions, c'est le contact direct. Hérus Tork s'est bien gardé de toucher le vieil homme.

— Je suis désolé, a-t-il dit.

— Non.

Orhgon, qui jusque-là avait fait tout son possible pour garder sa contenance, est tombé à genoux et a saisi la main de son père.

— Je suis navré.

— Mais le médecin a dit que dans ce genre de cas l'esprit est souvent préservé bien que le corps soit paralysé !

— Souvent, oui, mais pas toujours. Ici, le mieux serait de donner à votre père une potion qui lui procurera un sommeil profond et bienfaisant.

Je ne sais pas comment Orhgon a compris qu'Hérus lui mentait. Il a levé les yeux et je jure – bien que j'aie eu du mal à le croire – qu'ils étaient remplis de larmes. Il a affronté le regard de Tork.

— Oui, a-t-il dit en se relevant. Il est inutile qu'il demeure ainsi parmi nous. On ne peut tolérer qu'un homme comme lui soit réduit à un tel état d'impuissance. Je vais rejoindre mes appartements. Vous me ferez porter la potion. Je la lui donnerai moi-même.

Stupéfait, Hérus a cligné des yeux une fois. Puis une autre. Il a compris qu'il ne pouvait pas refuser sans provoquer la colère d'Orhgon.

— Vous l'aurez d'ici deux levers, a-t-il dit d'une voix atone avant de tourner les talons.

J'en avais assez supporté. Je me suis glissée aussi vite que j'ai pu hors de l'alcôve, puis dans le couloir secret, en m'écorchant sur les pierres au passage, tant j'avais hâte de m'éloigner.

Le garde que j'avais remarqué quelque temps plus tôt, celui qui avait quatre tresses et l'air franc et honnête, était là, seul. J'ai entendu du bruit en provenance du palier supérieur et je me suis dit qu'on avait dû inviter ses deux compagnons à partager une bonne bouteille.

Mais en atteignant le haut de l'escalier, j'ai brusquement senti mes jambes ramollir. Ma gorge s'est serrée. Je me suis mise à pleurer sans pouvoir m'en empêcher. Quand j'ai repris mes esprits, le garde était à genoux à côté de moi.

— Qu'est-ce qui se passe ? Tu t'es perdue ?

Je n'ai même pas eu le temps de chercher une explication plausible. Une silhouette est apparue derrière lui. Son expression a changé.

— Lève-toi. Tourne-toi vers moi, les mains loin du corps et lentement, je te prie, a dit le nouveau venu.

Le ton était sans appel. La voix, agréable, bien modulée, ne m'était pas inconnue.

— Qu'est-ce que tu veux à cette petite ?

J'ai eu l'impression qu'Arik Renshaw a été surpris lorsque le garde s'est retourné. Toujours est-il qu'il a attendu une seconde de trop : d'un coup de pied, le garde lui a fait sauter son épée des mains et a tiré la sienne. Renshaw s'est aussitôt baissé pour tirer une dague de sa botte. Pendant que mon chevalier servant se mettait en garde, il s'est baissé lentement et sans le perdre de vue pour ramasser son arme.

Je n'y comprenais rien. J'avais bien vu l'expression sur le visage de Renshaw : il avait été étonné de découvrir l'identité du garde – mais celui-ci ne paraissait pas savoir à qui il avait affaire.

Il y avait plus surprenant encore : Arik Renshaw protégeait son esprit. Et pas n'importe comment. À la manière d'Hérus Tork et des meilleurs professeurs de l'École. *Arik Renshaw était un magicien !*

Mes doigts en tremblent encore et un frisson glacé parcourt tout mon corps quand j'y pense.

Arik Renshaw, un magicien ? Comment, pourquoi ne me suis-je doutée de rien jusqu'à maintenant ?

Parce qu'il ne l'a pas voulu, tout simplement.

Arik Renshaw possédait donc d'immenses pouvoirs – mais il n'était pas une fine lame. En tout cas, pas face à ce jeune garde robuste et bien entraîné.

Pendant que je me remettais de ma surprise, ce dernier l'avait peu à peu obligé à reculer. Le dos au mur, Arik Renshaw a essayé de se défendre. Mais le garde a rapidement fait sauter sa dague de sa main et l'a blessé au bras. Furieux et haletant, son adversaire ne pouvait même plus battre en retraite. Satisfait, un sourire aux lèvres, le garde a posé la pointe de son épée sur son cou.

Je me suis ruée sur eux en suppliant :

— Non, laissez-le partir. Il a simplement cru que vous me vouliez du mal.

Le garde m'a parlé sans quitter des yeux le grand ami d'Orhgon.

— Vous êtes bien naïve, demoiselle, si vous croyez qu'une telle vermine vous voulait du bien.

Le courtisan a frémi. Il a voulu se redresser ; la pointe de l'épée s'est enfoncée dans sa gorge. Un filet de sang a coulé sur les dentelles qui ornaient le col de sa chemise.

— Laissez-le partir, je vous en prie. Ça ne vous rapportera rien de le mettre en colère.

J'essayais – maladroitement, c'est vrai – de lui faire comprendre qu'il s'attaquait à un trop gros morceau. Cet incident stupide ne pouvait que lui attirer des ennuis.

Cependant, une autre idée m'était venue : je me suis concentrée de toutes mes forces sur l'esprit du magicien.

Mes appartements, au bout du couloir que vous voyez en face de vous. La troisième porte sur la droite. Elle sera ouverte. Attendez-moi.

— C'est vrai, a concédé le garde, il ne vous a rien fait.

Il a quitté son adversaire des yeux en disant cela. Celui-ci en a profité pour hocher imperceptiblement la tête. Le garde ne s'est rendu compte de rien. Il a levé son épée.

— Allez, Votre Altesse. Fichez le camp, mais vite, avant que je change d'avis.

Le courtisan cachait sa fureur sous des paupières à demi closes. Il s'est levé et a glissé sa dague dans sa botte avant de s'éloigner de quelques pas. Il a paru vouloir dire quelque chose mais, se ravisant, il nous a tourné le dos.

— C'était très courageux et très gentil mais pas très malin, n'ai-je pu m'empêcher de dire à mon chevalier servant.

Il a froncé les sourcils. Il était un peu essoufflé et sacrément content de lui.

— C'était Arik Renshaw. Le favori d'Orhgon. Vous ne l'avez pas reconnu ?

— Non.

L'expression atterrée qui s'est peinte sur son visage m'a prouvé qu'il savait néanmoins de qui je parlais.

— Renshaw ? Non. Je connais sa tête !

Pas si c'est un magicien, me suis-je dit. Puis j'ai essayé de le rassurer.

— Bah, au pire, il ira chercher deux ou trois de ses bons amis pour vous donner une leçon.

— Vous croyez ? Pour ça, il faudrait qu'il admette qu'il a été battu par un garde et sous les yeux d'une gamine. Ça m'étonnerait.

Je n'y avais pas pensé, mais il avait sans doute raison. J'ai acquiescé. Il m'a alors proposé de me raccompagner à la porte de mes appartements. J'ai accepté.

Dès que ses pas se sont éloignés dans le couloir, j'ai traversé le vestibule et je suis entrée dans ma chambre, le cœur battant.

Il était là.

Assis au bord de mon lit, Arik Renshaw examinait sa blessure. Il avait allumé la lampe à huile ; les broderies qui ornaient le riche brocart de ses vêtements paraissaient en capter toute la lumière. J'ai eu l'impression qu'une de ces poupées de luxe qu'on offre aux princesses s'était par erreur retrouvée dans notre humble appartement de militaire. Comme je ne trouvais rien à dire, je suis allée droit à mon armoire, d'où j'ai sorti plusieurs mouchoirs.

— C'est tout ce que j'ai, ai-je dit en les lui tendant.

— Merci. Il les a pris du bout des doigts comme s'ils avaient été en dentelle.

— Vous vous battez comme un pied.

Il a posé un carré de tissu à plat sur ses genoux. De sa main gauche – il gardait l'autre bras contre sa poitrine –, il a commencé à le plier.

— Vraiment ?

Il m'a semblé qu'un sourire effleurait ses lèvres. Il a levé les yeux et son regard a trouvé le mien. Très loin, dans les profondeurs opaques de prunelles noires et glacées, dansaient d'étranges étincelles.

— Pourtant, je suis ici, dans ta chambre. Alors que Sargh, qui t'avait vue arriver sur le palier et mourait d'envie de te parler, est en train de monter la garde et se demande toujours comment il va bien pouvoir t'aborder…

— Oh… Je vois.

Je ne voyais rien du tout, en fait, sinon que j'avais été joliment bluffée.

— Vous le connaissez ?

— Je sais qui il est.

— Mais lui ignore qui vous êtes.

— Oui.

Il avait achevé de plier le premier mouchoir. Repoussant sa manche trempée de sang, il a appliqué la compresse ainsi réalisée sur la blessure. Je l'ai regardé faire sans un mot.

Cette figure pâle et échevelée n'avait rien à voir avec la créature arrogante que j'avais plusieurs fois espionnée au cours des parties fines dont Orhgon et lui raffolaient.

— Est-ce que tu peux m'aider ? Ce n'est pas très pratique d'une seule main.

Même sa voix était différente. Posée, claire, à cent lieues du ton maniéré de la cour.

Les doigts tremblant un peu, j'ai fixé de mon mieux la compresse improvisée. Arik Renshaw avait peut-être délibérément laissé l'avantage au garde – mais celui-ci en avait bien profité.

— C'est un miracle, a-t-il murmuré quand j'ai serré le dernier nœud.

— Deux mouchoirs. Vous devriez rentrer et dormir, ou vous aurez une tête abominable demain. On n'a pas l'habitude, à la cour.

Il a ri.

— Je parle de toi.

Il chuchotait presque. Il s'est penché vers moi, a posé sa main sur mon bras. La lueur de la lampe s'est brisée en éclats d'or rouge sur les rubis de ses bagues.

— C'est ton existence qui est un miracle. Le fait que tu vives ici sans que je le sache. Je ne connais même pas ton nom.

— Vous m'avez pourtant rencontrée.

— Ici ? Au château ? À la cour ?

— À la cour. Quand mon père se souvient qu'il a une fille, il l'emmène dans des endroits où elle risque d'être découverte. Je suis Élisabeth de Siff. La fille de Bertrand de Siff et de Margaret d'Alembert.

Il n'a pas bronché. Lentement, il a levé la main posée sur mon bras et m'a regardée droit dans les yeux.

Les siens – je l'ai déjà dit, je crois – sont d'un noir profond et opaque ; il est impossible d'y lire la moindre émotion.

Des nerfs d'acier, me suis-je dit tout à coup. Un contrôle absolu sur soi. Bien entendu. Sinon, comment aurait-il pu jouer ce rôle ?

— Élisabeth de Siff. Bien sûr. Le nom me dit quelque chose. Il me semble que j'ai toujours su que Bertrand de Siff avait une fille, mais cela ne paraissait pas avoir d'importance. Je suppose que quelqu'un a lié un sort à ton nom... Un vrai chef-d'œuvre. Tu sais qui en est l'auteur ?

— Ma mère. Avant sa mort.

Et à nouveau ma gorge s'est nouée. Les larmes ont jailli si vite de mes yeux que je n'ai pas pu les refouler. J'ai éclaté en sanglots comme une stupide petite fille.

— Hé, qu'est-ce qui se passe ?

Il a entouré mes épaules de son bras valide. Le geste était si sincère, si naturel, qu'il ne m'est même pas venu à l'idée d'éviter son contact.

— Le vieux roi... ils veulent lui donner du poison.

— Du poison ? Qui ça ?

Il m'a saisie aux épaules et a plongé son regard dans le mien.

— Hérus l'a suggéré. Tout à l'heure. Il a dit que ce serait plus rapide et moins douloureux pour lui que de rester paralysé pendant des mois, peut-être des années.

Il s'est penché dans l'ombre pour prendre son pourpoint, si bien que je n'ai pas pu voir l'expression de son visage lorsqu'il a observé, d'une voix qui avait retrouvé sa dureté habituelle :

— Sans doute.

Puis il s'est levé et a enfilé le vêtement.

— Qu'allez-vous faire ?

— Rien. Rentrer chez moi. Si ce que tu dis est vrai, il n'est pas bon que nous restions ensemble.

Il a rajusté sa chemise dont il a boutonné le col et arrangé les dentelles d'une main, en un geste si rapide et d'une telle dextérité que je n'ai pas pu m'empêcher de songer qu'il avait fait semblant de ne pas pouvoir plier le mouchoir. Pour que je l'aide.

Depuis quand vit-il à la cour ? Depuis combien de temps est-il obligé d'étudier chacun de ses gestes, de surveiller la moindre de ses pensées ? Depuis aussi longtemps que moi, j'imagine. Sauf qu'il est plus vieux, bien sûr.

— Mais je vous reverrai ?

J'ai toujours été seule. Ma mère est morte avant mon quatrième anniversaire, mon père n'est jamais là, ma gouvernante n'est après tout qu'une étrangère. Je suis constamment en danger et je n'ai pas d'amis. Apprendre que quelqu'un a vécu dans des conditions similaires relevait, comme il l'avait dit lui-même, du miracle. Je ne voulais pas qu'il disparaisse.

— Oui, bien sûr. Mais je ne sais pas quand. Si le vieux roi meurt… il faudra redoubler de prudence.

Il s'est dirigé vers la porte, l'a ouverte avec précaution pour jeter un coup d'œil dans le vestibule.

— N'essaie pas de me contacter. Je te ferai signe moi-même. Sargh… le garde. Il va sans doute essayer de te parler : tu peux lui faire confiance. Il est avec nous.

Et, sans un mot de plus, il a poussé la porte et s'est glissé hors de mon appartement.

Depuis, bien entendu, j'attends des nouvelles.

« De notre côté », a-t-il dit.

Cela signifie-t-il que ces clandestins dont Tork parle tout le temps existent vraiment ? Qu'ils sont organisés ? Je n'ose y croire, et pourtant… En attendant, j'écris ces lignes pour apaiser mes nerfs et éclaircir mon esprit – autant que faire se peut !

CHAPITRE DOUZE

À la puberté, les jeunes mages sont victimes des mêmes transformations physiologiques que tous les êtres humains, mais ils voient aussi leurs pouvoirs se développer, souvent de manière anarchique. Les créateurs de l'École ont donc séparé les garçons des filles pour des raisons essentiellement pratiques.

La Haute-École de Dramanorre :
histoire et mœurs d'une institution,
Silvar Burdot.

Le Solaire s'était étiré près de vingt fois dans le ciel depuis l'incendie des archives de la mairie.

Au village comme à l'école, tout semblait être rentré dans l'ordre. Ian s'étant même remis à travailler, le maître ne se souciait pas plus de lui que des autres élèves.

Cependant, le Solaire s'élevait de moins en moins haut chaque jour. L'hiver approchait et avec lui la neige, que l'on sentait dans la fraîcheur de l'air, dans la douceur de la lumière grise et dans le calme environnant, qui annonçait le moment où le village serait coupé du reste du monde.

Hélas, il y avait Arielle. Qui régulièrement trouvait un prétendu plan pour leur permettre de quitter Mongeronde sans causer trop de mal à leurs familles respectives – comme si c'était possible ! Qui économisait sou après sou et l'incitait à l'imiter. Qui lui demandait semaine après semaine s'il s'entraînait à contrôler le feu.

La réponse à cette dernière question était oui, il s'entraînait. Mais il lui disait que non parce qu'il n'avait pas envie de parler avec elle de ses expériences ratées. Mais il essayait, bien sûr. Tous les jours en réalité, au point qu'il arrivait parfois à l'école les yeux rouges et le crâne douloureux.

Tout ce à quoi il était parvenu pour le moment, c'était à enflammer des brins de paille et des feuilles sèches. Et encore ! Les flammes avaient refusé de se propager à d'autres matériaux. À croire qu'elles faisaient exprès de lui résister. En attendant, pour occuper les rares journées où il renonçait à essayer de produire du feu, il marchait, le plus souvent jusqu'à l'étang du Vert.

Les grenouilles avaient depuis longtemps disparu des berges dont les abords n'étaient plus verts mais gris tacheté de brun et strié de noir. Pourtant, Ian y revenait lorsqu'il voulait être seul, ou plutôt lorsqu'il croyait le vouloir, car c'était là qu'Arielle le rejoignait le plus souvent.

Elle s'asseyait à côté de lui et attendait qu'il parle ou, s'il s'obstinait à rester muet, initiait la conversation par une banalité si exaspérante qu'il ne pouvait s'empêcher de répliquer.

— Il va bientôt geler, on dirait.

— Et alors ?

— Alors j'ai une idée. Pour disparaître en toute sécurité.

— Si elle est aussi idiote que les précédentes, inutile de te fatiguer.

Mais Arielle était comme l'hiver : rien ne pouvait l'empêcher d'avancer.

— Chaque année, à cette saison, l'étang gèle. Et, chaque année, nos parents nous interdisent d'aller patiner dessus, de crainte d'un accident. Mais nous y allons quand même. Et quelqu'un manque toujours de se casser la jambe ou de se noyer.

Cette fois, Ian écouta Arielle jusqu'au bout.

À partir de ce jour-là, il s'efforça de mettre un peu d'argent de côté. Il lut les gazettes qu'elle lui prêtait et passa avec elle des heures à examiner la carte de Dramanorre qu'elle avait chipée dans le bureau de son père. Mais il ne lui parla pas du feu.

Vint enfin un matin très clair où le sommet du Solaire disparaissait au sein d'une couche de nuages qu'il illuminait de l'intérieur, diffusant une lueur très grise et très douce qui pâlit au fur et à mesure que la journée avançait.

Les premiers flocons apparurent au milieu de l'après-midi.

La neige tomba sans discontinuer tout le jour et toute la nuit; au matin, tout était recouvert de blancheur et de silence. L'eau des ruisseaux avait gelé et les branches des arbres ployaient sous le poids des flocons.

À la sortie des classes, un groupe d'élèves décida de braver l'avertissement du maître et d'aller patiner. À sa propre surprise, Ian se joignit au groupe sans éprouver de répugnance – ses camarades de classe l'avaient toujours beaucoup ennuyé. Il comprit qu'il acceptait de passer du temps en leur compagnie parce qu'il sentait qu'il allait enfin les quitter pour de bon.

Les clandestins existaient, il en était à présent convaincu. Une organisation forte, menée par des hommes et des femmes rusés et intelligents. Des hommes et des femmes qui possédaient des pouvoirs analogues aux siens, mais qui savaient s'en servir. C'étaient ces gens-là qu'il lui fallait rencontrer, car c'était auprès d'eux qu'il apprendrait enfin ce qui lui manquait pour contrôler ses talents – et échapper définitivement à la Haute-École.

— Tu vois ces saules et ces buissons? Ça me semble un bon endroit, murmura Arielle à son oreille tandis qu'ils nouaient les lacets de leurs patins.

Non loin d'eux, une bataille de boules de neige s'annonçait.

— Oui. Je te préviendrai quand la glace sera prête.

— Quand?

— Je ne sais pas. Ça dépend de son épaisseur.

Une boule siffla aux oreilles de Ian. Mais il était d'humeur magnanime; il décida de l'ignorer. Ils se séparèrent pour se mêler aux patineurs et commencèrent à tournoyer. Arielle, vêtue de sa robe la plus chaude, de bas de laine, d'un manteau et d'un bonnet, n'était pas très à l'aise. Personne ne parut s'en rendre compte.

Ian se concentra sur la glace. Intuitivement, il en sentait la structure et l'épaisseur, ce qui ne l'empêchait pas de penser que, si on lui expliquait comment l'eau devenait solide, il pourrait un jour exercer encore plus de pouvoir sur elle.

Il trouva ce qu'il cherchait au bout de vingt minutes de patinage. Le moyen de briser la glace de manière à ce qu'elle ne cède pas avant le moment où il exercerait une ultime poussée.

Pendant ce temps, Arielle glissait, les joues rouges, les cheveux au vent, en compagnie d'un de ses nombreux soupirants – le fils d'un de ces paysans aisés qu'elle détestait tant. Lorsque Ian lui fit signe, elle abandonna aussitôt le garçon pour se joindre à lui.

Bras dessus, bras dessous, Arielle et Ian commencèrent à décrire des cercles qui les rapprochèrent peu à peu de la rive opposée de l'étang. Une manœuvre classique pour un couple. Lorsque Ian passa son bras autour de la taille d'Arielle, tout le monde avait remarqué qu'ils étaient là-bas, près des saules, mais nul ne leur prêtait plus vraiment attention.

— Au prochain passage, dit Ian, on agrandit le cercle et on fonce.

Sans un mot, Arielle lui saisit la main et la serra. Ils prirent de la vitesse ensemble, s'éloignant progressivement des autres, de manière à passer près de la zone que Ian avait préparée. Au troisième tour, alors que Ian commençait à prendre plaisir à patiner, la main d'Arielle dans la sienne, ils traversèrent la zone fragilisée et foncèrent droit dans les buissons. La glace céda derrière eux dans un craquement du plus bel effet. Pour faire bonne mesure, Ian poussa plusieurs grosses pierres dans l'eau, agrémentant le spectacle de gerbes d'eau glacée. Arielle lâcha sa main et escalada tout de suite la berge. Il la suivit dès qu'il vit que plusieurs patineurs accouraient vers le trou sinistre et béant où ils étaient censés avoir disparu.

Tout se passait comme prévu : autour du cercle d'eau noire, les gamins du village s'agitaient vainement en poussant des cris. Aucun ne songeait à regarder à quelques mètres de là, en haut du talus, où Arielle et Ian se dégageaient des aubépines et disparaissaient derrière les arbres.

Ils ôtèrent leurs patins et marchèrent d'un pas vif jusqu'à l'endroit où, le matin même, ils avaient dissimulé leurs balluchons. À ce moment-là, un sentiment étrange s'empara de Ian. Il se sentit tout à coup léger et plein de vie. La perspective de marcher tout le jour jusqu'à la cabane de chasseurs où ils avaient prévu de passer la nuit ne lui paraissait pas si harassante, au contraire. Il était prêt à quitter son village pour toujours, par n'importe quel moyen.

Ils avaient dû renoncer à l'idée de voler un cheval : en observant les allées et venues des palefreniers, Arielle s'était rendu compte que la disparition d'une monture serait trop vite découverte. Ils avaient étudié les cartes et décidé d'aller à pied jusqu'à Virreleau, où le Vir rencontrait la Jaune et où des péniches se rendant à Dramanorre accepteraient sans doute de les prendre à leur bord.

— Ils n'y ont vu que du feu ! pouffa Ian tandis qu'ils couraient dans la neige fraîche.

Il était très fier de la façon dont il avait fendillé la glace de manière à ce qu'elle ne rompe qu'au dernier moment.

— Je t'avais dit que mon plan était bon.

Le ciel était gris mais il ne neigeait pas. La couche de poudreuse craquait sous leurs pieds comme de la meringue. Pendant presque une heure, ils avancèrent d'un bon pas tout en se remémorant les détails de leur succès.

Ils s'arrêtèrent au sommet d'une colline. Devant eux s'étendaient des champs immenses, lisses, blancs et inconnus. Ils se turent, saisis par la beauté de ce territoire vierge. Quelques minutes plus tard, ils reprirent leur marche d'un pas plus mesuré et en silence. Conscients enfin qu'ils étaient seuls et que leur grande aventure commençait.

Le Solaire ne montait pas très haut à cette époque de l'année. Sa lumière semblait aussi pâle que celle du Lunaire et il s'étirait derrière les nuages comme un mince rayon d'argent dont l'éclat métallique était incapable de réchauffer le monde.

Arielle et Ian atteignirent leur destination alors que son sommet dépassait encore au-dessus des collines. Il disparut pendant qu'ils ramassaient du bois. Tout à coup, la neige devint grise, les arbres noirs et nus, l'air glacé. Ils furent heureux de refermer la porte de la cabane.

C'était une construction en planches grossières, destinée aux chasseurs qui désiraient s'éloigner un peu du village pour traquer le sanglier ou le daim. On y trouvait néanmoins une table et deux bancs, des lits remplis de paille et surtout une cheminée.

Pendant qu'Arielle sortait les provisions qu'ils avaient apportées, Ian prépara le bois pour le feu.

— Tu me passes les allumettes ? demanda-t-il lorsqu'il eut construit une pyramide à sa convenance.

— Je n'en ai pas pris.

— Il commence à faire froid ; je n'ai pas envie de plaisanter.

— Je ne blague pas. Je me suis dit que voyager avec un magicien rendait ce genre d'objet inutile.

Ian était accroupi devant la cheminée. Il sentit une sorte de vertige l'envahir et vacilla. Puis la colère éclata, aussi blanche et coupante que la glace.

— Espèce de... Tu sais très bien que je n'y arrive pas !

— Je ne sais rien du tout. Tu as obstinément refusé de répondre à mes questions.

— Parce que tout ce j'avais à dire, c'est que je ne sais faire brûler que la paille ! Tu aurais pu t'en douter !

Les beaux yeux bleus d'Arielle pétillaient de malice.

— Je ne lis pas dans les esprits.

Ian n'en croyait pas ses oreilles. À quoi jouait-elle ? À le rendre furieux ? À quoi cela pouvait-il bien lui servir ?

— Il nous faut de l'eau pour cuire les pommes de terre, dit Arielle, imperturbable. Je vais en chercher au ruisseau que nous avons traversé en arrivant. Ce n'est pas loin.

Elle sortit de la cabane sans attendre de réponse. Ian s'assit sur le sol. Lorsqu'il soupira, son souffle se condensa en un panache de vapeur. Au-dehors, il avait commencé à neiger. Les flocons tombaient en rangs serrés. Le crépuscule tout entier frémissait du pâle mouvement de leur interminable chute. La neige unissait le ciel à la terre dans un silence parfait de fin du monde. Un long frisson, profond et irrésistible, parcourut tout le corps de Ian.

Mourraient-ils sans feu ? Peut-être pas. Après tout, la cabane les protégerait. Et, songea-t-il non sans ironie, ils pourraient toujours se serrer l'un contre l'autre. À moins que… Non, l'idée qu'Arielle pouvait le repousser, même dans des circonstances pareilles, lui paraissait intolérable.

Il reporta son attention sur le feu.

Ce n'était que du bois, après tout. Deux grosses bûches laissées par des chasseurs, du petit bois, de la paille et du papier que la jeune fille avait pris dans les bureaux de la mairie. Du papier comme il en avait déjà enflammé le jour où le maître avait voulu lui chercher des noises. À en croire Arielle, évidemment. Ian n'avait pas eu conscience de ce qu'il avait fait. Il savait juste qu'il était en colère et soupçonnait son esprit de s'être réfugié dans un objet qu'il savait pouvoir pénétrer aisément. Et il avait déchaîné sur cette matière inanimée la violence qu'il ne pouvait exercer sur un être humain.

Arielle, pensa-t-il, je te revaudrai ça. Ce n'est pas parce que tu es jolie et maligne que tu peux te moquer de moi. Après tout, c'est moi le magicien. C'est moi qui ai brisé la glace. C'est moi que les clandestins contacteront quand nous serons à Dramanorre.

La porte s'ouvrit à la volée. Une bourrasque glacée s'engouffra à l'intérieur. La neige saupoudrait les cheveux blonds d'Arielle. Ses joues étaient rouges, ses yeux brillants comme des saphirs. Elle portait un seau rempli de glace et de neige.

— Alors, ce feu, ça vient ?

— Idiote ! J'y étais presque.

— Désolée. Le vent s'est levé ; ça gèle dehors.

Elle avait trouvé un chaudron dans un des coffres de rangement. Elle y versa de la glace puis s'installa à la table pour peler des pommes de terre. Elle était de profil et, de temps en temps, coulait un œil vers lui sans un mot.

Au bout de quelques secondes, Ian étendit les mains au-dessus des bûches et ferma les yeux.

Jusqu'à présent, il avait commis une erreur fondamentale. Il avait toujours voulu faire naître le feu de nulle part. N'était-ce pas ce en quoi consistait le pouvoir des magiciens ? Il avait eu tort. Le feu était en lui. Il baignait son esprit de flammes perpétuelles, tout comme les cheveux d'Arielle encadraient son si joli visage. Tout ce qu'il avait à faire, c'était communiquer ce feu à la paille et au bois. Et, pour cela, son esprit devait se confondre avec eux.

Comme cela.

L'effort crispa son visage; sa poitrine se souleva au rythme d'inspirations sifflantes.

Ses mains que le froid commençait à rougir tremblèrent au-dessus des bûches. Un grand craquement fit sursauter Arielle, et les flammes jaillirent plus haut que la tête de Ian.

CHAPITRE TREIZE

Un homme qui ne boit pas est moins qu'un homme. Un homme qui ne boit pas dans mon auberge n'est pas un homme du tout.

Maître Tornot.

Arik Renshaw aimait les tavernes. Il connaissait sur le bout des doigts le code de dessins employé sur les lanternes des auberges, cabarets et autres bordels de la ville et n'avait aucun mal à dénicher les bouges où officiaient les jeunes personnes les plus expertes dans l'art de distraire les messieurs en mal de sensations.

Arik avait d'ailleurs la réputation d'épuiser tous ses compagnons et de terminer la nuit en compagnie des premiers paysans venus vendre les produits de leur ferme au marché voisin.

Il n'avait aucun mérite : ne pouvant se permettre de perdre un seul instant le contrôle de lui-même, il avait mis au point une technique fort efficace de dégradation de l'alcool contenu dans n'importe quel breuvage, grâce à quoi il pouvait donner l'impression d'être ivre mort alors que pas une goutte d'alcool n'avait franchi ses lèvres.

Ce soir-là, il abandonna ses compagnons après la troisième auberge.

La nuit était fraîche et, bien qu'il fût pressé, Arik ne put s'empêcher de s'attarder à la contempler. Venue des montagnes de Brume, une brise poussait au-dessus des collines d'épais nuages, masquant les lointains solaires qui brillaient dans le ciel nocturne.

Là-bas vivaient, disait-on, les dieux « qui nous ont quittés ». Et pourquoi pas ? Tout dieux qu'ils étaient, il fallait bien qu'ils soient allés quelque part, Arik en convenait. Ce qu'il avait du mal à admettre, c'était la suite du raisonnement, pourtant acceptée par tous.

Arik Renshaw se souvenait d'interminables soirées en compagnie de Zorr, de Madge et de Nathan l'Horloger – du temps où celui-ci vivait encore en ville – à discuter de ces sujets. Quelle que fût la manière dont elles commençaient, leurs conversations en venaient toujours aux dieux et au sort qui leur était fait à eux, les magiciens, à cause de leur départ. Ils parlaient aussi des Murailles de Brume qui, toujours selon les anciens récits, entouraient le monde au-delà des montagnes du même nom.

— En admettant qu'il soit possible de les franchir, disait Zorr, que ferait-t-on ensuite ? On n'a pas la moindre idée de ce qui se trouve entre les solaires. Il est probable que nul être humain ne peut survivre dans ces régions.

— Pourquoi ? demandait Arik. Les dieux l'ont bien fait.

— Mais ce sont des dieux ! lui répliquait-on en riant.

Et alors ? songeait-il. Nous autres magiciens sommes capables d'influencer les quatre éléments, de manipuler des objets à distance, de créer des illusions… Aux yeux des autres hommes, cela nous élève au rang de dieux. Si ce n'était pas le cas, pourquoi s'acharneraient-ils à nous contrôler ?

Adolescent, il avait lu tout ce qu'il avait pu trouver sur les temps anciens. Mais aussi bien Madge que Nathan l'avaient toujours découragé dans ses recherches. Zorr était de leur avis et trouvait sa curiosité stupide. La quête d'un esprit borné et incapable de comprendre que le contenu des textes qui le fascinaient n'était que métaphore et symbole.

— Les dieux ne sont pas réellement partis, disait-il de ce ton docte et imbu de son propre savoir qui exaspérait tant Arik. Pour commencer, ils n'ont jamais existé. Ils ont été inventés par les magiciens qui ont fondé la Haute-École pour expliquer l'état du monde et justifier leur prise de pouvoir.

Ce à quoi Arik répliquait par des textes et des témoignages de la présence réelle des dieux dans le monde des anciens. Madge, Nathan et Zorr réfutaient systématiquement ses théories. Il n'était qu'un rêveur. Pourquoi ne se concentrait-il pas sur le combat à l'épée et sur l'application concrète de la magie ? Dans ces deux domaines, au moins, il faisait preuve de réalisme et remportait des succès tangibles et certains.

Peu à peu, en vieillissant, il avait abandonné ses lectures. Il n'avait plus pensé aux dieux que de loin en loin, et en secret. Mais lorsque, comme ce soir-là, les solaires luisaient dans le ciel, il ne pouvait s'empêcher de songer à ces étranges divinités qui – il en était sûr – avaient abandonné leurs créatures.

— Pourquoi ? demandait-il au ciel. Quels crimes impardonnables avons-nous commis ? Et si vous ne vouliez pas que nous agissions mal, pourquoi nous en avoir donné la possibilité ?

Ainsi songeait Arik Renshaw, espion et courtisan, tandis qu'il se glissait de ruelle étroite en venelle. À l'entrée de certaines auberges, leur visage blafard étrangement maquillé par les papillons rouges, jaunes et verts des lanternes, des prostituées lui faisaient discrètement signe de la main. En temps ordinaire, il n'aurait peut-être pas décliné toutes leurs offres. Mais, ce soir-là, sa promenade avait un but précis, sans aucun rapport ni avec les dieux ni avec ses plaisirs personnels.

Pendant des années, Arik avait ignoré les nobles qui s'élevaient périodiquement contre la politique menée par la royauté et l'École. Ces esprits éclairés, qui se plaignaient de la façon dont on traitait leurs paysans, rechignaient à envoyer tous leurs fils à la guerre et envisageaient de nouvelles manières de gérer le royaume, étaient trop peu nombreux et trop mal organisés pour mériter son attention.

Les choses avaient commencé à changer avec la maladie d'Urbain. Les protestataires n'étaient pas vraiment plus nombreux, mais on entendait leurs voix bien plus nettement. Ils échangeaient des correspondances assidues et certains, plus jeunes et plus malins que les autres, publiaient des gazettes où, sous divers pseudonymes, ils exprimaient ouvertement leurs griefs.

L'un d'eux, plutôt doué, composait des chansons, des poèmes satiriques et des pièces de théâtre qui faisaient hurler de rire aussi bien les nobles partageant ses idées que les marchands et les gens du peuple. Arik avait beaucoup aimé la chanson qu'il avait composée au sujet de la barge de la Jaune. Or il s'était laissé dire qu'on pouvait l'entendre, ainsi que plusieurs autres tout aussi amusantes, dans certaine auberge de fort bonne réputation, sur les quais.

Lorsque Arik entra dans Le Tonneau de feu, la soirée était bien trop avancée pour qu'on le remarque. Il n'eut néanmoins aucun mal à trouver une table. Même s'ils ne savaient pas devant qui ils s'écartaient, les clients du Tonneau préféraient laisser le passage à cet homme élégant et sûr de lui. Il s'insinua entre les dos, esquiva les coudes sans bousculer personne et attira l'attention d'une serveuse dès qu'il fut assis.

Dans un coin, au fond de la vaste salle au plafond voûté, près de la cheminée où, en hiver, le patron rôtissait des sangliers, une jeune femme rousse et bien en chair chantait pour un auditoire de jeunes gens éméchés et hilares.

L'alcool ne facilitait pas le travail d'Arik. Au contraire. En buvant, les hommes ordinaires se défaisaient de leurs inhibitions et développaient une forme grossière d'empathie. Le phénomène – dont l'intensité était néanmoins sans comparaison avec ce qu'Arik pouvait éprouver – suffisait à gêner sa perception.

Mais là, à la table située dans le coin sous la voûte, un peu en arrière de la chanteuse, un jeune homme blond dont le long nez était chaussé de lunettes souriait d'un air un peu trop fin.

Pas parce qu'il appréciait la chanson – tout l'auditoire l'appréciait –, mais parce qu'il était satisfait de l'effet qu'elle produisait sur le public.

Quelques secondes après qu'Arik l'eut repéré, il profitait de ce que la chanteuse était remplacée par un duo pour s'éclipser.

Arik le suivit.

Le jeune auteur était saoul et avait tendance à tituber. Il essayait de se concentrer sur l'itinéraire qu'il devait suivre pour rentrer chez lui et n'y arrivait qu'à grand-peine, car il perdait l'équilibre dès qu'il fronçait les sourcils en tâchant de se rappeler le nom d'une rue.

Arik, qui connaissait le quartier par cœur, laissa le jeune homme au long nez prendre de l'avance jusqu'à un carrefour au milieu duquel il resta planté, incapable de se souvenir de son chemin. Le courtisan accélérait le pas, prêt à le secourir dans sa détresse géographique, lorsqu'une silhouette masquée jaillit de sous un porche.

Un Chasseur.

Arik tira son épée et se mit en garde.

— Ne bougez pas, je m'en occupe.

Le jeune homme recula jusqu'à ce que son dos rencontre un mur, ses yeux gris pâle agrandis derrière les verres de ses lunettes. Il acquiesça en tremblant, puis se laissa glisser sur le sol.

— À nous deux, dit Arik au Chasseur.

Celui-ci ne l'avait pas identifié. Il croyait avoir affaire à un de ces téméraires imbéciles dont le quartier pullulait. Il se fendit avec nonchalance.

Tout en parant ses coups, le magicien sonda son cerveau. Et trouva aussitôt l'endroit où il devait le *toucher* pour l'endormir.

Le Chasseur s'effondra, l'épée à la main.

Arik fit volte-face pour aider Germain Comsic à se relever.

— C'était… C'était un Chasseur, bredouilla celui-ci. Comment… ?

— Pas de manière loyale, dit Arik. Je n'avais pas le temps.

Le jeune homme le regardait, hébété.

— Rentrez chez vous. Prévenez vos amis qu'Hérus Tork se méfie et vous fait suivre, mais évitez de les rencontrer pendant plusieurs semaines.

— Mais…

— Bon sang, vous voulez qu'ils vous jettent en prison ? Vous êtes au courant de ce qu'ils font aux gens, là-bas ?

Le jeune homme écarquilla encore plus les yeux. Les effets conjugués de l'alcool et de la peur l'avaient laissé tout frissonnant, le souffle court et les cheveux poissés de sueur.

Non, il ne savait pas. Arik était le seul à pouvoir entendre les esprits de tous ceux qui se retrouvaient prisonniers dans les geôles royales, lui seul savait.

— Où habitez-vous ?

— Où j'habite ? Mais…

Cette fois, les nerfs de Germain Comsic le lâchèrent pour de bon. Il éclata de rire. Et rit plus encore lorsqu'il vit l'expression offensée qui se peignait sur le visage d'Arik.

— J'habite, finit-il par dire entre deux hoquets, sur le même palier que vous. Au fond du couloir. Mais ça ne m'étonne pas que vous ne m'ayez pas remarqué : je passe mes journées au Tonneau, et pas mal de mes soirées. Et je ne sais vraiment pas ce que vous faites des vôtres…

Arik ne répondit pas. Tout à coup, il comprenait l'inquiétude de Madge. En temps ordinaire, il aurait tout de suite remarqué la présence d'un nouveau venu près de chez lui. Il n'y avait tout simplement pas prêté attention. Et il y avait cette fille sortie d'il ne savait où… Sargh qui l'avait blessé… Il était effectivement peut-être un peu fatigué. Assez, en tout cas, pour que des – *hum !* – détails lui échappent.

Et alors ? Demain, il donnait une petite fête. Il allait se reposer.

Il raccompagna le jeune homme jusque devant sa porte.

Pendant que Germain tâtait ses poches en clignant des yeux derrière ses lunettes, à la recherche de sa clé, il *toucha* légèrement son esprit, juste pour s'assurer qu'il ne se souviendrait pas de celui qui lui avait évité de passer une mauvaise soirée chez Hérus Tork – et que ce trou de mémoire ne le gênerait en rien.

— Que faites-vous demain soir ? lui demanda-t-il pendant que le jeune homme, qui avait enfin trouvé sa clé, se battait avec la serrure.

— Heu… rien de spécial. Si je ne vais pas au Tonneau, bien sûr.

— Alors venez donc chez moi. Je donne une petite soirée. Je serai ravi de vous y voir.

Arik aurait pu rentrer dans ses appartements, mais il n'éprouvait aucune envie de dormir. Il aurait pu retourner en ville ; la rencontre du Chasseur lui avait ôté tout désir de se distraire.

Arik haïssait les Chasseurs. Pour la Chasse, l'École choisissait ses meilleurs élèves, les plus doués, les plus sensibles à l'esprit des hommes – et elle les transformait en chiens de garde, en bêtes féroces qui pourchassaient leurs semblables et les condamnaient à partager leur sort. Sans eux, la Haute-École n'aurait pas pu exister, et pourtant ils se laissaient faire. Au lieu de résister au traitement qu'on leur infligeait, ils s'abandonnaient à devenir des monstres – certains, voire la plupart, y prenaient plaisir.

Arik avait besoin d'air. Il voulait sortir, marcher, respirer, si possible, quelque chose de pur et de frais.

Il pleuvait de grosses gouttes abondantes et compactes. Le vent secouait les arbres dans les jardins du château et poussait les nuages sur un ciel noir lavé par l'averse.

Arik connaissait encore mieux le château que la ville. Il emprunta un escalier menant d'une cour des Petites Tours au mur d'enceinte extérieur, du côté de la colline des Grands Ormes.

Très vite, la pluie détrempa les broderies de son pourpoint, la soie et les dentelles de sa chemise. Il monta sur les remparts où le vent plaqua le tissu glacé sur sa peau. Indifférent au froid, Arik se mit à marcher. Devant lui la ville s'étalait, entrelacs de colliers de perles lumineux jetés au hasard entre les blocs sombres des maisons, des entrepôts, des immeubles de rapport et des hôtels particuliers.

Là se trouvaient les restaurants où, à défaut de boire, il regardait les autres s'enivrer en dégustant les plats les plus délicats, les théâtres où il avait sa loge réservée, les bordels où il emmenait ses amis et où parfois il reposait son corps à défaut de son âme.

Mais où nul ne savait qui il était réellement. Nul ne soupçonnait avec quelle intensité il percevait les émotions et les sentiments des habitants de cette ville.

Zorr était convaincu qu'il avait l'âme d'un courtisan – et il n'avait pas tort : Arik aimait la vie de cour, les beaux vêtements, les soupers fins, les soirées passées à l'opéra ou au théâtre. Ne fallait-il pas, pour si bien le jouer, posséder aussi bien les qualités que les défauts de son rôle ? Oui, il était menteur, vaniteux et futile. Et orgueilleux. Assez orgueilleux pour se plaire sous le masque, pour jouer à être et jouir du secret de n'être pas.

Et alors ? Il remplissait son rôle à la perfection, jouissait d'une vie qu'il aimait – et permettait à ses amis de vivre en sécurité.

Zorr avait beau jeu de le critiquer : il vivait près des montagnes de Brume, dans un village où la vie était certes rude, mais tranquille et où, à bien y réfléchir, le vrai malheur était rare. Tandis qu'ici…

À peine ouvrait-il son esprit qu'il percevait toute la souffrance des habitants de la capitale.

Là, par exemple, dans cette rue qui longeait ce secteur des remparts, un bébé criait, le ventre vide. Plus loin dans la même rue, une jeune femme gémissait sous le poids de son mari, un robuste maçon qui la culbutait tous les soirs, qu'elle le veuille ou non. Au moins, il ne la battait pas comme le garde qui, deux rues plus loin régnait sur son épouse et ses cinq gosses à coups de ceinturon.

Et puis les autres, tous les autres…

Certains soirs, l'esprit d'Arik n'en pouvait plus d'*entendre* leurs cris. Il avait beau essayer de les filtrer, de les chasser de son cerveau, ils étaient trop nombreux, leur souffrance trop grande.

Pire : plus il y pensait, plus les voix mentales se plantaient dans son esprit comme autant de coups de couteau.

Et il y avait l'École. Les mages entraînés savaient protéger leur esprit, mais pas les jeunes. Jour après jour, mois après mois, année après année, Arik entendait les plaintes des âmes qu'Hérus Tork et ses semblables battaient et pliaient comme on bat le fer chaud pour qu'il accepte de prendre la forme à laquelle on le destine.

C'était pour eux surtout qu'il avait consenti à devenir ce qu'il était. Pour sauver les enfants. Mais, quoi qu'il fît et aussi efficace qu'il fût, il n'en délivrait jamais que quelques-uns. La majorité demeuraient à l'École pour devenir des Chasseurs bornés et féroces, des Éclairants satisfaits mais idiots, des Souffleurs dépourvus d'esprit… Ou encore, s'ils tentaient de se révolter ou de s'enfuir comme ce jeune homme qui était arrivé à la fin de l'automne, de pauvres jouets de chair que des hommes tels qu'Hérus Tork prenaient plaisir à monter et démonter à l'envi.

Toujours debout sur les remparts, Arik se força à s'arracher à ces pensées. Mieux valait se concentrer sur le château. Écouter ce qui s'y passait et permettre à sa douleur de se muer en haine.

Raoul empruntait souvent le chemin de ronde qui courait sur les remparts. Il le connaissait pour ainsi dire par cœur, et pour cause : le soir, il n'y avait pas de lumière. En cas de pluie, il devait marcher avec précaution pour ne pas glisser sur les grosses pierres luisantes. De telles nuits, livrées aux rafales de vent et chargées de pluie, présentaient cependant l'avantage que les gardes évitaient de sortir.

De tout le château, les remparts étaient le seul endroit où l'on trouvait des animaux, le seul où Raoul pouvait profiter de leur compagnie sans risque.

Des chats les empruntaient pour se faufiler jusqu'aux cuisines. Des oiseaux nichaient dans les créneaux et les latrines. Des insectes subsistaient entre les pierres des chemins de ronde, ainsi que des lézards et même des grenouilles là où de l'eau stagnait au creux de dalles usées par les pluies.

Il n'aurait jamais cru que travailler aux cuisines le rendrait si populaire. Après tout, il logeait dans le dortoir numéro 3, le plus grand et le moins confortable. Et puis surtout, avec les premiers cours, son inaptitude absolue à pratiquer la moindre vraie magie avait été révélée au grand jour.

Pendant quelques semaines, Raoul avait été en butte aux moqueries de ses soi-disant camarades.

À sa grande déception, ceux qui avaient été pris avec lui s'étaient révélés aussi stupides et féroces que les autres. Ainsi, Dassouf faisait partie de ceux qui, presque chaque matin, déplaçaient son bol au moment où il versait son porridge ou faisaient voler ses couverts pour le plaisir de le voir courir après.

Cela aurait sans doute continué longtemps si Raoul n'avait pas eu la possibilité de subtiliser d'abord des morceaux de pain, puis des fruits, puis des pâtisseries à la cuisine, toutes denrées servies aux repas des professeurs mais refusées aux élèves.

Les futurs grands Chasseurs, les as du feu et de la lumière, les experts en manipulation à distance et en lecture d'esprit étaient aussi gourmands, sinon plus, que le commun des mortels. Du jour où il leur avait garanti un approvisionnement régulier en gâteaux, confitures et autres friandises, Raoul avait pu déjeuner en paix – et était sorti sur les remparts à toute heure de la nuit sans qu'on lui pose de question.

Venez, mes amis, pensa-t-il en laissant une offrande de mouches mortes près d'une flaque. Plus loin, il déposa des quignons de pain et des épluchures. La poche de sa veste était alourdie par une bouteille contenant un reste de lait.

Il pouvait être sévèrement puni s'il se faisait prendre. Plus pour cela que pour les vols.

Parler aux chats et aux grenouilles des remparts, c'était exercer ce qui était maintenant son talent officiel dans un but personnel et inutile. C'était gâcher les enseignements de l'École en les utilisant à des fins basses et sottement individualistes. Le Royaume avait-il besoin d'un charmeur de grenouilles ? Non, bien entendu. L'École avait besoin d'un aide cuisinier, et un jour un nobliau quelconque ou un maître pêcheur demanderait qu'on lui fournisse un envoûteur de poissons.

Ces pensées emplissaient l'esprit de Raoul de tristesse plutôt que de peur. Il savait maintenant que les années qu'il allait passer à l'École seraient moins difficiles qu'il l'avait cru au premier abord. Mais ensuite ? Son sort serait exactement le même que celui de tous les autres. L'École avait pour mission de le transformer en esclave et, qu'il le veuille ou non, esclave il deviendrait.

Pour chasser ce début d'humeur noire, il décida de rentrer dans son dortoir par l'itinéraire le plus long, c'est-à-dire le grand chemin de ronde qui parcourait tout le périmètre des Grandes Tours. Il serait plus exposé au vent, mais il n'en avait cure. Il avait envie d'air.

À peine avait-il atteint le sommet de l'escalier qu'il aperçut un homme assis sur le remblai, face aux créneaux.

Un noble.

Il portait une arme et des bijoux.

Entre deux nuages poussés par le vent, la lumière argentée du Lunaire se reflétait sur la garde ciselée de son épée et sur les pierres de ses boucles d'oreilles.

Raoul s'arrêta net.

L'inconnu avait les coudes sur les genoux et la tête entre les mains.

La curiosité l'emporta sur la prudence.

Raoul s'accroupit et avança en rasant le mur. Au fur et à mesure qu'il progressait, il sentit l'excitation s'emparer de lui, au point que, lorsqu'il reconnut l'homme, il se mordit les lèvres et enfonça ses ongles dans la mince couche de lichen qui tapissait la pierre.

Arik Renshaw ! Raoul ne l'avait pas souvent vu – aperçu de loin, en fait, en compagnie d'Orhgon et de ses amis mais on le lui avait si bien décrit !

Que faisait-il là, trempé comme une soupe, apparemment plongé dans ses pensées ? Et, au vu de sa figure que le Lunaire éclairait à présent à la faveur d'une bourrasque, les pensées en question n'étaient pas des plus agréables.

Raoul, plaqué contre les pierres du rempart, se rapprocha encore, aussi près qu'il le put. Il fut bientôt persuadé que le courtisan était bien trop profondément plongé dans ses réflexions pour le remarquer.

Il leva la tête – et Raoul crut qu'il était en train de rêver. Non, il voyait bien ce qu'il voyait : l'eau qui coulait sur son visage n'était pas de la pluie. Arik Renshaw se mordait les lèvres. Tête levée, attention dirigée vers un point invisible et lointain…

Il avait l'air, il avait l'air…

Un grand froid pire que celui de la nuit envahit Raoul. Non… c'était impossible. Arik Renshaw avait le droit de se promener la nuit sur les remparts, il avait le droit d'être ivre ou de pleurer sur un secret chagrin d'amour. Mais *écouter* ? Il ne pouvait pas *écouter*. Seuls les magiciens étaient capables de percevoir les esprits d'autres êtres humains.

Recroquevillé contre la pierre, terrifié à l'idée que le courtisan *sente* sa présence, Raoul tendit au maximum ses maigres sens.

Il ne recueillit qu'une vague impression : l'esprit d'Arik Renshaw ressemblait à celui de n'importe qui. Oui… mais, en cet instant, les pensées que Raoul captait à grand-peine n'avaient rien à voir avec celles qui auraient dû l'occuper. Pas de doute : *il écoutait.* Rien d'autre ne pouvait expliquer cette attention, cette concentration si particulière. Rien d'autre sinon qu'il était un magicien et que son esprit, fixé sur il ne savait qui, au château, en *entendait* les pensées.

Soudain, le lien se brisa. Arik s'effondra sur lui-même en poussant un cri. Raoul le regarda, non sans un certain dégoût, lutter contre les sanglots qui le secouaient. Et puis, tout à coup, le courtisan se reprit. Il serra d'un geste bien inutile les pans trempés de son pourpoint, se leva, se traîna comme un homme blessé jusqu'à l'escalier qui menait au bas des remparts et disparut hors de la vue de Raoul.

Arik Renshaw était un magicien ! L'idée lui semblait si extraordinaire qu'il ne pouvait s'empêcher de la tourner et de la retourner dans son cerveau comme un bijou que l'on examine sous tous les angles pour en vérifier l'authenticité.

C'est un espion. Il épie la cour, se moque d'Orhgon, se joue d'Hérus Tork…

Raoul s'arrêta au beau milieu d'un escalier alors que, le vent s'étant calmé, la pluie tombait en douche drue et régulière.

Orhgon, Hérus Tork… Il devait les prévenir. Ils lui en seraient reconnaissants, c'était sûr. Reconnaissants ? Non, mieux que ça… Tork ne supporterait pas d'avoir été roulé. Quant à Orhgon…

À moins que… N'était-il pas plus intéressant de le faire chanter ? Non, impossible : il lui réduirait la cervelle en bouillie dès qu'il tenterait quoi que ce soit. La seule façon de s'y prendre avec ce genre d'individu, c'était par surprise.

Pendant que ces pensées se bousculaient sous son crâne peu habitué à un tel maelström, Raoul finissait de dégringoler l'escalier, traversait une cour en rasant les murs et se faisait doucher par une gouttière.

Il ne lui vint pas à l'idée qu'il pouvait avertir Arik Renshaw du danger qui le menaçait.

Il marchait à quatre pattes sur le toit de la remise par lequel il entrait et sortait de son dortoir lorsqu'il en arriva enfin à l'inévitable conclusion.

Il devait aller voir le directeur. Et lui parler, à lui et à lui seul. Si quelqu'un d'autre partageait son secret, il s'empresserait d'aller le transmettre à sa place et de lui en voler les fruits.

Raoul redescendit du toit. Il connaissait un escalier qui menait de la cour des cuisines à la terrasse des appartements privés d'Hérus Tork. Il y avait une grille toujours fermée à clé, mais il était possible de passer par-dessus. Ce qu'il fit, la bouche sèche et la mort dans l'âme, terrorisé à l'idée d'affronter le petit homme au regard de pierre, même en sachant qu'il lui apportait une information qui ne pouvait lui valoir qu'une énorme récompense.

Lorsqu'il sauta de l'autre côté de la grille qui se trouvait aussi en haut de l'escalier, il vit, à quelques mètres de lui, une silhouette.

Une bulle de lumière flottait au-dessus de sa main tendue.

— Entre, dit Hérus Tork d'une voix blanche. Montre-moi ce que tu as vu.

À l'aube, un Arik trempé, sale et grelottant frappa à la porte de la cuisine de Madge Mayfield. La couturière ne dormait pas. Elle profitait des heures calmes du petit matin pour travailler sans être dérangée.

— Arik ? C'est toi ? demanda-t-elle pendant que la barre qui bloquait la porte se soulevait.

Il n'entra pas tout de suite. Il s'adossa au chambranle, l'air absent, les yeux dans le vague.

— Le vieux roi est mort.

— Pardon ?

Comme il ne bougeait pas, elle le prit par le bras, le tira jusqu'au fauteuil en osier et l'obligea à s'asseoir.

— Il l'a tué. J'étais sur les remparts – j'ai marché toute la nuit. J'ai senti son esprit qui partait…

D'un geste mécanique, il repoussa les mèches qui dégouttaient d'eau sur son visage. Les yeux de Madge tombèrent sur la manche de son pourpoint : elle était trempée de sang dilué par la pluie.

— Tu es sûr ? Qui l'a tué ?

— Orhgon. Urbain a eu une attaque. Il ne pouvait plus parler ni bouger. Tork a proposé à Orhgon de donner une potion à son père. Alors Orhgon la lui a fait boire pendant la nuit.

— Je n'ai pas *entendu* la moindre rumeur dans la ville.

— Non, il est bien trop tôt.

Madge refit un pansement autour de la blessure. Arik se laissa soigner comme un enfant fatigué qui n'a plus assez d'énergie pour protester.

La maison de Madge comportait une seconde chambre plus petite que la sienne, peinte elle aussi en blanc et meublée encore plus simplement d'un lit, d'étagères, d'une petite table, d'une chaise et d'un coffre. Cette pièce monacale était réservée à Arik, mais il n'y dormait plus que très rarement, lorsqu'il ressentait le besoin d'échapper à l'atmosphère oppressante du château.

Il sombra dans un profond sommeil dès qu'il eut posé la tête sur l'oreiller. Madge s'assit sur la chaise et le regarda dormir comme autrefois. Et, comme autrefois, elle ressentit à la fois de la colère et de la tristesse. Et puis, à son grand désarroi, de la peur.

Il s'éveilla deux heures plus tard. Ses vêtements étendus devant le feu étaient secs. Il les enfila.

— Tu repars ?

— Il vaut mieux. Je ne connais pas les intentions d'Hérus Tork. Plus tôt je serai au château, plus j'aurai d'informations.

Sa voix était claire, son regard étincelant. Il avait retrouvé son assurance.

— Arik ?

— Oui ?

— Crois-tu que tu pourrais trouver un moyen de t'éloigner de la cour après l'enterrement ?

— M'éloigner de la cour ? En ce moment ? Pour quelle raison ?

— Pour te reposer. Nathan se plaint de ne plus te voir. Et les enfants ont besoin de connaître quelqu'un d'autre que Zorr.

— Non.

Madge avait depuis longtemps pris le parti d'ignorer toutes les manifestations de l'entêtement naturel d'Arik.

— Pourquoi ? Sargh resterait au château. Et ce serait pour à peine quelques jours.

— Il faut plus de quelques jours pour aller voir Zorr, tu le sais bien. Non, je ne peux pas partir. Pas maintenant. Il se passe trop de choses… Sargh t'a dit qu'il a revu la gamine ?

— Oui. Et il t'a blessé.

— Je l'ai laissé faire pour qu'il s'en aille. J'ai parlé avec elle. Elle s'appelle Élisabeth de Siff. C'est la fille d'un capitaine de l'armée. Elle a le pouvoir… Elle a réussi à vivre au château toutes ces années sans sc faire prendre. Mais Tork… Nous devons la protéger.

Madge se dit qu'en temps ordinaire Arik n'aurait jamais laissé Sargh lui infliger une blessure aussi profonde.

— Fais attention à toi, Arik.

— Ne t'inquiète pas, dit-il en arrangeant ses cheveux, puis ses dentelles, d'un geste qui parvenait à être à la fois distrait et précis. Et rassure Nathan et Zorr : je fais *toujours* attention à moi.

CHAPITRE QUATORZE

Le Solaire et le Lunaire naissent au sein d'une mer de feu. Rien ne vit ni ne pousse sur les rives de cette mer. La pierre fond ou se vitrifie. Des gouffres d'où émanent des vapeurs toxiques ne cessent de s'ouvrir et de se refermer. Des pluies de cendre, de lave, des nuages délétères asphyxient toute créature vivante. Ce n'est qu'à la frontière de ce désert, quand la température baisse et se rapproche de celle des terres des hommes, que l'on rencontre les Monstres.

Harold Botta,
Géographie des terres connues et inconnues.

Pendant toute une matinée, Ian se sentit en paix avec lui-même et avec le monde. Droit et fier, la poitrine bombée et le pas vif, il entraîna Arielle à un rythme soutenu.

À compter de ce jour, il ne serait plus le même et rien ne serait plus comme avant. Il contrôlait son pouvoir. Il était capable d'enflammer à volonté n'importe quelle matière. Désormais, rien ni personne ne pouvait plus se mettre en travers de sa route. Il était convaincu que les magiciens de Dramanorre l'accueilleraient à bras ouverts comme l'un des leurs.

Arielle et lui ne s'étaient pas réveillés aussi tôt qu'ils l'auraient voulu. Tout à coup paniqués à l'idée qu'on ait pu les suivre, ils avaient quitté la cabane précipitamment. Depuis, ils marchaient d'un bon pas vers Virreleau, où ils espéraient passer la nuit dans une grange.

Ils étaient partis sous un ciel lisse et gris. Il ne neigeait pas et, en l'absence de vent, la température paraissait presque douce. Mais, au milieu de l'après-midi, alors que la pointe du Solaire émergeait encore derrière le sommet des collines en direction du Milieu du Monde, la lumière diminua.

— Je crois qu'on va avoir une tempête de neige, dit Arielle.

— Pardon ?

Le chemin qu'ils suivaient sinuait en douceur entre des collines boisées. Un paysage trop blanc, trop lisse et trop paisible en apparence pour servir de théâtre à un quelconque déchaînement atmosphérique.

— Regarde.

Sur leur droite, on ne voyait plus le Solaire. Des nuages couleur d'ardoise noyaient l'horizon. Le vent qui se levait agitait la cime des arbres.

— Pas grave. On va trouver un endroit où s'abriter. J'allumerai un feu. On attendra que ça passe.

— Il va falloir faire vite, alors.

Le monde rétrécissait. On ne voyait plus le sommet des collines. Au-dessus de leur tête, le ciel paraissait si bas que Ian avait l'impression de pouvoir toucher les nuages en levant la main.

Et les premiers flocons voletaient dans l'air gris, blancs et doux et annonciateurs du pire.

— Tu vois quelque chose qui ressemble à un abri, toi ? demanda Arielle.

Un panache de vapeur blanche s'échappait de ses lèvres. Elle avait le nez rouge et ne cessait de renifler.

— Non, admit Ian. Pas le moindre rocher en vue.

— Je n'aime pas ça.

— Voyons, avec du feu on ne craint rien. Marchons le plus longtemps possible pour nous rapprocher de Virreleau. Tu es fatiguée ?

— Un peu.

Bon, elle mentait, mais elle n'en était pas encore au point de se laisser tomber par terre et de refuser de bouger.

— Il me reste du chocolat.

Arielle accepta du bout des doigts les quelques morceaux que Ian lui tendit.

Il était moins optimiste qu'il voulait bien le montrer. Et le temps se gâtait à une vitesse quasi surnaturelle. Des tourbillons compacts de flocons roulaient au-dessus de leur tête. Au-delà de leur mur mouvant, le monde était invisible. Le froid commençait à transpercer leurs vêtements où la neige s'accrochait en plaques glacées.

— Je vois des bosquets d'aubépine en bas de cette colline.

— J'ai les pieds gelés.

— Ce n'est pas loin.

Elle trébucha.

— Hé, qu'est-ce qui t'arrive ?

Ian passa son bras sous celui d'Arielle. Elle le repoussa avec un mouvement de colère.

— Moi ? Rien. J'ai marché toute la journée, le blizzard se lève et on va passer la nuit dehors. Tout va bien.

— Je vois. On atteint le bosquet et on tâche de s'installer le plus confortablement possible le temps que ça passe. Ça te va ?

Il la serra contre lui. Elle ne protesta pas et se laissa entraîner d'un pas plus rapide. Le vent soufflait à présent assez fort pour mériter le nom de blizzard ; Ian avait de la peine à marcher. Ses pieds s'enfonçaient profondément dans la couche de neige fraîche mais, lorsqu'il se retournait, il ne voyait plus ni le chemin ni les traces de leurs pas. Il ne sentait plus le bout de son nez et la peau de son visage cuisait sous la gifle des flocons.

Ils atteignirent le bosquet. Ian en fit le tour. La neige accumulée sur les ronces formait un talus. Pendant qu'Arielle essayait de rendre étanche leur abri de fortune avec des branchages, Ian ramassa du bois mort pour le feu.

— Assieds-toi, lui dit-il, rassurant. On aura chaud dans quelques minutes.

Il étendit ses mains rougies par le froid au-dessus du bois de bouleau couvert de lichen. Il était humide et ils n'avaient ni paille ni papier. Mais c'était inutile. Comme hier, il lui suffisait d'aller chercher le feu qui était en lui et de le communiquer au bois.

Le feu refusa de prendre.

Ian s'assit en tailleur, ferma les yeux, posa les mains calmement sur ses genoux. Il chercha le feu et chercha encore, et encore…

Arielle, recroquevillée sur elle-même, les mains autour des genoux, le menton posé dessus, le regardait, d'épais flocons accrochés à ses cils et dans les boucles blondes de ses cheveux.

Ian déploya toutes ses forces.

Il pensa au feu qui brûlait dans l'âtre chez lui, à la ferme. Aux flammes qui avaient ravagé le bois du père Pime. Aux archives de la mairie, feuilles de papier embrasées tourbillonnant dans l'air surchauffé. Aux braises et aux étincelles de la forge.

Le bois demeura désespérément noir et humide.

Il se leva, saisit le bras d'Arielle et la secoua.

— Debout ! Nous ne devons surtout pas rester immobiles.

Arielle le regarda comme si elle ne comprenait pas.

— Je suis morte de fatigue.

— Justement. Si tu ne te remues pas, le froid va être plus fort que toi.

Ils étaient prisonniers au fond d'un puits aux parois blanches et mouvantes.

— Pourquoi tu n'allumes pas le feu ?

— Tu as bien vu que j'ai essayé ! Je n'y arrive pas. Si tu avais pris des allumettes…

Il essaya tout de même à nouveau. Puis, comme il claquait des dents, il s'obligea à marcher. Le bas de ses pantalons était trempé et lourd de neige qui gelait en plaques raides et glacées. Il grelottait en marchant. À chaque fois qu'il accomplissait un tour du morne et inutile tas de bois qui constituait à présent le centre de leur univers, il s'accroupissait près d'Arielle pour l'exhorter à se joindre à lui. Il la prenait aux épaules, la secouait et lui frottait les mains pour les réchauffer.

— Ça ne sert à rien. On ne tiendra jamais toute la nuit.

La nuit ? Bien sûr. L'impression de blancheur venait de la neige, mais le ciel était noir. Une vague de désespoir envahit Ian. Arielle avait raison. Le vent sifflait, le cinglait, l'aveuglait, lui coupait le souffle. Il ne sentait plus les muscles de ses jambes, et l'extrémité de ses pieds qu'il avait de plus en plus de mal à soulever le brûlait.

Ils allaient y rester. Mourir assis près d'un tas de bois. Les chasseurs trouveraient leurs corps en train de se décomposer avec la fonte des neiges. Arielle ne connaîtrait jamais la vie de la capitale, et Ian ne rencontrerait jamais les puissants magiciens qui avaient réussi à échapper à l'École.

Pourtant, il continua à marcher. Ses jambes le portaient mécaniquement, son esprit engourdi lui rappelait de secouer Arielle et de lui parler à intervalles réguliers.

Bras croisés sous sa cape, tête baissée, il ne voyait plus que le sol où se posaient des centaines de flocons aussi épais et légers que des plumes. De temps à autre il levait les yeux et constatait que la neige se détachait de plus en plus nettement sur la nuit, qui paraissait à la fois très sombre et étrangement claire.

Il ne se rendit même pas compte qu'il avait trébuché. Il avait perdu conscience du temps. Il se souvenait avoir manqué tomber puis avoir repris son équilibre. Lorsqu'il leva les yeux, il vit une forme en mouvement au sein de l'interminable chute blanche de neige.

Brume et grésil enveloppaient la créature d'un nuage d'argent et de nacre. La longue chevelure qui flottait au vent n'avait pas de couleur. Un instant aussi immaculée que la neige, elle se nuançait la seconde d'après d'argent étincelant et de bleu aussi profond que celui des glaciers. La peau paraissait blanche, les sourcils fins et arqués et les cils longs et recourbés semblaient saupoudrés de givre scintillant.

Dans une main, la merveilleuse créature élevait une lampe dont les verres étaient des cristaux de neige et qui répandait une lueur semblable à celle du Lunaire, mais dix fois plus forte, comme un diamant lumineux. Dans l'autre elle tenait les rênes du plus bel étalon que Ian eût jamais vu.

Il était blanc comme la neige tombée sur le sommet des montagnes un matin d'hiver, à la naissance du monde. Sa crinière était de la même couleur changeante et glacée que les cheveux de la créature, ses sabots étincelaient d'une lumière identique à celle de la lampe.

Un frisson qui n'avait plus rien à voir avec la température descendit le long de son épine dorsale, comme lorsque son père racontait des histoires de spectres et qu'il se surprenait à examiner les coins sombres.

L'être se pencha sur Ian, l'enveloppant dans son manteau de brouillard. Très lentement, un sourire étira ses lèvres minces. Ian aperçut des dents pointues et nacrées. La créature se pencha encore. Autour des bras qu'elle tendait vers lui se tordaient des volutes de vapeur bleutée. À ses poignets et sur sa poitrine étincelaient des cristaux de neige. Ian sentit ses mains se poser sur ses épaules. Des ongles longs et recourbés s'enfoncèrent dans son bras, envoyant des vagues glacées dans tout son corps. Le visage s'approcha tout près du sien. L'être lui sourit.

— Ian, viens avec moi.

Il n'avait pas ouvert la bouche et Ian ne pouvait pas l'avoir entendu dans le hurlement du blizzard.

— Non. Arielle d'abord. Elle est bien plus fatiguée que moi.

— Elle n'a pas d'importance.

— Elle va mourir de froid si elle reste ici. Elle peut monter sur le cheval, je suivrai à pied.

— Le cheval ne porte que ceux qui ont le pouvoir.

L'être se pencha sur Arielle. Il – ou elle – étendit sa main aux ongles miroitants et recourbés ; la jeune fille leva son visage vers lui. Elle souriait. Lentement, comme dans un rêve, elle s'allongea sur le sol glacé.

— Vois. Elle va dormir.

Au contact des vêtements d'Arielle, les flocons subissaient une étrange transformation : ils devenaient des cristaux de glace. En quelques minutes, une gangue de glace pure et transparente recouvrit le corps d'Arielle.

— Il ne peut rien lui arriver de mal à présent.

Ian aurait voulu répondre mais sa langue ne lui obéissait plus. Le froid qui émanait de la créature paralysait ses membres. Il ne voyait plus que son visage d'une incroyable beauté et son sourire d'une infinie douceur. Ses yeux étaient immenses derrière les cils saupoudrés de givre, et verts, couleur de jade, comme le cœur des glaciers. Au fond étincelait une lumière, une ultime étoile qui brûlait tel un cœur glacé et lumineux.

— C'est vrai, reconnut-il, Arielle n'a aucune importance. Après tout, c'est moi qui ai le pouvoir.

CHAPITRE QUINZE

Toute histoire de l'architecture devrait commencer par un chapitre consacré au château de Dramanorre. Malheureusement, sa construction remonte à des temps si anciens que le nom des architectes et leurs méthodes sont perdus. Perdus pour ceux qui ne sont pas membres de la Haute-École, s'entend. Il est en effet permis d'espérer que celle-ci les a conservés quelque part dans ses archives.

On ne peut donc que dresser la liste des légendes circulant sur cette splendide bâtisse qui semble avoir été construite en pierre d'obsidienne. Il s'agit en fait d'un matériau conçu par les magiciens pour être modifiable par l'esprit. On dit que les blocs de matière noire que nous connaissons ne l'ont pas toujours été. Ils étaient autrefois transparents comme le cristal, et les architectes pouvaient leur donner toutes les couleurs et les formes qu'ils voulaient. Tout ce qui en reste, à certains endroits, ce sont des blocs hérissés de picots ou creusés de figures géométriques – étranges tourbillons et spirales dont la signification nous échappe.

Édouard Burdelont,
Histoire de l'architecture du Royaume extérieur.

— Arik, il me semble que c'est à vous de jouer.

Pris en flagrant délit de distraction, le courtisan toisa la jeune femme blonde assise à sa droite.

— Je sais, ma chère, dit-il en la gratifiant de son plus féroce sourire. Je cherchais un moyen de vous épargner l'humiliation qui vous attend. Mais il n'y en a pas.

Il étala ses cartes. Un concert d'exclamations de dépit, d'admiration et de rage s'éleva du petit groupe rassemblé autour des joueurs. Arik Renshaw ne savoura pas cette victoire. Il n'y pensait pas lorsque la sotte petite duchesse à la poitrine de rêve l'avait rappelé à l'ordre. Il venait de voir Germain Comsic entrer dans la pièce.

Arik Renshaw haïssait le jeu. Ceux qui s'y adonnaient se concentraient sur les cartes ou les dés au point que lire dans leur esprit devenait aussi aisé qu'ennuyeux. Il le haïssait parce que ceux qui l'aimaient n'avaient en réalité que deux passions : l'ennui et l'argent. L'ennui quand ils jouaient pour passer le temps, l'argent quand ils jouaient pour en gagner.

Néanmoins, il y avait toujours plusieurs tables aux petites soirées qu'il donnait dans ses appartements, et il mettait un point d'honneur à y rester assez longtemps pour que ses invités croient qu'il partageait leurs plaisirs.

La petite blonde tenait son jeu d'une main et de l'autre s'éventait, la pauvre chérie, en espérant que quelque mâle en rut prendrait son air de génisse écervelée pour de la langueur sensuelle.

Le baron assis en face de lui croyait flirter avec les forces vives de l'univers parce que sa passion des cartes donnait des sueurs froides à son intendant. Il fallait s'appeler Zorr et n'avoir jamais mis les pieds à la cour pour croire qu'il leur ressemblait.

Les cartes avaient à nouveau été distribuées. Cette fois, Arik s'arrangea pour perdre et quitta la table de jeu.

Du coin de l'œil, tout en bavardant avec ses invités, il surveilla Germain Comsic. Le jeune homme bavardait avec les deux frères d'Argenville mais son regard errait sur les tapisseries, les tables et les fauteuils. La sobriété et le goût étonnaient toujours ceux qui s'attendaient à ce que son intérieur soit assorti à ses goûts vestimentaires. Ayant évalué l'humeur de Comsic, Arik s'insinua dans le petit groupe debout près de la cheminée. Quelques secondes plus tard, saisis d'une brusque fringale, les deux jumeaux se jetaient sur un plateau de canapés qui passait.

Seul avec Germain Comsic, Arik l'entraîna dans un coin du salon où il savait qu'on ne ferait pas attention à eux.

— Je ne crois pas vous avoir remercié pour l'autre soir, balbutia le jeune homme, visiblement dérouté par cette marque d'attention.

Arik avait la réputation d'être indifférent aux fils de petits hobereaux de province dont Germain constituait le parfait représentant.

— Pour vous avoir invité ou pour vous avoir sauvé la vie ?

Arik *toucha* l'esprit du jeune homme tout en parlant.

En l'espace de quelques secondes, Germain revit l'attaque du Chasseur et l'intervention d'Arik comme s'il ne les avait jamais oubliées.

— Pour les deux, en fait, enchaîna-t-il avec un parfait naturel. J'aimerais bien savoir ce qui vous y a poussé.

Franc et direct. Il était un peu étourdi par la manipulation de sa mémoire, mais il soutenait le regard d'Arik. Une attitude que celui-ci apprécia aussitôt. Si seulement… Hélas, il n'avait pas le temps…

— Eh bien, disons que j'ai lu vos textes. Ne faites pas semblant : Orhgon est bien informé. Si bien d'ailleurs que, vous ayant catalogué, vous et vos amis, parmi les agitateurs inoffensifs, il croit tout savoir sur vous. Je pense qu'il a tort, et j'ai pour ma part envie de mieux vous connaître.

— Mais…

— Je ne vous ai pas livré au Chasseur l'autre jour, n'est-ce pas ? Pourquoi le ferais-je aujourd'hui ? Voyez-vous, je n'apprécie pas qu'Orhgon s'en remette entièrement à Hérus Tork.

Germain Comsic haussa les sourcils. Il connaissait les rumeurs qui couraient au sujet d'Orhgon et de son favori. Ainsi, le courtisan s'inquiétait de l'emprise du directeur sur son amant. Sans doute y discernait-il un danger pour sa propre influence… Le jeune homme vit s'ouvrir devant lui des perspectives nouvelles. Il déglutit et tâcha de reprendre l'initiative.

— Que voulez-vous exactement ?

Arik n'eut pas le temps de répondre.

La porte de ses appartements s'ouvrit à la volée. Des pas résonnèrent dans le couloir qui conduisait au salon.

Il ne les avait pas entendus venir.

Non. Impossible. Personne n'était capable de s'approcher de lui sans qu'il *entende* ses pensées.

Il sentit son cœur manquer un battement puis se contracter dans sa poitrine. Ce fut le seul instant de vraie terreur de toute sa vie.

Hérus Tork, un jeune garçon qu'il ne connaissait pas et quatre Chasseurs apparurent à la porte du salon. Plusieurs têtes se tournèrent vers eux. À partir de cet instant, le silence se propagea autour d'eux en cercles concentriques à la vitesse de l'éclair. Arik profita de ces quelques secondes de répit pour effacer de la mémoire de Germain Comsic ce qu'il venait de lui dire. Puis il s'avança vers ceux qui étaient venus le chercher.

D'ordinaire, le visage de rongeur chauve d'Hérus Tork ne laissait pas transparaître ses émotions. Mais en cet instant, dans ses yeux couleur de pierre, une lueur de rage et de triomphe dansait telle une flamme folle, tandis qu'il se penchait sur le gamin qui les accompagnait.

— Lequel est-ce, Raoul ? demanda le directeur d'une voix douce.

Le gosse hésita. Il était pâle ; ses lèvres tremblaient. Il n'osait regarder personne, et surtout pas Arik.

Autour de la table de jeu, sur les sofas, près de la cheminée, les invités échangeaient des regards éperdus de panique.

Que se passait-il ? Que faisait Hérus Tork ici ? Que voulait-il ? Ils se regardaient les uns les autres en essayant de se dire sans se parler qu'ils étaient innocents.

Alors Arik sourit.

Comme sur un signal, ceux qui se tenaient encore trop près de lui s'éloignèrent, le laissant seul face au maître de la Haute-École.

Lentement, il écarta les bras.

Les bougies s'éteignirent.

Le feu s'étouffa dans un nuage de fumée grise. Pendant un instant, la pièce fut plongée dans l'obscurité. Puis le magicien ouvrit les mains.

Et de ses paumes offertes laissa couler le feu magique, la lumière d'or spectral qui était le signe indiscutable de son pouvoir.

La lumière glissa autour de lui, nimbant sa silhouette puis, peu à peu, illuminant toute la pièce.

Sur les visages des témoins de la scène, une expression de surprise puis d'horreur absolue se peignit.

— Assez ! cracha Hérus Tork. Arrêtez-le !

Le garçon, qui ignorait probablement que l'on pouvait manifester ainsi son pouvoir, le regardait, livide, bouche bée, comme sur le point de se trouver mal.

Ou de prendre conscience de ce qu'il venait vraiment de faire.

Arik ne résista pas aux Chasseurs lorsqu'ils s'emparèrent de lui et le traînèrent hors de ses appartements.

Ils l'emmenèrent dans une partie du château qu'il connaissait bien pour avoir souvent *écouté* les pensées de ceux que les maîtres de la Haute-École y enfermaient pour les torturer.

— Tenez-le, dit Hérus Tork, je vais l'attacher.

Fichu. Piégé, impuissant, totalement à leur merci. Évanouie l'exaltation qu'il avait ressentie en se révélant. Il sentit monter en lui une vague de rage et résista au Chasseur qui le poussait à genoux. Tork eut un sourire qui découvrit ses dents de prédateur et leva la main. Un éclair bleuté jaillit. Arik sombra dans l'inconscience sans même voir où il avait été frappé.

CHAPITRE SEIZE

Journal d'Élisabeth de Siff.
Vingt-deuxième lever du dixième cent
du huit cent quatre-vingtième cycle après la Fondation,
au lever du Lunaire.

… En réalité, il a commencé à monter il y a plusieurs heures. Il est maintenant à son apogée et ne tardera pas à redescendre. Mais, une fois la date écrite, j'ai eu tant de mal à ordonner mes pensées qu'il m'a été impossible d'ajouter un mot.

Arik Renshaw a été capturé.

C'est arrivé hier, après le coucher du Solaire. Je ne dors jamais aussi tôt, mais je n'avais pas pu trouver le sommeil de toute la nuit précédente.

Orhgon a donné la potion d'Hérus à son père avant-hier. J'ai *senti* s'éteindre son esprit.

Après cela, je n'ai pas pu dormir, et j'ai passé la journée à attendre qu'il se décide à rendre la nouvelle publique. Je me demandais pourquoi il tardait tant, mais je ne me sentais pas le courage de revenir dans cette partie du château pour y glaner des informations.

Et puis j'ai reçu deux lettres dont une de mon père. Cela fait presque un cent qu'il est parti et je m'attendais à ce qu'il m'annonce qu'on lui avait enfin accordé une permission. Pas du tout. Au lieu de cela, j'ai eu droit à la description détaillée de l'état du front, parce qu'il se sent coupable de ne pas rentrer et se croit obligé de justifier le fait qu'il néglige sa fille.

Voilà pourquoi, après le repas du soir, je me suis retirée dans ma chambre avec l'intention de lire. Blise m'a laissée tranquille. Elle sait que les lettres de mon père me mettent rarement de bonne humeur. Je me suis donc endormie dans mon lit, le livre à la main. Un hurlement de douleur m'a réveillée.

Élisabeth.

Quelqu'un m'appelait. Quelqu'un qui souffrait et avait besoin d'aide.

ÉLISABETH !

ÉLISABETH !

ÉLISA...

Je me suis dressée sur mon lit, haletante, couverte de sueur. Une image persistait devant mes yeux, occultant les meubles familiers de ma chambre : celle d'un homme que deux Chasseurs traînaient pieds et poings liés dans les couloirs les plus sinistres du château, ceux où se trouvent les cellules dans lesquelles Hérus Tork enferme ses prisonniers.

Cet homme était Arik Renshaw.

J'ai tout de suite compris ce qui avait dû se passer : d'une manière ou d'une autre, il avait été trahi et capturé. Cette découverte avait dû troubler Tork et Orhgon au point qu'ils avaient décidé de reculer le moment d'annoncer la mort du roi.

Encore tremblante, j'ai bondi hors de mon lit pour enfiler des vêtements. J'ai pris de l'argent, ce journal (ce n'était pas le moment de laisser des traces derrière moi) et surtout la deuxième lettre.

Que je n'avais pas reçue sous la forme d'une lettre, d'ailleurs, mais d'une boîte de papier plié qui contenait une fleur de magnolia. C'était un pli délicat et parfumé, écrit à l'encre mauve sur un épais papier parme.

Surtout n'essayez pas de me contacter. Attendez que je vous fasse signe. En toute circonstance vous pouvez vous en remettre à Sargh et à Madge.

A. R.

Par prudence, j'ai voulu brûler le message, mais il est demeuré mystérieusement insensible à l'attaque des flammes.

Caressant le papier épais au fond de ma poche, je suis passée à pas de loup devant la porte de Blise.

J'étais terrifiée.

Oh, bien sûr, j'ai toujours été consciente du danger que je cours. Quand j'étais plus jeune, il m'est même souvent arrivé d'en vouloir à mon père. J'aurais voulu qu'il m'emmène avec lui. Il me semblait que j'aurais été plus en sécurité sur un champ de bataille que dans les couloirs du château – ce qui était absurde, car l'armée utilise des dizaines de magiciens, et pas les moins puissants.

Arik Renshaw a fait bien plus que se cacher de la Haute-École : il a trompé l'héritier du trône et la cour tout entière. Il s'est introduit parmi eux, a partagé leurs secrets et les a sans le moindre doute transmis à d'autres clandestins. Il est probablement à l'origine des incidents bizarres qui se produisent régulièrement dans l'École et lors du transfert des élèves vers le front… Ma gorge s'est serrée et mes tripes se sont tordues rien qu'à songer aux flots de haine qui avaient dû s'abattre sur lui.

Je devais trouver Sargh.

Avec un peu de chance, il serait encore de garde dans cette partie du château.

C'était le cas ; je suis tombée sur lui un étage plus haut. Il officiait en compagnie de deux malabars buveurs de bière. Il me fallait le voir seule à seul, alors je me suis cachée dans les latrines les plus proches et j'ai utilisé une petite ruse qui m'a souvent servi dans mes promenades nocturnes. Sargh s'est précipité dedans, la main sur la boucle de son ceinturon. Je l'ai bien sûr aussitôt délivré de son tourment.

— Sargh, ai-je dit une fois qu'il a eu compris ce qui lui était arrivé, il faut que vous m'aidiez. L'un des vôtres est en danger.

Il m'a regardée comme si j'étais un démon sorti des fosses du château, alors j'ai sorti la fleur de magnolia de ma poche, l'ai ouverte et la lui ai tendue. Il a lu le message – lentement. Lorsqu'il a relevé les yeux sur moi, son visage avait totalement changé. Un pli profond était apparu entre ses sourcils, ses yeux étaient passés du gris clair au gris foncé, et il paraissait avoir vieilli de dix ans.

— Qui t'a donné ça ?

— Vous allez avoir du mal à me croire. C'est un magicien.

Soulagé, il a posé la lettre sur le banc de pierre des latrines et m'a montré, du bout d'un ongle qui n'avait jamais connu la manucure, les boucles cryptiques de la signature.

— C'est un code. Celui qui a signé connaît Madge Mayfield. Une magicienne.

Il n'avait nul besoin de préciser « clandestine ».

— Ce mot vient d'Arik Renshaw.

— Pardon ?

J'ai tracé le contour des lettres perdues dans les jambages fleuris.

— A et R, Arik Renshaw. C'est lui qui a écrit ce message. Il lui est arrivé quelque chose. Il faut que je prévienne… le chef des clandestins.

Le garde a souri malgré lui et a secoué la tête.

— Ils sont plusieurs. Mais Renshaw ne peut pas être des leurs. Je le saurais.

— Pas s'il était un espion qu'ils ont voulu protéger. Hérus Tork l'a capturé. Nous devons à tout prix l'aider ! Pouvez-vous quitter le château cette nuit ?

— Non, je suis de garde jusqu'à l'aube.

— Dans ce cas, dites-moi où Madge Mayfield habite. Je vais aller la prévenir.

Sargh a secoué la tête. Il m'a regardée, puis il a regardé le morceau de papier.

— Ce poseur, un magicien ? Impossible.

— Moi non plus je n'y croyais pas. Mais réfléchissez, quel meilleur moyen de tout savoir sur ce qui se passe à la cour et à l'École ? Vous ne vous êtes jamais demandé comment ces gosses disparaissaient ?

— J'ai aidé à certaines évasions, a-t-il dit, indigné. (Il a froncé les sourcils et ajouté avec lenteur, comme s'il n'était pas certain de ses souvenirs :) Madge faisait parfois des allusions à un agent au château…

À nouveau, il a passé l'extrémité abîmée de son doigt de soldat sur l'encre lilas de la signature.

— Et c'est bien le code. Mais Madge vit assez loin d'ici, dans les faubourgs.

Il me croyait mais, bien qu'il comprît pourquoi on lui avait caché l'identité de l'espion, il était un peu vexé.

— Vous pouvez me montrer le chemin dans votre esprit.

Il a secoué la tête. Il n'y comprenait plus rien – mais il savait que le contact facilite la perception des images. Il m'a tendu les mains.

— Renshaw est très fort, vous savez, je ne me doutais de rien moi non plus.

Ça n'a pas eu l'air de le consoler. Il m'a pris les mains et m'a montré des points de repère. Il n'avait aucun mal à se concentrer sur les images – la fontaine du marché aux fleurs, les encorbellements de la rue des Ânes, la porte des Maraîchers – preuve que ce n'était pas la première fois qu'il se livrait à ce genre d'exercice.

Ce jeune homme n'avait pas peur des magiciens. Il ne les haïssait pas non plus ni ne les enviait, il ne nous considérait ni comme des monstres ni comme des esclaves.

De manière absurde, j'ai senti une bouffée d'espoir m'envahir.

Évidemment, je n'ai pas dit à Sargh que je n'étais jamais sortie du château.

Il se serait affolé, aurait peut-être voulu abandonner son poste – ce n'était vraiment pas le moment.

Depuis plusieurs années, mon père, quand il rentre pour une permission, dit que je suis assez grande pour qu'il m'emmène au théâtre ou à l'opéra. Il sait que, comme ma mère, j'aime la musique, mais il n'a pas assisté à un seul spectacle depuis sa mort. Il a sincèrement envie de me faire plaisir, mais à chaque fois quelque chose l'en empêche. Soit on le rappelle plus tôt que prévu, soit il doit rendre visite à des amis. La dernière fois, il est resté éloigné du front plus longtemps qu'à l'ordinaire, mais c'était parce qu'il avait été blessé à la jambe. Un après-midi, nous nous sommes promenés sur les remparts et j'ai regardé les images dans son esprit pendant qu'il me décrivait les rues et les places que nous apercevions du haut des murailles… mais nous ne sommes allés dans aucun de ces endroits.

J'ai d'abord cru que je serais terrifiée, seule dans les rues de cette ville que je ne connaissais que par les esprits des autres. En fait, le plus difficile a été de rejoindre un point des remparts où je sais que se trouve un escalier qui descend jusqu'à la rue. Après cela, plus je m'éloignais du château et de son atmosphère oppressante, et plus je me sentais légère et rapide.

Deux heures plus tard, je suis arrivée devant la porte recouverte de chèvrefeuille derrière la maison de Madge Mayfield. Sargh m'avait assuré que cette porte n'est jamais fermée à clé – et elle ne l'était pas, en effet. Il n'y avait pas de lumière à l'intérieur. La porte s'est ouverte pendant que j'hésitais à frapper. Un bougeoir à la main, une petite femme un peu replète m'a regardée de la tête aux pieds comme si j'étais une créature extraordinaire.

— Entre, m'a-t-elle dit.

— Arik…

— Oui. Il m'a parlé de toi.

Elle a posé le bougeoir, bougé la main, et deux lampes à huile se sont allumées, une sur un vaisselier, l'autre sur la cheminée.

— Ils l'ont pris. Je ne sais pas comment… Il m'a appelée. C'était un cri, un hurlement de douleur… Il faut faire quelque chose.

Madge Mayfield a les yeux gris et je suppose qu'en temps ordinaire les rides qui les entourent sont le résultat du regard amusé qu'elle porte sur le monde. Ce soir-là, j'ai vu la peur dans ses yeux et la vieillesse sur son visage.

— Comment ont-ils pu ?… Que sais-tu au juste ?

— Bien peu, en fait. Je dormais. Tout ce dont je suis sûre, c'est ce qui s'est passé il y a deux levers entre Hérus et Orhgon au sujet de son père.

Elle a froncé les sourcils.

— Arik… Mais assieds-toi. Comment es-tu venue jusqu'ici ? As-tu faim, soif ?

Je n'en savais rien.

Elle a tout de même préparé du chocolat chaud, et je lui ai raconté tout ce que je savais.

— Sargh nous rejoindra sans doute à la fin de son tour de garde, a-t-elle conclu. En attendant, il n'y a rien à faire.

— Comment ça, rien à faire ? Vous n'allez pas le laisser entre leurs mains ?

Elle a soupiré. Il n'y avait plus de peur dans son regard, seulement une grande tristesse.

— Nous ne pouvons pas aller au château. Tork et Orhgon doivent être dans une colère folle, les Chasseurs sur le pied de guerre. Aller là-bas serait le meilleur moyen de se jeter dans la gueule du loup. Non, il vaut mieux attendre. Avoir un plan.

— Mais Arik… Vous savez de quoi ils sont capables…

— Oui. Arik s'est préparé à affronter ce genre de situation. Du moins, c'est ce qu'il nous a toujours dit…

— Il doit être très fort. Pour être arrivé à approcher Mérot puis Tork de si près sans jamais éveiller les soupçons…

— C'est toi qui dis ça ? Ta présence au château est un vrai miracle, jeune fille !

— Arik a dit la même chose.

— Il a rarement été aussi surpris. Jamais nous n'avons pensé qu'un enfant pouvait vivre au château et échapper à la Haute-École.

— Vous savez, je n'ai pas eu le choix.

En me posant des questions sur moi et sur mon père, Madge a réussi à détourner mes pensées d'Arik. Tandis que je buvais le chocolat et mangeais les biscuits qu'elle m'avait proposés, elle m'a parlé des magiciens clandestins et de leur organisation.

Elle avait ouvert une boîte à ouvrage et en avait sorti un morceau de tissu que j'identifiai bientôt comme une partie d'un corsage. Tout en parlant, elle se mit à y coudre des boutons.

— Une bien petite chose que notre organisation, vraiment. Je me suis occupée d'Arik et de Zorr lorsqu'ils étaient enfants. Je les ai protégés de Mérot et je leur ai appris à se servir de leurs dons. Zorr vit loin d'ici, près des montagnes de Brume, il dirige la maison où vivent les enfants que nous arrivons à sauver jusqu'à ce que nous trouvions une famille qui accepte de les accueillir. Mais nous sommes si peu. Une quinzaine tout au plus, et dispersés dans tout le Royaume pour ne pas être repérés par les Chasseurs.

Peu m'importe que les magiciens clandestins soient peu nombreux ! L'essentiel est qu'ils existent et que je les ai trouvés !

Finalement, comme je commençais à dodeliner de la tête au-dessus de mon bol vide, Madge m'a dit qu'il était hors de question que je retraverse la ville. Elle m'a installée dans la petite chambre où je me trouve maintenant.

— C'était celle d'Arik.

Elle est petite et toute blanche.

Il y a un lit, un coffre, des étagères sur lesquelles s'entassent des livres, une petite table devant la fenêtre. C'est tout. Je ne sais pas si je suis un miracle, mais Arik Renshaw est une énigme. Rien ici ne ressemble à ce que j'ai vu de lui à la cour.

Je sais qu'il est trop tard pour souhaiter qu'ils ne l'aient pas torturé. Mais j'espère que nous allons pouvoir le tirer de leurs mains avant qu'ils ne le tuent.

Et sans qu'il ait parlé.

CHAPITRE DIX-SEPT

Ne pensez pas à la souffrance comme à quelque chose de bon ou de mauvais, d'utile ou d'inutile. Pensez simplement qu'elle est.

Hérus Tork.

Âcre et pénétrante, une odeur d'urine tira Arik Renshaw de l'inconscience.

Il se trouvait dans un cachot sans fenêtre à la porte hermétique. Même en écarquillant les yeux, il ne voyait rien, pas la moindre lueur filtrant au niveau du sol ou entre les barreaux d'un guichet. L'obscurité était un liquide qui, comme l'odeur, s'était insinué dans ses narines et sa bouche et avait pénétré jusque dans ses orbites.

Ce n'est que lorsqu'il voulut vérifier qu'il n'y avait pas non plus de meurtrière qu'il prit conscience de la tension insupportable qui ramenait ses épaules en arrière.

Ils lui avaient attaché les bras dans le dos, aux coudes et aux poignets. Et les jambes, aux genoux et aux chevilles. D'épaisses lanières de cuir entraient dans sa chair, empêchant tout mouvement. Impossible d'exécuter les passes qui lui auraient permis de se recharger en énergie.

Arik soupira.

D'une certaine manière, il avait toujours su que cela finirait ainsi.

Toujours su et peut-être, dans quelque recoin de son cerveau, secrètement espéré.

Ça n'avait aucune importance.

Ce qui comptait, c'était de se tenir prêt.

Il ne devait pas parler. Et, si ce qu'il avait préparé avec Zorr fonctionnait ne fût-ce qu'à demi, il ne parlerait pas. Mais pour cela il devait se concentrer.

À peine avait-il commencé à se rappeler le début du processus de protection qu'un filet de lumière détoura le rectangle de la porte.

Orhgon apparut dans l'embrasure, un objet à la main. Derrière lui, deux Chasseurs portaient des torches. Orhgon en saisit une, la cala dans un anneau fixé au mur à l'intérieur de la cellule et ordonna aux chiens de garde de reculer.

— Je m'en occupe.

— Monseigneur…

— Hérus Tork l'a attaché ; il n'y a pas de danger, le coupa Orhgon.

Sa voix exprimait plus de colère que d'assurance. Les Chasseurs reculèrent ; il referma l'épaisse porte de métal derrière lui.

Arik obligea aussitôt tous ses muscles, y compris ceux de ses épaules et du haut de son torse, à se détendre. Il ferma les yeux et parvint, malgré l'odeur d'urine, à ralentir sa respiration pour imiter celle d'un homme inconscient.

Orhgon posa le pied sous ses côtes et le fit rouler sur le flanc. À travers ses paupières presque closes, Arik vit qu'il portait une lourde chaîne.

On dirait que quelqu'un ne veut pas que je m'échappe…

Orhgon saisit le collier de métal qui entourait le cou du prisonnier et dont il n'avait même pas senti la présence tant ses épaules le faisaient souffrir. Il y accrocha une extrémité de la chaîne. Puis il passa l'autre à un anneau scellé dans le mur. Ne pouvant plus s'allonger, Arik prit appui sur ses genoux, se redressa et ouvrit les yeux.

— Alors, cher ami, dit-il d'un ton enjoué, se forçant à sourire, on vient prendre du bon temps avant qu'Hérus Tork ne gâche la marchandise ?

Orhgon ne s'attendait pas à ce qu'il reprenne si vite ses esprits. Il manqua sursauter, se ressaisit et l'empoigna par les cheveux.

— Traître, siffla-t-il. Tu vas payer pour ce que tu as fait.

— Et bien fait, non ? Nous avons passé de si bons moments ensemble, Votre Altesse.

Mauvaise réponse. Orhgon s'attendait à ce qu'il soit insolent ; Arik, en sa présence, ne pouvait s'empêcher de jouer son rôle, mais il était bien plus mortifié d'avoir donné son amitié à un espion que de lui avoir permis d'entrer dans les secrets du Royaume. Et Arik avait joué avec son désir sans jamais le lui laisser assouvir.

D'un geste brusque, il décrocha la chaîne qui retenait Arik, lui faisant perdre l'équilibre. Orhgon s'abattit aussitôt sur lui de tout son poids. Ses mains, bien que fébriles, n'eurent aucun mal à trouver et à défaire les boutons et les attaches de ses vêtements.

Pourtant, Orhgon se rhabillait quand la porte s'ouvrit à nouveau. Les torches soulignèrent la silhouette d'Hérus Tork qui referma le battant avant que les Chasseurs aient pu voir quoi que ce soit à l'intérieur.

— Intéressant, laissa-t-il tomber tandis qu'Orhgon, dont le visage s'empourprait malgré lui, finissait de se reboutonner. Mais ce n'est pas ainsi qu'il va parler.

Il ne parlera pas.

Hérus pouvait briser tous les os de son corps, en arracher les tendons, disloquer les articulations, défaire un à un les os de sa colonne vertébrale…

D'abord se concentrer sur sa respiration.

— Une seule chose peut expliquer la présence de cette vermine dans le château, dit Hérus : l'existence de ce fameux réseau de clandestins dont on me rebat les oreilles depuis des années sans jamais apporter la moindre preuve de son existence. Je veux les noms, les lieux, les plans, dit-il en se penchant sur Arik. Tu ne mourras pas avant de me les avoir tous donnés.

Une sacoche de cuir pendait à sa ceinture. Il en tira un objet qu'Arik ne put distinguer.

Zorr et lui avaient conclu, bien des années auparavant, que si l'un d'eux se faisait prendre il n'aurait aucun moyen de résister à la torture. Ce constat étant fait, Zorr, comme toujours, avait plongé le nez dans ses livres et en avait sorti une méthode que ni Arik ni lui n'avaient toutefois jamais osé expérimenter jusqu'au bout.

La solution, disait Zorr de ce ton plein d'assurance qui exaspérait tant Arik, c'est de protéger l'esprit en le coupant du corps et en le privant de ses sens, comme on éteint les lampes dans une pièce que l'on s'apprête à quitter.

— Ôtez-lui sa chemise, ordonna Tork.

Orhgon lui jeta un regard furieux mais obtempéra.

— Vous vous demandiez l'autre jour pourquoi je tiens tant à ce que nos meilleurs sujets apprennent l'anatomie. C'est très simple : les énergies que nous utilisons pour exercer nos pouvoirs utilisent des canaux particuliers dont j'ai étudié la carte dans le corps humain, ainsi que je vous l'ai déjà montré.

Il tira un objet de la sacoche. Une aiguille de métal, longue et fine au point de ne presque pas accrocher la lueur vacillante de la torche.

D'abord le goût et l'odorat.

Il ne perdrait rien à ne plus sentir l'infecte odeur des excréments des malheureux qui l'avaient précédé ici.

— Tenez-le. Qu'il reste droit.

Orhgon tira sur la chaîne et cala un genou dans le dos d'Arik. Lorsqu'il fut sûr qu'il ne pouvait pas bouger, Tork, d'un coup sec, planta la première puis la deuxième aiguille droit dans les bouts de ses seins.

… canaux pour l'énergie, tu parles !

Il ne sentit pas le goût du sang lorsqu'il se mordit la langue pour ne pas crier.

— Qui que vous soyez et quel que soit votre nombre, sachez que vous ne pourrez jamais vous opposer à nous. J'ai pour ce royaume des projets qui ne souffriront pas d'être contrecarrés.

Et moi je connais mon cerveau aussi bien que tu connais mon corps, et je n'ai pas envie de t'entendre…

Le spectacle d'un Tork muet aurait pu être comique. Il ne put en profiter ; Orhgon lui ouvrit la bouche pour permettre au magicien de lui transpercer la langue et la lèvre inférieure d'une seule aiguille. La douleur irradia son visage et son cuir chevelu, il se débattit en gémissant, et le sang coula sur son menton et dans son cou tandis qu'il échappait à l'étreinte d'Orhgon.

Tork s'agenouilla sur le sol fétide pour lui parler à l'oreille.

Couper le lien qui unissait ses yeux à son cerveau était aisé. Ce qui l'était moins, c'était de ne pas céder à la panique tandis que, plongé dans la nuit, sourd et dépourvu d'odorat et de goût, il sentait plusieurs aiguilles s'enfoncer dans son bas-ventre.

… maintenant… je ne sens plus… … supprimer tous les liens… … détaché… … esprit au repos… … les nerfs… … aveugle… … je ne suis plus mon corps… ailleurs…

Un choc.

Les aiguilles enfoncées dans sa chair vibrèrent. Une sensation de chaleur. Brûlure. Acide dévorant toutes les fibres de son corps.

Il hurla.

Cependant, les battements de son cœur avaient ralenti. La température de son corps chuta brutalement. Son esprit, telle une fleur dont la croissance aurait été inversée, se referma sur lui-même. S'enroula. Se tassa. Devint une boule compacte et lisse, un globe opaque que rien ne pouvait plus ni briser ni saisir.

C'est fini.

Ils ne peuvent plus rien obtenir de moi.

Les autres sont saufs.

Nul ne souffrira par ma faute.

J'ai accompli mon devoir.

Si je ne survis pas, mes amis continueront à se battre.

Je ne suis…

CHAPITRE DIX-HUIT

Pourquoi l'École a-t-elle si bien réussi à convaincre le peuple qu'il n'y a jamais eu de dieux ? La réponse est simple : nous autres gardiens avons pour ainsi dire fait main basse sur les preuves de leur existence et, sous prétexte de le protéger, en avons privé le reste du monde.

Pierre le Sculpteur.

La lueur aveuglante se rétracta, comme aspirée de l'intérieur, puis s'éteignit.

Ian ouvrit les yeux. Il était couché sur le dos ; la neige avait cessé de tomber. Se détachant sur un ciel d'un noir profond, tenue par une main d'homme épaisse et carrée, une lanterne se balançait au-dessus de lui.

Ian referma les yeux.

Lorsqu'il se réveilla, il était allongé dans un lit sous un toit de rondins. La lumière du matin entrait par une fenêtre ornée de rideaux blancs à petites fleurs jaunes. À la fois étonné et rassuré, Ian promena son regard autour de la pièce. Sur sa gauche, un établi occupait une alcôve dont les multiples étagères contenaient des outils de menuisier. En face de lui, sur un poêle en fonte, une marmite émettait un glouglou régulier et apaisant de plat qui mijote. Au centre se trouvait une table en bois propre et nette. De part et d'autre de la porte d'entrée, des coffres de bois brut gardaient les lieux. Derrière celui de gauche, un rideau de tissu dont les grosses fleurs rouges – des pivoines ? – étaient fanées dissimulait un deuxième renfoncement. À droite du lit où s'était réveillé

Ian, une étagère portait une population serrée de livres. Sans réfléchir, il se leva pour en examiner les titres.

— Ah, je vois que tu sais lire. Mais, après ce qui t'est arrivé, rester pieds nus n'est pas très indiqué.

Mais que lui était-il arrivé au juste ?

Un bûcheron. L'homme en avait la carrure, la barbe fournie et le visage tanné par les intempéries. Il posa un panier rempli de bois frais coupé à côté du poêle.

— Tu as faim ? Soif ?

Il n'avait pas froid, se sentait reposé et à l'abri, mais il avait le ventre creux.

— Faim.

L'homme souleva le couvercle de la marmite et fit mine d'examiner son contenu. Une divine odeur de ragoût emplit aussitôt la cabane. La bouche de Ian, elle, s'emplit de salive.

— On dirait que c'est prêt, déclara son hôte.

Du coffre situé à gauche de la porte, il sortit une paire de chaussons et les tendit à Ian. Ils étaient trop grands pour lui mais doublés de fourrure. Ian portait déjà des chausses qui ne lui appartenaient pas ainsi qu'une chemise grossièrement tissée, semblable à celle du bûcheron.

Pendant qu'il enfilait les vêtements, son hôte prit des assiettes et des couverts dans le tiroir situé sous la table.

Une fois assis, Ian se jeta littéralement sur le ragoût de lapin qu'il lui servit. Il ne prit conscience de son impolitesse qu'une fois son assiette vide et balbutia, confus :

— J'avais très faim et c'est très bon ! Merci.

Le ventre plein, il se sentait tout à coup peser très lourd. Il bâilla à se décrocher la mâchoire.

— Va te recoucher, dit le bûcheron.

À sa propre surprise, Ian n'éprouva ni difficulté ni honte à lui obéir.

À peine s'était-il glissé sous l'édredon qu'il sombra à nouveau dans le sommeil.

Il se réveilla vers la fin de l'après-midi. De son lit, la tête sur l'oreiller, il regarda un coucher de Solaire prodigieux : le pilier de feu qui donnait sa lumière au monde mourut dans un lit orange, couleur de fruit et de flamme, au-delà de la dentelle noire des bois. Puis il ternit et se fondit dans la grise neutralité du soir. Le bûcheron rentra peu après.

— Je suis Pierre, dit-il en mettant à nouveau la table.

— Je m'appelle Ian Bren.

Que pouvait-il dire d'autre ? Qu'il était parti de son village après avoir monté une habile mise en scène avec l'aide d'une camarade ? Que cette jeune fille… Arielle ! Non, il valait mieux ne pas y penser. Mais que dire alors ? Rien. C'était le mieux.

— Tu as eu de la chance, Ian.

— Heu… oui. Je vous remercie. Sans vous, je serais mort de froid. Mais comment m'avez-vous trouvé ?

Au lieu de répondre à sa question, l'homme posa sur la table un plat rempli de pommes de terre bouillies et tendit un couteau à Ian.

Le regard de Ian se posa sur ses mains : larges, puissantes, mais aussi élégantes et habiles. Il jeta un coup d'œil à l'établi et distingua plusieurs formes sous des linges mouillés et d'autres, plus précises et plus délicates, sur une étagère. Pas seulement bûcheron, rectifia-t-il, sculpteur.

— Ce n'est pas moi qui t'ai trouvé, dit-il. C'est la Dame des Neiges.

Le soulagement balaya Ian telle une pluie d'eau fraîche dans la gorge d'un homme perdu dans le désert. Il n'avait pas rêvé ! Mieux : cet homme paraissait savoir qui était l'apparition qui lui avait sauvé la vie. Il cessa de peler sa pomme de terre et se pencha en avant, prêt à poser des dizaines de questions.

— Vous l'avez vue ? Vous savez qui elle est ?

— Pas souvent ; elle se montre uniquement lorsqu'elle le veut bien. Et tu sais ce qu'elle est, bien que tu aies appris que ses semblables n'existent pas.

Tout en parlant, il coupait ses pommes de terre en très fines rondelles, toutes de la même épaisseur.

Pierre se leva, sortit une grande poêle et trancha des morceaux de lard. Lorsqu'ils commencèrent à chanter, il versa les pommes de terre. Pendant qu'elles cuisaient, il cassa des œufs dans un plat et les battit en omelette.

— Ne me regarde pas comme ça, gamin. Tu sais de quoi je parle. Selon toi, qui a créé le monde ?

Interloqué, Ian répondit sans réfléchir.

— Les dieux qui nous ont quittés.

— Parce que tes ancêtres magiciens ont mal usé de leurs dons, oui. Ne fais pas cette tête : je t'ai sauvé de la tempête, je ne vais pas te dénoncer à la Chasse. Nous en sommes trop loin, de toute façon. Les dieux sont partis, oui, c'est ce qu'on dit. Mais t'es-tu jamais demandé pourquoi on interdit avec tant d'insistance de leur rendre un culte ? Après tout, s'ils sont loin, qu'est-ce que cela peut faire ?

— La Vraie Religion fait partie des armes que l'École utilise pour asseoir son pouvoir.

— C'est vrai, mais ce n'est pas tout. Les dieux ne sont pas tous partis, vois-tu. Certains n'avaient en réalité pas la moindre envie de quitter ce monde. Ils l'aimaient bien, ainsi que ses habitants. Alors ils se sont cachés. Ils sont très peu nombreux, même pas une dizaine, peut-être moins. Ils survivent uniquement grâce à l'énergie que leur apportent les prières de ceux qui les vénèrent encore dans le plus grand secret.

— Les magiciens clandestins ?

Le sculpteur cessa de battre son omelette pour éclater de rire.

— Non. Les plus sages des clandestins connaissent l'existence des dieux qui sont restés, mais ils ne veulent pas leur rendre de culte : après tout, c'est de leur faute si l'École existe... Les dieux sont un secret bien gardé.

Il versa les œufs battus dans la poêle et prit une spatule dans un pot de terre. L'ustensile de cuisine à la main, il poursuivit :

— Je ne sais pas pourquoi elle a décidé de te sauver. Elle doit savoir que tu essaies de rejoindre les clandestins...

Le cœur de Ian fit un bond dans sa poitrine.

— Vous les connaissez ?

— Certains, oui.

— Vous savez où ils sont ? Vous pouvez me conduire à eux ?

— Te conduire ? Non, je ne vais jamais plus loin que Virreleau. Mais te mettre sur le chemin une fois que la neige aura fondu, oui.

— Quand la neige aura fondu, mais…

— Nous sommes en plein hiver, mon garçon. Les routes sont bloquées. La rivière est gelée. Le monde appartient au froid. Tiens-toi heureux d'être en vie : au printemps, il sera toujours temps de voyager.

Et, ayant dit ce qu'il avait à dire, il servit l'omelette.

CHAPITRE DIX-NEUF

Journal d'Élisabeth de Siff.
Vingt-cinquième lever du dixième cent
du huit cent quatre-vingtième cycle après la Fondation.

La vie est vraiment imprévisible.

Voici trois levers, l'absence de mon père m'attristait. Il est revenu aujourd'hui et je suis dans tous mes états !

Nous sommes pour ainsi dire arrivés tous les trois en même temps : la lettre annonçant qu'il avait enfin obtenu une permission, lui et moi.

Avant-hier soir, Sargh nous a rejoints après le lever du jour, alors que je prenais mon petit-déjeuner. Madge n'a pas voulu que je rentre seule ; elle lui a demandé de me raccompagner au château. Nous sommes rentrés à pied par le chemin de halage le long de la Brine. Le Solaire pointait à peine. De la brume s'élevait de la rivière, comme une fumée très légère qui prenait une couleur de nacre enflammée là où tombaient ses rayons. L'air était froid et piquant, la boue du chemin durcie, les herbes enveloppées dans une croûte de gel qui cédait sous le pied en crissant. Nous avons marché vite et nous sommes bientôt arrivés en vue des portes de la ville.

— C'est plus court que l'itinéraire que vous m'avez montré hier soir, ai-je fait remarquer à Sargh.

— Oui, mais, le soir, c'est sombre et mal famé.

— Et alors ? Je sais créer des boules de lumière !

— Et vous battre contre deux ou trois rôdeurs ? Ah ! vous autres magiciens, vous croyez vraiment être capables de vous tirer de toutes les situations…

Ce n'était pas faux. J'aime nager et courir. Lorsque j'étais petite, j'aurais aimé grimper aux arbres si seulement il y en avait eu d'assez grands dans l'enceinte du château. Mais Sargh est plus âgé que moi, c'est un jeune homme solide et bien entraîné. Il sait de quoi il parle et ne se laisse pas impressionner par les magiciens. Tout à coup, je me suis dit que j'étais ravie de marcher avec lui qui avait de si larges épaules, quatre longues tresses et des yeux bleus, par cette belle et froide matinée d'hiver, sur les berges de la rivière.

— Vous pensez que c'est pour ça qu'ils ont réussi à prendre Arik Renshaw ? Parce qu'il a sous-estimé le danger ?

Il m'a lancé un drôle de coup d'œil.

— C'est amusant que vous disiez cela. Tout à l'heure, Madge m'expliquait qu'elle avait essayé de le convaincre de quitter la cour. Elle prétend qu'en temps normal je n'aurais pas pu le blesser.

— À moi, il m'a dit qu'il l'avait fait exprès.

Je lui ai raconté notre première rencontre dans ma chambre. La façon dont il m'avait regardée, son comportement si différent de celui que j'avais observé à la cour.

— On aurait vraiment dit un autre homme.

— Un sacré comédien, alors.

Sans doute. Mais le hurlement de douleur qui m'avait tirée du sommeil n'avait pas été poussé par un comédien.

Nous étions arrivés devant les portes de la ville. Elles n'étaient pas encore ouvertes. Une file de chariots, de cavaliers et de piétons s'étirait, interminable, devant les grands battants de bois.

— Venez, a dit Sargh en m'entraînant sur le côté, où des paysans avaient arrêté des charrettes dans lesquelles s'empilaient des cages en osier remplies de poules.

Je ne regardais pas les battants mais les piliers abritant les gonds. À mi-hauteur étaient creusées des niches où un homme pouvait se tenir debout, derrière les barreaux d'une grille. C'était là que, tous les matins, les employés municipaux chargés de l'ouverture amenaient les Pousseurs. J'ai senti ma gorge se serrer en voyant cette niche. Mes genoux ont fondu et je n'ai pas pu bouger. Sargh m'a pris la main. Au même moment, il y a eu du mouvement dans la niche que je regardais. J'étais trop loin pour apercevoir autre chose qu'une silhouette vêtue aux couleurs de la ville. L'homme s'est assis. Autour de moi, la petite foule ne lui prêtait pas la moindre attention. Personne n'a réagi quand l'air a vibré. Lentement, les portes se sont écartées. Lorsque la foule s'est ébranlée, l'homme s'est levé et a quitté la niche. Sargh a lâché ma main.

— Sargh, lui ai-je demandé quand nous avons à nouveau pu marcher côte à côte dans les rues presque vides, comment se fait-il que vous n'éprouviez ni peur ni hostilité à l'égard des magiciens ?

Il ne m'a pas répondu tout de suite. J'ai même cru l'avoir froissé.

Et puis il a pris une profonde inspiration, m'a jeté un bref regard bleu et perçant et s'est mis à raconter.

— Je suis né dans un très petit village, dans une vallée des monts Balalane du Troisième Quadrant, pas très loin de là où votre père se bat en ce moment pour le roi. Un village perdu en altitude, où aucun Chasseur ne venait jamais. Un jour, peu après ma naissance, un homme est arrivé et s'est installé à l'extérieur du village. C'était un magicien, bien sûr. Certains disaient qu'il venait du Royaume intérieur, mais je ne l'ai jamais cru : là-bas, ils tuent les mages à la naissance. En fait, personne n'a jamais su d'où il venait ni quelle avait été sa vie avant son arrivée chez nous. C'était un homme merveilleux. Au bout de quelques années, tous les enfants du village possédaient des jouets de bois qu'il avait fabriqués – des jouets qui s'animaient quand on prononçait certains mots ou quand on sifflait.

Nous nous sommes arrêtés pour laisser passer une marchande des quatre saisons et sa charrette. Sargh m'a regardée, a vu que je l'écoutais avec intérêt et a repris :

— Il aidait aussi nos parents en échange de nourriture. Il connaissait tout : les herbes, les étoiles, les animaux. Nous l'appréciions tous, et nous n'imaginions pas qu'il puisse être le moins du monde dangereux ou malfaisant.

Je ne sais pas pourquoi mais, au fur et à mesure que le récit de

Sargh avançait, je sentais mes jambes faiblir. Une sensation désagréable est née dans ma gorge, une impression d'étouffement, comme une envie de pleurer. Je savais ce qui allait suivre...

— Un jour, des Chasseurs sont venus. Ils ont dit qu'un magicien traître au Royaume se cachait dans le village. Le maire a nié, alors ils lui ont brûlé la plante des pieds.

Sargh a poussé un profond soupir et, cette fois, a évité mon regard. Nous avons marché un long moment en silence.

— Il leur a indiqué sa maison. Ils l'ont trouvé, l'ont pendu par les pieds sur la place du village et l'ont brûlé vif. Auparavant, ils nous avaient tous réunis – j'avais huit ans à l'époque. Puis, comme ils n'avaient pas trouvé d'enfant doté du pouvoir parmi nous, ils sont repartis en emmenant les deux plus jolies filles. L'année suivante, mon père est mort à la suite d'une chute. J'ai toujours pensé que le magicien aurait pu le soigner, mais il n'était plus là, bien entendu. Mon frère aîné avait quinze ans à l'époque. Ma mère était morte en mettant au monde mes jeunes sœurs, des jumelles. Je suis resté avec eux pendant encore deux ans, et puis, pour la première fois dans l'histoire du village, une troupe de théâtre est passée. Je l'ai suivie. Et quand, l'ayant quittée, je me suis retrouvé à errer dans les rues de Dramanorre, c'est Madge qui s'est occupée de moi. Voilà pourquoi, a conclu Sargh en me regardant à nouveau dans les yeux, je ne supporte pas qu'on persécute les magiciens. Ils sont capables de vivre comme les autres hommes – si on les laisse en paix.

— Et s'ils se servent de leurs pouvoirs pour faire le mal ?

— L'École devrait leur apprendre à utiliser leur magie pour le bien, pas les transformer en esclaves. Je suis devenu soldat, Élisabeth. J'aime me battre. Mais je suis Sargh, une personne, pas une épée.

Si nous n'avions pas été en pleine ville au moment où il disait cela, je crois que je lui aurais sauté au cou !

— Vous disiez que Madge s'était occupée de vous. Comment se fait-il que vous n'ayez jamais rencontré Arik ?

— C'était plusieurs années après son départ. Mais je connais Zorr ; il venait parfois rendre visite à Madge.

— Sargh, j'aimerais la convaincre de délivrer Arik. Si j'y parviens, est-ce que vous m'aiderez ?

Il m'a regardée non pas comme si j'étais folle, mais comme on regarde un enfant qui ne sait pas de quoi il parle. Ce qui est encore plus humiliant.

— Je ne vois vraiment pas comment on pourrait le sortir des cachots.

— Nous connaissons tous les deux très bien le château. Tout ce qu'il faut, c'est arriver à lui sans être pris !

Ce dernier échange nous avait conduits sur les remparts. Nous devions nous séparer, moi pour revenir aux Petites Tours, Sargh pour rejoindre les quartiers des gardes.

— Madge ne vous laissera pas faire, a dit Sargh.

— Bien sûr. Elle est prête à accepter que son fils meure aux mains de ses pires ennemis.

— Bien sûr que non !

» D'accord, a-t-il ajouté. Je suis de garde dans votre aile du château. Je vais y réfléchir.

Je n'ai eu aucun mal à regagner mes appartements sans être remarquée.

Dès la porte de ma chambre refermée, je me suis glissée dans mes draps. La pendule indiquait qu'il me restait à peine un quart d'heure pour préparer une grosse fièvre. Grâce à cette maladie purement imaginaire, Blise ne m'obligerait pas à aller en classe. Ce n'était pas seulement une mesure de précaution – j'étais énervée et inquiète, mais pas au point d'abandonner mes défenses habituelles. Non, je voulais moi aussi réfléchir. Il n'était pas question qu'un professeur me corne aux oreilles ni qu'une horde de pécores m'ennuient avec leurs peines de cœur.

Je sais, sans difficulté aucune, augmenter la température de mon corps. De fait, lorsque Blise est entrée, je présentais tous les symptômes d'une maladie indéfinie mais sérieuse.

— Debout, jeune fille, a dit Blise en ouvrant les rideaux.

Ma bien-aimée gouvernante est une paysanne ample et de haute stature. Certains la croient sotte parce qu'elle a un cœur d'or, mais elle ne l'est pas, bien au contraire. Elle possède un sixième sens extraordinaire, qui lui permet de détecter l'humeur de ceux qui l'entourent et d'agir en conséquence, toujours à bon escient. Sans mes pouvoirs, je suis convaincue que je ne pourrais pas lui résister !

Elle a sorti une lettre de la poche de son tablier et l'a posée sur mon drap, dont la broderie me chatouillait le nez.

— C'est arrivé par porteur tout à l'heure.

Aussitôt, l'odeur de mon père est entrée dans mes narines. Un mélange de tabac, de cuir et d'eau de toilette qui imprègne le papier de toutes ses lettres.

Je me suis dressée dans mon lit en faisant sauter le cachet de cire et j'ai lu la lettre sans me rendre compte que ma gouvernante m'observait. Puis j'ai jailli de mon lit en hurlant comme une gamine.

— Blise ! Une chemise propre ! Ma robe neuve ! Où est-elle ? Mon père arrive !

Je crois bien que je bondissais en tous sens comme une folle. Heureusement, Blise a gardé son calme.

— Dans le coffre, à sa place. Votre père a une permission ? C'est ce que dit la lettre ? Quand sera-t-il là ?

— Il comptait partir quelques jours après l'avoir écrite… Il y a trois dizaines ! Combien de temps faut-il pour revenir du front ?

— Ne vous agitez pas ainsi ! Vos yeux brillent. Vous êtes tout en sueur. Asseyez-vous.

J'ai obéi. J'avais oublié que j'étais malade. Blise a posé la main sur mon front. Brûlant, bien entendu.

— J'ai mal aux oreilles.

Les oreilles sont un site bien plus intéressant pour la maladie que la gorge, qui peut toujours être examinée par un médecin un peu moins incompétent que la moyenne. Ce qui est souvent le cas de ceux qui sont autorisés à venir au château.

Blise fronçait déjà les sourcils.

— Eh bien, il n'y a personne pour m'accueillir dans cette maison ?

La voix de mon père a résonné dans le couloir en même temps que ses bottes cloutées sur les dalles. Blise et moi avons sursauté comme si nous avions entendu un fantôme. Mon cœur a bondi dans ma poitrine et j'ai à nouveau jailli hors de mon lit, la lettre à la main, au moment où il entrait dans ma chambre. J'ai lancé mes bras autour de son cou. Blise a commencé à se lamenter pendant que je l'embrassais.

— Monsieur ! Quelle surprise ! Votre lettre est arrivée ce matin ! Rien n'est prêt !

Mon père me serrait contre sa poitrine. J'étais ravie de le laisser m'étouffer.

— Vraiment ? Je le craignais ; j'en ai envoyé plusieurs en route, on dirait que j'ai été plus rapide. Mais…

Il m'a éloignée de lui, me tenant par les épaules comme lorsque j'étais plus jeune et qu'à son arrivée il s'accroupissait pour être à ma hauteur. Je me suis dit – réflexion absurde – que c'était bien mon père, avec ses cheveux coupés très court, ses yeux du même vert que les miens, cet air sévère et, me semblait-il, de plus en plus préoccupé au fur et à mesure que les années passaient…

— Tu as une drôle de tête. Blise… ?

— Elle a le front chaud et elle vient de me dire qu'elle a mal aux oreilles.

— Ah.

Une expression satisfaite et plutôt incongrue a éclairé son visage.

— Alors pas d'école aujourd'hui ! Cette fois, j'ai réussi à te rapporter des cadeaux. Pour vous aussi, Blise. Venez ! Habille-toi, Élisabeth.

— Elle n'a pas déjeuné, a bougonné ma gouvernante, ravie de voir mon père de si belle humeur.

— Moi non plus. Je n'ai pas eu la patience d'attendre. Et, de toute façon, je préfère votre cuisine à celle de la meilleure des auberges.

Ce fut le plus extraordinaire petit-déjeuner de toute mon existence ! Blise nous a préparé des œufs et des galettes, a sorti des placards des confitures et du miel. Des pays de la mer, mon père avait ramené des gâteaux, des dattes et des oranges. Les cadeaux étaient des boucles d'oreilles et des bracelets pour moi et pour Blise.

Nous lui avons toutes les deux à nouveau sauté au cou et il a dit à Blise de s'asseoir avec nous pour déjeuner, ce qu'elle a fini par accepter, parée de ses bijoux et le sourire aux lèvres.

Elle débarrassait pendant que je m'empiffrais de carrés de pâte fourrée de miel et d'amandes. Mon père s'était éclipsé dans sa chambre. Lorsqu'il est revenu, porteur d'une grande boîte plate, je me suis vraiment demandé ce qu'il pouvait bien avoir à nous offrir de plus.

— Tu n'en auras pas l'usage avant un demi-cent au moins, mais j'ai tellement envie de savoir si elle te plaît.

À cause de la forme et de la taille de la boîte, je me doutais déjà qu'elle contenait une robe. Mais je ne m'attendais pas à cette merveille tout en dentelle et soie.

— Elle est… Elle est…

J'en bégayais. Je l'ai soulevée. Le tissu chatoyait comme un fluide, les dentelles étaient si fines qu'on eût dit des plumes.

— Elle est magnifique. Mais quand vais-je bien pouvoir la porter ?

— Quand ? Pour les cérémonies du couronnement, bien entendu. Et aux bals qui seront donnés en l'honneur de notre nouveau souverain.

Mon père était enchanté du succès de sa surprise. Il souriait comme un gamin.

— Mademoiselle, vous allez être la plus belle !

Debout devant la grande glace du couloir, la robe tenue sur ma poitrine, le visage plongé dans les dentelles, je n'étais pas loin de partager l'avis de Blise. Pourtant, la perspective d'assister à cette cérémonie ne me réjouissait pas le moins du monde.

— La date exacte n'est pas encore fixée, continuait mon père qui me considérait avec une expression pleine de fierté plutôt gênante. La tradition veut qu'on attende la fin de la période de trente levers de deuil. Mais avec cette affaire de magicien infiltré à la cour, je me demande ce qu'Orhgon va décider…

— Pourquoi ?

Je filai du couloir dans ma chambre, où je commençai à passer la robe, ce qui s'avéra moins aisé que je ne l'aurais cru, car je n'ai pas l'habitude de manipuler une telle masse de tissu précieux.

— À cause du scandale, bien sûr. Tout le monde sait qu'ils entretenaient des relations... pour le moins équivoques.

— Tu veux dire qu'Orhgon savait qu'Arik Renshaw était un magicien ?

Mon père eut l'air surpris. Il n'avait pas eu l'intention d'aborder ce sujet brûlant avec moi. Puis il a eu un petit sourire comme s'il était content, après tout, de constater que sa fille grandissait et devenait capable d'avoir une vraie conversation d'adulte.

— Non, bien sûr. Quoique... un roi qui aurait eu de l'indulgence pour ces rebelles leur aurait été d'une grande utilité... C'est vraiment une bonne chose qu'il ait été démasqué. Mais les langues vont bon train, y compris dans l'armée. Sa Majesté a tout intérêt à ce que le traître soit exécuté et son association avec lui oubliée.

— Oh !

Ce « oh » à la fois surpris et ravi saluait ma sortie de la chambre. Blise a accouru et a commencé à pincer le tissu ici, à tirer les manches là...

L'expression de mon père avait changé. Parler d'Orhgon et de Renshaw l'avait ramené à de sombres pensées.

— Blise, a-t-il dit, j'ai à faire. Je vous confie ma fille. Soignez-la bien, je veux pouvoir l'emmener en ville avant mon départ.

Et quelques minutes plus tard il était sorti, me laissant entre les mains de Blise, qui ne comprend pas que je ne supporte pas de rester des heures debout sur un tabouret pendant qu'elle me plante des aiguilles dans le cou et les fesses.

Qui plus est, plus je me regardais dans le miroir, plus je me trouvais gauche et empruntée. Une gamine dans une robe de dame. Endimanchée et ridicule.

Aussi, une fois passée l'épreuve des retouches, je me suis réfugiée dans ma chambre pour écrire. Et je me demande où est allé mon père.

Pour autant que je me souvienne, il n'a pas d'amis en ville. Il ne peut pas avoir de cadeaux à acheter. Que peut-il bien avoir à y faire ?

Et, ce soir, il va falloir que je sorte. Je dois voir Madge. Arik a besoin de nous. Quelle méthode adopter pour que mon père ne soupçonne rien ? L'endormir ? Je n'ai jamais essayé, et ça ne me plaît pas beaucoup…

Mais j'entends du bruit dans le couloir. Je crois qu'il revient. J'ai tout le repas pour trouver une solution.

CHAPITRE VINGT

> *Une auberge dont on n'apprécie ni la boisson ni la nourriture n'est pas une bonne auberge. Mais une auberge dont on n'apprécie pas les ragots… c'est une catastrophe !*
>
> Maître Tornot.

— Alors, raconte ! dit maître Tornot en clignant de l'œil.

Germain Comsic venait de lui demander une bière, mais, au lieu de la lui servir, l'aubergiste s'était accoudé au comptoir, prêt à écouter un long récit.

— Il paraît qu'ils se sont battus à coups de boules de feu, ajouta-t-il, l'air gourmand.

Germain soupira.

Il n'en pouvait plus.

Depuis l'arrestation d'Arik Renshaw, tous ceux qu'il connaissait le harcelaient de questions.

— Des boules de feu ! rétorqua-t-il sans cacher son mépris. Qui vous a dit ça ? Il s'est rendu tout de suite. Il n'y a pas eu la moindre bataille.

— Tu en es sûr ?

Bien qu'il n'eût jamais mis les pieds sur d'autres vaisseaux que les barques qui lui amenaient ses tonneaux de vin et de bière, maître Tornot avait le teint boucané et les yeux clairs d'un marin. Ses gros sourcils broussailleux se rejoignaient en plissant le cuir de son grand front. Il les fronçait dès qu'il doutait de son interlocuteur. Ce qui ne devait pas être rare, se dit Germain, dans son métier. Mais tout de même…

— Comment ça, si j'en suis sûr ? J'ai tout vu ! J'y étais ! Lequel de vos clients peut en dire autant ?

L'aubergiste secoua sa grosse tête d'un air dubitatif et posa une chope remplie de bière devant Germain.

— A priori, aucun. Mais, qui sait ? peut-être étaient-ils eux aussi chez Arik Renshaw, si bien cachés que vous ne les avez pas vus.

Nouveau clin d'œil, plus appuyé que le précédent.

C'est ce que j'aurais dû faire, se dit le jeune homme. Me planquer et la boucler. Garder tout ça pour moi. Attitude qui avait été la sienne, dans une certaine mesure, car même à ses plus proches amis il n'avait pas tout raconté. Et pour cause : il ne savait plus lui-même ce qui s'était réellement passé. À commencer par cette soirée chez Arik Renshaw – comment et surtout pourquoi y avait-il été invité ? Chaque fois qu'il essayait de s'en souvenir, son cerveau s'embrumait, ses pensées se dispersaient comme autant de poissons effrayés. Tout ce qui lui revenait, c'était le choc qu'il avait éprouvé lorsqu'il avait vu la lumière couler des mains d'Arik Renshaw.

Il n'avait même pas de mots pour la décrire.

Et, de toute façon, cela n'expliquait pas pourquoi et comment il avait oublié tout le reste…

— Germain, pourquoi t'ai-je servi de ma meilleure bière ?

— Parce que je te l'ai demandé ?

— Oui, alors bois-la au lieu de rêvasser.

Au même moment, Guy de Norrœke entra dans la taverne, accompagné d'un homme que Germain n'avait jamais vu.

Sa chope à la main, il alla s'installer au fond de la salle. Pendant que les deux hommes échangeaient quelques mots avec maître Tornot, il observa le nouveau venu.

Il avait des cheveux et une moustache très noirs dont la coupe courte et soignée avait quelque chose d'indéniablement militaire. À cela s'ajoutait sa façon de porter des vêtements de bonne facture comme s'ils le gênaient aux entournures. Il balaya l'intérieur de la taverne d'un unique coup d'œil, rapide mais aigu. Vit

Germain, vit que celui-ci l'avait vu et attendit patiemment que maître Tornot leur ait servi une bière en échangeant quelques plaisanteries avec Guy de Norrœke. Après quoi les deux hommes vinrent s'asseoir à sa table.

Norrœke fit les présentations.

Germain, qui, suivant ses instructions, n'avait pas cherché à le recontacter depuis leur expédition sur la rivière, fut agréablement surpris d'être présenté comme un agent de leur organisation.

Bertrand de Siff se présenta lui-même. Capitaine dans l'armée, il faisait partie d'un très petit groupe d'officiers en désaccord avec le prolongement de la guerre.

— Et vous seriez prêts à vous… comment dire… révolter ? mutiner ? souffla Germain aussi bas qu'il le put.

Il secoua la tête et ne put s'empêcher de chercher dans le visage de Guy de Norrœke la confirmation qu'il n'était pas en train de rêver.

— Pas dans l'immédiat, murmura celui-ci. Ce serait du suicide. Mais la capture de cet espion des clandestins a donné à notre ami des idées intéressantes…

— C'est simple, dit Bertrand de Siff. Si nous voulons combattre Tork et ceux qui le soutiennent, nous devons disposer des mêmes armes qu'eux. Le comte me disait que vous résidiez au château. Or ils le retiennent dans les cachots. Pourriez-vous en savoir plus ?

— Pas sans risque… Mais ce devrait être faisable.

Le jeune homme comprit soudain où son interlocuteur voulait en venir.

— Attendez… c'est de la folie ! Se mesurer à des Chasseurs loin du château, passe encore… Mais s'introduire dans la prison royale ? C'est la mort assurée. Et pour quoi ? Toutes les rumeurs affirment qu'il n'a pas survécu à la torture.

— C'est ce qu'on dit, en effet. Mais j'ai tendance à croire que les rumeurs en question ont été répandues par Tork lui-même. Je pense qu'un magicien qui a réussi à vivre des années à la cour sans être découvert est assez puissant pour lui résister. Un tel homme ne peut que posséder des pouvoirs extrêmement utiles…

Mais, pensa aussitôt Germain, qu'est-ce qui vous prouve qu'il voudra les utiliser pour vous ?

Les mots lui brûlaient les lèvres. Pourtant, il ne dit rien.

— Je ne vais pas pouvoir rester plus longtemps, annonça l'officier qui regardait sa montre. Pouvons-nous nous retrouver ici demain à la même heure ?

Germain acquiesça et s'entendit promettre de réunir un maximum d'informations sur le prisonnier. De Siff vida sa chope et quitta la taverne.

Germain commanda une deuxième bière et resta assis en compagnie de Guy de Norrœke, songeur et rempli d'un inexprimable malaise. Les magiciens sont des hommes, pensait-il. Comment peuvent-ils envisager de se servir d'eux comme ils se servent d'animaux de trait ?

Parmi tous ceux qui contestaient la politique du roi et craignaient l'influence d'Hérus Tork, aucun ne remettait en question le droit de quiconque à utiliser les magiciens sans leur demander leur avis. Certes, ils voulaient abolir les privilèges de la noblesse, faire cesser les guerres inutiles et coûteuses, améliorer le sort du peuple… Mais aucun ne songeait jamais à changer celui des mages !

Germain avait écrit plusieurs textes sur le sujet… Textes qu'il n'avait jamais osé faire lire à quiconque, même à ses meilleurs amis.

— Que vous arrive-t-il, Germain ? Vous avez l'air troublé. De Siff a des manières un peu brusques, mais il faut lui pardonner. Sa position est extrêmement dangereuse. Et vous êtes libre de nous aider selon vos possibilités – comme vous l'avez toujours été.

Il ne se laissera pas utiliser. En admettant qu'on le sorte des cachots – ce qui est de toute façon impossible –, on ne pourra pas se servir d'un Arik Renshaw comme d'un de ces petits magiciens qui ne sont entraînés qu'à obéir…

— Je vais faire ce que je peux, dit-il.

Germain but sa bière et se leva.

Après tout, songea-t-il, si nous le sortons de prison, je saurai peut-être pourquoi il m'avait invité à cette fête.

CHAPITRE VINGT ET UN

Journal d'Élisabeth de Siff.
Vingt-sixième lever du dixième cent
du huit cent quatre-vingtième cycle après la Fondation.

J'attends mon père.

Je suis rentrée peu après l'aube, mais il n'était pas là.

Hier soir, contrairement à toutes ses habitudes, il est ressorti après dîner. J'ai aussitôt prétexté une poussée de fièvre pour disparaître dans ma chambre, puis j'ai plongé ma chère Blise dans un profond sommeil et j'ai réussi à sortir quelques instants après lui.

Le froid m'a saisie.

J'avais oublié que les fêtes du Bas-Solaire ont lieu dans une quinzaine de levers. Le pivot du monde s'étire de moins en moins haut et nous procure de moins en moins de chaleur. J'ai serré ma cape trop légère autour de moi en pestant contre ma distraction et j'ai suivi mon père. Il s'est rendu au Tonneau de feu, une taverne du quartier du marché, un de ces endroits constamment bourrés à craquer de toutes sortes de gens occupés à bien boire, bien manger et bien s'amuser.

Je n'y suis pas entrée. Je me suis seulement approchée d'une des fenêtres. Mon souffle formait une colonne blanche dans l'air froid. J'ai collé mon front à la vitre et j'ai réussi à apercevoir mon père dans la foule des clients attablés, en compagnie d'une très jolie jeune femme rousse et d'un gros homme qui m'a paru ressembler trait pour trait à Oscar Lapaire, un éminent membre du Haut-Conseil. Le gros homme était élégant et maniéré, la beauté pulpeuse bien trop jolie pour être honnête.

Que fabriquait donc mon père en compagnie de ces gens ?

Cependant, des clients obligés de piétiner à l'entrée avant d'obtenir une table m'avaient remarquée et commençaient à me lancer des remarques grivoises. J'ai dû quitter la fenêtre. J'étais dévorée de curiosité, mais je ne pouvais rester : je devais aller chez Madge.

Je dois avouer que j'ai été plutôt déçue par son accueil. Je ne sais pas à quoi je m'attendais... À la trouver sur le pied de guerre, avec un plan et une armée prête à envahir le château ?

Madge m'a écoutée d'un air las lui rapporter ce que j'avais appris, tandis que sur ses genoux des aiguilles cousaient de la dentelle sur un corsage. Elle m'a dit avoir mis ses amis au courant de la situation. Mais, m'a-t-elle confié, ils n'étaient pas beaucoup plus optimistes qu'elle. Monter une expédition pour aller délivrer Arik ? Suicidaire. Espérer le trouver vivant ? Naïf.

— Vous m'avez pourtant dit qu'il connaissait un moyen de résister à la torture.

Madge a pincé les lèvres. Elle m'a regardée dans les yeux pendant un long moment, et j'ai soutenu son regard gris à l'éclat aussi dur et acéré que la pointe de ses aiguilles, qui ont interrompu leur tâche. Elle a hoché la tête et soupiré.

— En quelque sorte, a-t-elle dit en se levant. Suis-moi. Sur ce sujet, c'est à Zorr qu'il faut s'adresser.

Nous sommes montées au grenier. Là, au milieu de mannequins qui crachaient leur rembourrage de paille par toutes leurs coutures et de malles débordantes de rouleaux de tissu fané, se trouvait un secrétaire. Quand Madge l'a ouvert, la lueur de la lampe qu'elle tenait à la main s'est reflétée sur l'instrument composé de miroirs qui s'y trouvait enfermé.

Elle a posé sa pierre noire sur le support et l'a activée. Une image est apparue au-dessus du secrétaire : le coin d'une pièce, une tapisserie, un bureau croulant sous des piles de feuilles et de livres. Une silhouette vêtue de brun travaillait à la lueur d'une bulle de lumière. Un homme de l'âge d'Arik, le cheveu court et la mine sévère, a levé les yeux vers nous.

— Madge ? Vous avez des nouvelles ?

— Aucune, hélas. Zorr, voici Élisabeth dont je t'ai déjà parlé. Élisabeth, veux-tu répéter à Zorr ce que tu nous as dit ?

Pendant quelques secondes, j'ai bien cru que je n'arriverais pas à ouvrir la bouche. À ma grande surprise, l'expression de Zorr me rappelait certains des professeurs de l'École. Il m'intimidait.

— Arik est dans les cachots, ai-je balbutié. Je sais qu'ils ont essayé de le faire parler, mais ils ne sont arrivés à rien et ça les a rendus furieux. Je n'arrive pas à *entendre* son esprit. Pourtant, ils ne parlent pas de lui comme s'il était mort.

Un sourire de pure satisfaction a éclairé le visage austère de Zorr.

— Il a réussi ! s'est-il exclamé. Ça a fonctionné.

— Pourrais-tu nous expliquer de quoi il s'agit exactement ? lui a demandé Madge d'un ton sec. Sargh et Élisabeth projettent d'aller chercher Arik. Ils doivent savoir s'il sera en mesure de leur apporter son concours.

— Le sortir des cachots ? Non, il ne pourra pas les aider, a dit Zorr, péremptoire.

Il a froncé les sourcils, a semblé réfléchir à ce qu'il allait dire puis a repris, sur un ton posé, presque pédant :

— Il y a quelques années, à l'époque où il se préparait à s'installer à la cour, Arik m'a demandé de travailler avec lui à un moyen de ne pas parler si jamais il était pris. J'ai trouvé des textes décrivant des techniques pour supprimer un des sens. L'ouïe, la vue, le toucher… Arik en a conclu que le meilleur moyen de se mettre à l'abri était de déconnecter l'esprit des sens. Il s'est amusé à se rendre d'abord aveugle, puis sourd, puis les deux…

Je n'ai pu m'empêcher de demander :

— Vous n'avez pas essayé ?

Il a eu l'air plutôt étonné de m'entendre, mais il a répondu sans se départir de son aplomb.

— Moi ? Non. Pour quoi faire ? C'était la théorie qui m'intéressait. L'étude des relations entre l'esprit et le corps humain. D'ailleurs, je ne pouvais pas à la fois surveiller le cours des expériences et y participer…

— Et il y est parvenu ? Il a coupé son esprit de ses sens ?

— Oui et non. Il a pu assez rapidement se rendre aveugle et sourd. Mais d'après ce que j'ai pu lire, et cela a été confirmé par nos observations, si quelqu'un parvenait à se couper totalement de ses perceptions sensorielles, il lui serait impossible de revenir en arrière.

— Et on n'entendrait plus son esprit ? ai-je demandé.

— Non, en effet. Pourquoi risquer la vie de qui que ce soit en allant chercher un cadavre vivant ?

— Parce qu'il n'est pas question de le laisser à Hérus ! a dit Madge. Merci, Zorr, nous te tiendrons au courant.

— Je songe à notre sécurité à tous ! a-t-il répliqué. C'est tout.

— Ne te fais pas plus cynique que tu n'es, Zorr ! a tranché Madge. Il est hors de question qu'Hérus reste sur une victoire.

Je l'ai suivie dans sa chambre où elle a rangé le galet noir de la pierre de vision dans un tiroir secret de sa coiffeuse. Dans un autre, elle a pris un rouleau d'épaisses feuilles de papier jauni.

Nous sommes alors revenues dans la cuisine.

— Arik a tracé ces plans il y a plusieurs années, quand il a commencé à fréquenter la cour. Il disait que ça pourrait nous être utile un jour…

De sa main blanche, elle a lissé le papier crémeux sur la table. Elle a posé deux chandeliers sur les coins supérieurs, une pelote d'aiguilles et une bonbonnière pour empêcher les coins inférieurs de s'enrouler.

Je sais où se trouvent les cachots : dans les Grandes Tours. Je connais même le passage secret qui permet d'accéder à la salle des gardes du premier niveau, celui où l'on met les escrocs, les assassins, les grands voleurs et les auteurs de pamphlets qui osent critiquer le roi et sa politique. Bref, les criminels ordinaires. Arik Renshaw n'est pas là. Il ne peut être qu'au deuxième niveau, creusé dans la roche du promontoire sur lequel on a bâti le château. À ma connaissance, un seul et unique escalier y mène.

Le front soucieux, Madge avait commencé à étudier le plan lorsque Sargh est arrivé.

— Nous examinons les plans de la prison, lui a dit Madge tandis qu'il se débarrassait de sa cape et venait se réchauffer devant le feu. Tu as faim ?

— Merci. J'ai mangé au Tonneau.

— Ah. Servi par le personnel féminin ?

— Peut-être.

Il ne paraissait pas d'humeur à plaisanter.

— Le Tonneau était comble ce soir. Les serveuses n'avaient pas le temps de traîner. La salle était bourrée à craquer de clients et de rumeurs. On dit que le cours du grain va encore monter, mais pas parce que la récolte a été mauvaise. On accuse les négociants de stocker pour faire monter les prix.

— Et c'est vrai ?

J'ai souvent entendu mon père se plaindre de ceux qui s'enrichissaient en fournissant des céréales à l'armée.

Sargh a haussé les épaules.

— Personne ne le sait vraiment. Les paysans disent que la récolte a été catastrophique. Mais ils se plaignent tout le temps ! On murmure que certains villages du Troisième Quadrant ont refusé de payer l'impôt.

— Intéressant, a dit Madge. Surtout si cela distrait Orhgon de nous… Regardez, Sargh. Ce sont les plans du château qu'Arik a tracés. Si vous savez quoi que ce soit qui peut nous être utile…

Sargh m'a regardée en haussant les sourcils. J'aime bien quand il a ce genre d'expression. Le contraste avec son air si sérieux et solide le rend encore plus séduisant. J'ai hoché la tête pour lui indiquer que, oui, Madge soutenait notre projet d'expédition. Il s'est penché sur le plan.

— Les latrines, a-t-il dit. Je ne vois pas d'autre solution.

Il a posé le doigt dans un coin de la salle des gardes et a suivi une ligne noire qui descendait à l'étage inférieur, dans les cachots, puis s'enfonçait dans la roche, où elle rejoignait un conduit qui débouchait sur le mur d'enceinte.

— Quelqu'un doit arriver jusqu'aux cachots, délivrer Arik, puis emprunter le conduit d'évacuation et sortir par ici…

À une bonne quarantaine de mètres de hauteur.

— En transportant Arik.

Comme Sargh ne comprenait pas cette affirmation péremptoire, Madge lui a résumé ce que Zorr nous avait dit.

— Avec un bon système de poulies et quelqu'un pour le réceptionner en bas, ce devrait être faisable.

— Non. Pas besoin de poulie ! Je peux le faire léviter et le descendre le long du mur. Vous n'aurez qu'à m'attendre en bas avec un cheval.

— Comment ça, attendre en bas ? Je suis capable de ramper dans un conduit de latrines !

— Je sais. Mais c'est inutile. Une seule personne court beaucoup moins de risques d'être remarquée.

Sargh cherchait déjà un contre-argument. Mais Madge, qui n'avait cessé de pincer les lèvres et de hocher la tête en fixant le plan, a secoué la tête.

— Elle a raison, a-t-elle tranché. C'est la méthode la plus discrète. Évidemment, m'a-t-elle dit, tu sais comment atteindre ce passage secret ?

— Bien sûr !

— Alors, a dit Sargh, il ne reste plus qu'à fixer le jour.

— Après-demain, ai-je dit.

— Quoi ?

— Vous ne serez pas de garde, non ?

— Il nous faut un bon cheval.

— Je sais à qui m'adresser, a dit Madge.

— D'accord. Mais comment allons-nous ouvrir la cellule ?

— Ça, je m'en occupe. Et je m'occupe aussi de trouver à Élisabeth un costume adapté. Sargh, es-tu capable de fabriquer une civière légère et transportable ?

— Bien sûr.

— Alors venez avec moi tous les deux, je crois avoir ce qu'il vous faut dans la remise.

La préparation de notre matériel et la mise au point de notre expédition nous ont pris presque tout le reste de la nuit.

Lorsque je suis rentrée, je pensais trouver mon père dans sa chambre.

Elle était vide.

J'ai été tentée de fouiller ses bagages, mais j'ai eu peur d'être surprise.

Je déteste cette situation. Les pères ne sont pas censés se livrer à des activités secrètes et nocturnes ! Pas quand il règne partout une atmosphère de méfiance et de suspicion. Pas quand ils mettent déjà leur vie en danger en étant militaires !

Plus tard dans la soirée, comme il ne rentrait pas et que je ne trouvais pas le sommeil, je me suis mise à écrire. J'ai écrit pendant toute l'heure sombre. Maintenant, le ciel se colore de rose en direction du Centre du Monde. Le Solaire se lève. Au loin, au-delà de la ville encore endormie dans la brume, on devine la pointe enflammée de son épée de feu.

CHAPITRE VINGT-DEUX

Je me demande si cet Arik Renshaw n'était pas un agent placé par Tork auprès de l'héritier du trône pour le surveiller. Lorsqu'il s'est rendu compte que, d'une part, Orhgon lui accordait une trop grande confiance et, d'autre part, que son agent était sur le point de le trahir, il l'a éliminé.

Esquira diCaravetto,
rapport sur son séjour dans le Royaume intérieur.

Tout a un prix.

Si tu ne comprends pas cela, mon cher Orhgon, tu ne comprends rien à ce monde, et tu ferais aussi bien de ne pas te soucier tant de ce trône qui te revient.

La phrase revint à l'esprit du jeune roi au moment où il franchit les portes de la grande salle où se tenait la session bi-centennale de la commission royale d'attribution.

La première de son règne…

Certes, il n'était pas encore couronné, mais il avait insisté pour assumer immédiatement la totalité de ses fonctions. Inutile, dans sa situation, de laisser à de quelconques parasites le temps de s'installer.

Sur les suggestions d'Hérus Tork, le Haut-Conseil avait retardé l'annonce de la mort de son père jusqu'à l'arrestation d'Arik, puis fait proclamer une période de deuil de trois dizaines.

— En espérant, avait susurré le directeur, que cela suffira pour que le peuple oublie de qui l'espion était le plus proche.

— Je ne vois pas ce que vous voulez dire, avait répliqué Orhgon.

La conversation s'était déroulée avant l'enterrement, dans le vestibule de la chambre mortuaire. Il était seul avec Hérus Tork.

— Je crois que vous comprenez très bien au contraire, Votre Majesté, avait dit Tork dans un murmure. Nous l'avons arrêté avant votre couronnement, mais nous l'avons échappé belle… et vous le savez. Il ne faudrait surtout pas qu'un tel incident se reproduise.

— Je compte sur vous et sur vos Chasseurs. Voulez-vous dire qu'ils ne sont plus à la hauteur ?

— Pas du tout, Votre Majesté. Ils existent pour vous servir et ils y sont parfaitement entraînés.

Toute l'École avait assisté à l'enterrement.

Orhgon avait cru qu'il n'y survivrait pas.

Il n'avait presque rien avalé depuis cette fameuse nuit où il avait donné la potion à son père, et rien depuis la veille. Il étouffait dans ses vêtements de deuil et ne cessait de songer qu'Arik aurait trouvé quelque chose à lui dire tandis qu'on descendait son père dans la tombe. Non pas qu'Orhgon ait jamais été proche d'Urbain III – ni la vie à la cour ni son tempérament ne l'avaient permis – mais justement Arik, conscient de cela, aurait su démêler le peloton de fils émotionnels qui lui nouait la tête et les entrailles.

De la même façon qu'il avait su lui rappeler qu'être l'héritier du Royaume extérieur se payait en interminables réunions, en entretiens avec les gouverneurs des quatre Quadrants et autres tâches qui le plongeaient dans un ennui profond, il aurait su que dire à un fils qui avait dû aider à mourir son père plutôt que le laisser entre les mains d'un homme dont pourtant ni le Royaume ni lui ne pouvaient se passer…

Trop tard.

Orhgon avait vu à quoi ressemblait le corps d'Arik Renshaw après qu'Hérus Tork, bien décidé à le tirer de l'étrange sommeil dans lequel il était plongé, eut planté des dizaines de longues et fines aiguilles sur chaque centimètre carré de son épiderme.

Et tout cela pour rien, puisqu'il était encore plongé dans ce sommeil que ni Hérus, ni Milla Donne ou Hénnik Dott, ni aucun autre professeur ne paraissaient en mesure d'expliquer…

C'était une grande et belle salle ; les murs de pierre noire étaient lisses, vierges de ces dessins souvent inquiétants qui ornaient les blocs des parties les plus anciennes du château. Ils étaient en outre couverts de tapisseries représentant les côtes de la mer d'Avole à Paladance, cadeau d'un des premiers gouverneurs du Deuxième Quadrant. La vision de ces palmiers, cocotiers et autres arbustes dégoulinants de fleurs énormes et colorées avait quelque chose d'apaisant, surtout en regard de ce qui se trouvait au-delà des hautes fenêtres. Les plus grands jardins dissimulés dans le labyrinthe de cours intérieures des Grandes Tours étaient des mosaïques de massifs tirés au cordeau, aussi noirs et froids que la tapisserie était luxuriante.

Néanmoins, lorsqu'il fit son entrée, aucun des représentants des guildes et corporations n'était tourné vers la fenêtre. Ils se tenaient tous droits et raides sur leurs chaises à haut dossier.

Au même instant, tandis qu'il s'asseyait, Orhgon revit Arik lui parler de la royauté, vautré sur un divan au milieu de coussins emmêlés dans un jeté de lit, chemise et chausses ouvertes, tandis qu'à côté de lui, ses fesses nues émergeant d'un fouillis de jupons et de draps, la prostituée qu'il venait de baiser devant lui ronflait.

Pourquoi ? Pourquoi avait-il fallu qu'Arik soit un magicien clandestin, un espion et un traître, pas un simple courtisan, un de ces imbéciles ambitieux qui croyaient encore qu'il suffisait d'entrer dans sa chambre pour entrer dans les cercles du pouvoir, plus veules et obséquieux et surtout plus stupides que jamais ?

Parce qu'il y a un prix à payer… lui murmura la voix du traître.

Cependant, un chambellan avait prononcé l'ouverture de la séance ; le secrétaire lisait déjà l'ordre du jour. Hérus Tork allait entamer la longue liste des « services » que l'École était en mesure de fournir aux guildes, et leurs représentants allaient l'écouter poliment jusqu'à la fin de son exposé.

Mais, dès qu'ils auraient la parole, ils se sauteraient à la gorge pour défendre leurs intérêts.

C'était inévitable. Enfant, Orhgon avait assisté clandestinement à des douzaines de ces réunions. Il se cachait derrière les portes, croyant qu'on y parlait d'autre chose que de quotas de Souffleurs ou de la meilleure formation à donner aux Éclairants qui travaillaient pour telle ou telle ville.

C'est important, Orhgon, lui avait dit Arik ce fameux jour, tout en rabattant les draps sur son sexe et sur les fesses rebondies de la fille.

Important pour quoi ? Pour la bonne tenue des comptes du directeur ?

Important pour l'équilibre du Royaume, imbécile.

Qui aura les meilleurs Éclairants ? Les Pousseurs les plus efficaces ? Qui aura droit aux Faiseurs de feu et aux Traceurs d'eau ?

L'armée, bien sûr, mais il ne faut pas oublier les nobles : ce sont eux qui fournissent les officiers. Mais les marchands ? Sans les marchands, qui assurera l'intendance ? Sans compter qu'une partie du bon peuple s'est habituée à voir l'eau couler dans les tuyaux grâce aux pompes installées dans chaque ville de moyenne importance… Et je ne parle pas des moulins municipaux, des forges et des mines… Tout cela compte, et tout cela dépend peu ou prou de l'École.

— Vous parliez de la nécessité urgente d'améliorer le confort dans vos commissariats, monsieur Bonnot, demanda-t-il au chef de la police, qui avait été le dernier à parler.

C'était là ce qu'on attendait de lui : qu'il tranche, qu'il décide. Qu'il soit, sinon juste, du moins efficace.

— Je crois que justement notre directeur a d'intéressantes améliorations à nous présenter.

Il eut la satisfaction de les voir tous dresser l'oreille.

Tork lui-même ne put dissimuler un instant de surprise.

Ni l'un ni l'autre n'avaient reparlé des barges et des métiers à tisser depuis cette conversation dans son bureau qui datait bien de quatre ou cinq dizaines.

Il avait délibérément ignoré les allusions d'Hérus Tork après ce qui s'était passé avec son père.

Mais il était temps de redonner au petit homme aux yeux de pierre les espoirs démesurés dont il avait besoin, sinon... se dit tout à coup Orhgon, ce ne sera plus pour moi qu'il plantera des aiguilles dans des corps sans vie, ce sera contre moi.

Et cela ne pouvait pas être. Pas s'il voulait régner...

Hérus Tork ne demeurait jamais désarçonné bien longtemps. Surtout lorsqu'il s'agissait de parler de ses projets.

— Votre Majesté permet-elle que je fasse venir l'appareillage nécessaire ? demanda-t-il.

Sa Majesté permit. Sa Majesté comptait bien sur l'appareillage en question pour impressionner les représentants et leur faire oublier qu'un scandale avait manqué atteindre leur nouveau souverain.

Hérus Tork se leva et commença son exposé en attendant l'arrivée du matériel.

— Les expériences que vous allez voir, dit-il, ont été menées à l'École de filles de Sopok. Vous savez que certaines y sont entraînées à faire fonctionner des métiers à tisser.

Comme Orhgon s'y attendait, les représentants furent captivés dès qu'Hérus ouvrit la bouche.

Ce don pour la parole, cette facilité à raconter et à expliquer devaient être liés à leurs pouvoirs. En tout cas, le seul point commun qu'il ait jamais pu déceler entre Hérus Tork et Arik Renshaw.

Mais peu lui importait la cause, après tout... Seul le résultat comptait.

Domos Arnold, le grand boucher blond, Thomas Biran, l'élégant drapier, Raomon Braquenotte, le costaud aux épaules carrées délégué par les bateliers, Gabriel Bonnot, chef de la police de Dramanorre, Félicité Bonfils, représentante des maraîchers : tous écoutaient, pareils à de petits enfants à la veillée.

Le fameux appareillage ne tarda pas à arriver. Ce n'était qu'une version mobile de la pierre de vision de Tork, améliorée par un système de miroirs qui agrandissait l'image reçue et la projetait au-dessus du plateau de la table roulante.

— Monsieur Biran pourrait sans doute vous expliquer mieux que moi pourquoi les machines actionnées par ces jeunes filles sont plus efficaces que celles dont se servent la plupart des artisans de nos villages. Mais là n'est pas la question.

Thomas Biran eut l'air déçu. C'était une sorte d'érudit en matière de tissage et de tissus, et il n'aurait pas détesté donner un cours à ses confrères...

— La question est la suivante, poursuivit Tork : si une jeune fille peut faire fonctionner un métier, pourquoi ne peut-elle pas en actionner deux ? Ou trois ? Ou plus ?

— La conception de ces métiers, dit monsieur Biran. Même si l'on pouvait appliquer les mêmes forces de traction et de poussée à plusieurs d'entre eux, je ne vois pas comment on pourrait répartir et égaliser ces forces.

— Tout à fait juste, dit Tork.

Une lueur s'était allumée dans son regard froid. Il procéda aux réglages de la pierre de vision pratiquement sans regarder ce qu'il faisait, tout en parlant avec de plus en plus d'animation.

— La répartition égale des forces. C'est ce que m'ont objecté les maîtres des ateliers quand je leur ai fait part du nouvel entraînement auquel les professeurs soumettaient certaines fillettes. Je vais vous épargner les détails des ajustements techniques auxquels nous avons dû procéder, et seulement vous montrer ce à quoi des mois d'efforts ont abouti.

D'abord un peu floue, l'image projetée au-dessus de la pierre de vision devint tout de suite nette et claire. Orhgon vit une grande pièce qui ressemblait plus à une grange qu'à un atelier.

Au centre de ce qui rappelait une piste de cirque, une très jeune fille aux longs cheveux châtains, au doux visage ovale de petite paysanne soumise, était assise sur un tabouret, les yeux fermés et les mains posées à plat sur ses genoux.

Autour d'elle, Orhgon compta six métiers à tisser, six fauves encerclant un bien frêle dompteur.

Tous fonctionnaient.

Les lisses soulevaient les fils, les navettes passaient entre trame et chaîne.

En même temps. Sans erreur ni à-coup. Sans qu'un fil casse ou qu'un nœud apparaisse. La même quantité de tissu, ornée des mêmes motifs, sortait à l'extrémité de chaque métier.

Thomas Biran jaillit de sa chaise et vint littéralement coller son nez sur l'image. Puis, ayant observé la scène tout son soûl pendant une bonne minute, il se tourna vers Hérus Tork.

— C'est… bafouilla-t-il.

Il s'arrêta, incapable d'en dire plus.

— Extraordinaire, non ? Bientôt, une seule de ces enfants pourra faire fonctionner douze, voire quinze ou vingt de ces nouveaux métiers. Monsieur Bonnot, nous allons pouvoir fournir des uniformes solides, chauds et peu coûteux à tous vos officiers.

— Mais… (le drapier demeurait livide, anéanti) nos artisans ne le supporteront jamais ! Vous allez les ruiner…

— Les ruiner ? Quelle idée ! Ne vous fiez pas à ce que vous voyez là, il s'agit d'un test, d'une expérience. Les métiers sont destinés à produire du tissu solide et bon marché pour l'armée, la police ou toute autre institution que cela intéressera. Vos artisans auront toujours le monopole des étoffes de luxe et de fantaisie. Et puis… ceci n'est qu'une étape. Cette idée de métier à tisser n'a constitué pour moi qu'une expérience préparatoire pour des réalisations plus ambitieuses encore. Ce que vous voyez à l'œuvre dans cet atelier n'est pas une simple idée mais un principe. Un schéma que l'on peut reproduire.

À ce stade de son discours, Tork ne parlait plus pour les représentants mais pour Orhgon. Qui l'écoutait tout en fixant la jeune fille qui continuait à travailler, imperturbable, aussi immobile, placide et efficace que les métiers eux-mêmes.

— Par exemple, imaginez que l'on puisse déclencher simultanément le tir de dizaines de catapultes sur toute une ligne de front ? Ou faire tirer des quantités d'arbalètes à distance sans mettre en danger nos soldats ? Le principe, reproduction et multiplication des actions, est le même. Et les avantages qu'on peut en tirer sont infinis.

Le regard du petit homme chauve brûlait de cette fièvre que le jeune roi connaissait si bien…

Oui, se dit-il, il a raison. Le problème n'est pas qu'il existe un Royaume intérieur qui ne cessera jamais de vouloir grignoter nos territoires. Le problème, c'est d'obtenir les moyens de l'en empêcher. Définitivement.

— Merci, monsieur Tork, dit-il. Nous vous faisons pleinement confiance pour mener à bien vos recherches et nous en communiquer les résultats lors de nos prochaines réunions.

Et voilà, il venait d'établir qu'il avait toute confiance en l'École et en la politique de son directeur.

C'est alors qu'une idée absurde lui vint à l'esprit.

Si seulement Arik avait été de notre côté…

Absurde, oui.

Inutile.

Et douloureuse, cependant, autant qu'inévitable.

Mais aussi, espéra-t-il, ignorée d'Hérus Tork.

DEUXIÈME PARTIE

CHAPITRE VINGT-TROIS

Oui, le château est truffé de passages secrets, de cours cachées, d'escaliers privés. Non, vous n'en apprendrez rien officiellement avant la dernière année que vous passerez ici.

Hérus Tork,
premier discours de rentrée.

Germain Comsic avançait dans un long couloir, une clé dans la poche de son habit et un sachet de poudre autour du cou. Il essayait de prendre une expression dégagée mais était convaincu, étant donné son manque d'expérience, qu'il avait juste l'air compassé, ce qui, à la cour, n'était plus à la mode depuis fort longtemps.

Le couloir était désert, froid et sinistre.

La mort du vieux roi avait été annoncée, la période de deuil avait officiellement commencé. Passée la première heure du Lunaire, les gardes étaient pour ainsi dire les seules personnes à se déplacer dans le château.

Germain avait attendu la troisième avant d'oser se glisser hors de son appartement. Aux gardes qu'il avait croisés, il avait présenté le sauf-conduit fabriqué pour lui par un ami de Norrœke. Maintenant, un peu essoufflé d'avoir monté un escalier quatre à quatre, il s'aplatissait contre la paroi d'une alcôve d'Éclairant et tâtonnait à la recherche d'un mécanisme secret.

Il passa et repassa le bout de ses doigts le long des arêtes des blocs de cette étrange pierre noire et vitreuse avec laquelle on avait bâti les murs du château. Comment les arêtes de pierres aussi vieilles pouvaient-elles être aussi aiguës ? Il en avait mal aux doigts, et il ne trouvait rien ! Le mur était lisse, le creux dans lequel était censé se trouver le mécanisme décrit par de Siff n'était pas là… Et il entendait des pas au bout du couloir !

Après leur conversation au Tonneau, Germain était revenu à sa vie d'auteur, persuadé qu'ils allaient changer d'avis dès qu'il aurait le dos tourné. Scribouillard il était, scribouillard il resterait.

Mais Norrœke et de Siff ne l'avaient pas entendu de cette oreille. Ils l'avaient persuadé qu'il était le mieux placé pour s'introduire dans les cachots.

Il était mince, souple et plutôt rapide. Il ne paniquait pas facilement. Et surtout il était insignifiant : personne ne le connaissait, il entrait et sortait du château sans attirer l'attention. Aucun des gardes affectés à la prison ne l'avait jamais interpellé au sujet de quoi que ce soit.

Avec ça, avait dit de Siff en lui tendant la clé, vous pourrez ouvrir n'importe quelle cellule. Germain s'était bien gardé de lui demander comment il l'avait obtenue. Il lui avait ensuite expliqué comment s'introduire dans le passage secret qui menait à la salle des gardes, lui avait donné cette poudre qui les endormirait, affirmait-il, le temps qu'il sorte le prisonnier de sa cellule et qu'il le transporte, par un embranchement du passage secret, sur les remparts, où il l'attendrait. Et s'il se faisait prendre… eh bien, de Siff lui avait donné une grosse pilule qu'il aurait intérêt à avaler avant qu'Hérus Tork ne mette la main sur lui.

— Et s'il n'est pas en état de marcher ? Je ne vais pas transporter un homme inconscient sur une si grande distance !

— Dans ce cas, vous le laisserez dans le passage – il ne risquera rien et vous irez jusqu'aux remparts demander de l'aide. Mais, d'après nos informateurs, c'est peu probable. On pense qu'il feint l'inconscience pour ne pas être torturé.

Informateurs, ruminait Germain en examinant fébrilement chaque millimètre carré de son alcôve. Marchants et magistrats, membres du Haut-Conseil. Ils rôdent à la cour et complotent contre Orhgon parce que la guerre les empêche de gagner encore plus d'argent et que les mauvaises récoltes mécontentent le peuple dont ils ont peur. Qu'est-ce qu'ils savent de ce qui se passe réellement dans les cachots ?

Non, la peur le rendait agressif et injuste. Tous les négociants n'étaient pas des escrocs, tous les manufacturiers ne songeaient pas à exploiter leurs ouvriers et certains nobles s'inquiétaient même réellement du sort des paysans.

Avant de se lancer dans cette expédition, Germain avait longuement parlé avec Norrœke, maître Tornot et de Siff. Tous étaient tombés d'accord : si c'était possible, il fallait sortir cet Arik Renshaw de prison et savoir qui il était et avec qui il avait eu des contacts.

Germain avait essayé de savoir ce que Norrœke et ses amis du Haut-Conseil projetaient de faire ensuite. Au sujet de Renshaw, d'abord, puis de l'École et des autres magiciens. Les réponses avaient été plus qu'évasives.

La respiration courte, les yeux fermés, une sueur glacée coulant dans son dos, Germain glissait le bout de ses doigts tremblants sur les pierres.

Là ! Un endroit moins coupant, plus petit qu'un grain de blé, pas étonnant qu'il ne l'ait pas repéré tout de suite. Il se concentra, appuya de toutes ses forces et sentit la pierre basculer. Il tomba avec elle dans le noir le plus complet.

Il ne se priva pas de jurer en se relevant : les blocs étaient bien assez épais pour étouffer sa voix. Il frotta longuement ses coudes et ses genoux endoloris pendant que ses yeux s'accoutumaient à l'obscurité. La bourse qui pendait autour de son cou contenait également des bougies et un briquet. Il en alluma une et l'éleva un peu au-dessus de sa tête.

Plus étroit, froid et oppressant, ce couloir était encore moins accueillant que celui d'où Germain arrivait. Mais au moins, se dit le jeune homme, il était sûr de n'y rencontrer personne.

Il avança sans encombre pendant quelques mètres. Il s'apprêtait même à accélérer le pas lorsqu'il trébucha et manqua s'étaler de tout son long. Le passage s'était transformé en escalier. Les plans l'indiquaient clairement, mais il l'attendait beaucoup plus loin.

En bas se trouvait une alcôve. Il posa sa bougie dans une niche et examina le mur qui s'élevait devant lui. Entre deux pierres, une fente permettait de glisser un œil sur la salle des gardes.

Germain retint son souffle et s'approcha. Il ne vit qu'une trame rouge et vert : une tenture dissimulait la fente. Mais il entendit. Fidèles à l'image que l'on se faisait d'eux, les gardes jouaient aux cartes en buvant du vin chaud. Et ils avaient l'air de bien s'amuser. L'atmosphère de la pièce faisait plus songer à une taverne qu'à une prison.

Germain soupira et, lentement, détacha la bourse de cuir de son cou. La poudre était censée les endormir très vite. Germain se mordit les lèvres tout en dénouant le lacet qui fermait le sachet de tissu.

Un objet dur et froid s'appuya entre ses omoplates.

— Posez ça par terre et tournez-vous, dit une voix de femme dans son dos.

Il obéit.

C'était une jeune fille. Brune aux longs cheveux ondulés, aux yeux verts, le visage résolu, l'attitude menaçante.

— Qui êtes-vous et que fichez-vous ici ? demanda-t-elle sur le ton d'un propriétaire qui trouve un intrus dans son jardin.

— Je m'appelle Germain Comsic.

Il ne voyait pas grand mal à révéler son identité à une jeune personne qui était, après tout, dans une position semblable à la sienne.

Il portait une dague mais, outre le fait qu'ils n'avaient pas la place de se battre, il ne se sentait pas capable de la tirer contre une si jeune et si charmante personne.

— Et vous vous êtes perdu, je suppose ?

Quelque chose dans la façon dont elle se tenait, jambes écartées, pieds bien campés sur le sol, lui disait qu'il aurait du mal à la maîtriser.

— Non, je ne suis pas perdu.

— C'est pour Arik Renshaw, hein ?

Sans prévenir, elle saisit son bras. Il la vit fermer brièvement les yeux et changer d'expression.

— Et c'est pour ça que vous avez peur, dit-elle en ramassant le sachet qu'il avait laissé tomber pour en examiner le contenu. Pas mal. J'aimerais bien savoir qui vous envoie, mais nous n'avons pas le temps d'en discuter. Ils sont au milieu de leur quart. Le bon moment pour les endormir et entrer dans le niveau souterrain sans être remarqué. Voulez-vous m'aider ? Si vous ne m'aidez pas, je vous assomme et je vous laisse ici.

Germain n'avait pas la moindre envie d'être assommé.

— Je vous aide si vous me dites qui vous êtes.

Elle le regarda comme s'il était légèrement idiot.

— Vous n'avez pas deviné ? Qui voulez-vous qui délivre un magicien ?

Oui, effectivement, il était stupide.

— Cette poudre est censée endormir les gardes.

— Je sais. Allez-y. Ça va marcher.

Germain versa le contenu de son sachet dans la fente sous le regard attentif de la jeune fille. Ils soufflèrent ensemble pour disperser le produit. Puis elle s'approcha du mur, posa la tempe contre la pierre et ferma les yeux. Ils attendirent. Peu à peu, les exclamations causées par le jeu de cartes diminuèrent de volume. Germain entendit des bruits de gobelets renversés, de pieds de chaises raclant le sol et, enfin, la chute maladroite de grands corps lourds de muscles privés de force.

— Ils dorment tous, finit par dire Élisabeth. Profondément. Venez.

Elle fit jouer avec facilité le mécanisme qui transformait la fente en ouverture. Dans la salle des gardes, sept hommes armés dormaient, le front dans leurs cartes, sur la table, avachis sur leurs chaises ou assis par terre, adossés au mur, la bouche ouverte, des verres de vin répandus à leurs pieds.

Ils passèrent devant eux sur la pointe des pieds. Dans l'antichambre, un garde dormait devant l'entrée du premier niveau de la prison, un autre devant l'accès à l'escalier qui descendait au deuxième.

Il était étroit et raide, taillé dans la roche brute, noire et luisante d'humidité. Germain eut l'impression d'une descente interminable. Il ne parlait pas et retenait son souffle, de plus en plus conscient de l'atmosphère oppressante de ces murs qui n'avaient jamais connu autre chose que la peur et la souffrance des malheureux enfermés ici.

Il y avait une antichambre en bas de l'escalier, mais pas de garde. Sans doute ne se bousculaient-ils pas pour rester des heures debout dans cet endroit glacé et humide… En outre, on voyait mal comment un prisonnier pouvait s'échapper de la dizaine de cellules situées de part et d'autre d'un couloir étroit, sans lumière et sans issue.

La jeune fille s'arrêta. Son visage délicat avait une expression sévère, à mi-chemin entre la colère et la tristesse.

— On m'a dit qu'il est le seul prisonnier, chuchota Germain. Mais il va falloir ouvrir toutes les cellules. Je crains que ça prenne un peu de temps…

La jeune fille regarda à peine la clé qu'il venait de sortir de sa poche. Elle plongea la main dans une sacoche qui pendait sur sa hanche.

Lorsqu'elle la retira et l'ouvrit, Germain Comsic éprouva, pour la première fois de sa vie d'adulte, une sensation qu'il croyait morte avec son enfance, lorsque les lumières de la fête du Bas-Solaire le transportaient d'émerveillement.

— Ooooooooh, fit-il en voyant la spirale de lumière dorée enroulée sur la paume de la jeune fille comme un jeune chat sur un coussin.

Oooooooh. Comme un gosse qui voit un feu d'artifice pour la première fois et qu'une joie pure et totale envahit.

La jeune fille leva la main.

Le fil – car c'était un fil, enroulé sur une bobine de bois ordinaire – se déroula, prit son élan et s'envola vers les lourdes portes bardées de fer des cellules. Le filament lumineux visita les serrures des deux premières comme un animal qui furète à la recherche d'une piste. La troisième sembla lui convenir. Il se glissa à l'intérieur.

— Il détecte des traces de présence humaine, expliqua la jeune fille. S'il est là, il ouvre.

Germain jetait des coups d'œil inquiets dans l'escalier.

— Ça m'étonnerait qu'ils se réveillent, dit sa compagne. Et, de toute façon, la sortie est ici, ajouta-t-elle en désignant une porte vermoulue.

— Ici ?

Il était à nouveau idiot.

— Les latrines.

— Quoi ?

Il n'eut pas le temps d'ouvrir la bouche.

Une lueur verdâtre illumina les contours de la porte de la troisième cellule. Des bruits métalliques, vibrations et grincements rouillés, secouèrent la serrure. Le fil doré en ressortit et revint s'enrouler autour de la bobine que tenait la jeune fille ; elle la rangea dans sa sacoche.

— Venez, ordonna-t-elle. Je m'attendais à devoir faire ça toute seule, mais votre aide ne sera pas de trop.

Germain était déjà entré dans des prisons. Il avait passé quelques nuits dans celle de sa ville, après avoir été ramassé par la police municipale tandis qu'avec des amis il célébrait le Haut-Solaire un peu trop bruyamment.

— Éclairez-moi avec votre bougie, lui intima la jeune fille. Il y a eu assez de magie ici.

La lourde porte était entrouverte. Germain leva la lampe ; la jeune fille poussa. Le battant renforcé de fer bougea. L'odeur le prit aussitôt à la gorge. Il n'avait rien senti de tel depuis le jour où les latrines de la demeure familiale s'étaient bouchées. Il se mit aussitôt à respirer par la bouche et regarda la jeune fille. Les muscles de ses mâchoires serrées saillaient à la lueur vacillante de la bougie.

— Donnez, dit-elle.

Elle prit la bougie, retint sa respiration et entra dans la cellule. Germain alluma une deuxième bougie et la suivit. Il sentit que ses bottes s'enfonçaient dans un fluide puant qui tenait lieu de sol. Puis, au fond, contre le mur, il distingua une forme. Il y eut un bruit métallique très léger, comme le tintement d'une cuillère sur une tasse de porcelaine ; la forme s'affaissa.

— Venez m'aider ! Il est trop lourd pour moi.

Surmontant à grand-peine le sentiment de répulsion qui l'envahissait, Germain posa un pied puis un autre.

— J'ai les bras. Attrapez les pieds et sortons-le d'ici tout de suite.

Le jeune homme fit ce qu'elle disait en luttant contre une irrépressible envie de vomir. Ils transportèrent l'homme inconscient dans le corridor.

À la lueur de la bougie posée sur le sol, il put voir les bras attachés dans le dos et les jambes immobilisées aux genoux et aux chevilles. Du sang avait coulé et coulait encore là où on avait enfoncé de fines aiguilles d'acier – dans tout le corps.

— C'est… balbutia-t-il… Qu'est-ce que… Comment va-t-on rejoindre les remparts ?

Ils pourraient peut-être le transporter dans le passage souterrain, mais ensuite ?

— Les remparts ? Vous aviez l'intention de retourner sur les remparts ?

— Je ne pensais pas… Vous êtes sûre qu'il est vivant ?

— Son *corps* est vivant, oui, répondit-elle sans le regarder.

Elle avait ressorti sa dague et coupait les liens des bras et des jambes.

— Portons-le jusqu'aux latrines. Je préfère être à l'abri pour préparer la civière.

Germain se dit que c'était l'ordre le plus absurde qu'on lui avait jamais donné et qu'il allait bientôt vomir. Ils se tassèrent dans le réduit étroit et malodorant.

— Qu'est-ce qu'on fait là ? demanda-t-il tandis que la jeune fille soulevait la dalle de bois qui masquait le conduit d'évacuation.

— On emprunte la seule sortie possible.

Elle avait tiré une pièce de tissu de sa sacoche. Elle était repliée très soigneusement et paraissait petite, mais l'étoffe était à la fois fine et solide. Ils en enveloppèrent Arik Renshaw, puis le ficelèrent comme un paquet à l'aide de cordons de soie également très fins et résistants.

— Comment comptiez-vous vous débrouiller toute seule ? demanda Germain comme elle lui confiait l'extrémité d'une corde.

— Je l'aurais fait léviter. C'est comme cela que je vais procéder une fois que nous serons au bout du conduit. Mais, puisque vous êtes là, je préfère économiser mes forces. Cela dit, vous n'êtes pas obligé de me suivre.

— Non, allons-y, j'ai toujours rêvé d'explorer les entrailles du château.

Elle vérifia que la corde qu'elle avait attachée à un barreau du judas tenait solidement. L'autre extrémité passa dans les sangles qui maintenaient Renshaw solidement attaché.

— Le conduit est profond d'environ trois mètres seulement. Je l'y descends, puis vous y allez et je vous suis.

— Pourquoi moi ?

— Parce que si les gardes arrivent, je peux les endormir ou les distraire. Et puis parce que c'est mon plan !

Elle prononça la dernière phrase en souriant. Elle avait un fort joli sourire qui illuminait son petit visage sérieux. Après tout, elle était peut-être soulagée d'avoir trouvé de l'aide.

Ils étaient assis au bord du puits et balançaient leurs jambes au-dessus du vide d'où montaient des bouffées d'odeurs pestilentielles. Lentement, ils firent glisser le corps d'Arik Renshaw entre eux puis le laissèrent descendre, la corde enroulée autour du poignet pour la bloquer, les dents serrées et l'oreille aux aguets.

— Je vais le soulever un peu, murmura la jeune fille au bout d'un moment. Ça sera plus facile.

Germain s'obligea à détacher son regard de la porte de bois pour la regarder. Elle avait les yeux fermés, le front plissé et luisant de sueur. Tout à coup, la traction exercée sur les muscles de ses bras fut moins forte.

— Doucement, dit-elle. On y est presque.

Il tressaillit.

— Vous avez entendu ?

— Quoi ?

— Des bruits. Des voix.

Il sentit le poids revenir au bout de la corde tandis qu'elle *écoutait.*

— Les gardes doivent se réveiller.

À nouveau la sensation d'allégement, puis celle de toucher quelque chose.

— C'est bon. Allez-y le plus vite possible, je vous suis.

Germain s'arracha la peau des mains sur les deux derniers mètres de descente et atterrit dans la merde. La jeune fille arriva presque aussitôt. Elle avait enfilé des gants et une cagoule qui protégeait son visage et ses cheveux.

— Vous aviez tout prévu, dit-il, un reproche involontaire dans la voix.

— Bien obligée. Vous croyiez qu'il serait en état de vous suivre, hein ?

Sans se consulter, ils avaient pris le corps par les bras et les pieds et avaient commencé à le porter vers une bouche d'ombre qui se découpait devant eux.

— Oui. On a pensé qu'il feignait l'inconscience pour ne pas parler.

— Et résistait à Hérus Tork par-dessus le marché ? Nous sommes des magiciens, pas des surhommes, vous savez. Voilà.

Elle lui fit signe de s'arrêter.

La petite salle voûtée dans laquelle ils se trouvaient ouvrait sur un boyau d'environ un mètre de section et rempli jusqu'au tiers de sa hauteur de matière clapotante et nauséabonde.

— Mettez ça autour de votre bouche, dit-elle en lui tendant un carré de soie.

Elle en avait déjà noué un sur le bas de son visage. Le tissu était imprégné d'un parfum qui soulagea un peu sa nausée et lui permit de mieux respirer.

— Avancez. Il y a une vingtaine de mètres jusqu'à la sortie. On nous attend en bas.

Comme il hésitait, elle ajouta :

— J'ai besoin de me concentrer pour le soulever.

Il tenta de sonder les ténèbres du boyau plongé dans le noir.

— On aurait dû garder les bougies.

— Pardon ? Oh, oui, excusez-moi.

Elle ressortit la bobine de fil lumineux de la sacoche.

— Tendez la main. N'ayez pas peur, ça ne dégage pas de chaleur.

Elle avait les mains longues et fines. Du bout des doigts, elle arrangea un morceau de la chose luminescente autour de son poignet, comme un bracelet. Il l'élevait devant lui pour voir l'entrée du conduit lorsque des bruits indistincts puis des cris retentirent au-dessus de leur tête.

— Vite !

Germain s'élança en pataugeant, respirant par la bouche, tout à coup stupidement terrifié à l'idée de perdre ses bottes et de devoir marcher pieds nus dans la fange ou pire, de tomber et de s'étaler dans le liquide visqueux et nauséabond.

Au bout de quelques mètres, il s'arrêta pour regarder en arrière. La jeune fille le suivait, poussant devant elle une forme oblongue qui flottait dans l'air au-dessus du ruisseau de déchets. Bien malgré lui et contre toute attente, Germain sentit ses cheveux se hérisser sur sa nuque. Il s'obligea à repartir. Plus vite ils iraient, moins il aurait à passer de temps dans cette abomination.

Quelques minutes plus tard, il apercevait, encore loin devant lui, un cercle plus clair. Une bouffée d'air froid caressa ses narines. L'idée qu'il se trouvait quelque part de l'air propre et pur lui redonna courage. Il avait déjà acquis une technique : il marchait lentement pour éviter les phénomènes de succion, mais faisait les plus longues enjambées possibles. Tous les cinq ou six pas, il jetait un coup d'œil par-dessus son épaule pour voir où se trouvait Élisabeth. Elle le rattrapait peu à peu.

Ils arrivèrent presque ensemble à l'extrémité du conduit. Germain, épuisé, soulagé, s'accroupit et emplit ses poumons d'air frais. Il eut l'impression de nettoyer sa poitrine de l'intérieur. Pour le reste, il dégoulinait de boue gluante, mais son odorat y était maintenant habitué.

Une dalle surplombant le vide marquait la fin du conduit. Au bout de leurs pieds, la muraille s'enfonçait dans la nuit. Au-dessus de leur tête, des nuages cachaient les solaires lointains ; une pluie fine et glacée tombait, toute droite, en rideau compact et opaque.

— Vous aviez dit qu'il y aurait quelqu'un !

Elle passait un filin dans un anneau ; Germain regarda la corde descendre vers les ombres indistinctes qui se dessinaient en bas : des buissons, des arbres.

— Il y a quelqu'un ! Mais il ne va pas tirer un feu d'artifice juste pour vous rassurer !

Germain hocha la tête. Il aurait voulu que ses jambes cessent de trembler, mais la proximité du vide l'emplissait d'une terreur aussi puissante que celle d'être étouffé dans les excréments.

La forme enveloppée d'Arik Renshaw gisait à côté de lui, immobile. Son visage cadavérique était une tache de pâleur mortelle et glacée.

— Je fais d'abord descendre Arik, dit Élisabeth.

La manœuvre à exécuter était exactement la même que précédemment, dans le puits des latrines. À cette différence près qu'ils étaient bien plus haut : l'effort à fournir serait donc bien plus long.

Néanmoins, Germain préférait avoir à se concentrer sur une opération, quelle qu'elle fût.

Il aida la jeune fille à attacher le corps. Elle enroula ensuite le filin lumineux autour de son poignet. À sa lueur, Germain vit son visage se couvrir de sueur. Puis, tout à coup, la tension disparut de la corde.

Élisabeth la laissa filer enroulée autour de son bras centimètre par centimètre, les mâchoires serrées et les muscles du cou tendus. Il voulut s'approcher, l'aider – elle lui fit signe que non. Quelques minutes plus tard, elle laissa aller les derniers centimètres et s'assit, les jambes pendantes dans le vide, en exhalant un long soupir.

— Vous êtes extraordinaire !

— Vous me le redirez une fois en bas. Allez-y, on nous attend.

En effet, quelqu'un tenait la corde, l'empêchant de se balancer. Germain s'en empara, posa ses pieds contre le mur et commença à descendre. Malgré la pluie qui le trempait et le chanvre qui lui brûlait les mains, il lui sembla que sa descente dura moins longtemps que la marche dans le boyau. À cause de sa cheville endolorie, il atterrit un peu maladroitement, à côté d'un homme un peu plus grand que lui, aux épaules larges, à la chevelure divisée en quatre tresses à la mode du Troisième Quadrant. Son regard bleu acier le toisa et l'examina comme s'il se demandait s'il devait ou non l'assommer sur-le-champ. Germain allait lui expliquer qui il était et comment il s'était trouvé dans le passage secret lorsque la jeune fille sauta devant eux.

— Sargh ! Où est le cheval ?

— Ici, dit son solide compagnon en montrant, non loin de là, une forme équine sous le couvert d'un arbre. Qu'est-ce qu'on fait de celui-là ?

— Lui ?

Germain sentit que les interrogations du costaud allaient recevoir une réponse. Il voulut protester, dire qu'il était inoffensif, qu'on pouvait lui faire confiance… Trop tard : quelque chose le frappa à l'arrière du crâne ; il s'évanouit avant même de toucher le sol.

CHAPITRE VINGT-QUATRE

Journal d'Élisabeth de Siff.
Trentième lever du dixième cent
du huit cent quatre-vingtième cycle après la Fondation.

Je n'ai plus le temps de tenir ce journal.

La ville est en deuil à présent : les bannières sont en berne, des draperies noires décorent les balcons et les galeries couvertes.

Les Éclairants, les Porteurs et les Pousseurs sont eux aussi vêtus de noir. Les tavernes, les cafés et les théâtres ferment dès le coucher du Solaire. Il règne une atmosphère inhabituelle, triste et retenue, au sein de laquelle mon agitation présente m'apparaît comme follement incongrue et pour ainsi dire obscène.

Je n'ai donc pas le temps de noter quoi que ce soit – sauf ce soir, parce qu'un professeur s'est aperçu de mes absences répétées et m'a consignée.

C'était à prévoir. Je ne vais pour ainsi dire plus en cours, et je me précipite chez Madge dès que je peux.

Arik Renshaw est vivant !

Il a effectivement utilisé la technique imaginée par lui et Zorr pour protéger son esprit, mais il est demeuré dans l'état catatonique où je l'ai trouvé, et rien ne semble pouvoir l'en faire sortir.

Madge est morte d'inquiétude.

Quand j'arrive, je la trouve assise à son chevet, les mains dans son giron, un corsage ou une broderie abandonnés sur ses genoux. Et elle est presque aussi pâle que lui…

J'essaie de rester le plus longtemps possible avec elle, mais cela devient de plus en plus compliqué. Blise ne cesse de me poser des questions et je ne peux pas la faire dormir toute la journée !

Heureusement, mon père est reparti.

Une missive urgente l'a rappelé au front. Il m'a annoncé qu'il reviendrait pour les cérémonies du couronnement, mais j'ai du mal à le croire.

Je ne sais pas quelle était la teneur exacte du message. Après l'avoir lu, il était préoccupé, rongé presque, par je ne sais quoi qui entourait ses pensées d'une épaisse humeur noire. Je l'ai rarement vu à la fois aussi inquiet et aussi lointain. Mais comment savoir ce qui se passe là-bas ?

Rien de ce qui s'écrit dans les gazettes n'est vrai : tout passe entre les mains des agents d'Hérus Tork et du ministre de la Guerre, qui arrangent les faits pour plaire au peuple, lequel est ravi d'envoyer ses enfants remporter des victoires pour le Royaume.

Voilà, le surveillant prend mon devoir.

Je vais enfin pouvoir respirer un peu d'air frais. Cet après-midi, lorsque Blise sera sortie, j'en profiterai pour me glisser au-dehors. J'irais m'asseoir sur le lit, à dix centimètres du corps immobile et glacé d'Arik Renshaw et je tenterai d'atteindre son esprit.

J'ai déjà essayé.

Sans cela, comment saurais-je s'il est mort ou vivant ?

Sa peau est froide, son pouls bat à peine, sa poitrine ne se soulève que deux ou trois fois par heure.

Son esprit est vide.

Rien ne le protège des intrusions extérieures, et pour cause : il est comme une maison plongée dans le noir après le départ de ses habitants.

Au début, j'ai été terrifiée, et je n'ai pas osé aller plus loin. Puis j'ai voulu savoir. L'état dans lequel il se trouve était-il le résultat de ce qu'Hérus Tork lui avait fait ou celui de la technique inventée par lui et Zorr ?

Zorr, lui, n'a pas le moindre doute. Lorsque je lui ai posé la question il s'est contenté de hausser les épaules, l'air de dire :

Petite, je sais que ce que j'ai mis au point a fonctionné, comment oses-tu envisager une seule seconde le contraire ?

Je n'ai pas insisté. Non pas que j'estime Zorr infaillible, mais parce que je veux qu'Arik se réveille. Je veux le revoir tel qu'il était le soir où nous nous sommes rencontrés. Je veux le connaître. Je veux savoir qui il est réellement : un courtisan uniquement préoccupé de ses toilettes ou un vrai magicien ?

Je me suis avancée dans le noir de son esprit. J'ai progressé dans la nuit pendant ce qui m'a semblé des heures. C'était terrifiant, aussi effrayant que de plonger dans l'eau verte d'un lac et de descendre, descendre, descendre, sans savoir si on atteindra jamais le fond. Mais j'ai fini par trouver : une boule noire, opaque et dure comme du diamant, infranchissable.

C'était si étrange, si terrible que je suis ressortie aussitôt, et je n'ai pas osé recommencer depuis.

Mais je sais qu'il me faudra essayer à nouveau, car là réside le seul moyen de le ramener à la vie.

CHAPITRE VINGT-CINQ

À vrai dire, nous en savons encore moins sur ceux qui sont restés que sur ceux qui sont partis. La plupart des témoignages concordent pour dire qu'il leur est impossible de quitter les lieux où ils résident et que leurs pouvoirs sont limités. On leur attribue néanmoins nombre de plaisanteries douteuses et autres tours de cochon, joués aussi bien aux dépens de ceux qui leur vouent un culte que des plus ordinaires des passants. Un seul mot d'ordre semble convenir, quelle que soit la situation : méfiance.

Les Dieux.
Interrogations sur ceux qui nous ont quittés,
Harold Botta.

— Eh bien, mon garçon, tu manques d'entraînement.

Le souffle de Ian Bren formait des panaches blancs dans l'air pur et glacé du matin. Il haletait, tête baissée, les mains posées sur ses genoux. Épuisé.

Pierre l'avait tiré du lit dès le lever du Solaire pour l'entraîner dans les bois, soi-disant pour relever des pièges. En réalité, il l'avait obligé à chausser des raquettes et à marcher comme si les animaux morts étaient en mesure de s'échapper.

— Voyons, ne fais pas cette tête. Ce n'est pas une belle journée ?

Ian ne pouvait pas dire le contraire. Et pas seulement parce qu'il était hors d'haleine, la poitrine en feu et les jambes coupées.

Le Solaire ne montait plus très haut en cette saison ; c'était une colonne de feu blanc qui brillait dans un ciel d'un bleu parfait, presque noir au zénith et incolore en direction du Centre du Monde. L'air froid desséchait la bouche et glaçait les poumons, mais le ciel pur défiait l'idée même de mauvais temps. Une couche uniforme de neige recouvrait le sous-bois, une épaisse fourrure de cristaux habillait les arbres. Le monde était parfait, clair et glacé comme l'eau des torrents. Il était impossible d'imaginer qu'en son centre, dans les régions brûlantes et désertiques qui entouraient – disait-on – le Solaire, les roches continuaient à fondre comme le métal dans une forge.

— Bon sang, attendez-moi, vous voyez bien que je n'ai pas l'habitude de ces trucs !

— Prétexte. Tu n'aimes pas marcher, c'est tout.

— J'aimerais marcher si nous avions un but. Virreleau, par exemple. Pourquoi ne voulez-vous pas m'y conduire ?

— Je te l'ai dit, je n'y vais jamais.

Ils s'étaient arrêtés à mi-hauteur d'une pente. Pierre répondait à Ian tout en le regardant reprendre son souffle puis secouer les raquettes qu'il venait d'enfoncer dans un tas de neige poudreuse. Il avait une expression amusée.

— Vous n'allez jamais acheter le journal ? Du matériel pour travailler ? Des vêtements ? Des provisions ?

— Ah, je vois, on réfléchit. Tu as raison : j'y descends tous les douze levers environ. Mais je ne t'emmènerai pas. J'ai eu des nouvelles de la capitale. Mes amis ont des ennuis. De *gros* ennuis. Ils ne peuvent pas t'accueillir en ce moment.

— Des amis magiciens ?

Une seconde d'hésitation à peine.

— Oui.

Ian avait rejoint Pierre. Celui-ci se remit en marche mais, cette fois, il prit garde à ne pas distancer Ian dès leurs premiers pas.

— Vous les connaissez depuis longtemps ?

Ian était conscient que ses questions agaçaient Pierre.

— Des années. J'ai fait leur connaissance lorsque j'étais étudiant.

— Ils étaient à l'université ?

— Non. Les clandestins ne font pas d'études officielles – c'est trop dangereux. Mais, quand on est jeune, on sort. On rencontre des gens…

— Ah, soupira Ian, déjà nostalgique.

— Tu les rencontreras toi aussi, ne t'en fais pas. Il se trouve que ce n'est pas le moment d'aller à Dramanorre. Mais une fois la situation redevenue normale, ils seront ravis de s'occuper de toi.

Ian brûlait d'envie d'en connaître plus sur la capitale, sur les clandestins, sur la « situation », comme l'appelait le sculpteur. Mais le ton de Pierre interdisait toute autre tentative de questionnement. D'ailleurs, il changeait déjà de sujet.

— Dis-moi plutôt, jeune magicien, quelle est ton affinité ?

— Pardon ?

— Ton affinité. Ton élément favori.

Je ne vois pas ce que vous voulez dire.

— Tu ne sais rien de rien, alors.

Ian décida qu'il ne serait pas vexé.

— C'est pour ça que j'ai quitté mon village, dit-il avec aplomb. Je veux aller en ville. Pour trouver des professeurs. Pour apprendre !

— Ah. Je vois. Bien. Je ne suis pas magicien, mais je peux te donner quelques explications. Pour commencer, ton affinité, c'est l'élément, feu, terre, eau ou air, à l'unisson duquel ton esprit vibre le mieux. Et par conséquent celui sur lequel tu peux éventuellement agir.

Ian s'arrêta net. Un peu de lumière pénétrait enfin dans son univers.

Et c'était aussi simple que ça ?

— Le feu, alors. Mais je ne contrôle rien du tout ! J'arrive parfois à l'allumer, mais très souvent rien ne se passe.

— D'où ta situation de l'autre jour, hein ?

Pierre cligna de l'œil. Ian, encore sous le coup de l'humiliation, détourna le regard.

— C'est normal, tu sais. D'après ce qu'on m'a dit, influer sur le monde matériel est extrêmement difficile. Cela requiert une forme particulière de concentration, qui ne s'acquiert qu'après de longues heures de pratique.

— Ça n'est pas parce que je ne suis… pas très doué ?

— Non ! (Pierre secoua la tête.) Bien sûr que non. C'est une question d'apprentissage. Je ne veux pas dire que tous les magiciens ont les mêmes capacités. Certains sont plus puissants que d'autres. Mais il y a les dons… et il y a ce que l'on en fait. Pour autant que je sache, si tu es arrivé à invoquer des flammes tout seul, c'est que tu dois avoir une grande affinité pour le feu.

— C'est courant ?

— Oui et non. La plupart des magiciens ont une affinité pour un ou deux éléments. Mais, vois-tu, ce n'est pas un sujet qu'ils abordent couramment avec les non-magiciens, même s'ils sont de vieux amis !

— Et… est-ce qu'il est possible d'avoir une grande affinité pour les quatre éléments ?

— C'est très rare.

— Mais ça existe ?

— Oui.

— Souvent ? Je veux dire, ils sont plusieurs à être aussi puissants ?

— Non, dit Pierre que l'insistance de Ian faisait à présent rire. Un seul.

— Et vous le connaissez ?

— Tu es têtu, hein ! Oui. Il s'appelle Arik Renshaw, mais je ne sais pas si tu le rencontreras un jour…

— Pourquoi…

Pierre fit signe à Ian de se taire.

Ils avaient atteint le sommet d'une pente. Au-delà, le sol descendait doucement en direction d'une mare.

Les arbres dénudés permettaient de voir les rives, les touffes d'herbe couvertes de neige transformées en bosses festonnées de draperies figées, les branches tombées prises dans la glace, un paysage en noir et blanc, immobile et paisible.

Pierre posa un doigt sur ses lèvres et montra les arbres à Ian. Sur la rive opposée, une forme brumeuse glissait entre les troncs noirs. La Dame des Neiges semblait marcher à dix centimètres au-dessus du sol. Derrière elle, les arbres se couvraient d'aiguilles de glace.

La Dame ne s'arrêta pas de marcher lorsqu'elle arriva au bord de l'eau. Elle avança un pied évanescent au-dessus de la surface noire et opaque de la mare. Aussitôt, une grande fougère de cristaux se déploya. La créature traversa la mare pas à pas, créant son propre chemin de givre. Lorsqu'elle prit pied sur la rive, les arbres qui entouraient Ian et Pierre se couvrirent de cristaux.

La Dame n'était plus qu'à quelques mètres d'eux, mais Ian ne distinguait vraiment que son visage et son torse. Ses bras et ses jambes, nés de l'air raréfié, semblaient s'y perdre, s'y dissoudre malgré les efforts qu'elle faisait pour garder forme humaine.

Pas à pas, elle se rapprocha d'eux. Ian entendit Pierre se mouvoir. Tout à sa fascination, il ne prit pas la peine de se retourner pour voir ce qu'il faisait et se contenta d'un coup d'œil par-dessus son épaule. Pierre s'éloignait.

Lorsque Ian reporta son regard sur la mare, la créature ondulait à quelques pas de lui, son corps immatériel comme gonflé par une brise invisible.

Le jeune garçon sentit quelque chose se nouer dans le creux de son ventre. Les cheveux et les poils se soulevèrent sur sa nuque et ses bras.

La Dame des Neiges s'approcha en tendant les bras vers lui. Deux longues mains blanches aux ongles recourbés et à l'éclat de diamant sortirent du brouillard qui l'entourait. Elle les posa sur les épaules de Ian et amena son visage tout près de celui du jeune garçon.

À ce stade, la peur avait envahi Ian au point qu'il ne vit rien de plus que ce qu'il avait déjà entraperçu pendant la nuit de la tempête. Une chevelure tissée dans des toiles d'araignée emperlées de rosée, de grands yeux verts et lumineux et un sourire à l'éclat de nacre.

Une bourrasque soudaine gonfla la chevelure tel un voile de tulle tissé dans de la glace ; la créature disparut tout à coup sans laisser la moindre trace.

Ian était seul.

Une éternité s'écoula avant que Pierre réapparaisse. Il était loin derrière lui, près d'un massif de houx. Ian songea un instant à enlever ses raquettes pour le rejoindre plus vite, puis considéra l'épaisseur de neige et se résigna à avoir à nouveau l'air d'un canard arthritique.

— Vous m'avez laissé seul face à elle ! dit-il, essoufflé, lorsqu'il eut rejoint son compagnon.

Il essayait d'avoir l'air furieux. En fait, il était plutôt fier de lui. Pierre ne s'y trompa pas.

— Pas *face* à elle, *avec* elle. Je ne l'ai jamais vue s'intéresser ainsi à un être humain. C'est très curieux. T'a-t-elle dit quelque chose ?

— Non. Ils peuvent parler ?

— Parler n'est pas le mot que j'emploierais. Communiquer par la pensée, oui. Mais, même à moi, il y a longtemps qu'elle ne dit plus rien.

Pierre se pencha et ramassa quelque chose derrière un des arbustes au feuillage luisant. C'était un lapin. Il le glissa dans sa gibecière, l'air satisfait.

— Vous m'avez dit qu'elle est restée ici parce qu'elle aimait bien ce monde et ses habitants. Dans ce cas, pourquoi ne leur parle-t-elle pas ? Si elle se montrait, les gens croiraient à son existence.

— Très juste.

Pierre se remit en marche. Cette fois, Ian constata qu'il parvenait à soulever ses pieds sans effort inutile, ainsi qu'à les reposer de manière à ce que la couche de neige devienne une aide et non un obstacle à sa progression.

— Elle ne peut pas quitter une zone de quelques kilomètres autour de l'étang. Si elle s'en éloigne trop, elle devient totalement immatérielle. Les dieux ont ceci en commun avec les magiciens : ils sont liés aux éléments dont ils tirent leur énergie. D'une certaine façon, la Dame est l'étang et les bois qui l'entourent. Si elle les quitte, elle meurt – à moins de rejoindre les siens dans l'autre monde, au-delà des Murailles de Brume. Mais pour cela il est bien trop tard…

— Et vous dites qu'elle ne vous parle plus ?

— Non. Elle venait me voir autrefois, en hiver. Elle me racontait des histoires du temps où les hommes et les dieux vivaient ensemble… Et puis elle est venue de moins en moins souvent ; quand je lui ai demandé pourquoi, elle m'a dit qu'elle était fatiguée. Que se manifester ainsi lui prenait trop d'énergie.

— Alors elle ne s'est jamais montrée à un autre magicien ? Même pas à Zorr ou à Arik Renshaw ?

— Oh, surtout pas à Arik Renshaw !

— Pourquoi ?

— Pour rien. C'est une longue histoire et ça ne te regarde pas. Tiens-moi cette gibecière, ce piège est plus dur à poser que les autres.

Pendant que Pierre s'agenouillait sur le sol froid et tendait les ressorts d'un frêle entrelacs de fils, Ian fouilla les bois du regard. Ils avaient décrit un cercle qui les avait ramenés chez le sculpteur ; la maison, qu'il apercevait entre les arbres, n'était plus qu'à quelques minutes de marche.

Je sais qui tu es.

Sans voix, sans inflexion aucune, la phrase jaillit dans son esprit, aussi claire et pure que du cristal.

Je te connais. Je sais qui tu es.

C'était elle, bien entendu.

— C'est fait, dit Pierre. Avec un peu de chance, nous mangerons du faisan avant que je t'envoie en ville.

Avec un peu de chance, se dit Ian, quand je partirai, je saurai ce qu'elle me veut…

CHAPITRE VINGT-SIX

Journal d'Élisabeth de Siff
Trente et unième lever du dixième cent
du huit cent quatre-vingtième cycle après la Fondation.

Il s'est enfin passé quelque chose.

Je suis arrivée chez Madge en fin d'après-midi en espérant qu'elle n'aurait pas de clientes. Espoir naïf : Madge est en permanence débordée de travail et doit littéralement mettre des femmes à la porte à chaque fin de journée.

Mais c'est la première fois que je peux parler à quelqu'un de ce que je ressens quand j'essaie d'utiliser mes pouvoirs, et, comme par miracle, cette personne est toujours prête à m'expliquer ce qui se passe, à me donner des conseils ou à me rassurer ! C'est dans ces moments-là que ressurgit l'image de cette femme assise à la fenêtre, souriante, jeune et gaie... ma mère. J'imagine que les conseils que me donne Madge, sa gentillesse, son attention, auraient pu me venir de cette femme dont je me souviens à peine. Et cela me remplit à la fois d'un sentiment de tendresse et d'une infinie douleur.

Madge se trouvait encore dans la boutique lorsque je suis arrivée. J'ai soulevé le rideau de séparation et vu une grande et jolie jeune femme à la poitrine opulente : la duchesse d'Alfide essayait une robe. J'ai discrètement laissé retomber le rideau et je suis allée pousser la porte de la chambre d'Arik.

Rien ne semblait avoir changé depuis la dernière fois : posée sur le chevet, à la tête du lit, une lampe à huile brûlait ; au pied du lit, face à la porte, une autre lampe était posée sur la petite table.

Je n'ai pas pu m'empêcher de frissonner en m'asseyant sur le lit. Plus le temps passe et plus j'ai l'impression de veiller un cadavre.

J'ai pris sa main droite : une main longue aux doigts forts, aux ongles abîmés. Mais aussi blanche, glacée, molle et sans vie. Je l'ai tout de même gardée dans la mienne : j'avais besoin de ce contact pour trouver le courage de me plonger à nouveau dans ce lieu vide et sombre qu'était désormais son esprit.

Je m'étais assise sur le lit du bout des fesses. Je me suis déplacée pour être plus à l'aise ; ma hanche a touché la sienne à travers l'édredon brodé. J'étais bien installée ; je n'ai pas changé de place. J'ai gardé sa main dans ma main gauche, et j'ai posé la droite sur sa poitrine : plusieurs minutes se sont écoulées avant que je sente ses poumons se gonfler et son cœur battre.

Une seule fois.

Je ne sais pas pourquoi j'ai fini par poser mon avant-bras sur son torse. La chambre était un peu froide – ou était-ce moi qui frissonnais ? –, il n'était pas très logique de chercher de la chaleur dans ce corps inerte et glacé.

J'ai senti ses côtes à travers le drap.

Bon sang, ai-je pensé, réveillez-vous !

Madge est pleine de bienveillance, mais elle est trop prudente, Zorr possède une quantité extraordinaire de connaissances, mais il est hautain et imbu de sa science. Nathan vit à des lieues d'ici... Vous êtes le seul à comprendre ce que c'est d'avoir vécu au château.

Cependant, mon esprit était entré dans le noir absolu qui emplissait le sien. Sans que je sache trop comment, ma main gauche avait quitté la sienne pour remonter jusqu'à son épaule que je serrais avec intensité.

Que cela soit clair : j'ai une certaine connaissance des choses de la chair. Je l'ai glanée dans les couloirs du château et dans les esprits de ceux qui y vivent où y ont à faire : gardes, courtisans, marchands, hommes de loi, soldats, officiers, prostituées, nobles dames – cela représente, je crois, un bon échantillon de notre société.

Néanmoins, c'est une chose que d'avoir *écouté* le trouble de deux amants qui s'embrassent dans les jardins, et c'en est une autre que de ressentir d'étranges frissons dans le bas de son ventre en tenant dans ses bras un homme apparemment mort.

Devant moi, dans le vide et l'obscurité, la bulle opaque qui protégeait l'esprit d'Arik Renshaw s'élevait telle une montagne de rocs noirs et glacés. Quant à son esprit… rien ne prouvait qu'il fût encore là. Peut-être n'y avait-il plus rien au-delà de la bulle opaque. Peut-être un malheureux dément hurlait-il sans fin derrière son obscure enveloppe. Je n'avais aucun moyen de le savoir.

Enfonçant mes doigts dans son épaule, je me suis penchée sur lui et j'ai posé mon oreille contre sa poitrine.

Réveillez-vous ! Le monde est encore plein de beaux vêtements et de bijoux qui vous iront à ravir, et d'imbéciles qui mériteront que vous vous moquiez d'eux.

J'ai glissé mes doigts dans ses cheveux, passé une jambe par-dessus les siennes et coulé mes bras sous lui – il était lourd mais n'opposait aucune résistance.

Réveillez-vous ! Nous avons les mêmes ennemis – ne voulez-vous pas vous venger d'Orhgon et d'Hérus ? Je vous aiderai. Vous m'apprendrez ce que vous savez. Je veux à nouveau vous voir tirer l'épée et sourire…

Il a bougé. Secoué la tête. Ramené ses bras autour de moi. Inspiré lentement, profondément. Expiré.

J'ai entendu son cœur battre sous mon oreille. Tout à coup, il m'a serrée à m'étouffer. Ça n'avait pas d'importance : la bulle avait explosé. Elle s'est dissoute en une myriade de particules noires qu'a balayées l'assaut d'un tourbillon coloré de pensées semblables à un milliard de fleurs éclosant à la même seconde.

Il me pressait contre lui de toutes ses forces – j'en avais mal aux côtes – mais une vague de pure reconnaissance irradiait de lui et m'enveloppait.

Merci, disait-il sans un mot et en m'écrasant contre lui comme si la chaleur de mon corps pouvait l'aider à sortir définitivement des ténèbres glacées. *Merci merci merci.*

Peu à peu, j'ai réussi à me dégager de son étreinte. Je me suis levée et je suis allée chercher Madge. Lorsque nous sommes revenues dans la chambre, Arik était assis et enroulait le dessus-de-lit – une grande pièce de velours lie-de-vin – autour de ses épaules. Son expression a changé dès qu'il a vu la couturière. À ma surprise la plus totale, il s'est laissé glisser de sa position assise pour s'agenouiller devant elle. Puis il lui a pris les mains et, avant qu'elle ait pu l'en empêcher en le relevant, les a embrassées.

— Arik…

— Madge… Je suis désolé… Tu avais raison… J'aurais dû t'écouter.

— C'était déjà trop tard, Arik. On t'a dénoncé.

— J'aurais dû être plus prudent.

— C'est terminé. Inutile d'y penser maintenant. D'autant plus que personne d'autre que toi n'a pâti de cette aventure.

Il a levé la tête.

Les larmes qui emplissaient ses yeux n'étaient pas feintes, pas plus que l'interrogation angoissée dans son regard.

— Personne ?

— Non. Hérus Tork est fou de rage. Les Chasseurs ont quadrillé la ville. Mais que peuvent-ils faire ? Tu leur as échappé sans rien dire.

Il s'est relevé. Il n'avait pas l'air très solide sur ses jambes.

— Garde donc ça sur toi si tu as froid, lui a dit Madge, et viens à la cuisine. Tu dois être affamé.

Il était pâle, les joues et les orbites profondément creusées. Son expression était lointaine, comme s'il était sorti de son état catatonique mais pas tout à fait revenu à la vie. Il s'est appuyé sur nous pour marcher jusqu'à la table. Au moment où il s'asseyait, il a brusquement posé la main à plat sur sa poitrine.

— Oh… vous les avez enlevées ?

— Bien sûr !

Il m'a décoché un sourire.

— Dommage, a-t-il dit, je suis sûr que ça m'allait à ravir.

Je crois que j'ai presque fait un bond en arrière. Ce qui n'a fait qu'élargir son sourire.

— Arik ! a dit Madge.

— Quoi, Arik ? Cette gosse a vécu au château plus longtemps que moi, seuls les dieux savent ce qu'elle a pu y voir !

— Pas ce que vous croyez, ai-je répliqué.

Madge lui a servi une assiette de soupe.

Pendant qu'elle coupait le pain, il a ajusté le dessus-de-lit sur ses épaules et a tendu la main vers la cuillère. Elle tremblait comme celle d'un vieillard. Il a réussi à la saisir mais l'a aussitôt laissé tomber. Il s'est alors enveloppé un peu plus dans sa robe de chambre improvisée et s'est laissé aller contre le dossier de sa chaise.

— Zorr nous a mis au courant, a dit Madge en ramassant la cuillère.

La soupe qu'elle avait préparée était épaisse et sentait bon les haricots, le jambon et les légumes. Je n'ai pas détourné les yeux pendant qu'elle lui donnait à manger.

Lorsqu'il a eu avalé la moitié de la soupe, il a commencé à reprendre un peu de couleur. Il a réussi à saisir la cuillère et à la porter à sa bouche. Mais ce simple geste, qui sollicitait les muscles endoloris de son bras et de son avant-bras, exigeait de lui un effort visible. Il a continué lentement, alternant grimaces de douleur et de satisfaction.

— Comment… Qui m'a sorti du château ?

— Sargh et Élisabeth.

— Élisabeth ?

Il a posé la cuillère et pris ma main.

Il ne s'est pas agenouillé. Il m'a simplement regardée dans les yeux.

— Merci. Je vous serai éternellement reconnaissant. Ne serait-ce que pour m'avoir donné la possibilité de voir la tête que fera Zorr lorsqu'il saura.

Madge a levé les yeux au ciel.

— Quoi ? Il n'a jamais voulu tester sa propre méthode de suppression des canaux sensoriels. Je parie qu'il a dit que je serais irrécupérable et qu'il était inutile d'aller me chercher.

Il a bâillé.

— Finis plutôt de manger, a ordonné Madge. Ensuite, je crois que tu devrais aller te recoucher. Un peu de vrai sommeil ne peut que te faire du bien.

Il a protesté – pour la forme.

Dix minutes plus tard, il était profondément endormi.

Voilà. Nous l'avons sauvé.

Mais il n'est pas utile d'être un grand stratège pour voir ce que la mort du vieux roi et l'évasion d'Arik impliquent.

De toute évidence, je crois que nos ennuis ne font que commencer.

CHAPITRE VINGT-SEPT

Eh bien, si vous voulez mon avis, ils mangent en intriguant et ils intriguent en mangeant. Et ils ne… enfin, vous voyez ce que je veux dire. Ils ne font pas ce que les hommes et les femmes font en général pour passer du bon temps. Mais ils entretiennent constamment des querelles – les professeurs de première année contre ceux de deuxième, les partisans du premier adjoint contre ceux du quatrième… Leurs disputes sont aussi interminables que leurs repas…

Al Possinaire,
paroles rapportées par
La Gazette des Trois Collines.

La cuisine de la Haute-École était une grotte de brique rouge habitée par un ogre.

Al Possinaire, le cuisinier, n'était pas un grand mage, ce qui ne l'empêchait pas d'être craint et respecté de tous.

Il avait sous ses ordres une douzaine de marmitons, aides-cuisiniers, gâte-sauce, mitrons et pâtissiers dont les jeunes pouvoirs étaient parfois plus grands que les siens, mais qui n'auraient jamais osé s'en servir pour jouer le moindre tour au maître des lieux.

Al Possinaire n'était pas très grand, mais bien bâti et musclé. Il n'avait nul besoin d'aide magique pour porter quartiers de bœuf et moitiés de cochon. Et, surtout, il était le meilleur chef de la capitale.

Les professeurs et les Chasseurs aimaient la bonne chère, mais il n'était pas question de les voir dîner en ville, dans n'importe quelle auberge ou restaurant, aussi réputé fût-il. Du talent de leur cuisinier dépendait, disait-on, la bonne humeur de Milla Donne, d'Hénnik Dott ou de Gaskar. Quant à Orhgon, il partageait régulièrement la table d'Hérus Tork, qui se faisait porter ses repas dans ses appartements.

Dès son arrivée, ses professeurs avaient informé maître Possinaire que Raoul Terrime n'était pas bon à grand-chose.

Pendant que ses camarades de classe se livraient à des exercices d'action à distance sur des sacs de pommes de terre, de maîtrise du feu sur la cheminée et les quatre grands poêles à bois, ou des liquides sur des pâtes à tarte, ce qui leur valait quelques bons coups de pied au derrière s'ils les rataient, Raoul épluchait et coupait fruits et légumes, surveillait la cuisson des ragoûts et, surtout, était de temps en temps autorisé à confectionner son fameux gâteau de riz, qu'Hérus et Orhgon appréciaient particulièrement depuis qu'il avait pu en exécuter la recette complète, avec abricots confits et liqueur.

Raoul était heureux à la cuisine.

La température y était constante, les parfums sans comparaison avec les odeurs de transpiration et de crasse qui imprégnaient les salles de cours et les dortoirs. Certes, il se levait une heure plus tôt que les autres, mais n'était-il pas bien mieux installé qu'eux, assis à côté de la grande cheminée, sous un soupirail, à guetter l'arrivée des chats qu'il nourrissait chaque matin pendant que maître Possinaire s'entretenait avec un fournisseur ?

Il était sans conteste mieux loti que Dassouf, lequel travaillait dehors, sous la pluie, et s'épuisait en exercices de lancer de pierres qui se terminaient systématiquement, lorsqu'il n'était pas en forme, par des contusions et des bleus.

Les chats, quant à eux, avaient toujours su que l'enceinte de l'École leur était interdite sous peine de mort, rapide dans le meilleur des cas, stupide et cruelle la plupart du temps, aux mains de jeunes magiciens à qui l'on interdisait de se servir de leurs pouvoirs en dehors des heures de classe, mais qui les utilisaient quand même et de la pire des façons.

Ils avaient néanmoins fini par comprendre qu'une personne et une seule était disposée à leur accorder asile et nourriture.

La queue dressée et vibrante, un matou noir et blanc au museau rose taché de noir, passa la tête entre les barreaux du soupirail. Raoul se leva et posa une gamelle débordante de restes sur le rebord. Le chat commença à manger en ronronnant.

Cependant, dans la cour, le maître chargé des exercices du matin allait et venait devant le soupirail opposé en braillant des reproches. Apparemment, l'exercice ne se déroulait pas bien.

Depuis quelques jours, les élèves de première année s'exerçaient à soulever des objets à plusieurs. Ils étaient supposés les contrôler et leur faire décrire des figures censées renforcer leurs capacités à travailler en équipe. Le maître semblait convaincu qu'aucune des nouvelles recrues n'y arriverait jamais.

Ça leur fait les pieds, se dit Raoul.

Le chat termina l'assiette, se lécha moustaches, babines et pattes avec application et repartit entouré d'une aura de satisfaction féline. À peine avait-il disparu derrière le muret qui séparait les cuisines du chemin de ronde que deux autres animaux apparurent, deux jeunes matous tigrés qui s'enroulèrent autour des barreaux et frottèrent leur tête sur la main de Raoul jusqu'à ce qu'il leur donne une autre gamelle pleine d'os et de déchets de poulet. Il les regarda s'accroupir pour ronger les os avec des airs de fauves des savanes du Royaume intérieur.

Depuis son arrivée à l'École, des élèves plus âgés que Raoul lui avaient raconté quantité d'histoires de magiciens qui utilisaient le corps d'animaux dont ils avaient réussi à contrôler l'esprit. Ceux qui lui faisaient part de ce genre d'anecdotes n'avaient en général qu'un seul but : se moquer de lui et lui rappeler que sa spécialité n'était qu'un truc de gardien de moutons.

La compagnie des bêtes le rendait heureux Elles étaient humbles et douces, et surtout si peu exigeantes en comparaison de la plupart des humains.

Raoul des Crapauds se disait qu'heureusement pour lui il n'avait jamais espéré devenir célèbre en dénonçant le traître. Hérus puis Orhgon lui avaient fait jurer de garder le silence sur tout ce qui avait précédé leur entrée dans les appartements d'Arik Renshaw.

Mais au sein de l'École les rumeurs allaient bon train. On disait qu'un jeune prodige inconnu avait aidé Hérus Tork à identifier l'espion. Raoul, entre une leçon de mathématiques et un exercice de maîtrise de l'eau – les seuls où il était capable de faire bonne figure –, participait aux conversations avec une aisance qui le surprenait lui-même. Comme si son acte avait développé en lui des ressources cachées, une provision de duplicité qui le confondait, tandis qu'il attendait en silence la récompense promise en échange de sa discrétion.

Il était désormais résigné à demeurer à l'École jusqu'à sa majorité et ne demandait pas grand-chose de plus que ce qu'il avait déjà : vivre presque aussi caché que les animaux qu'il nourrissait, si possible dans de meilleures conditions matérielles. Rien de plus.

Un gros matou fauve, à la queue touffue et aux oreilles déchirées, essayait de manger la part réservée aux deux tigrés. Raoul lui donna la dernière gamelle. Mais, au lieu de se jeter sur la nourriture, le chat se redressa, les oreilles pointées, puis fit volte-face, aussitôt suivi par les deux autres.

Maître Possinaire venait de rentrer dans son domaine. Il marchait à reculons en gesticulant et en donnant des ordres.

— Par ici, par ici, disait-il en indiquant la porte de la remise, au fond de la pièce longue, étroite et basse de plafond.

Raoul n'attendit pas qu'il le lui demande pour tirer le verrou. Revenu s'asseoir sur un tabouret devant une table à découper, il vit entrer d'abord deux types de dernière année, puis un autre de la classe intermédiaire et enfin Dassouf et – non, il était en train de rêver ! – Gillil, hâve, pâle, les chevilles enchaînées. Il était le seul à user de ses muscles. Les autres traversèrent la cuisine en se pavanant pour bien montrer comment ils maintenaient qui un sac de pommes de terre à dix centimètres au-dessus du sol, qui des piments au-dessus de sa tête, qui un cobra de tresses d'ail dressé dans son panier.

Hérus Tork entra pendant qu'ils se trouvaient dans la remise où maître Possinaire leur indiquait où ranger leurs fardeaux.

Dès qu'il sentit la présence du directeur, Raoul quitta son tabouret pour revenir s'asseoir près de la cheminée. Il recula contre le mur, replia ses jambes contre sa poitrine et s'efforça de se rendre invisible.

— Ah, tu es là, dit le directeur en s'approchant de lui.

Comment un rat chauve et couvert de bijoux pouvait-il écraser tout le monde de sa présence ? Et comment Raoul avait-il pu croire qu'il ne le remarquerait pas ?

— Lève-toi. Tu vas venir avec nous. Ce sera ta récompense pour le service que tu nous as rendu. Bien sûr, tu ne devras rien en dire à tes compagnons. Tu crois que tu sauras tenir ta langue ?

— Vous n'avez rien eu à me reprocher.

— Non. Mais vous allez vivre entre vous. Vous serez un petit groupe uni par une mission et un secret. Sauf toi, qui en porteras deux.

— Si c'est la condition de la récompense, je tiendrai ma langue.

Dassouf, Gillil et les autres sortaient un à un de la remise. Ils s'arrêtèrent net en voyant Hérus Tork. Ou plutôt en voyant le directeur parler à l'insignifiant Raoul des Crapauds.

— Merci, maître Possinaire, dit le directeur. Je les prends en charge à présent.

Le cuisinier s'inclina et disparut dans la petite pièce qui lui servait de bureau.

Mal à l'aise, coincés entre un poêle et un vaisselier, les garçons regardaient tantôt la voûte de brique, tantôt leurs pieds. Quelque chose les attendait, mais ils ne savaient pas quoi. D'un geste, Hérus obtint le silence et l'attention de tous.

— Bien. Il est temps que je vous explique pourquoi vous êtes ici. Vos maîtres vous ont dit que nous vous avons choisis après vous avoir observés de près. Certains depuis plusieurs années, d'autres, les plus jeunes, depuis leur récente arrivée.

» Nous avons détecté en vous des talents très spéciaux. Des capacités dont le Royaume aura besoin quand notre nouveau souverain sera couronné et entamera un règne qui le hissera au sommet du monde.

» Nous allons nous rendre dans une maison située non loin

d'ici, dans le quartier des remparts. À partir d'aujourd'hui, vous habiterez dans cette maison, où vos professeurs viendront parfaire votre éducation ou, le cas échéant, en combler les lacunes. Avez-vous des questions ? Oui, Frédil.

Frédil était le meilleur élève de la classe supérieure. Dans son dos, on murmurait que ce grand garçon brun et placide deviendrait un jour directeur.

— Maître... Mazid et moi voyons bien pourquoi nous avons été choisis, de même que le jeune Dassouf... mais Gillil ? C'est un rebelle et un imbécile. Son séjour au cachot ne l'a pas calmé et il n'a suivi aucun enseignement théorique. Quant à Raoul... tout le monde sait que son plus grand talent consiste à nous fournir des plats de cuisses de grenouille !

Il y eut des gloussements, aussitôt étouffés par la voix cassante d'Hérus Tork.

— C'est pour cela que j'ai employé le terme de « talent ». Vos maîtres vous ont choisis pour des raisons précises qui n'ont pas à être discutées. Personne d'autre que vous ne recevra l'éducation qui vous est destinée. Vous reviendrez en classe pour certaines leçons et exercices mais vous ne parlerez sous aucun prétexte de cette maison à vos camarades. L'endroit où elle se trouve, les personnes qui y logeront ou vous rendront visite demeureront secrets. Si un seul d'entre vous révèle quoi que ce soit à son sujet, il en sera immédiatement expulsé – et le sort de notre ami Gillil lui paraîtra tout à coup tout à fait enviable.

» Suivez-moi, maintenant. Nous n'allons pas loin, mais nous allons emprunter un itinéraire qui nous mettra à l'abri des regards indiscrets. Gravez-le dans vos mémoires : c'est celui que vous devrez prendre dans tous vos déplacements.

Les cinq jeunes garçons s'alignèrent à la queue leu leu sous la pluie.

Raoul se retrouva à la fin de la file, en compagnie de Gillil. Ils quittèrent les cuisines par l'entrée des fournisseurs.

Dans les classes supérieures, les élèves se vantaient sans cesse des multiples fois où ils se rendaient en ville malgré l'interdiction absolue de franchir les murs de l'École avant le dernier jour de leur dernière année. Aussi, bien qu'il ne les eût jamais empruntés, Raoul savait-il que des passages permettaient aux habitants du quartier des remparts, construit sur la pente douce de la colline des Grands Ormes, de mener une vie confortable et discrète… et aux élèves de contrevenir au règlement.

Hérus Tork fit traverser la bien nommée rue du Rempart à sa petite troupe. Puis il s'arrêta devant une grille dont les volutes représentaient des feuilles de vigne. Frédil et Mazid se plantèrent devant Raoul, Dassouf et Gillil pour observer comment le directeur, d'un geste de la main, dégageait le pêne. Raoul et Gillil haussèrent les épaules.

Ils pénétrèrent dans un passage étroit dont les larges pavés lisses et inégaux glissaient sous leurs chaussures. Les premiers pieds de vigne apparurent quelques mètres plus loin, noirs et tordus, sous la pluie de plus en plus drue. Les branches se rejoignaient au-dessus de leurs têtes, dessinant le squelette d'une charmille qui devait être agréable en été mais qui, en cette saison, à l'approche du Bas-Solaire, servait surtout à guider les gouttes froides droit sur le front et dans le cou de Raoul.

Au bout du passage, un escalier aux marches irrégulières les conduisit à une place.

Lorsque Hérus Tork eut ouvert une seconde grille, ils découvrirent une nouvelle succession de ruelles, certaines courant sous des tonnelles de vigne ou de glycine, d'autres ouvertes sur le ciel gris.

— Tu sais où on va ? demanda Dassouf à Raoul, profitant de ce qu'ils étaient au bas d'un escalier.

— Comment veux-tu qu'il sache ? répliqua Gillil.

— On entend des choses à la cuisine.

— Pas de ce genre-là.

En haut de l'escalier se trouvaient une maison d'allure cossue, comme toutes celles qu'ils avaient vues jusque-là. La porte s'ouvrit. Une femme qui aurait pu être la sœur ou la cousine de maître Possinaire les guida à l'intérieur. Comme elle ouvrait la porte à double battant d'un salon où crépitait un feu, Raoul, qui traînait les pieds derrière les autres, aperçut une silhouette au fond du hall d'entrée. Une jeune fille monta quatre à quatre l'escalier qui menait à l'étage et disparut sur le palier.

— Tu viens ? lui dit Gillil.

— Y a une fille !

Gillil leva les yeux au ciel. Raoul donna un vigoureux coup de coude à Dassouf, qui hocha la tête pour indiquer que, oui, il l'avait vue, mais que voulait-il qu'ils fassent maintenant ?

Dans le salon, une fenêtre en saillie donnait sur une terrasse et un jardin. Des buis taillés s'enroulaient en arabesques vert sombre sous le ciel plombé. Du lierre dégouttant de pluie adoucissait un peu les angles des hauts murs.

— Eh ben… murmura Dassouf en découvrant la pièce.

Les tapis jetés sur le parquet étaient tous un peu usés, un peu fanés, mais avaient conservé quelque chose d'attirant et de confortable dans leurs volutes cramoisies. Les fauteuils, chauffeuses et poufs alignés le long des murs n'étaient ni neufs ni assortis mais paraissaient profonds et accueillants. Deux des murs, qui n'étaient pas couverts d'une tapisserie, étaient occupés par des bibliothèques remplies de volumes reliés.

Aucun des garçons n'osait s'asseoir. Ils échangeaient des commentaires à voix basse ou tentaient de se donner une contenance en étudiant les titres des livres les plus proches d'eux.

— Asseyez-vous, ordonna Hérus Tork. J'ai des choses à vous dire.

Un à un, du bout des fesses, chacun des cinq élèves prit place, formant un demi-cercle dont Tork et la cheminée étaient le centre. Le directeur attendit que tous soient bien installés et attentifs avant de reprendre la parole.

— J'ai dit que vous étiez ici chez vous. J'entends par là qu'à partir d'aujourd'hui vous allez vivre à plein temps dans cette maison. Elle comporte deux étages où se trouvent des chambres pour chacun d'entre vous. On y a transporté vos affaires.

En entendant cela, même ceux qui avaient appris depuis longtemps à ne jamais rien laisser paraître de leurs émotions ne purent retenir des exclamations de surprise. Hérus les ignora.

— Cette maison, reprit-il en désignant la pièce d'un geste de sa main couverte de bagues, et donc vous qui allez en être les locataires privilégiés représentez l'avenir de l'École.

Il les examina un instant comme pour vérifier qu'ils étaient réellement capables de garder un tel secret, puis reprit :

— Certains d'entre vous ont aperçu une jeune fille quand nous sommes entrés. Elles sont deux pour le moment et devraient être une dizaine d'ici quelques semaines. Elles ne vous accompagneront pas à vos cours, mais elles partageront tous les autres moments de votre vie. Vous prendrez vos repas ensemble, vous pourrez rester dans cette pièce avec elles et vous promener dans le jardin ; bref : il n'y aura aucune interdiction concernant vos relations avec ces jeunes personnes.

Jusque-là, Hérus Tork avait parlé en se tenant droit, les mains dans le dos, comme lorsqu'il prononçait un discours devant toute l'École. Ses gros yeux couleur de plomb fixaient on ne savait quel horizon. Mais au moment où il aborda le sujet des jeunes filles, Raoul, qui regardait ses pieds, sentit son regard s'abattre sur lui comme… comme celui d'un maquignon qui évalue les bêtes qu'il s'apprête à mener au marché. À côté de lui, Dassouf se tortillait en essayant de trouver quelque objet à étudier avec attention. Gillil regardait le feu. C'était la première fois qu'il n'avait pas froid depuis son arrivée à l'École. Frédil et Mazid bombaient le torse, mais le rouge leur était monté aux joues.

— J'ai à faire maintenant, conclut Hérus Tork. On viendra vous chercher pour vos leçons. En attendant, madame Denande, qui a la charge de l'entretien de cette maison, va vous montrer vos chambres et tout ce dont vous aurez besoin. Des questions ?

— C'est dingue, murmura Dassouf pendant qu'ils montaient l'escalier à la suite de leur hôtesse. D'après vous, qu'est-ce que ça cache ?

— Comment veux-tu qu'on imagine ce qui se passe dans la cervelle d'Hérus Tork ? dit Raoul.

La marche, le discours, l'attente, le confort… tout cela contribuait à transformer son malaise en agressivité. Il se demandait déjà quand Frédil et Mazid allaient commencer à se moquer de lui.

— Les chambres des jeunes filles sont au premier, les vôtres au deuxième, disait leur hôtesse.

— Hé, Gillil, c'est mieux que le cachot !

Lorsqu'il se sentait dépassé par les événements, Dassouf le maladroit finissait toujours par plaisanter aux dépens de quelqu'un d'autre.

— Non, dit Gillil. Le cachot, je savais pourquoi j'y étais.

CHAPITRE VINGT-HUIT

Journal d'Élisabeth de Siff.
Trente-deuxième lever du dixième cent
du huit cent quatre-vingtième cycle après la Fondation.

Je ne sais toujours pas pourquoi mon père s'est rendu au Tonneau de feu.

À vrai dire, je n'y pensais même plus lorsque Sargh m'a remis la scène en mémoire. Après le réveil d'Arik, nous sommes rentrés ensemble au château, en passant par la ville pour nous faire une idée de l'atmosphère qui y régnait.

Elle est étrange et inhabituelle.

La période de deuil s'achève : on décroche le tissu noir qui pend aux fenêtres, les Éclairants et autres Porteurs et Pousseurs municipaux remettent leurs costumes, les tavernes reprennent un peu d'activité. C'est ainsi que Sargh m'a quittée devant le Tonneau de feu, où il devait voir des gens, m'a-t-il dit. J'ai reconnu l'endroit et je serais bien entrée avec lui pour *écouter* un peu l'esprit des clients, mais j'étais déjà en retard.

Je suis arrivée dans ma chambre juste avant que Blise vienne me réveiller.

Une fois mon petit-déjeuner avalé, je me suis habillée comme si je m'apprêtais à me rendre en classe. Où je ne suis pas allée.

J'ai quitté le château et je suis retournée chez Madge.

Arik dormait. Lorsqu'il s'est levé, vers le milieu de la journée, j'en étais arrivée à la conclusion que je devais cesser d'aller et venir ainsi : je vais finir par attirer l'attention de quelqu'un. Un Chasseur, par exemple.

J'avais mené cette grande réflexion dans le jardin. J'entrais dans la cuisine pour faire part de mon importante décision à Madge et Arik lorsque je les ai trouvés en train de discuter. Avant même que je finisse de pousser la porte, le ton âpre et tendu de leurs voix m'a arrêtée.

— C'est bien trop tôt, disait Madge. Tu viens à peine de te réveiller.

La bouilloire posée sur le poêle a commencé à siffler. Sur la table étaient posées des tasses et une théière. Madge a pris la bouilloire et s'est approchée de la table.

— Justement. Je ne peux pas faire grand-chose. Autant en profiter pour réfléchir. À moins que l'intelligence ne soit plus à l'ordre du jour ?

Madge a incliné la bouilloire. Le bec de métal a rencontré la porcelaine fine, produisant un désagréable cliquetis.

— Certainement pas. Je crains juste, Arik, que tu ne te rendes pas bien compte de la situation. Ce qui t'est arrivé a irrémédiablement changé l'ordre des choses.

Une cliente est entrée à ce moment-là, faisant tinter la cloche de la boutique. Madge a aussitôt reposé la bouilloire.

— Je reviens.

— Je suis parfaitement conscient de ce qui a changé ! a jeté Arik dans son dos. Entre, a-t-il ajouté en se tournant vers moi. Assieds-toi.

À nouveau enveloppé dans le couvre-lit écarlate qui lui servait de robe d'intérieur, il frissonnait pourtant. Mal à l'aise, je me suis assise au bord de ma chaise.

— Qu'est-ce qui se passe ?

— Rien. Un petit désaccord entre magiciens. Ça arrive tout le temps. Je pense qu'il nous faut discuter et prendre des décisions très vite ; Madge veut attendre… je ne sais quoi.

Que vous soyez dans votre état normal ? ai je pensé. S'il y en a un.

— Tu vas bien ? m'a-t-il demandé.

— Oui, pourquoi ?

— Tu as l'air fatiguée.

— Je n'ai pas beaucoup dormi ces derniers temps.

— Tu n'as pas... Ce que tu as fait n'a pas eu de conséquences ? Sur ton esprit.

— Je ne sais pas vraiment ce que j'ai fait.

Mais je n'ai pas pu m'empêcher de rougir, ce qu'il a totalement ignoré.

— Non, il n'y a pas de conséquence.

— Tant mieux. J'ai assez provoqué de dégâts comme cela.

Il s'est versé du thé d'une main qui manquait encore un peu d'assurance. Ses cheveux poissés par la sueur s'enroulaient en paquets luisants sur ses épaules. De quels dégâts pouvait-il bien parler ?

Madge est revenue. Nous avons fini notre thé en silence et, alors que je croyais la discussion close et la question réglée, la couturière a décidé que la réunion qu'Arik exigeait se tiendrait le soir même.

Nous sommes montés au grenier après le repas du soir. Arik s'est débarrassé de sa robe d'intérieur improvisée en la jetant sur une poutre. Il a levé les bras et s'est mis à décrire des cercles très lents de ses mains à demi ouvertes, d'abord devant lui, puis sur les côtés.

— Qu'est-ce que vous faites ?

— J'ai besoin d'énergie.

— Arik utilise les passes magiques de Belinda et Ors Lannat. Il pourra te les enseigner si cela t'intéresse. Elles sont très utiles pour la concentration et le contrôle du mental...

— C'est Zorr qui a les livres, a grogné Arik.

— Comme si tu en avais besoin !

Deux vieux fauteuils défoncés se trouvaient au fond de la pièce. Il a terminé son exercice, a souri et pointé un doigt sur eux. Ils se sont soulevés de quelques centimètres au-dessus du sol et ont glissé jusque devant le secrétaire.

Madge a positionné plusieurs pierres de vision et réglé les miroirs destinés à permettre aux participants à la réunion de se voir les uns les autres.

— Explique-lui au moins ce dont il s'agit.

Arik a pris place dans le premier fauteuil, Madge dans le second. Je me suis assise sur une chaise bancale dont la paille me piquait les cuisses dès que je bougeais et, pendant que nous attendions que le Lunaire descende, Madge m'a raconté la vie de Belinda et Ors Lannat, et Arik m'a exposé les grands principes des passes qu'ils ont inventées.

Pour la première fois, je l'entendais mettre sa voix et ses qualités de conteur au service d'autre chose que des histoires qui faisaient rougir les femmes mûres et obligeaient les hommes à contempler le contenu de leur assiette d'un air gêné.

Lorsque tous les reflets d'argent du Lunaire eurent disparu des toits voisins, Arik a claqué des doigts pour allumer les deux bougies placées aux coins du secrétaire. J'ai alors vu qu'il portait une splendide paire de boucles d'oreilles d'émeraude, ainsi que deux bagues ornées d'émeraudes et de diamants.

D'où pouvait-il bien les tenir ?

Ses appartements au château ont été fouillés de fond en comble par Tork et les Chasseurs. Pas un seul tiroir n'est resté fermé, pas un centimètre de tapisserie n'a été épargné. Toutes ses possessions – livres, tableaux, statuettes, vaisselle, vêtements, bijoux – ont été emportées pour être examinées et détruites.

L'image de Zorr à son bureau est apparue en premier. Arik s'est aussitôt redressé. Il a posé ses coudes sur les bras de son fauteuil, a croisé les jambes et joint les mains. Son expression est devenue à la fois narquoise et hautaine.

— Eh bien, mon cher Zorr, a-t-il susurré, content de voir que tes chères études ont enfin servi à quelque chose, ou juste déçu de me voir revenir d'entre les morts ?

— Ni l'un ni l'autre, bien sûr !

Zorr s'est tourné vers Madge comme pour dire : « Vous voyez, c'est encore lui qui a commencé ! »

Madge l'a ignoré. Une deuxième image est apparue au-dessus de l'autre pierre : cheveux presque blancs, visage ridé et bienveillant. L'œil gris très pâle de Nathan l'Horloger s'est éclairé dès qu'il a vu Arik.

— Enfin. Comment te sens-tu ?

— Je vais bien, Nathan. Aussi bien qu'on peut aller lorsqu'on a failli à sa mission.

— Arik.

— Nous sommes là pour en parler, non ? Orhgon va être roi, rien n'indique que la paix avec le Royaume intérieur soit en vue, Hérus est en train de réorganiser l'École de manière à rendre ses élèves encore plus esclaves qu'ils ne le sont déjà… Au fait, Zorr, comment vont les enfants, ceux de la barge ?

— Ils vont très bien, merci, a-t-il répliqué d'un ton sec. Peux-tu nous dire pourquoi tu les as libérés sans nous en parler auparavant ?

— Parce que ce n'est pas moi qui les ai délivrés.

En d'autres circonstances, la surprise de Zorr aurait été comique. Arik a souri et s'est renversé dans son fauteuil, l'air satisfait de son effet – exactement comme s'il avait été dans un des salons du château.

— J'ai eu l'intention de le faire, c'est vrai. Et sans vous en avertir, en effet, parce que je me doutais que vous ne seriez pas d'accord et que je n'avais pas envie de perdre du temps à vous convaincre… Je voulais qu'Hérus sache que quelqu'un, quelque part, était au courant de ses plans…

— Très malin. Envoyer des messages fumeux à Hérus à mes dépens.

À cet instant-là, l'expression d'Arik était si lointaine que je ne suis pas sûre qu'il ait entendu l'interruption de Zorr.

— Mais quelqu'un a eu la même idée que moi. Je n'ai pas eu besoin de détourner l'attention des Chasseurs qui accompagnaient la barge : ils avaient déjà été endormis. Par une très jolie femme rousse. Je l'ai laissée conduire la barge là où elle voulait, puis faire monter les enfants dans une charrette. Ce n'est que là que j'ai pris la place du conducteur.

— Une amie de Germain Comsic !

Je suis devenue rouge comme une tomate.

— Pardon ?

— Germain Comsic. L'auteur des *Pirates de Pililar.*

— Tu le connais ?

— Non... Enfin...

Madge m'avait demandé de ne pas raconter tout de suite à Arik tous les détails de notre expédition. D'un signe de tête, elle m'a indiqué que c'était le moment. J'ai pris une grande inspiration et je me suis lancée.

— Arik... Sargh et moi avons rencontré quelqu'un quand nous vous avons sorti de prison. Il s'appelle Germain Comsic. Il était là pour... Je suppose qu'on peut dire pour vous kidnapper.

Il a ri.

— Comment cela ? a demandé Nathan.

— Il avait un somnifère et des clés, et un complice qui l'attendait sur les remparts. Mais je n'en sais pas plus, je n'ai pas eu le temps d'étudier ses pensées.

— Moi si, a dit Arik. Ce type a du cran, vous savez. Tork le soupçonnait d'être en cheville avec les réformateurs. La veille du jour où... ils sont venus chez moi, j'ai empêché un Chasseur de le prendre pour l'interroger. Je l'ai invité à ma soirée. Et j'ai tout juste eu le temps de brouiller sa mémoire avant qu'ils n'entrent. Il doit encore se demander ce qu'il faisait là...

— Il doit surtout se demander pourquoi Sargh l'a assommé, n'ai-je pu m'empêcher d'ajouter.

— Personne ne lui a parlé depuis ?

Arik avait abandonné son air absent.

— Pour quoi faire ? a répliqué Zorr, nous n'avons rien à lui dire.

— Vraiment ? Mon cher, si tu lisais des auteurs vivants, tu saurais que ce jeune homme exprime de fort intéressantes idées sur le gouvernement de ce royaume. Lui et ses amis sont de plus en plus nombreux et surtout de plus en plus déterminés à jouer un rôle dans les affaires du pays. Hélas, Germain est peut-être le seul à penser qu'on pourrait nous traiter autrement...

— Changer de mode de gouvernement ?

Zorr n'a pas besoin de jouer le mépris : je crois que c'est un sentiment qui lui est aussi naturel que le courage l'est pour Arik.

— Voyons Arik, redescends sur terre ! Ces gens rêvent. Ils n'ont pas les moyens de s'opposer à l'armée ni au roi – et encore moins à Tork.

— C'est ce que tu crois et c'est ce qu'Orhgon et Hérus croyaient jusqu'à il y a quelques mois. Mais les nobles qui pensent que leur statut est bien souvent abusif et les riches bourgeois qui en ont assez de ne compter pour rien alors qu'ils font la richesse du Royaume se rencontrent, s'écrivent et se parlent. Ils voudraient que le Haut-Conseil soit transformé en parlement où ils seraient représentés… Bien entendu, il ne leur vient pas à l'idée, dans leur volonté de changer l'ordre des choses, de s'inquiéter de notre sort. On dirait que seul Germain Comsic y a pensé. Au lieu de l'assommer puis de l'ignorer, nous devrions tenter de le convaincre de parler pour nous.

— Nous n'avons pas besoin que qui que ce soit parle pour nous ! s'est écrié Zorr. Comsic n'est qu'un écrivaillon qui a trouvé le moyen de se distinguer de ses concurrents. Tu peux le fréquenter, Arik, si cela t'amuse – après tout, tu vas avoir du temps libre à occuper –, mais il est hors de question que nous perdions le nôtre avec des… rêves de plumitif.

Il parlait en regardant Madge, laquelle, d'un coup d'œil, s'est assurée de l'accord de Nathan avant de prendre la parole.

— C'est un fait, Arik. Nous ne pouvons pas compter sur les hommes ordinaires pour nous aider. Ils ne comprennent pas notre situation.

— Zorr… pourquoi dis-tu que je vais avoir du temps à occuper ?

Arik, les yeux mi-clos, s'était penché en avant. Tout à coup, sa voix était lourde de menaces. J'ai eu la sensation qu'il n'avait rien écouté de ce que Madge avait dit.

— Eh bien… je m'en voudrais d'insister lourdement… mais il me semble que ta position à la cour…

— Je peux en trouver une autre. Je les ai bernés pendant des années. Je peux recommencer sous une autre identité.

— Arik… nous ne pensions pas devoir aborder ce sujet si tôt…

Un geste d'une main ornée d'émeraudes : peu lui importait.

— Nous sommes conscients de ce que nous te devons. Mais recommencer ce que tu as accompli si brillamment ces dernières années nous paraît impossible. C'est trop dangereux. Nous ne te permettrons pas de risquer ta vie à nouveau…

— Ma vie ? Oh, Nathan…

Il s'est tourné vers Zorr.

— Tu es donc parvenu à les convaincre… Quelle est ta stratégie, dans ce cas ? Nous obliger à nous terrer tels des animaux jusqu'à la fin de nos jours ? Par les dieux, je croyais que cet épisode vous aurait enfin convaincus que désormais la seule solution était dans la lutte. Mais non, vous préférez la fuite. Soit. J'aurai donc subi tout cela pour rien…

Il s'est levé et a quitté la pièce avant qu'un seul d'entre nous ait pu réagir. Je me suis levée à mon tour – pour aussitôt me tourner vers Madge. Elle m'a approuvée d'un hochement de tête. J'ai croisé le regard réprobateur de Zorr avant de dévaler l'escalier à la suite d'Arik.

Je savais où il allait. Je l'avais déjà vu emprunter la venelle qui s'enfonçait entre deux hauts murs, mais je n'avais jamais osé le suivre.

La ruelle conduit à une sorte de jardin abandonné. L'herbe y est haute, les buissons généreux et échevelés. Des pommiers plus qu'à demi sauvages ont répandu leurs fruits dans l'herbe sans que personne songe à les ramasser. Ils ont pourri sur place, comme en témoignaient les flaques couleur feuille morte sur lesquelles mon pied a dérapé à plusieurs reprises.

Au fond de ce paradis désordonné se dresse une étrange construction.

Soutenue par six fines colonnes sculptées, une coupole disparaît sous des draperies de volubilis et de chèvrefeuille. Elle semble très ancienne, sans doute à cause de la masse de plantes qui cascade entre les colonnes, mais l'éclat nacré de la pierre crémeuse lui donne une attirante apparence de fraîcheur. Entre deux des colonnes, elles-mêmes ornées de sculptures florales, le rideau de plantes paraît plus léger. Je l'ai écarté, me suis penchée pour éviter que mes cheveux s'y accrochent et je suis entrée dans la chapelle verte.

Le dallage de pierre était de la couleur du jade. Il se creusait pour former une vasque remplie d'eau de la même teinte. En face de moi, sur un piédestal, une statue disparaissait presque sous un réseau serré de roses sauvages – qui, à cette époque de l'année, n'auraient pas dû être en bouton, encore moins en fleur. Elles l'étaient pourtant, de même que le chèvrefeuille dont le parfum enivrant imprégnait l'air.

Arik était debout en haut des marches qui menaient à la vasque.

Il a d'abord ôté sa chemise et l'a laissée tomber. Puis, lentement, il s'est approché de la vasque. Gênée, ne sachant pas ce qu'il allait faire, j'ai reculé jusqu'à me trouver à l'abri au sein du rideau de chèvrefeuille.

Les bras le long du corps, la tête inclinée, il a descendu les marches. L'eau, qui lui arrivait aux genoux, était verte, opaque et veinée d'or. Comme Arik me tournait le dos, je n'ai pas bien vu le geste qu'il a alors fait en direction de la statue avant de s'agenouiller.

L'eau devait être glacée car il a frissonné. Néanmoins, il est resté là, à genoux, immobile, de l'eau jusqu'à la taille, le front posé sur ses mains jointes. Et au terme d'un laps de temps proportionnel à l'étendue de ma stupidité, j'ai fini par comprendre que l'étrange construction était un temple et qu'Arik Renshaw priait.

Il s'est alors relevé et a marché dans l'eau jusqu'à la statue. Là, il s'est à nouveau agenouillé et, levant les bras, a saisi le socle et posé le front sur la pierre.

Au bout de quelques instants, il a levé son visage vers la face immobile et muette derrière sa résille de roses, et d'un coup de reins, s'est relevé.

Il est ressorti de la vasque et a chassé l'eau de son pantalon trempé d'un revers de main.

Je n'avais rien à faire ici.

— Élisabeth, a-t-il dit, la voix étouffée par le tissu de la chemise qu'il enfilait, entre, je voudrais te parler.

J'ai soulevé le rideau de chèvrefeuille. Il s'est assis sur le sol de pierre verte.

— Veuillez m'excuser, Arik. Je n'aurais pas dû vous suivre…

— Mais… ?

— Je comprends pourquoi vous êtes furieux après eux. Et Madge paraissait inquiète.

— Madge est bien trop indulgente à mon égard. Assieds-toi, Élisabeth. Tu dois te demander pourquoi je suis venu ici.

— Je ne suis même pas sûre de savoir où nous sommes, ai-je dit en m'asseyant en tailleur en face de lui. C'est un temple, n'est-ce pas ?

— Oui, dédié à une ancienne déesse.

— Mais… je croyais qu'ils avaient tous été détruits.

— Les hommes ne font jamais rien à la perfection, pas même détruire. Il reste des gens tels que moi pour croire que les anciens dieux sont plus que des symboles pour les esprits éclairés, ou des légendes pour les esprits simples. Nous pensons que les mythes qui les concernent ne sont pas seulement une façon plaisante de raconter ce qui est arrivé aux premiers magiciens. Et nous leur rendons le culte qu'ils méritent.

Je ne comprenais pas ce qu'il voulait dire. Pire : qu'un homme tel que lui, un courtisan intelligent et raffiné, s'adonne à ces pratiques superstitieuses et primitives…

— Nous n'avons nul besoin de créateurs divins pour expliquer l'existence de la Haute-École.

— Non, a-t-il dit en riant. On n'a pas besoin de dieux pour expliquer la soif de pouvoir, la cupidité ou la bêtise.

Je n'ai rien trouvé à répondre.

— Oh, excuse-moi, j'oublie que, malgré tout ce que tu as pu voir, tu es jeune. Tu crois que ceux qui ont créé l'École étaient au départ animés de bonnes intentions mais qu'ils se sont en quelque sorte fourvoyés, c'est ça ?

J'ai hoché la tête.

Il m'a pris la main.

— Ne me regarde pas comme ça ! C'est moi qui ai perdu mes illusions. À partir d'un certain âge, vois-tu, on finit par prendre l'espoir pour de la bêtise et le cynisme pour de la profondeur.

Il a peut-être ajouté quelque chose, mais je ne m'en souviens pas : tout à coup, je ne sentais plus que la chaleur de sa main, la proximité de sa présence.

— Élisabeth…

Il a lâché ma main.

— Ce qui est arrivé est arrivé… et je t'en serai toujours infiniment reconnaissant. Mais ça ne peut pas… ne doit pas aller plus loin. Tu as le droit de me trouver séduisant. Tu ne serais pas la première. Et tu as tant de charme et d'esprit que je pourrais être tenté… Mais ça ne serait pas une bonne idée.

Dans la bouche de n'importe qui d'autre, ce petit sermon m'aurait remplie de honte. Le dépit m'aurait fait monter les larmes aux yeux. Mais – étaient-ce sa voix, ses inflexions à la fois parfaitement maîtrisées et parfaitement naturelles ? était-ce parce que j'étais gênée par cette attirance que je ne croyais que physique ? – je n'ai entendu que la justesse de ses paroles.

— Non, ai-je dit. Vous avez raison.

Pendant quelques secondes, nous avons regardé ensemble les reflets du Solaire sur l'eau verte de la vasque.

— Mais… qu'en pensent Madge et les autres ?

— La même chose que toi. Ils ne m'en parlent pas de peur d'avoir à entendre pour la millième fois un de mes ennuyeux discours.

— Vous n'êtes jamais ennuyeux.

— Non, sans quoi Orhgon ne m'aurait pas tant apprécié. Mais ce n'est pas un sujet que j'ai souvent abordé avec lui.

— Pas souvent ? J'aurais dit jamais.

Il a secoué la tête.

— Il reste quelques traces de l'ancienne religion dans les cérémonies de couronnement de nos rois. Ce qui est logique si on songe qu'elles consacrent l'alliance de la royauté et de la Haute-École. Mais il y a toujours un imbécile, dans une conversation, pour s'en étonner, et, comme tu le sais, il n'y a rien que j'aime tant que de moucher les ignorants… Orhgon veut le pouvoir qui lui est destiné, mais il n'est pas stupide : il apprécie… appréciait aussi mes connaissances.

— Mais vous ne pouvez pas y croire… Ce sont des légendes ! Il n'y a pas la moindre preuve qu'elles soient basées sur des faits réels.

— Nous n'en cherchons pas. Tous les textes anciens disent que les dieux sont partis au-delà des Murailles de Brume. Quand j'étais jeune, je voulais organiser une expédition et explorer le cœur de ces territoires… Mais personne n'a jamais voulu partir avec moi. Puis les cycles ont passé, j'ai cessé d'y penser et j'ai décidé qu'il était plus utile d'être espion. Mais peu importe. Les dieux ont le temps.

Il s'est levé. J'ai compris qu'il n'avait pas l'intention de rejoindre Madge et les autres.

— Où allez-vous ?

— Je n'en ai pas la moindre idée.

Je ne l'ai pas cru mais je ne l'ai pas suivi.

CHAPITRE VINGT-NEUF

Les mages aiment la bonne chère, les beaux vêtements, parfois les beaux objets. Mais ils n'aiment pas le confort. Et ils n'aiment pas la joie non plus. S'ils aimaient ça, s'ils aiment vraiment la vie, ils ne traiteraient pas leurs élèves comme ils le font.

Nathan l'Horloger.

Depuis presque dix levers, Raoul se réveillait dans un lit au matelas épais et moelleux, aux draps propres et odorants, dans une pièce décorée de gravures dont la mièvrerie avait quelque chose de réconfortant, comme si elles avaient été là pour le convaincre qu'il était encore aussi innocent que les enfants représentés en train de jouer au cerceau ou à la balle.

Et chaque jour il se disait que tout cela n'était pas réel, qu'il rêvait, un rêve d'une longueur et d'une précision exceptionnelles.

Le contact de l'oreiller et des draps lui prouvait le contraire et le rassurait. Il se levait et s'habillait en regardant la pointe du Solaire apparaître entre les toits et répandre sa lumière sur les ardoises peintes.

La grande maison était silencieuse : Raoul était le seul à se lever si tôt. Il descendait l'escalier en essayant de ne pas faire craquer les marches et sortait dans le matin silencieux et vide. La brume montait de la rivière proche, enveloppait les maisons dans des voiles de silence humide, transformait les passages en un labyrinthe au sein duquel ses pas résonnaient.

Dans ces moments-là, Raoul revoyait le visage d'Arik Renshaw.

La moindre lampe allumée à l'intérieur d'une des maisons devant lesquelles il passait, les mains dans les poches et le menton enfoncé dans son pourpoint, lui rappelait le flot de lumière dorée que le magicien avait laissé couler de ses mains avant qu'on l'emmène.

Raoul ne parvenait même pas à imaginer ce que pouvaient être les pouvoirs d'un homme capable de défier Hérus Tork de cette façon. Tout ce qu'il savait, c'était que cet homme-là, un adversaire de l'École, un magicien libre, était mort après avoir été torturé par le directeur.

Était mort à cause de lui.

Oh non, je ne suis pas mort.

Raoul fit un tel bond qu'il se tordit la cheville en retombant. Une main surgit du brouillard, le souleva et l'assit sur la margelle d'une fontaine. Là, devant lui, les cheveux emperlés de brume argentée et le sourire aux lèvres, Arik Renshaw le regardait.

Les entrailles de Raoul se figèrent en un bloc de glace. Ses dents se mirent à claquer. Il sentit son estomac se tordre et ses jambes devenir aussi molles que ses tripes. Tremblant de tous ses membres, il glissa à genoux sur les pavés luisants de froide humidité. Renshaw se pencha sur lui.

Il souriait toujours, mais Raoul ne parvenait pas à lire dans son regard. Ses prunelles étaient aussi sombres, opaques et étincelantes que les murs du château. Raoul était terrifié, bien plus qu'il ne l'avait jamais été par Hérus Tork ou n'importe lequel des maîtres de l'École.

— Mais ça n'est pas passé loin. Par ta faute, petite vermine.

— Je ne voulais pas… Je ne me doutais pas…

— Qu'on puisse s'en sortir autrement qu'en courbant l'échine et en léchant des bottes ? Je sais. C'est ce qu'ils vous font croire et c'est ainsi qu'ils gardent le pouvoir.

Une lueur était apparue dans les prunelles glacées du magicien. Une expression étrange, à la fois lointaine et intense, éclairait son visage amaigri. Raoul prit alors conscience de la façon dont il était habillé : une ample chemise de laine épaisse, des pantalons bouffants ornés de rubans de toutes les couleurs.

Il est cinglé. La torture…

— Non, mes goûts vestimentaires ne te doivent rien, vermine. Ce qu'est devenue ma vie, par contre…

— Je suis désolé. Si vous saviez comme je regrette… Si j'avais su…

— Je ne suis pas venu recueillir tes larmes. Ce que je veux savoir, c'est comment un être aussi peu doué a pu…

Arik Renshaw avait les yeux à demi clos. Raoul sentit une main effleurer son cerveau et le feuilleter comme un livre.

— Aaaah, c'est là. Sur les remparts. Oui, je comprends maintenant. L'occasion était trop belle, hein ? Mais c'est du passé. J'ai besoin de toi à présent. Si tu veux te racheter, c'est le moment.

— Me racheter ?

La maison… La récompense.

— Une maison ? Il est donc passé à l'acte. Dis-moi tout et je cueillerai les images dans ton esprit sans te faire aucun mal. Mais si tu essaies de me cacher quelque chose…

Raoul raconta tout ce qu'il avait vu et entendu depuis qu'il avait été conduit à la maison de madame Denande.

Lorsqu'il eut terminé, il avait de nouveau peur d'Arik Renshaw.

— Donc tu vas à la cuisine tous les matins ?

— Oui.

— Seul, comme aujourd'hui ?

Raoul hocha la tête.

— Bien. Tout ce que je te demande, c'est d'être encore plus attentif que d'habitude. Écoute, observe et retiens tout, même les détails, les gestes les plus infimes. Je veux tout savoir de ce qui se passe là-bas.

— Mais…

— Tes pensées ? Tu n'auras pas de pensées.

Arik Renshaw prit Raoul aux épaules et l'assit à nouveau sur la margelle. Ses mains étaient chaudes. La chaleur se propagea dans le corps de Raoul, qui sentit une irrésistible envie de dormir s'emparer de lui. Il dodelina de la tête…

… et se retrouva assis par terre.

Une douleur atroce déchirait sa cheville droite. Son derrière émettait de vigoureux messages de protestation.

Il avait glissé sur ces horribles pavés humides et inégaux. Il tâta avec précaution sa cheville. Oui, voilà, elle commençait déjà à gonfler.

Il parvint à se lever en s'agrippant au rebord d'une fenêtre, commit l'erreur de vouloir poser le pied sur le sol et poussa un lamentable cri de douleur.

Foulée, ça ne faisait pas de doute.

Il ne lui restait plus qu'à claudiquer jusqu'à l'École en s'appuyant sur les murs comme un ivrogne. Ce qu'il fit en pestant contre le brouillard, les matins, les pavés et les chevilles…

Arik le regarda s'éloigner sans éprouver aucun remords d'avoir utilisé ce stratagème pour dissimuler la manipulation de ses souvenirs.

Après tout, il était venu ici dans la ferme intention de faire payer celui qui l'avait livré à Tork. Hélas, comme toujours lorsque l'École était en cause, le bourreau était aussi une victime. À sa propre surprise, il n'avait pas trouvé en lui assez de haine pour en vouloir à ce gamin dépourvu de tout talent.

Encore que… Arik avait eu le temps d'explorer son esprit et de se rendre compte que le pouvoir de Raoul était juste très inhabituel. Une affinité avec les fluides qui lui permettait d'entrer en contact avec l'esprit des bêtes.

Intéressant.

CHAPITRE TRENTE

ERN. — *Je ne peux pas vous aider, mademoiselle.*
AGNÈS. — *Pourquoi pas ? Il te suffit de me faire passer ce mur.*
ERN. — *Je n'en ai pas le droit.*
AGNÈS. — *Comment cela ?*
ERN. — *Ce serait utiliser mes dons pour autre chose que servir votre père ou le Royaume. Je ne peux pas.*

Germain Comsic,
Ern Bourguignon.

— Germain Comsic ! Si tu ne veux pas que nous jouions cette pièce, dis-le !

La répétition avait lieu dans l'entrepôt de maître Tornot. En prévision de la fête du Bas-Solaire, l'aubergiste avait reçu une importante livraison de bière et de vin.

La veille, Germain et ses acteurs – Violette, Angelo et Lorenzo – avaient utilisé des planches et des tonneaux vides pour construire une scène. De part et d'autre de l'espace alloué aux futurs spectateurs, les barriques neuves montaient presque jusqu'au plafond. Une odeur aigre et entêtante portait les jeunes gens sur des ailes volatiles et alcoolisées.

Debout sur la scène, les mains sur les hanches, son opulente chevelure cascadant jusque dans son dos, Violette toisait son auteur.

— Hein ? (Il cligna des yeux, l'air absent.) Oh, pardon. C'était bien, très bien, continuez comme ça.

Germain était assis sur un tonneau. Le manuscrit de sa pièce en un acte, *Ern Bourguignon ou le voleur volé*, était posé devant lui sur une caisse, ouvert à une page que Violette et ses deux compagnons avaient interprétée plusieurs minutes auparavant. Heureusement pour lui, ni la distance ni l'éclairage fourni par les bougies posées sur le bord de la scène ne leur permettaient de distinguer les pages. Germain prit le manuscrit et tâcha de chercher la bonne avec le plus de discrétion possible.

— Il se moque de nous ! s'exclama Violette, prenant les deux jeunes gens à témoin. Comment oses-tu prétendre que c'est bien ? Tu n'as rien écouté. N'est-ce pas qu'il n'a rien écouté ?

— Rien du tout, firent en chœur Angelo et Lorenzo qui, pour avoir souvent travaillé avec elle, savaient ce qu'il en coûtait de contredire la jeune femme.

— Et c'est comme ça depuis le début ! Qu'est-ce qui t'arrive ? Tu n'as plus envie de monter cette pièce ? Tu la trouves mauvaise ? Tu nous fais un caprice d'auteur ?

Mauvaise ? Caprice ? Non, au contraire. Il tenait à ce texte. Il l'avait lu une fois à des amis, mais ils lui avaient dit qu'elle était trop audacieuse pour être représentée. Il l'avait alors rangée dans la malle où dormaient poèmes de jeunesse, ébauches de pièces et autres textes inaboutis. Jusqu'au jour où maître Tornot lui avait demandé de trouver « un petit quelque chose pour la fête du Bas-Solaire ». Il avait proposé des poèmes comiques et coquins : nul besoin de décor, et Violette les lisait si bien. Pourquoi pas ? Mais toute la soirée ? Maître Tornot avait secoué sa grosse tête. Un soir de fête du Bas-Solaire, avec toute la ville dans les rues, il fallait varier les plaisirs.

— Une pièce en un acte alors ? Qu'on pourrait jouer plusieurs fois ?

Le sourire de maître Tornot commençait toujours par illuminer sa figure puis descendait dans son torse et dans son ventre, pour finir dans ses jambes et dans ses pieds, dont on pouvait imaginer les orteils en train de s'écarter d'aise dans ses bottes.

Germain avait donc sauté sur une occasion unique de monter *Ern Bourguignon*.

— Ah, j'en ai assez, décréta Violette. Je m'en vais. Quand monsieur l'auteur daignera s'intéresser à ceux qui travaillent avec lui, il pourra toujours nous prévenir…

La jeune femme ramassa ses jupes et sauta de la scène. Germain sursauta. Les pages de son manuscrit lui échappèrent et s'éparpillèrent sur le sol.

— Voyons, Violette… je suis désolé. J'étais ailleurs…

— J'ai remarqué !

— Excuse-moi. Tu sais que je tiens à cette représentation.

Dans leur dos, Angelo et Lorenzo éteignirent les chandelles et quittèrent discrètement la scène.

— C'est depuis l'autre jour. Bertrand de Siff est reparti furieux sur le front. Norrœke et Lapaire me parlent à peine. Je les ai déçus, je le sais bien…

Violette le regarda dans les yeux.

— Tu mens. Ce n'est pas ça qui te ronge. Si l'opinion des gens t'importait à ce point, tu n'aurais jamais écrit pendant des années sans recevoir le moindre encouragement.

— J'ai l'air rongé ?

— Jusqu'à la moelle. Et puis miné, absent. Tu nous tapes sur les nerfs, et c'est un euphémisme ! Mais ce n'est pas l'échec. Tu l'avais envisagé de toute façon. Tu sais comment vivre avec…

Violette croisa les bras. Germain se rassit sur son tonneau et soupira.

— D'accord… Tu es mon amie et mon actrice préférée, tu as le droit de savoir.

— Norrœke m'a parlé d'une jeune fille… Une clandestine…

— Brune. Les yeux verts. Très jeune, très jolie et très courageuse. Mais ce n'est pas à elle que je pense… C'est à lui…

— À lui ? Arik Renshaw ? Oh. On raconte qu'il n'est pas mal, mais de là à te faire changer de penchant… Il me semblait que tu n'étais pas resté indifférent aux charmes de cette espionne…

— Esquira ? (Germain évita le regard de Violette.) Oui. Mais ça fait également partie de ce qu'on me cache. Est-elle rentrée chez elle saine et sauve, a-t-elle repris contact avec nous ? Je suis convaincu que Norrœke le sait mais qu'il ne veut pas me le dire.

— Tu parlais d'Arik Renshaw.

— Il n'est pas mort, j'en suis sûr…

— Pas mort ? Qu'avez-vous donc traîné dans ces tunnels sinon un corps ?

— Non… À aucun moment elle ne s'est comportée comme si nous avions transporté un cadavre. C'est un homme vivant qu'elle était venue chercher. C'est un homme vivant que nous avons sorti de cette fosse puante. Mais de Siff, Norrœke et Lapaire sont mécontents. Et pourquoi ? Parce que je ne leur ai pas fourni l'instrument dont ils rêvaient ! Et quand je leur dis que, de toute façon, ils n'auraient pas réussi à le plier à leurs désirs, ils refusent de m'écouter ! Et ils ne veulent pas retrouver cette fille…

— Nous n'avons aucun intérêt à frayer avec les clandestins, dit Violette.

— Comme s'il s'agissait d'intérêt ! Voyons, Violette, tu es intelligente.

— « Quand un homme parle de son intelligence à une femme, c'est qu'il s'apprête à la blesser », cita Violette.

Germain sourit. Il adorait qu'on le cite. Mais il en fallait plus pour détourner ses pensées du sujet qui le préoccupait.

— Tu ne comprends donc pas que nous devrions au moins *essayer* d'entrer en contact avec eux ? Ils sont peu nombreux, ils se cachent. Que risquons-nous ? Je n'ai pas osé mener des recherches moi-même pour n'indisposer personne, mais je ne cesse de penser à Arik Renshaw et à cette Élisabeth…

Violette se mit à marcher de long en large devant Germain.

— Écoute, tout le monde sait ce que deviennent les magiciens qui ne reçoivent pas l'éducation de l'École : des fous, des criminels, des sauvages incapables de contrôler leurs pouvoirs ou de les utiliser à bon escient. On ne peut pas discuter avec ces gens-là.

— Orhgon et la cour n'ont jamais eu l'air de trouver qu'Arik Renshaw était un sauvage. Et cette fille m'avait l'air parfaitement normale. En tout cas, si j'étais prisonnier d'Hérus Tork, j'aimerais être sûr d'avoir des amis prêts à risquer autant pour moi !

Cette dernière remarque interrompit les allées et venues de Violette.

— Norrœke a raison, dit-elle. Tu ne vas pas bien. Ils t'ont jeté un sort.

Germain éclata de rire.

— Et il est tard, conclut-elle. Je rentre chez moi. Je serai ici demain avec Angelo et Lorenzo, prêts à travailler, nous…

— Je n'ai pas l'intention de laisser tomber maître Tornot.

— Très bien. Je te le rappellerai la prochaine fois que tu passeras dix minutes le nez en l'air au lieu de nous écouter !

Violette était dehors avant que Germain ait trouvé une réplique cinglante. Il n'avait pas bougé lorsque, moins d'une minute plus tard, on gratta à la porte, qui s'entrouvrit en grinçant. Une tête hirsute se glissa dans l'entrebâillement.

— Message pour vous ! dit le gamin dépenaillé.

Germain l'avait déjà vu sur les quais, aidant à charger et décharger des péniches ou essayant de voler des marchandises pour les revendre.

Il alla à la porte, prit le papier et lui donna une pièce de monnaie. Le gamin le remercia d'un large sourire édenté et disparut aussitôt. Germain revint près d'une des bougies pour lire le message écrit sur une feuille de papier ordinaire et fermé par un point de cire que ne marquait aucun sceau.

Ne bougez pas d'ici. Nous arrivons.

Arik Renshaw.

L'encre était mauve, l'écriture à l'image du courtisan : élégante et raffinée. Germain leva les yeux vers la porte de l'entrepôt. Lorsqu'il les reposa sur le papier, les mots avaient disparu. Les avait-il rêvés ?

Il retourna la feuille. Le papier bougea entre ses doigts. Une pliure apparut au milieu de la feuille. Elle frémit, lui échappant des mains, et voleta jusqu'au bord de la scène où le papillon de papier acheva de se plier avant de demeurer là, battant des ailes pour garder l'équilibre comme un véritable insecte.

Fasciné, Germain n'entendit pas la porte s'ouvrir. Il sentit néanmoins le froid de la nuit pénétrer jusqu'à lui. Deux silhouettes s'approchèrent. L'une d'entre elles leva la main : toutes les bougies que sa troupe en colère avait éteintes s'allumèrent. Germain reconnut Arik Renshaw et le jeune homme qui l'avait assommé à la fin de son équipée nocturne dans les latrines du château. Ses cheveux pendaient en quatre tresses, à la mode du Troisième Quadrant, et il portait l'uniforme des gardes royaux.

— Je vous laisse, dit-il à Arik Renshaw.

— Tu peux rester, Sargh. Ce que j'ai à lui dire t'intéresse.

— Mais vous me l'avez déjà expliqué dix fois et je suis d'accord. Et Élisabeth m'a dit qu'elle m'écorcherait vif si je ne surveillais pas vos arrières.

Le garde fit quelques pas en direction de la porte puis se retourna.

— Au fait, je suis désolé de vous avoir assommé l'autre jour. Votre intervention n'était pas prévue. Et je ne vous avais pas reconnu…

— Oh… ce n'était rien, mentit Germain.

Sargh sourit et quitta les lieux.

Germain se retrouva seul avec l'homme le plus recherché du Royaume.

Jamais, se dit-il, il n'avait pensé que ce cliché pourrait prendre vie et, ce faisant, le plonger dans un mélange troublant de terreur et d'excitation.

Arik Renshaw s'était assis sur le tonneau où Germain avait posé son manuscrit. Le papillon de papier était posé au bout des doigts de sa main gauche; il jouait à le faire passer de l'un à l'autre. La lueur vacillante des bougies accusait les traits de son visage encadré d'un flot de cheveux noirs, et, surtout, sa chemise et son pantalon flottaient sur lui comme des chiffons sur un manche à balai. Ce qui ne l'empêchait pas d'avoir l'air aussi suprêmement élégant et sûr de lui que s'il avait été à la cour.

— Moi aussi, je dois m'excuser, dit Arik Renshaw. Je vous ai joué un petit tour à ma façon ce fameux jour…

— Je ne me souviens de rien.

Arik leva la main et la passa près de la tempe du jeune homme en un geste si rapide et si fluide que celui-ci n'eut même pas le temps d'avoir un mouvement de recul. Puis Arik croisa les bras et attendit.

La rue obscure, le Chasseur, l'intervention d'Arik et son invitation, puis la soirée et leur brève conversation juste avant l'arrivée d'Hérus Tork.

— Par les dieux… comment faites-vous ça ?

— Comment ? C'est Zorr qui répond aux « comment ». Moi, je suis ici pour les « pourquoi ». À moins que ça ne vous intéresse pas ?

— Qui est Zorr ? Non, plus tard. Oui, je veux savoir pourquoi vous m'avez protégé du Chasseur. Je ne sais comment vous remercier…

— Vous avez largement payé votre dette en aidant Élisabeth.

— Je suppose que je devrai attendre de rencontrer ce Zorr pour savoir comment vous avez si bien imité la mort ?

Arik sourit. Au bout de ses doigts, le papillon de papier venait de prendre une couleur jaune citron qui se veinait peu à peu de vert vif.

— Zorr, justement, ne veut pas vous rencontrer. Vous vous doutez, je suppose, que je ne suis pas le seul magicien clandestin. Ils connaissent vos activités et celles de vos amis. Je leur ai suggéré, puisque vous avez aidé Élisabeth et Sargh, de chercher à vous rencontrer. On m'a répondu que j'étais inconscient et que nous n'avions pas besoin de l'aide d'une bande de marchands qui complotent et se gargarisent de belles pensées tout en espérant un monde meilleur pour leurs coffres…

Germain ne put retenir un rire. Il savait maintenant ce qui avait changé : l'arrogance avait disparu au profit d'une sorte de relâchement. Il ne savait pas pourquoi, mais il était profondément convaincu que l'homme qu'il avait devant lui était capable d'aller au bout de tous ses désirs.

— Mes amis m'ont dit de ne pas chercher à prendre contact avec vous. Je crois qu'ils veulent que je me retire à la campagne, où je pourrai servir de précepteur aux enfants que j'ai aidé à libérer… Je n'ai aucun goût pour l'enseignement.

— Et vous mourrez d'ennui dans une ville où il n'y aurait ni salons ni théâtres.

Arik Renshaw sourit.

— Vous me comprenez donc… Mais je n'en attendais pas moins de l'auteur du *Retour de Mola Guirre*. Pouvez-vous me mettre en relation avec vos amis ? Vous savez, ceux qui complotent et conspirent…

— Décidément…

Germain se leva.

— Quelle ironie ! Nous avons le même problème. Voyez-vous, je n'avais pas pour mission d'aider votre amie. J'étais là pour vous sortir des cachots, certes, mais pas pour vous : pour un homme qui s'appelle Bertrand de Siff et qui représente ceux qui, parmi nous, veulent non seulement obtenir le pouvoir, mais aussi les moyens du pouvoir.

— Bertrand de Siff ?

— Un officier. Il est reparti sur le front aussitôt après l'échec de notre mission.

— De Siff ? Vous êtes sûr ?

— Oui, pourquoi ?

— Rien, un détail. Ainsi, certains parmi vous veulent s'assurer des moyens que procure la Haute-École… Voilà qui ne m'étonne pas vraiment.

— Je me suis déjà disputé à ce sujet avec Violette, qui sort d'ici.

Il omettait de dire qu'elle lui avait surtout reproché de languir d'inquiétude au sujet d'Arik Renshaw. Car c'était bien cela ; il s'en rendait compte maintenant que le magicien était devant lui, bien vivant, et qu'il éprouvait une joie irraisonnée à se trouver en sa compagnie.

— Norrœke, Lapaire et leurs amis font en sorte de m'écarter de…

Il s'interrompit. Il lui semblait avoir entendu un bruit métallique. Il se tourna vers la porte de l'entrepôt et constata qu'elle avait été ouverte.

Sargh entra en trébuchant. Germain eut le temps de voir que du sang coulait de la lèvre fendue du garde et reconnut Oscar

Lapaire qui le menaçait du canon d'un mousquet. Au même moment, toutes les bougies s'éteignirent. Dans l'instant de confusion qui suivit, Germain sentit Arik Renshaw passer devant lui et devina que d'autres personnes entraient dans l'entrepôt. Quelqu'un essaya d'allumer une torche, mais Arik Renshaw s'était déjà glissé derrière le groupe, dos à la porte. Dans sa main droite, un papillon de flamme avait remplacé l'insecte de papier.

— Monsieur Lapaire, si vous saviez à quel point je suis désolé d'avoir perdu tout ce que j'ai acheté chez vous… Il ne me reste que cette bague.

Il tendit la main gauche et montra une émeraude.

— Vous…

Le gros homme pointait son arme sur lui, la main serrée comme s'il avait voulu broyer la crosse, sans toutefois parvenir à l'empêcher de trembler. À sa gauche, Violette pointait une dague sur les reins de Sargh.

Arik jeta un coup d'œil sur le garde, vit le sang qui coulait et réprima un mouvement de colère.

— Violette, les menottes, dit Lapaire.

Le magicien leva les yeux au ciel.

— Cher Oscar, ne soyez pas ridicule. Sargh est un homme comme vous, c'est la seule raison pour laquelle vous l'avez surpris. Je peux écraser votre trachée aussi facilement que je fais vivre cette flamme.

Le joaillier avala sa salive mais ne bougea pas. Violette approcha la dague du cou de Sargh. Arik haussa les épaules. Un papillon de feu se détacha de l'aile de celui qu'il tenait sur la paume de sa main et vint se poser sur l'épaule du gros homme, dont le pourpoint s'enflamma aussitôt. Il poussa un glapissement aigu et lâcha son mousquet pour se donner de grandes claques sur tout le corps. Sargh profita de la surprise de Violette pour la désarmer et lui bloquer les poignets derrière le dos. Furieuse, elle fit les gros yeux à Germain, qui l'ignora superbement.

— Désolé, dit Sargh à Arik. Elle et ses deux copains ont dû nous voir arriver et prévenir le gros.

— Ce n'est rien. Au contraire, cela va accélérer les choses…

— Je peux prévenir Madge.

— Ils sont inoffensifs.

— Les deux acteurs se sont bien battus.

— À deux contre un et par surprise. Je mettrai le feu à leur perruque, si cela peut te faire plaisir, ou à leur culotte si tu préfères…

Sargh essuya le sang qui coulait de sa lèvre en riant.

— Mon cher Oscar, dit Arik en se tournant vers le bijoutier, j'ai un message pour vos amis. Je suis sûr que vous vous ferez un plaisir de le leur transmettre.

L'interpellé fit mine de protester. Arik leva la main : des flammes réapparurent sur les manches de son pourpoint. Désespéré, le bijoutier se tourna vers Germain. Le jeune homme était hilare. Oscar Lapaire abandonna toute idée d'être soutenu.

— Dites-leur que je suis vivant. Aussi vivant que peut l'être un homme. Vous avez entendu ? Un homme avec lequel on peut parler, pas un instrument qu'on peut utiliser.

Le ton était sec, sans appel. Oscar Lapaire détourna le regard. Il y avait de la honte dans l'expression de son visage.

Sargh relâcha les bras de Violette. Arik s'écarta de la porte. Le gros homme s'ébroua, bomba le torse dans une ultime tentative de retrouver sa dignité et sortit, aussitôt suivi de Violette et de Germain.

CHAPITRE TRENTE ET UN

Journal d'Élisabeth de Siff.
Trente-cinquième lever du dixième cent
du huit cent quatre-vingtième cycle après la Fondation.

À bien y réfléchir, je crois que je commence à comprendre pourquoi Arik exaspère tant Zorr…

Je suis tout de suite allée avertir Madge de son départ. La réunion ayant tourné court, elle n'a pas jugé utile de mettre Zorr et Nathan au courant. Nous l'avons attendu toute la soirée. Pendant deux levers, personne n'a su où il était.

Là-dessus, ce jeune garçon, Ian Bren, est arrivé du fin fond de la campagne, cherchant de l'aide, notre aide, puisque pour lui je suis, au même titre que Madge, une magicienne de la ville.

Le pauvre ! il doit penser qu'il est tombé parmi des fous.

Je me demande d'ailleurs si Arik n'est pas contagieux.

J'écris à nouveau en retenue.

On s'est enfin aperçu de mes absences, de mes devoirs non rendus, de mes notes lamentables.

J'ai terminé les devoirs supplémentaires que l'on m'a donnés et j'écris, seule dans cette salle noire, sale et dont le seul décor est constitué des graffitis laissés par des générations d'élèves retenus contre leur gré entre ces hauts murs, derrière ces fenêtres d'où l'on ne voit que les bâtiments de l'autre École.

Mais je comptais parler de l'arrivée de Ian Bren. C'était peu après le coucher du Solaire. Sargh venait d'arriver après avoir passé quelques heures en ville, où il laisse régulièrement traîner ses oreilles dans l'espoir d'apprendre si Arik n'aurait pas repris contact avec certains de ses anciens amis. Madge, assise dans son fauteuil, cousait de la dentelle sur la manche d'une robe. Les fêtes du couronnement n'auront lieu que dans une trentaine de levers, mais elle a déjà plus de commandes qu'une couturière ordinaire peut en traiter.

— Ça m'étonnerait qu'il ait dormi dehors, disait Sargh en réponse à mon inquiétude. Lorsqu'il était à la cour, on disait qu'il fournissait des prostituées à Orhgon. Il les baisait même devant lui et ses amis pour leur montrer qu'elles étaient à leur goût.

— Sargh ! a dit Madge en se levant.

Elle avait préparé une tourte avant notre arrivée, qui cuisait, répandant son odeur alléchante dans la cuisine. Madge a ouvert la porte du four et vérifié la cuisson de son plat pendant que Sargh rectifiait, sarcastique :

— Oh, pardon, c'est Orhgon qui les culbutait devant Arik et les autres…

— Sargh !

Cette fois, le ton était coupant.

— Quoi ? Tout le monde le sait ! J'essaie juste d'expliquer à Élisabeth qu'il est inutile de s'inquiéter pour lui. S'il le veut, il peut trouver un toit. Et des lits…

— J'avais saisi, a dit Madge, mi-souriant, mi-soupirant. Élisabeth aussi. C'est ce ton agressif que je ne comprends pas.

— C'est vrai, a répliqué Sargh en haussant les épaules, quelle raison aurais-je d'être mécontent ? J'apprends qu'Arik Renshaw espionne pour vous depuis des années. Il se fait prendre. Arrive Élisabeth. Nous le sauvons des sales pattes d'Hérus Tork. Vous et les autres magiciens discutez de l'attitude que vous allez adopter maintenant que vous n'avez plus d'espion au château. Je n'ai aucune idée de ce que vous avez décidé, mais toujours est-il que Renshaw a de nouveau disparu. À part ça, je n'ai aucune raison d'être de mauvaise humeur…

Je crois bien que Madge n'avait pas vu Sargh en colère depuis longtemps. Elle est venue s'asseoir en face de lui, l'a regardé bien en face et a dit :

— Excuse-nous, Sargh. Je crois que les derniers événements nous ont tous un peu secoués. J'ai négligé de te dire à quel point nous te sommes reconnaissants de ton aide. Et nous aurions dû te mettre tout de suite au courant de ce que nous envisageons.

— Nous soumettre à Hérus Tork, ai-je dit sur un ton si aigre que j'en ai tout de suite rougi jusqu'aux oreilles. Désolée, Madge, je…

— Ce n'est rien, Élisabeth. En un sens, tu es la seule dont l'expérience soit semblable à celle d'Arik. Il est normal que tu partages ses sentiments et que tu le soutiennes.

— Comment ça, vous soumettre à Hérus Tork ? a demandé Sargh.

J'ai haussé les épaules, feignant une indifférence que j'étais loin de ressentir.

— Ils ne veulent pas qu'Arik reprenne une fausse identité ou tente quoi que ce soit de ce genre.

Je me suis tournée vers Madge. Elle ne m'écoutait pas. Elle ne nous regardait pas non plus. Les yeux mi-clos, elle paraissait entendre une musique que l'on aurait jouée très loin, aux limites de l'audible.

— Quelqu'un vient, a-t-elle dit. Un jeune garçon. Il nous cherche. Sargh ? Veux-tu aller l'attendre à la porte du jardin ?

Sargh fronçait les sourcils, ne sachant s'il s'agissait d'une diversion ou si Madge avait réellement *entendu* quelqu'un.

— Il est très près. Tu n'*entends* pas son esprit ? me demanda-t-elle, imperturbable.

Sargh ouvrit la porte de la cuisine et s'éloigna dans le jardin, mais son expression disait clairement : « J'ai compris, mais vous ne perdez rien pour attendre. »

— Non… Je n'*entends* rien du tout. Il y a trop de monde dans les maisons autour de nous.

— Tu as besoin de t'exercer, a-t-elle dit en me prenant la main.

Comme c'était agréable de sentir qu'elle s'inquiétait de mon éducation !

— Je peux t'enseigner ce que je sais, bien sûr. Mais pour ce qui est de percevoir les esprits et de les manipuler… Arik est le meilleur d'entre nous.

Oui, Arik... Je me suis souvenue de la façon dont ses bras m'avaient serrée lorsqu'il avait compris que c'était moi qui l'avais sorti de son sommeil sans rêve. Je revis l'expression de douleur dans son regard quand il avait réalisé que ses amis ne voulaient plus continuer son combat. Et je revis le corps que nous avions traîné hors du château. Je ne voulais pas que cela se reproduise, qu'on lui fasse à nouveau du mal.

— Je veux bien qu'il me donne des leçons, mais s'il ne revient pas...

— Oh, il reviendra... Je me demande simplement quand, dit Madge. Tu *entends* l'esprit de Sargh ?

— Oui, bien sûr.

Il était debout devant la porte du jardin. Son ressentiment planait encore autour de lui comme une brume sombre, mais il était également attentif, ses sens en éveil. Madge lui avait demandé quelque chose ; il était heureux de lui rendre service.

— Et ceux des personnes qui habitent dans la rue ?

— Les Fiche à notre droite. Le père, la mère et les trois filles. Le vieux couple à gauche, en train de manger. Après... je ne les connais pas. Et ils sont trop nombreux. Je ne sais plus si les esprits que j'*entends* se trouvent près ou loin de nous. Les plus forts ressortent de la masse tels des vêtements colorés dans une foule et m'attirent, m'empêchent de me concentrer.

— Détends-toi, m'a dit Madge. (Elle me tenait toujours la main.) Tu sais nager ? Je vois que oui. Imagine que tu fais la planche. Tu flottes sur le dos. Le ciel est bleu au-dessus de toi. Tu es calme. Tu te sens bien. Ton esprit flotte lui aussi. Il est attentif mais pas tendu. Il est prêt à accueillir les autres esprits. À les laisser te *toucher* doucement, sans plus, sans chercher à aller plus loin.

J'avais fermé les yeux. Je sentais l'odeur alléchante de la viande et des légumes mijotant ensemble dans leur chausson de pâte croustillante. Oui, je percevais la présence de tous ces esprits – monsieur et madame Fiche et leurs trois filles, les vieux voisins, le jeune couple à l'étage au-dessus, je les sentais mais je ne m'arrêtais sur aucun d'eux et je ne me rétractais pas non plus lorsqu'une de leurs émotions me surprenait.

— C'est un jeune garçon qui vient de loin. Il a voyagé plusieurs jours ; il est fatigué et il a faim, mais il est également excité à l'idée de rencontrer des magiciens clandestins, me dit-elle.

Voilà des sentiments que je devais être en mesure de reconnaître. Où était-il ? Dans la rue. Il marchait. Épuisé, jambes douloureuses, mains glacées, doigts crispés sur son baluchon… Il cherchait la rue qu'on lui avait indiquée.

— Il n'a pas reçu d'éducation, mais il sait protéger son esprit, a dit Madge.

Oui !

J'ai senti sa présence juste à ce moment-là. Exténué, oui, les yeux brillants de la découverte de la ville, à la fois impatient d'arriver et anxieux de l'accueil qu'il allait recevoir…

Les épaules de Sargh sont impressionnantes, mais il sait aussi parler et sourire de manière à rassurer. Lorsqu'il a ouvert la porte de la cuisine pour laisser entrer le garçon, celui-ci avait le cœur battant. Pourtant, il n'avait pas peur.

— Entre, a dit Madge. Je m'appelle Madge Mayfield. Voici Élisabeth et Sargh. Comment t'appelles-tu ?

— Ian Bren.

C'était un garçon brun, pas très grand, sans doute âgé de douze ou treize ans. Vêtu comme un paysan. Son regard noir et vif nous examinait l'un après l'autre tandis qu'il restait debout à la porte.

— Assieds-toi, Ian Bren, a dit Madge en se levant et en tirant une chaise. Nous allions manger. Tu dois avoir faim, non ? Quand es-tu parti ?

— Hier matin. J'ai une lettre pour vous…

Il a posé le sac qu'il portait à l'épaule, en a sorti un pli cacheté et l'a donné à Madge. Elle a reconnu le sceau et a souri.

— Pierre… C'est donc lui qui t'envoie.

Comme le garçon ne s'asseyait toujours pas, Sargh lui a fait signe que la chaise était pour lui. Il s'est installé du bout des fesses.

— À table. Si j'en crois cette lettre, ce jeune homme a des choses à nous raconter. Il a vécu dans un petit village et a réussi à échapper à une patrouille de Chasseurs menée par Hérus Tork lui-même.

— Je ne sais pas vraiment comment j'y suis arrivé, a-t-il dit. Je me suis toujours caché, mais je ne savais pas que d'autres pouvaient le faire… Je me croyais seul.

— Tu ne l'es pas, a dit Madge. Pierre écrit que tu es avide d'apprendre ; je crains que les temps ne soient un peu troublés, ainsi que les professeurs… Mais nous sommes heureux de t'accueillir.

— Et tant que tu ne t'aviseras pas de suivre l'exemple d'Arik Renshaw, tout ira bien pour toi…

Arik était arrivé jusqu'à nous sans que ni moi ni Madge n'ayons *entendu* sa présence, et sans que l'ouïe fine de Sargh l'ait averti.

Il s'est assis à la table, a coupé un morceau de tourte et en a enfourné directement la pointe dans sa bouche grande ouverte. Puis il s'est léché les doigts un à un, avec soin et en claquant la langue après chacun, et n'a daigné se rendre compte du silence qui l'entourait que lorsqu'il a eu fini.

— Oh… je vois. Je suis censé dire que je suis désolé de vous avoir laissés sans nouvelles. Eh bien, désolé, mais je ne le suis pas. Désolé. D'être furieux et d'avoir eu besoin d'être seul pour réfléchir.

— Soit. Tu as réfléchi. Et maintenant ? a rétorqué Madge.

— Maintenant ? Je vais agir. J'ai appris des choses… Je crois que ni Zorr ni Nathan, ni aucun d'entre vous ne pourrez nier que nous ne pouvons pas rester inactifs devant cela.

Il avait changé de vêtements ; je dois supposer que Sargh ne s'était pas beaucoup trompé quant à ses moyens de survivre en ville… Toujours est-il que sous une cape de drap noir il portait une chemise à jabot de dentelle comme il les aime. Il paraissait en bien meilleur état que les jours précédents. Moins pâle, moins préoccupé par d'incommunicables pensées.

— Vous n'êtes tout de même pas allé jusqu'au château ? demanda Sargh.

— Non ! Enfin, pas tout à fait. Je vous en parlerai… plus tard.

Il a alors jeté – je suis sûre de ce que j'ai vu – un coup d'œil à Ian. Méfiant. Non, pas seulement. Hostile.

Puis il s'est levé et s'est dirigé vers la porte de sa chambre dans laquelle il a disparu avant que quiconque ait rien trouvé à lui répliquer.

CHAPITRE TRENTE-DEUX

Journal d'Élisabeth de Siff.
Trente-septième lever du dixième cent
du huit cent quatre-vingtième cycle après la Fondation.

Voilà.

C'est fait.

J'ai quitté le château.

J'en avais vraiment assez de devoir constamment tromper la surveillance de Blise, assez d'aller en classe alors que j'étais incapable d'écouter les cours, assez de me retrouver en retenue un jour sur deux, assez d'être obligée de mentir et de me cacher pour retrouver Madge et Arik.

J'ai écrit une lettre à mon père, qui ne dit rien d'essentiel, et une autre à Blise, qui n'explique pas pourquoi je dois partir mais assure qu'elle n'est responsable de rien, au contraire, qu'elle s'est toujours très bien occupée de moi et ne doit surtout pas être accusée de ma disparition.

Mes vêtements, mes livres, les cadeaux et les lettres de mon père sont dans un coffre au fond du grenier de Madge, que je partage maintenant avec ce drôle de garçon, Ian.

Arik nous a dit à quoi il a occupé ces deux derniers jours.

Il était assis dans le fauteuil d'osier, enveloppé dans son couvre-lit comme dans une cape royale, et nous autour de lui tels des sujets fascinés.

Madge cousait, Sargh fronçait les sourcils et secouait la tête, Ian regardait et écoutait cette étrange créature vêtue de chausses rapiécées et parée de bagues comme si elle avait été un animal exotique qui aurait tout à coup appris à parler. Ses yeux paraissaient vouloir lui sortir de la tête, ce que je n'ai pu m'empêcher de lui faire remarquer. Il n'a pas eu l'air d'apprécier.

Arik nous a dit qu'il avait recherché et retrouvé le malheureux gamin qui l'avait dénoncé. Sans plus de détails.

Madge ne lui a pas posé de questions.

Ce qu'il nous a révélé ensuite a de toute façon balayé notre agacement. Comment dire le sentiment d'horreur qui m'a envahie lorsqu'il a décrit la maison de la rue des Évines ? Ce n'était que la confirmation de ce qui m'a poussée à commencer ce journal, mais j'ai ressenti le même vertige, le même poids glacé sur l'estomac, la même envie de vomir.

Depuis, Nathan, Zorr et Madge discutent ferme. Arik va et vient. Il disparaît en ville pendant la journée mais dort ici, dans la chambre blanche. La plupart du temps il est calme, assez gai, plein d'énergie. Puis il devient distant et disparaît, et je sais qu'il est au temple, à genoux dans l'eau glacée de la vasque, et qu'il prie les dieux qui n'existent pas.

Le nouveau venu, Ian Bren, l'observe. Je suppose qu'encore plus que moi il s'interroge sur l'extraordinaire bonté – à moins que ce ne soit la perversité – d'un homme qui, ayant retrouvé celui qui l'a trahi, n'a exercé aucune vengeance mais l'a au contraire convaincu de se ranger dans son camp.

Nous étions dans le jardin – le temps se maintenant au beau depuis quelques jours, le ciel est bleu, l'air froid, sec et lumineux.

Je m'ennuyais un peu. J'avais envie de sortir, d'aller me promener dans les rues, de regarder la foule, les passants, les colporteurs, les acrobates et autres musiciens des rues, de respirer les odeurs du marché.

— On s'embête, hein ? a dit Ian.

— Pas vraiment. J'aimerais pouvoir aller en ville, mais je ne m'ennuie pas ici. J'ai de quoi réfléchir. Trop même, avec tout ce qui se passe en ce moment. Pas toi ?

Il m'a regardée droit dans les yeux. Il a un regard vraiment étrange. Plus vieux que son visage. Quand on le voit, on pense avoir affaire à un gamin, mais il n'en est pas un, et pourtant il manque tellement de… d'éducation.

— On le serait à moins, non ? a-t-il répondu après que je lui ai demandé s'il ne se sentait pas un peu perdu parmi nous. Personne ne m'explique rien. L'autre jour, Madge m'a dit que je suis trop jeune. Tu me prends pour un lourdaud de paysan, et l'autre cinglé me déteste, je ne sais pas pourquoi.

Paysan, balourd, mais pas stupide. Message reçu.

— Qui est-ce que tu traites de cinglé ?

— Arik, bien sûr.

— Il n'est pas fou.

— Non ? Tordu, alors, si tu vois ce que je veux dire.

J'ai mis quelques secondes à comprendre à quoi il pouvait bien faire allusion.

— Tu veux dire à propos d'Orhgon ? C'est une rumeur de cour, tu sais. Et puis quand bien même ça n'en serait pas une…

— Ce n'est pas naturel, tiens.

J'ai eu envie de lui dire que seuls les lourdauds dans son genre pensent cela, mais je me suis souvenue du message : paysan, mais pas stupide. D'accord.

— C'est ce qu'on t'a appris ? lui ai-je demandé.

— C'est ce que tout le monde sait !

— Oui. Comme tout le monde sait que les magiciens qui ne vont pas à la Haute-École deviennent tous des monstres sanguinaires ou des tordus.

Il a froncé les sourcils sous son épaisse frange de cheveux bruns, mais son regard s'est très vite animé d'une lueur rusée.

— Mmmmm, ouais, je vois. N'empêche, il pourrait s'habiller autrement. Et arrêter les cachotteries, ça déteint sur tout le monde.

— On ne veut pas te tenir à l'écart, tu sais. Mais tu viens d'arriver, et ce qui est en train de se passer est d'une importance cruciale…

J'étais en train de lui mentir.

La vérité, c'est qu'Arik n'aime pas Ian. Pour une raison que nous ignorons, il a décidé qu'il nous cache quelque chose et qu'on ne peut pas se fier à lui.

— Si j'ai bien compris, Arik veut s'attaquer à Tork mais les autres ne veulent pas. Ce que je ne sais pas, c'est qui sont ces gens avec qui il veut s'allier.

— Les réformateurs. Ils veulent qu'on leur donne la parole au sein d'un parlement représentatif des différentes parties de la société.

— Tu veux dire qu'on élise des députés comme les gens du Royaume intérieur ? Bah.

— Pourquoi « bah » ? Tu crois peut-être qu'Orhgon sera un bon roi ?

— Je ne sais pas. Ce dont je suis sûr, c'est que, si nous avions un parlement, les membres du Haut-Conseil, les maires et les présidents des corporations, bref, tous ces gens qui occupent déjà des places importantes, feraient tout pour y être élus. Ils y parviendraient, et je ne vois pas ce que ça changerait pour nous.

— C'est bien pour ça qu'Arik veut discuter avec les réformateurs. Apprendre ce qu'ils préparent. Leur communiquer ce que nous savons et ce que nous pouvons faire.

— Ils préparent quelque chose ?

— Arik croit que oui. Pour le couronnement. Mais il ne sait pas quoi.

— Et les autres sont contre ?

— En quelque sorte. Madge, Zorr et Nathan ne veulent pas d'action brusque et irréfléchie.

— Madge et Nathan ont vu trop de gens mourir. Zorr est un lâche.

Arik était arrivé derrière nous sans bruit, comme à son habitude. Il portait une grande boîte couverte de poussière et de toiles d'araignées dont son pantalon multicolore et la manche droite de sa chemise étaient couverts.

— Mais, dit-il, vous êtes jeunes et doués, et je ne crois pas que vous ayez peur. Est-ce que ça vous dirait de vous entraîner à quelques petits jeux ?

— Comme faire la poussière ?

— Madge m'a dit que quelqu'un devait s'occuper de vous,

expliqua Arik, ignorant la remarque de Ian. Je suis allé au grenier où j'ai retrouvé ceci.

Il a posé la boîte sur le sol.

— Zorr et moi avons appris pas mal de choses grâce à elle, a-t-il expliqué en l'ouvrant.

L'intérieur était divisé en quatre compartiments.

Remplis de lumière.

C'est ce que j'ai cru d'abord voir : une lueur bleutée, des éclats d'émeraude et de nacre et des étincelles.

Arik a plongé la main au sein de la lumière; quand il l'a tendue vers nous, une balle vert et bleu, couleur d'eau, de mare, de rivière et de lacs de montagne, tournait sur sa paume ouverte.

— Il y en a une par élément. Voici l'eau.

Il a laissé flotter la balle dans l'air et en a pris une autre dans le compartiment voisin. Brun rouge. Couleur de poterie, de brique, de champ fraîchement labouré. La terre.

La troisième était transparente, pareille à une bulle de cristal si fine qu'on voyait juste les reflets irisés du Solaire à sa surface.

— L'air.

La dernière, couleur de flamme, de lave et d'or en fusion, paraissait brûlante, mais Arik n'a pris aucune précaution particulière pour la saisir. Elle a rejoint les trois autres.

— Et le feu. Tu as déjà essayé de contrôler le feu, Élisabeth ?

Il souriait. C'était donc une plaisanterie, mais je ne voyais pas pourquoi.

— Au château ? Vous savez bien que c'est impossible.

— Et toi, Ian ?

Ian regardait les balles comme un affamé regarde une miche de pain, et pourtant il était pâle comme un linge.

— C'est quoi, ça ?

Il s'est penché, a posé le doigt sur une pastille de métal placée à deux doigts sous la serrure. J'ai entendu un déclic, et un tiroir est apparu. À l'intérieur brillaient cinq sphères d'une indéfinissable couleur à la fois laiteuse et dorée, comme si elles étaient faites d'un mélange de mercure, de nacre liquide et d'or en fusion.

— Hé ! De quel élément s'agit-il ?

— Aucun. Celles-là servent à l'entraînement au combat. Je suppose qu'elles ont la couleur de l'âme… Mais on ne peut pas les utiliser avant d'avoir maîtrisé les quatre autres.

— Et vous savez vous en servir ?

Arik a failli répondre. Mais il s'est aussitôt ravisé, s'est levé et a disparu à l'intérieur de la maison. Il en est revenu avant que j'aie pu dire à Ian qu'il était inutile de jouer les matamores.

Arik était allé chercher son épée. Sur un geste de sa main, les bulles d'or et de nacre sont sorties de leur compartiment secret. Puis il s'est mis en garde.

Les sphères ont tout de suite changé d'aspect. On aurait dit que l'étrange liquide dont elles étaient constituées s'était mis à bouillir. Pourtant, elles conservaient leurs formes parfaites. Elles se sont regroupées à hauteur du visage d'Arik et ont paru attendre quelque chose, un peu à la manière d'un essaim d'abeilles.

— Les règles du combat avec les sphères sont très simples, a dit Arik. Elles attaquent, on se défend. En garde !

Comme il prononçait le dernier mot, l'une d'elles s'est détachée du groupe et a foncé sur lui. Il l'a arrêtée d'une parade impeccable. Les quatre autres se sont écartées les unes des autres et se sont mises à tourner lentement autour de lui.

— Je dois préciser que leur contact brûle comme l'acide, a dit Arik en se fendant pour éviter une attaque groupée de deux d'entre elles.

À côté de moi, Ian le regardait, bouche bée.

Quoi, il n'avait jamais vu personne se battre à l'épée ? Non, me dis-je, là d'où il vient, probablement pas.

J'étais aussi fascinée que lui. Les bulles qui encerclaient Arik tournaient et virevoltaient ; il bondissait, parait, se fendait, et chacun de ses gestes était une merveille de précision et d'élégance, chacun de ses mouvements était aussi souple et précis que ceux d'un danseur.

Je ne sais pas quand l'inquiétude a remplacé l'émerveillement. Peut-être au moment où il est parvenu à en couper une en deux. Un éclair a jailli, un liquide a coulé sur les graviers qui se sont mis à bouillonner. La sphère n'avait pas disparu, au contraire : deux autres l'avaient remplacée. Elles étaient plus petites mais, me sembla-t-il, plus rapides. Plus hargneuses aussi ; elles tentaient de surprendre Arik, qui était contraint à encore plus de vigilance – et ne pouvait plus attaquer. Il en a coupé une deuxième en deux ; je me suis préparée à voir de l'acide tomber sur sa main, mais celle-ci contenait des plumes ! Les deux fruits de sa division ont commencé à aller et venir autour du magicien, feignant d'attaquer, reculant, sifflant au ras de son bras levé ou à quelques centimètres de son visage.

Il ne nous voyait plus. De la sueur coulait le long de ses tempes. Ses pieds dansaient sur le gravier, son regard allait de la pointe de son épée aux sphères en apparence infatigables, de plus en plus nombreuses, de plus en plus rapides.

Soudain, elles se sont immobilisées puis regroupées. Arik, l'épée à la main, tenait un globe lumineux en respect lorsqu'un éclair en a jailli, le touchant à la cuisse. Visiblement dépité, il s'est mordu la lèvre mais a continué à faire face. Le globe a lancé un autre éclair, puis deux, trois, quatre…

Nous retenions notre souffle.

Arik a paré tous les coups qui se succédaient de plus en plus forts, de plus en plus vite, a été à nouveau touché à la jambe, est parvenu à arrêter l'attaque suivante, a été atteint au bras et a dû affronter une véritable pluie d'éclairs.

Je ne sais pas ce qui m'a prise alors. J'ai lancé mon esprit contre la sphère. Aussitôt, elle s'est divisée en cinq bulles d'or et de nacre liquide. Arik s'est tout à coup retrouvé sans adversaire.

Déçu.

— Je suis désolée. J'ai cru… J'ai eu peur.

Un geste a suffi pour que les sphères, tels des animaux bien dressés, rentrent dans le compartiment secret.

— Ce n'est pas grave. Elles ne se rassemblent que lorsqu'on arrive à un certain degré de… concentration. Je voulais vérifier quelque chose.

— Comme si tu ne le savais pas déjà…

C'était Madge, un demi-sourire flottant sur ses lèvres. Je crois qu'elle avait tout vu et qu'elle n'était pas mécontente de l'effet produit sur Ian par la démonstration d'Arik. Il était raide et muet, le nez pincé, la bouche pendante, avec un regard vitreux d'écureuil mort saisi par un étonnement trop grand pour son tout petit cœur…

— Arik, si tu en as fini avec ces jeunes gens, j'aimerais que tu viennes parler de ce que nous avons décidé avec Nathan et Zorr.

Arik venait de refermer la boîte à clé. Lentement il a rangé son épée dans son fourreau.

— Ce qui veut dire ?

— Qu'une situation exceptionnelle appelle des décisions exceptionnelles. Nous allons discuter avec ces réformateurs. Mais pas avant d'en avoir parlé entre nous, bien sûr.

— J'arrive. Un mot à dire à ces deux-là et je suis à vous.

Il a passé la main sur ses yeux pour en écarter les mèches de cheveux collées par la sueur.

— Madge ne vous a jamais dit pourquoi nous tenons si bien à l'écart ceux que nous avons réussi à enlever à l'École ?

Je ne m'étais jamais posé la question. Les protéger d'Hérus Tork me semblait une motivation suffisante.

— Ni Nathan ni Zorr ne vous raconteront rien… Mais sachez une chose : d'une manière où d'une autre, tout cela finira par une guerre, et nous allons la mener seuls. Sans autres troupes que nous-mêmes. Il y a environ cinq cycles – Zorr et moi venions à peine d'arriver ici –, Nathan et Madge ont tenté d'éliminer le directeur de la Haute-École, Mérot l'Ancien. Ils ont échoué. Les jeunes gens qui les accompagnaient ont été tués ou les ont trahis. En un soir, deux générations de mages ont été éliminées. C'est pour cela qu'ils ont si peur et qu'ils ne risqueront pas d'autres vies que les leurs et les nôtres. Vous comprenez ?

Arik a pivoté sur ses talons sans attendre ma réponse.

Quant à moi, j'ai pris la boîte de bois et l'épée qu'il avait laissées derrière lui, et je suis allée les ranger dans sa chambre, qu'il ne fermait jamais à clé.

CHAPITRE TRENTE-TROIS

N'oubliez jamais ceci : utiliser les pouvoirs de leurs mages a des conséquences sur le comportement des sujets du Royaume extérieur. Cela les rend paresseux, faibles et stupides. En un mot, décadents.

Général Danys diCaravetto
(père d'Esquira diCaravetto),
Mémoires de guerre.

On accédait au grenier de l'entrepôt par un escalier situé tout au fond.

Maître Tornot l'avait aménagé de manière à pouvoir l'utiliser comme bureau. Sur les étagères, il conservait des registres de comptes, des bocaux de prunes et de cerises à l'eau-de-vie et des bouteilles de liqueur dont les flancs rebondis avaient, à la lueur des lampes, des reflets d'ambre et de rubis.

On y trouvait aussi une grande table flanquée de bancs et de tabourets d'où, une fois assis, on pouvait observer ce qui se passait en bas à travers les poutres entrecroisées.

Arik, Sargh, Violette, Lapaire et Germain venaient d'arriver. Maître Tornot les invita à s'asseoir à la grande table et s'excusa aussitôt. Il revint quelques minutes plus tard, portant un grand panier dont il sortit un jambon, du pain, des fruits et des bouteilles de cidre.

— Qui attend-on ? demanda Arik pendant que Germain se jetait sur le pain et le jambon que Sargh avait entrepris de couper.

— Guy de Norrœke, dit Lapaire. On ne fait rien sans lui.

Du temps s'écoula.

En traversant l'entrepôt, Germain avait trouvé le manuscrit de sa pièce éparpillé à terre. Il entreprit de remettre de l'ordre dans les pages. Il classa quelques feuilles, mordit dans une pomme, classa à nouveau, réalisa que cette activité accroissait sa nervosité au lieu de la diminuer, mais continua, incapable de demeurer inoccupé.

Arik l'observait, souriant à demi. Au bout d'un moment, il se pencha pour prendre une feuille blanche et, du bout de ses longs doigts, commença à la plier. Oscar Lapaire, qui s'entretenait à voix basse avec Violette, lui jetait des regards tantôt curieux, tantôt méfiants.

— Qu'est-ce qu'ils fabriquent ? finit par demander Germain.

Son manuscrit avait retrouvé sa forme initiale. L'impatience et la nervosité étaient à nouveau là, prêtes à le submerger.

Guy de Norrœke et Oscar Lapaire avaient été très surpris d'apprendre que les magiciens clandestins désiraient s'entretenir avec eux. Ils avaient néanmoins accepté de les rencontrer. Germain espérait de tout son cœur que cela signifiait qu'ils avaient compris Arik. Ce n'était toutefois qu'un espoir, et son intuition lui disait qu'il faudrait plus d'une réunion pour que les deux parties se comprennent et se rapprochent vraiment.

Au même moment, Oscar Lapaire observait le magicien du coin de l'œil. Il regardait les bagues dont les pierres étincelaient à ses doigts, et les doigts eux-mêmes qui pliaient le papier avec agilité. Il ne pouvait s'empêcher d'admirer la précision des gestes. Dans ses petits yeux noirs cachés au creux de plis de graisse, Germain devina comme un intérêt professionnel.

— Pourquoi sont-ils en retard ? demanda-t-il à nouveau.

— Ils arrivent, dit Arik.

Il avait terminé son pliage. Un oiseau était perché au bout des doigts de sa main droite posée à plat sur la table. Violette écarquilla les yeux et poussa un petit cri en le découvrant.

— Oh, il vole !

— Bien sûr, dit Arik.

L'oiseau battait des ailes. Contrairement au papillon, Arik ne l'avait pas paré des couleurs de la vie. La lueur des lampes soulignait les pliures du papier qu'il avait utilisé. L'oiseau écartait pourtant les plumes de sa queue et agitait ses ailes. Germain sentit un frisson couler le long de son échine.

Quelques secondes plus tard, il vit s'inscrire dans l'embrasure de la porte une haute silhouette vêtue d'une cape : Guy de Norrœke, sa chevelure aile de corbeau, ses yeux sombres et attentifs balayant l'assistance d'un regard auquel aucun détail ne semblait échapper. À côté de lui se tenait un jeune garçon d'une douzaine d'années, vêtu comme un page.

Germain entendit un bruit et, sans trop savoir pourquoi, se tourna vers Arik. Il s'était levé et fixait l'enfant qui accompagnait Norrœke. L'oiseau de papier était mort froissé dans son poing serré.

— Vous vous moquez de moi, dit-il.

Le jeune garçon s'était rapproché de la table. Ce n'était pas un page. Il en portait les vêtements, mais autour de son cou des perles et du velours ornaient un collier de métal d'où pendait une chaîne. Germain suivit des yeux les maillons et vit que Norrœke la tenait entre ses mains. Le visage du jeune garçon était fin, lisse, impassible. Ses doux yeux bruns étaient sans expression.

Ses deux mains avaient été coupées à la hauteur des poignets.

Germain avait entendu dire que certains nobles obtenaient de l'École d'excellents sujets qu'ils mutilaient au cours de leur dernière année de formation, autant pour augmenter et affiner leurs capacités que pour les terroriser.

— Non, vous ne vous moquez pas, reprit Arik.

Il ouvrit la main et laissa tomber la boule de papier sur la table.

— Vous me provoquez.

— Étouffe-le, Kristan, dit Guy de Norrœke.

— M'étouffer ? Vous voulez rire.

— Tout de suite.

— Si vous tenez à vous mesurer à moi, que ce soit l'épée à la main. Ce gosse n'a pas le choix. S'il refuse de vous obéir ou s'il échoue, son maître le punira. Mais, s'il m'attaque, je répliquerai et, croyez-moi, je préfère le tuer plutôt que de le laisser retourner à la parodie d'existence qui est la sienne.

— Ne l'écoute pas, Kristan, obéis.

Le visage au teint frais et les yeux de l'enfant étaient si dépourvus d'expression que Germain douta qu'il eût encore l'usage de ses sens. Pourtant, il replia ses bras contre sa poitrine. Germain sentit alors l'air de la pièce bouger. Une onde aussi puissante que malsaine ébranla l'atmosphère.

Arik leva la main droite. L'extrémité de ses doigts brillait. Germain se rappela ce qui s'était passé le jour de son arrestation : la merveilleuse lumière en avait coulé tel un flux vivant.

Ce fut différent cette fois. La lumière se rassembla en une boule de feu qui jaillit de sa main et frappa le jeune garçon en pleine poitrine. Il chancela, manqua tomber, se redressa d'un habile coup de reins – pas de main pour se rattraper au bord de la table, nota avec horreur un coin du cerveau de Germain – et tenta une nouvelle attaque dont Germain sentit la pression sur son visage et ses mains.

Les yeux brillants, les lèvres relevées en un rictus de dégoût, Arik répliqua par une deuxième boule de feu.

Le jeune garçon tomba à genoux. Germain, à cet instant précis, vit la mort dans les yeux du magicien. Élisabeth entra dans la pièce.

— Arik, non.

— Non ? Et pourquoi non ?

— Parce que c'est un être vivant. Un être humain comme vous et moi.

— Comme moi ? Certainement pas !

Il se tourna vers Norrœke.

— C'est d'ailleurs pour cela que vous l'avez amené. Parce que ce n'est plus un être humain.

— Arik, s'il vous plaît. Si vous sondez son esprit, vous verrez qu'il préférerait tout de même vivre…

Arik jeta un coup d'œil écœuré au gamin étendu par terre, les bras repliés, les genoux ramenés contre sa poitrine. Son pourpoint réduit en lambeaux laissait voir la chair brûlée. L'odeur de viande grillée souleva l'estomac de Germain.

— Hélas…, dit Arik.

Il s'assit.

— Soit. Je ne le tue pas. Et alors ?

Le garçon s'était levé. Il prit place sur le banc, à gauche d'Oscar Lapaire. Norrœke s'installa à l'extrémité de la table, face à Arik.

— Qui est cette jeune personne ? demanda-t-il.

La jeune fille s'était glissée à côté de Germain pendant que Sargh se levait pour se poster près de la porte.

— Élisabeth de Siff, dit Arik. La fille de Bertrand de Siff, votre contact dans l'armée.

Guy de Norrœke encaissa la nouvelle avec plus de difficulté qu'Élisabeth. Celle-ci foudroya Arik du regard.

Norrœke manqua s'étrangler.

— Mensonge…

— Non, dit Élisabeth. Secret. Mon père ne sait pas qui je suis et, jusqu'à cet instant, je ne faisais que soupçonner ses activités. Vous et vos amis êtes nombreux à douter que les magiciens puissent devenir des êtres humains à part entière hors de l'École : Arik et moi, et ceux que nous représentons, sommes la preuve que, si on fournit une éducation normale à ceux qui possèdent des dons de magie, on en fait des hommes et des femmes comme les autres.

La jeune fille avait mis toute la force de sa personnalité dans ses paroles. Seules les phalanges de sa main crispée sur le bord de la table trahissaient le choc reçu.

— Comme les autres, non, dit Norrœke, vous ne me ferez jamais croire cela. Votre présence ici atteste de l'existence de magiciens libres et sains d'esprit. C'est un fait, nous ne pouvons nous permettre de l'ignorer. Reste à savoir pourquoi vous avez choisi de vous révéler à nous. Qu'avez-vous à nous dire ?

À côté de lui, le jeune garçon gémissait en se balançant d'avant en arrière. Arik, dans un mouvement d'impatience, plongea la main dans une poche de son pourpoint et lança une fiole de verre à Violette.

— Donnez-lui ça. C'est du jorne, ça va le calmer.

Et, pendant que la jeune femme prenait le garçon par les épaules, ouvrait le flacon et en introduisait le goulot entre ses lèvres, il posa les coudes sur la table, réunit l'extrémité de ses longs doigts et dit :

— Ce que j'ai à vous dire devrait vous faire comprendre pourquoi nous devons parler, et peut-être agir ensemble. Mais, d'abord, laissez-moi vous expliquer une chose : je vous connais tous. De près ou de loin, je vous observe depuis des années. J'ai acheté vos bijoux, monsieur Lapaire, pour moi et pour d'autres. J'ai bu votre bière, maître Tornot, et j'ai vu vos pièces, Germain Comsic, et lu ceux de vos pamphlets qui circulent sous le manteau… Quant à vous, Guy de Norrœke, je vous connais aussi parce que, même si je ne savais pas quel rôle exact vous aviez dans le mouvement des réformateurs, on m'a rapporté ce qui se passe dans les campagnes, et votre nom est fort souvent revenu…

» N'ayez crainte, dit-il, balayant d'un geste l'inquiétude qui se lisait déjà sur les visages des cinq hommes. Germain peut attester que je n'ai jamais été en mesure de parler de qui que ce soit à Hérus Tork.

Germain, qui se versait du cidre, sursauta et en répandit à côté de son gobelet.

— Je leur ai déjà raconté tout ce qui s'est passé.

— Nous vous croyons, dit Guy de Norrœke. Si nous étions en danger à cause de vous, nous le saurions déjà. Néanmoins, un point m'intéresse – c'est une question de sécurité pour nous aussi. Comment vous ont-ils eu ? Après tout, vous aviez réussi à tromper tout le monde pendant des années.

— On m'a dénoncé. J'étais sur les remparts le soir de la mort du vieux roi. J'*écoutais*. Quelqu'un m'a vu, a compris ce que je faisais et s'est empressé d'aller voir Hérus Tork. Mais ça n'a pas d'importance. Je disais que je vous connaissais. Vous, vous ne me connaissez pas. Vous ne savez rien de ma vie ni de celle de mes amis.

Il se tourna vers Germain.

— Que pensez-vous, Germain, au sujet de l'égalité entre les hommes ?

— Eh bien… balbutia-t-il, surpris.

Où était le piège ? Il devait y en avoir un, sans quoi Arik ne l'aurait pas regardé comme s'il était un pion de jeu d'échecs – un pion tout juste sorti des latrines du château.

— Eh bien, énonça-t-il lentement, nous pensons que tous les hommes sont égaux. Que rien ne donne aux nobles le droit aux privilèges qu'ils ont. Que les décisions prises par le roi et le Haut-Conseil devraient...

— Tous les hommes sont égaux. Bah ! Les hommes ne sont pas égaux, mon petit Germain. S'ils l'étaient, je ne serais pas ce que je suis, vous n'auriez pas cette plume, et l'auberge de maître Tornot n'aurait rien de plus que ses concurrentes.

» Les hommes sont tous différents.

» Les dieux – auxquels vous ne croyez pas, je le sais, mais c'est une autre affaire – leur ont donné à tous des talents aussi variés qu'il y a de fleurs dans les champs. Mais ils ont les mêmes droits, en cela vous avez raison. Celui de manger à leur faim, d'avoir un toit, de recevoir une éducation et de vivre en accord avec eux-mêmes.

Arik s'était levé. Il marchait de long en large sans toutefois quitter ses interlocuteurs du regard. Glissant un œil de côté, Germain vit Guy de Norrœke hausser les sourcils avec une expression de curiosité mêlée d'inquiétude.

Arik fit tout à coup volte-face et se planta devant le bijoutier.

— Dites-moi, Oscar Lapaire, à quel âge avez-vous su que vous étiez fait pour cette indispensable profession qui est la vôtre ?

Le gros homme, qui ne voyait pas où il voulait en venir, se mit à bafouiller.

— Je... je ne sais pas. Vers six ou sept ans. Lorsque j'ai commencé à comprendre comment le forgeron de notre village transformait le fer en outils, en épées et en quantité d'autres objets.

— Et vos parents, qu'en ont-ils pensé ?

— Ils m'ont encouragé, bien entendu, s'exclama Lapaire.

Son père, un apothicaire de renom, avait toujours été amateur de beaux objets. Il avait tout mis en œuvre pour que son fils soit placé comme apprenti chez les meilleurs artisans. Qu'il soit devenu un des orfèvres des plus en vogue à la capitale faisait sa fierté.

— Bien entendu, singea Arik, la voix débordant de venin. Le seul d'entre vous peut-être capable de comprendre ce que l'on peut ressentir lorsqu'on se rend compte que les pouvoirs que les dieux vous ont donnés vous condamnent à une vie d'esclave, c'est notre ami Germain.

» Les gens aiment rire, n'est-ce pas, Germain ? Ils aiment les clowns mais, quand ils en parlent, ils les appellent bouffons et les méprisent. Germain sait ce que se battre pour imposer son talent signifie. Mais vous, Lapaire, vous seriez-vous battu ? Et vous, maître Tornot, seriez-vous devenu aubergiste si cela avait signifié l'emprisonnement, la torture ou la folie ?

— Je ne sais pas, bredouilla l'aubergiste, surpris d'être interpellé. Je n'y ai jamais réfléchi.

L'embarras de maître Tornot arracha des rires gênés à l'assistance.

— Vous êtes tous prêts à soutenir des gens qui veulent la liberté pour eux-mêmes et leurs semblables, mais qui n'hésiteront pas, une fois débarrassés d'Hérus Tork, à lui emprunter quelques-unes de ses belles idées et à continuer de faire des magiciens des esclaves.

Oscar Lapaire s'agita sur son banc.

— Ce ne sont pas des esclaves, protesta-t-il.

— Ah bon ? Et qu'est-ce donc, d'après vous, qu'obliger des êtres humains à effectuer les mêmes tâches du matin au soir, jour après jour, année après année ?

— Une manière de protection. Comment utiliseriez-vous vos pouvoirs si la Haute-École ne vous éduquait pas ? Vous seriez très dangereux.

— Certes, approuva Arik en lui offrant son plus beau sourire carnassier.

Il se tourna vers Guy de Norrœke.

— Sire de Norrœke, demanda-t-il, tout à coup faussement badin, pourquoi doit-on changer si souvent les jeunes mages qui actionnent vos moulins ?

Norrœke hésita.

— Allons, lancez-vous. Est-ce si terrible ?

— Non, dit Norrœke, visiblement agacé, on les change parce qu'ils essaient de s'enfuir...

— Ou bien ?

— Ils deviennent fous...

— Ou encore ?

— Ils se suicident...

Arik, au moment où il parlait, avait levé la main. Il la bougea. Un geste rapide, comme celui de saisir puis de jeter quelque chose. Au même instant, tous les verres et toutes les bouteilles posés sur la table s'élevèrent dans l'air. Ils y demeurèrent tant qu'Arik parla.

— Voyez-vous, Guy de Norrœke, pour moi, entraîner un moulin est *facile*. Aussi facile que de faire flotter en l'air cette table et ces bancs (un autre geste, et tous se retrouvèrent assis à vingt centimètres au-dessus du sol) ou bien (un autre geste) de créer des illusions. (À côté des chandelles déjà allumées, d'autres apparurent par dizaines, flottant dans la pièce tout autour d'eux.)

» Mais, voyez-vous, si je peux faire cela – et bien d'autres choses encore –, c'est qu'aucune école ne m'a jamais châtré. Personne ne m'a jamais réduit à l'état où Hérus Tork et les siens réduisent leurs élèves.

» La Haute-École nous tue, messieurs. Entraîner un magicien pour qu'il effectue, sa vie durant, le même tour de passe-passe, c'est tuer son esprit. Et c'est, dans la majorité des cas, le condamner soit au suicide, soit à la folie.

» Je sais que vous n'avez pas encore réfléchi à ce que vous ferez de nous si vous prenez le pouvoir – si je ne vous avais pas parlé, vous auriez décidé de perpétuer l'ancien ordre –, plus par inconscience que par cruauté, d'ailleurs. Mais je vous ai parlé et, si vous voulez vraiment le bonheur des hommes – de tous les hommes –, réfléchissez-y.

— Vous disiez avoir des informations à nous communiquer.

Le discours d'Arik avait visiblement touché Guy de Norrœke. Mais celui-ci n'était pas homme à montrer son émotion. Et Arik était trop habile pour faire perdre la face à un allié potentiel. D'un geste, il effaça toutes les illusions et reposa les bancs et la table à leur place.

— Envoyez quelqu'un rue des Évines. Vous y trouverez une maison tenue par une très brave femme, une certaine Angélie Denande. Cinq garçons vivent là depuis quelques dizaines à peine. Et depuis quelques levers, des jeunes filles les ont rejoints. D'après vous, que finira-t-il par se passer entre des jeunes gens que l'on laisse libres d'aller et venir à leur guise pour la première fois de leur vie ?

— Vous ne voulez pas dire…

— Je veux dire exactement ce à quoi vous pensez. C'est la grande force d'Hérus Tork : ce dont les autres ont peur, il le fait. Le but de l'École est d'éduquer les magiciens pour que leurs pouvoirs soient utilisés pour le bien de tous. Pourquoi ne pas faire en sorte que ces capacités soient utilisées au mieux ? Pourquoi ne pas les cultiver comme on le fait avec les meilleurs chevaux ou les graines les plus productives ? Garçons et filles ont bien évidemment été choisis parmi les meilleurs éléments de leurs Écoles respectives.

— Et vous croyez que cela peut marcher ?

— Qu'en pensez-vous, mon cher Lapaire ? Auriez-vous besoin d'un nouvel ouvrier pour fondre votre or et votre argent ?

Le gros homme rougit et baissa les yeux.

— Tout le monde sait que les enfants de magiciens sont souvent doués… et vous pouvez compter sur Hérus Tork pour faire le meilleur usage de ce qu'il obtiendra. Dans moins d'un cent, si vous n'avez rien fait, non seulement il aura complètement assis son pouvoir sur le roi et le Haut-Conseil, mais en plus il aura les moyens de réduire en pièces toute organisation secrète qui entretiendrait des espoirs de conquête du pouvoir.

Arik s'adossa au mur. Devant lui, l'oiseau de papier froissé bougea et lentement, comme animé d'une vie intérieure, commença à reprendre sa forme initiale.

Guy de Norrœke réfléchissait.

Allons, se dit Germain, parlez ! Dites-lui ce que vous mijotez depuis des semaines. Vous ne trouverez pas de meilleur allié !

— D'accord, dit Norrœke. Vos arguments sont plus que recevables. Nous ne pouvons tolérer cela… De notre côté, nous avons eu l'occasion de prendre contact avec des envoyés du Royaume intérieur. Il en est ressorti que le Premier ministre du Royaume intérieur en a assez de gâcher les forces de son pays dans une guerre interminable. Mais, si Hérus Tork construit son mur, il n'hésitera pas à lancer contre nous la puissance de toutes ses armées.

— Son mur ? Quel mur ?

L'oiseau dont les ailes se défroissaient lentement, comme sous l'action excessivement douce d'une main, cessa de bouger.

Guy de Norrœke apprécia pleinement l'instant : un espion ne déteste rien plus que de se rendre compte qu'il ne possède pas une information essentielle. Mais il avait compris que l'homme qui se tenait devant lui, ce magicien dont les pouvoirs dépassaient sans doute tout ce qu'il était capable d'imaginer, qui avait trompé Orhgon et la cour, qui avait survécu aux traitements infligés par Tork… cet homme-là, s'il devenait leur allié, serait un allié décisif.

Il n'abusa pas de sa position.

— Hérus Tork a l'intention d'élever une gigantesque muraille le long de la frontière qui sépare nos deux royaumes, de Paladance à Avolinas. Pas un mur ordinaire… plutôt une série de places fortes reliées les unes aux autres, une sorte de ville fortifiée qui s'étirerait sur des milliers de kilomètres, défendant la frontière et permettant enfin à l'armée qui y logerait d'atteindre le cœur du Royaume intérieur sans perdre contact avec ses lignes arrière.

Arik absorba l'information.

— La construction a-t-elle commencé ?

— Oui, à Paladance. La ville étant déjà fortifiée, cela passe pour un simple renforcement des structures déjà existantes.

Germain eut l'impression qu'un poids supplémentaire venait de se placer sur les épaules d'Arik. Le magicien posa ses deux mains à plat sur la table.

— Je dois en parler à mes amis. Nous n'étions pas au courant et nous allons devoir en discuter. Nous sommes néanmoins prêts à vous aider, à une condition et une seule : avoir la certitude que vous comprenez vraiment que vous avez affaire à des personnes libres et non à des esclaves ; et que, quelle que soit la forme de gouvernement que vous obtiendrez, vous vous engagerez à faire cesser les activités de l'École.

— Et qui empêchera les magiciens de mal se conduire ?

— Nous. Qui éduque les enfants que j'ai sauvés, d'après vous ?

— Vous réalisez que vous allez priver le Royaume de forces dont il a besoin ? Qui fera tourner les moulins municipaux ? Qui actionnera les pompes à eau ? Qui éclairera les rues ?

— Vous trouverez des gens prêts à discuter de cela parmi nous. Mais pas avant d'avoir renoncé à l'École.

Norrœke hocha la tête. Il acceptait que l'idée fasse son chemin.

— Et vous pourrez nous débarrasser d'Hérus Tork ?

Arik sourit. Son sourire de cour, à la fois charmeur et distant, séducteur et glacé.

— J'y prendrai le plus grand plaisir. Mais je dois avant tout parler à mes amis. J'imagine que maître Tornot ou Germain Comsic pourront nous mettre en contact dès que nécessaire.

Guy de Norrœke se leva et fit signe au jeune mage de le suivre. Il atteignait la porte quand il se retourna.

— Accepteriez-vous de parler à Orhgon ?

— Pourquoi pas ? J'ai aussi un compte à régler avec lui.

— Non. Juste parler. Il vous écouterait, n'est-ce pas ? Une fois la surprise passée.

Germain vit un étrange nuage passer sur le visage d'Arik. La rumeur avait toujours dit qu'il était l'amant du prince mais, après tout, aucune des personnes présentes ne savait si elle était fondée. Quels souvenirs pouvaient bien revenir à sa mémoire ?

— C'est envisageable.

— Bien. Dans ce cas, j'attendrai que Germain m'apporte de vos nouvelles.

Norrœke se leva, suivi de Lapaire et de Violette. Élisabeth s'apprêtait à les accompagner ; Arik l'arrêta en haut de l'escalier. Germain était trop près d'eux pour ne pas entendre leur dialogue.

— Élisabeth… murmura Arik, je suis désolé, j'aurais dû te parler de ton père avant.

La jeune fille répondit sans le regarder.

— Je me doutais de quelque chose.

— Tu n'aurais pas dû l'apprendre en public.

Elle haussa les épaules. Ils étaient debout à la porte, chacun adossé à un montant. Et, tout à coup, Germain se rendit compte que si Élisabeth agrippait le bois couleur de miel, c'était pour ne pas tendre la main vers Arik. Qui lui-même mettait toute son attention à ne pas se pencher, ne pas lever les mains vers elle, ne pas montrer qu'il avait envie de manifester sa tendresse en la serrant dans ses bras.

Germain détourna le regard.

— Il faut aller rapporter tout cela à Madge, dit-il en prenant un air qu'il trouva merveilleusement dégagé.

— Tout de suite, dit Arik exactement sur le même ton.

CHAPITRE TRENTE-QUATRE

Dans la plupart des villes du Royaume extérieur, les fêtes du Haut et du Bas-Solaire sont les plus importantes du cycle. À Dramanorre, il n'y en a pas d'autres.

Harold Botta,
Géographie des terres connues et inconnues.

Le Solaire venait à peine de se coucher lorsque Raoul des Crapauds, Dassouf et Gillil sortirent de la maison de la rue des Évines, portant chacun un lampion en papier coloré de jaune et de rouge.

— Tu es sûr qu'on peut y aller ? demanda Dassouf à Raoul.

Ils avaient eu la permission de participer à la fête. Frédil et Mazid étaient sortis cinq minutes après qu'on le leur eut annoncé et avaient dévalé la rue pour rejoindre leurs amis sans se poser de questions.

Et ils étaient partis avec les filles. Mais ça n'avait, se répéta Raoul, aucune importance…

— Comment ça, je suis sûr qu'on peut y aller ? répliqua-t-il de sa voix la plus ferme. Je croyais que vous étiez d'accord !

Il avait passé une bonne partie des nuits précédentes à leur expliquer ce qu'Arik lui avait dit. Raoul désespérait de parler aussi bien que lui – c'était un plaisir de l'écouter, surtout lorsqu'il disait exactement ce qu'il avait toujours voulu entendre – mais il avait fait de son mieux.

Et il savait qu'il suffirait que Gillil et Dassouf le rencontrent, lui, Arik Renshaw, pour être définitivement convaincus.

Et dire qu'à cause de moi… Non, il a dit qu'il ne m'en voulait pas… Mais tout de même… Ce n'est pas le moment d'y penser…

— On est d'accord sur les principes, dit Dassouf, mais si c'était un piège ?

Arik lui avait donné rendez-vous sur les quais.

Viens avec tes amis, avait-il dit, vous rencontrerez des gens qui veulent combattre Hérus Tork et qui ont besoin de vous.

— Un piège ? Si quelqu'un peut les piéger, c'est nous. Vous vous rendez compte à quel point ils nous font confiance en nous donnant cette adresse ?

— C'est vrai, Dassouf, dit Gillil. C'est eux qui prennent un risque, pas nous. Allez, on y va. De toute façon, les quais, c'est le meilleur endroit pour la fête.

Rien, dans le pâté de maisons où ils vivaient, ne transpirait des réjouissances dont Raoul entendait parler depuis des jours. Des bougies brûlaient sur le rebord des fenêtres de la rue en pente, mais c'était tout. Dans le ciel obscur, débarrassé des nuages par un petit vent froid, brillaient quelques solaires lointains. Le Lunaire montant commençait tout juste à teinter d'argent les ardoises des toits.

Raoul agita le sac rempli de petites bougies cylindriques que Dassouf lui avait fourré dans les mains quelques minutes plus tôt.

— Qu'est-ce que je fais de ça ?

— Tu ne sais pas ? On ne fête pas le Bas-Solaire chez toi ?

— Non, et ici ça va tellement de soi que personne n'explique.

Dassouf lui prit le sac des mains, Gillil lui donna une grande tape dans le dos.

— Quel sot ! C'est très simple : tu arrives chez les gens avec une bougie allumée que tu mets sur un bougeoir, dans un pot, sur une assiette… peu importe. En échange, tu manges du pain d'épice, des beignets, des gâteaux, des pâtés, tu bois du vin chaud, tu t'amuses… Et tant que tu apportes de la lumière, tu peux entrer partout ! Allez, on y va, le dernier en bas est une andouille.

Il commença à courir. Les autres le suivirent, et ils dévalèrent la rue en sautant par-dessus les fontaines et en poussant des cris de joie.

Les quais grouillaient de monde. De braves bourgeois, des artisans et des commerçants se promenaient en famille, des lampions à la main. Des amoureux se bécotaient en attendant que les vendeurs de beignets les servent tandis que des enfants couraient entre les étals décorés de dizaines de bougies. Des milliers de flammes dansaient dans l'air qui, malgré l'absence de nuages sentait la neige, le froid, les rocs nus des montagnes lointaines et la friture.

Les propriétaires de péniches avaient suspendu des lampions de couleur à des fils tendus d'un bout à l'autre de leurs embarcations. Les bateliers accueillaient tous ceux qui leur portaient la lumière en leur servant des parts de pudding aux fruits confectionné au début de leur voyage et conservé depuis des mois dans de l'alcool de prune ou de poire. Des berges, on voyait les faces hilares de leurs hôtes à la lueur des flammes bleues des gâteaux en train de flamber.

— Hé, mais c'est *bien*, tout ça ! s'exclama Dassouf.

Il sautillait d'un pied sur l'autre en souriant. Ils étaient arrivés d'une rue transversale encore peu fréquentée pour se retrouver bloqués par cette foule compacte et joyeuse dont l'humeur festive ne pouvait que les gagner.

— J'ai faim, ajouta-t-il, et il tenta de se frayer un chemin entre deux groupes de badauds qui l'empêchaient d'accéder à l'étal d'un vendeur de beignets.

Une odeur de cannelle et d'épices enveloppa Raoul dont la bouche se remplit de salive. Il se dressa sur la pointe des pieds pour se repérer.

— Pas si vite, dit-il. On va bientôt pouvoir boire et manger tout ce qu'on voudra.

Lorsqu'ils étaient arrivés au bout de la rue des Évines, il avait guidé les autres de manière à ce qu'ils atteignent les quais non loin de l'entrepôt décrit par Arik. Arracher Gillil et Dassouf au spectacle des vendeurs en train de dérouler des spirales de pâte dans l'huile bouillante ne fut pas facile, mais, cela fait, ils n'eurent que quelques mètres à franchir pour se trouver devant les grandes portes. Elles étaient fermées, et un marchand de vin chaud s'était installé devant.

— Tu es sûr… commença Dassouf.

— La ferme !

Renshaw lui avait décrit le bâtiment avec précision ; aucune erreur n'était possible. Et il avait dit : venez, je vous ouvrirai.

De la foule, Raoul des Crapauds entendait vaguement les esprits : comme des centaines de verres de vin, des boules de chaleur enfermées dans du cristal chatoyant et irisé. Mais, comme d'habitude, il ne pouvait rien lire de précis. Encore moins les distinguer les uns des autres.

Une petite porte s'ouvrit dans un des vantaux du portail de l'entrepôt. La silhouette d'Arik Renshaw apparut.

— Entrez et suivez-moi.

Raoul poussa Gillil et Dassouf devant lui.

Arik Renshaw était vêtu de brocart rubis avec un habit ivoire. Les dentelles de ses manches et de son jabot étaient soutachées d'or. De sa main ornée d'émeraudes, il indiqua, à droite de la porte, une grande table sur laquelle brûlaient plusieurs dizaines de lampes, lampions et bougies posés sur toutes sortes de bougeoirs. Bouche bée, Raoul, Dassouf et Gillil y déposèrent leurs lampions.

— Nous venons avec la lumière, dit Gillil.

— Soyez les bienvenus dans ma demeure, répondit Arik. Et que les dieux vous accompagnent.

Il leur fit signe de se diriger vers le fond de la salle avant qu'ils puissent s'étonner de cette réponse, normalement absente du rituel.

Des tables chargées de nourriture et de boisson étaient alignées tout autour de la vaste salle. Des tonneaux et des barriques vides faisaient office de sièges et de tables supplémentaires. Une scène avait été dressée sous le grenier, mais ils arrivaient trop tard : le spectacle avait déjà eu lieu et le rideau était tiré. Assis au bord de l'estrade, les acteurs, parmi lesquels Raoul reconnut la célèbre

Violette Chimain, mangeaient en bavardant avec des spectateurs.

Partout, des groupes à l'air joyeux buvaient, mangeaient, chantaient, riaient et discutaient.

Ils arrivèrent à un escalier.

— Par là, dit Arik.

C'est en le montant pour aller au grenier que Raoul se rendit compte qu'au plafond de l'entrepôt un énorme lustre reflétait la lueur d'une centaine de bougies. Les multiples branches de cet objet qui ne pouvait venir que des fabriques de Nirce, la célèbre ville du delta de la Jaune, étaient en verre coloré de bleu et d'or, et les pendeloques de cristal. Raoul n'était pas le seul à se demander comment cet objet, qui aurait dû se trouver dans la salle de bal d'un prince, était arrivé dans cet entrepôt au sol de terre battue : ici et là des têtes se levaient, des doigts montraient la chose et, Raoul en était sûr, on murmurait le nom d'Arik Renshaw.

Une demi-douzaine de personnes se trouvaient déjà là, attablées à la lueur de bougies posées dans des verres de cristal – rouge, vert et or. Elles étaient à l'abri, au-dessus du brouhaha de la fête, dans une atmosphère tout à coup attentive, concentrée et mystérieuse, baignée par les éclats reflétés du grand lustre que l'on apercevait pour ainsi dire à portée de la main, à travers les poutres entrecroisées.

Deux types à l'air peu amène étaient assis sur des tabourets à droite de la porte d'entrée. Ils les refermèrent après eux et se rassirent : un grand à lunettes, l'air pointilleux d'un employé de notaire, et un large d'épaules, les cheveux séparés en quatre tresses, à la mode du Troisième Quadrant, et une allure de garde, mais sans l'uniforme.

Raoul sentit une boule se former dans sa gorge. Il aurait aimé pouvoir prendre au moins un verre de vin pour avoir la bouche moins sèche – et dominer sa peur.

Arik les fit s'asseoir devant un homme richement vêtu, bien qu'avec moins de panache que le magicien. Un noble quelconque, se dit Raoul.

Le jeune garçon n'avait aucune expérience de la société en dehors de son village et de l'École, aussi n'avait-il pas vraiment réalisé que le combat auquel Arik voulait les associer, lui, Dassouf et Gillil, impliquait tant de monde. Tant de gens importants et sérieux.

Assis à côté de l'homme à l'air grave se trouvait une femme un peu forte, la plus âgée de tous ceux qui se trouvaient là. Elle adressa à Raoul un regard et un sourire rassurants. À sa gauche, une jeune fille brune aux merveilleux yeux verts lui sourit aussi. Il se sentit rougir jusqu'aux oreilles. Un coup d'œil à ses compagnons confirma qu'ils étaient aussi mal à l'aise que lui.

Arik Renshaw s'assit et fit les présentations.

— Raoul, Dassouf, Gillil. Je vous remercie d'être venus. J'ai rapporté à mes amis ce qui se passe dans la maison de la rue des Évines. J'aimerais que vous leur disiez ce qui est arrivé ces der niers jours.

Raoul consulta les deux autres du regard. Dassouf paraissait mort de trac. À sa grande surprise, Gillil repoussa les mèches de cheveux blonds qui cachaient son visage, planta son regard dans celui d'Arik et prit la parole.

— Les filles sont arrivées, dit-il. Elles sont cinq. Elles ont de douze à quinze ans ou seize… Elles sont toutes plutôt jolies et très douées.

— Et des couples se sont formés ? demanda Arik Renshaw d'une voix neutre.

— Oui. Frédil et Dissa. Ce sont les deux plus âgés, ajouta-t-il comme pour leur trouver une excuse.

— Vous a-t-on informés de ce qui va se passer ensuite ? demanda Guy de Norrœke.

— Tork n'a rien dit, fit Raoul. Mais les filles nous ont répété ce qu'on leur a expliqué. Elles sont obligées de rester avec nous dans la maison jusqu'à ce qu'elles tombent enceintes. On pense qu'ensuite ils ouvriront une autre maison pour elles… et leurs bébés.

— C'est monstrueux, dit Madge.

— Cela ne sera pas, dit Arik.

Déterminé. Glacial.

Il se pencha légèrement en avant.

— Avec votre aide. Si vous vous sentez prêts à nous l'apporter.

— Raoul dit que vous voulez faire tomber l'École, dit Gillil. Mais il est un peu spécial comme type. Il a dû mal comprendre.

— Quoi ?

Raoul lui envoya un coup de coude dans les côtes.

— Non, dit Renshaw. Il a très bien compris. Les personnes qui sont ici sont effectivement déterminées à forcer Orhgon à changer le statut des magiciens. Mais rien ne vous oblige à vous joindre à nous.

— Je n'ai pas peur d'Hérus Tork et d'Orhgon, dit Gillil. J'adorerais leur rendre la monnaie de leur pièce.

— Il ne s'agit pas de vengeance, dit Arik.

Mais Raoul l'avait vu serrer les dents quand il lui avait parlé de la façon dont ils avaient traité Gillil. Une drôle d'expression était passée sur son visage. Et à présent ses mains couvertes de bagues se crispaient sur le bord de la table.

Mettons qu'il ne m'en veuille pas. Mais qu'est-ce qu'ils lui ont fait au juste ? Je l'ai entendu hurler, et puis plus rien…

Un bruit dans son dos. L'assistance se tourna en direction de la porte.

— Ah, Ian… dit Renshaw. Il était temps. Tu sais, si tu veux qu'on te prenne au sérieux, être à l'heure aux réunions ne serait pas une mauvaise idée…

Ian Bren.

Ce fut comme si Raoul avait reçu un seau d'eau glacée en pleine figure. L'autre entra dans le grenier, et Sargh et Comsic le laissèrent passer.

— Désolé. Je…

Ian s'arrêta. Il avait reconnu Raoul.

Bien sûr, tu n'as pas changé à ce point !

Il pâlit imperceptiblement. Et Raoul se tut. Arik vit son expression et reprit la parole comme si de rien n'était.

— Peu importe.

Et Ian s'assit comme si Arik ne lui avait adressé aucune remarque au sujet de son retard.

— Vous êtes sûrs de vouloir rester ? Vous comprenez que vous risquez votre vie en nous aidant ?

— Je comprends, dit Raoul, et je reste.

— Moi aussi, fit Gillil.

— Moi aussi, dit Dassouf après une hésitation infinitésimale.

— Alors voici quelles sont nos intentions.

Raoul était assis à l'écart sur un tonneau, un verre de vin chaud dans une main, une part de gâteau aux noix dans l'autre, quand Arik vint le rejoindre, laissant derrière lui un groupe d'invités secoués par un éclat de rire.

— Ça va ?

La bouche pleine, Raoul hocha la tête.

— Tu n'es pas avec tes amis.

Dassouf et Gillil écoutaient Ian leur raconter comment il était venu de leur village à Dramanorre.

— Je n'ai pas envie de lui parler.

— À Ian ? Tu le connais, c'est ça ?

Raoul n'avait cessé de craindre Arik, attendant le moment où sa colère se déchaînerait contre lui. Et là, tout à coup, sans qu'il sache pourquoi, il sentit la peur l'abandonner et le regarda droit dans les yeux.

— On vient du même village.

— Oh… je vois.

— Non. Vous ne pouvez pas savoir… On était dans la même école. La même classe. Le jour où Tork est venu, il n'a rien fait pour l'empêcher de me prendre.

— Il n'a peut-être pas pu.

— Il m'a toujours méprisé. Toujours agi comme si je n'existais pas, comme si on ne partageait pas le même secret… Il a *senti* Tork arriver et il ne m'a même pas averti.

— Je comprends, dit Arik. N'en parle à personne. Je ne dirai rien non plus.

Il se leva, et bientôt il glissait à nouveau de groupe en groupe, un verre à la main, léger, élégant, suprêmement détendu, détaché, parfaitement à l'aise au milieu des visages qui s'éclairaient et des rires qui fusaient. Comme s'il n'y avait rien au monde de plus important que d'être le centre d'attention de l'assemblée.

— Je vois que tu marches à fond dans sa combine.

C'était Ian. Dassouf et Gillil l'avaient abandonné pour parler avec Élisabeth. Gillil, le feu aux joues – ça devait être le vin – et tout sourire, et Dassouf pataud et emprunté comme toujours, mais ravi.

— Comment ça ?

Ian désigna Arik d'un coup de menton méprisant.

— Toute cette mise en scène, c'est pour la galerie. Les fringues, les bijoux, le lustre… C'est de l'épate. Un numéro d'actrice. Ou de pute. Je n'arrive pas à comprendre comment vous pouvez tous marcher là-dedans.

— Je ne crois pas que ce soit un numéro. Il est comme ça, c'est tout.

— Pffff. Il a un pouvoir incroyable, non ? Et Norrœke, Madge et les autres… Ils ont des militaires avec eux. Alors qu'est-ce que c'est que ces histoires de négociation avec Orhgon ? Si j'avais la puissance qu'il a et s'ils m'avaient fait ce qu'ils lui ont fait…

Raoul regarda Ian. Une grimace tordait sa bouche. Il tenait un verre vide dans une main crispée.

— Personne ici n'a envie de mettre le Royaume à feu et à sang.

— Ah bon ?

Ian chancelait, perplexe.

— C'est toi qui l'as dénoncé, hein ? J'en étais sûr. Il n'y a qu'un imbécile comme toi pour croire qu'il a pu te pardonner, charmeur de grenouilles. Il se sert de toi pour atteindre Hérus Tork, mais après…

— Tu es ivre.

— Tu crois ?

— Je t'ai à l'œil. Et Arik aussi.

Raoul se leva. Ian se laissa tomber sur le tonneau en rotant. Raoul haussa les épaules et alla rejoindre Dassouf et Gillil.

CHAPITRE TRENTE-CINQ

Journal d'Élisabeth de Siff.
Quarante-cinquième lever du dixième cent
du huit cent quatre-vingtième cycle après la Fondation.

Quelle nuit !

De ma vie je ne me suis jamais autant amusée.

Et j'ai trop mangé – mon ventre est gonflé comme une marmite – mais tout était parfait. Du moins jusqu'à l'arrivée de Zorr.

Il était très tard. Madge et Arik commençaient même à s'inquiéter. Arik avait beau dire en plaisantant que, de toute façon, on n'aurait vraiment besoin de lui qu'au moment d'attaquer l'École, on sentait une certaine appréhension l'envahir.

Vers quatre heures du matin, les gâteaux commençant à manquer, maître Tornot nous a apporté une soupe aux oignons et au fromage. Il ne restait plus qu'une douzaine de personnes dans l'entrepôt. À l'extérieur, des fêtards s'attardaient sur les quais, observés par quelques familles bien à l'abri dans leurs péniches.

Madge était en grande conversation avec Guy de Norrœke. Germain Comsic les écoutait religieusement, clignant des yeux derrière ses lunettes. Il mourait d'envie de prendre des notes mais n'osait pas.

Dassouf et Gillil, sous le charme d'Arik depuis le début de la soirée, apprenaient à faire bouger un cheval de papier plié. Assis non loin de là, Ian les regardait, jalousie et mépris se succédant sur son visage renfrogné.

De nous tous, c'est bien le seul qui n'a pas eu l'air de beaucoup se détendre, encore moins de s'amuser.

Il s'est passé quelque chose entre lui et Raoul des Crapauds, mais je n'ai pas réussi à savoir quoi. Arik, bien sûr, persiste à se méfier de Ian, qui n'a rien fait à personne, alors qu'il a manifestement accordé sa confiance à Raoul, qui l'a pourtant dénoncé. Lorsque je lui en ai fait la remarque, il n'a même pas daigné répondre. Ce mystère ne me regarde pas, semble-t-il. Mais ce mystère m'agace.

Tout à coup, Arik a abandonné Gillil et Dassouf.

— Enfin, le voilà !

Zorr est aussitôt monté nous rejoindre. Il portait sous sa cape un habit brun et une fine chemise fine sans dentelle. Pour une fois, son visage, que j'avais jusque-là vu taciturne et fermé, était souriant.

Il a salué Guy de Norrœke et Germain Comsic, a embrassé Madge, salué aussi les garçons ; souri en voyant Arik et posé les mains sur ses épaules.

— Inchangé, a-t-il dit en regardant son habit, et son sourire s'est encore élargi.

— Je m'y efforce, a répondu Arik. Avec l'aide des dieux.

Zorr n'a pas relevé. Maître Tornot arrivait avec un plateau chargé de bols fumants, odorants et dorés. Il s'est attablé avec nous et les conversations ont redémarré.

— Ma foi, c'est ma fête préférée, disait maître Tornot en souriant de toutes ses dents.

— Je préfère le Haut-Solaire, a répondu Zorr.

Il venait de raconter les quelques péripéties qui l'avaient retardé. Toutes avaient plus ou moins à voir avec les intempéries.

— Au moins, pour le Haut-Solaire, le temps est au beau et on ne risque pas de rester bloqué dans les ornières.

— Ce devait être extraordinaire autrefois, quand les dieux profitaient de ces fêtes pour apparaître.

Arik n'avait pas élevé la voix, mais toute l'assistance a tourné les yeux vers lui. Il avait son air ingénu, celui qu'il prenait à la cour pour raconter des histoires grivoises ; il était impossible de dire si la remarque lui avait échappé ou si elle était parfaitement délibérée.

— Je ne savais pas que vous vous intéressiez au folklore populaire, a dit Guy de Norrœke.

Un rien condescendant. Se demandant si Arik avait pour une fois perdu le contrôle, laissé bêtement courir sa langue, raté son effet.

— Je m'intéresse au passé, a-t-il répondu. Dans les temps anciens, on portait la lumière chez ses amis et voisins, mais aussi dans les temples... Et les dieux de l'air et du feu apparaissaient pour rassurer les hommes. Des dizaines de textes en témoignent, vous savez.

Sa voix et son visage étaient empreints d'une telle certitude qu'il paraissait impossible de le contredire.

Inévitable, un silence gêné a suivi. Plus personne ne mangeait. L'attention de tous était rivée sur Arik, dont le regard se perdait quelque part dans les reflets du lustre de cristal. Je me demandais comment la soirée allait bien pouvoir reprendre son cours normal lorsque Ian a pris la parole.

— C'est vrai. Il a raison. Les dieux sont réels. Je me suis perdu dans une tempête de neige en venant ici. C'est la Dame des Neiges qui m'a sauvé.

— Quoi ?

— Qu'est-ce que tu dis ?

— Tais-toi, jeune imbécile !

Je ne sais pas qui a parlé le plus fort, de Madge, Zorr ou Arik.

— Gamin, je crois que tu as trop forcé sur le vin chaud, a dit Tornot, ce qui a provoqué malgré tout quelques rires.

— Je ne mens pas ! Elle est apparue une deuxième fois, quelques jours plus tard. Et elle m'a parlé.

Arik s'est levé. Il a saisi Ian à la gorge, l'a arraché du banc sur lequel il était assis et l'a plaqué contre le mur.

— Non... Il ne ment pas. Il l'a vue, a-t-il dit.

Les dents serrées. Les yeux étincelants de colère.

Il s'est tourné vers Madge.

— Il était chez Pierre. Donc Pierre sait. *Vous savez*. Pourquoi... Cela fait des années que je cherche et vous m'avez laissé... *Pourquoi ?*

Madge s'est levée, s'est approchée de lui et l'a forcé à relâcher Ian.

— Pour te protéger, Arik. Ceux qui sont restés… sont des créatures dangereuses. Inconstantes, traîtresses. Certains d'entre nous connaissent leur existence, mais nous ne la révélons pas à ceux dont nous pensons qu'ils pourraient en pâtir.

— Zorr…

Zorr a détourné les yeux.

— En *pâtir* ! Comme si la vérité pouvait causer plus de mal que le mensonge.

Arik a repoussé Ian, dont la tête est allée cogner contre une poutre, et a quitté la pièce.

Madge et Zorr ont rassis Ian sur le banc. Sans trop de ménagement, je dois dire.

— Tu ne pouvais pas te taire… a grogné Zorr.

— Je ne savais pas… Je n'avais pas compris.

Ian, hébété, se frottait la gorge.

— Mmmm… Eh bien, à l'avenir, tu as intérêt à comprendre plus vite que ça !

Il a baissé la tête, l'air contrit.

Mais j'étais en face de lui et je l'ai entendu murmurer :

C'est à moi qu'elle a parlé, c'est moi qu'elle a choisi.

Arik a donc raison à son sujet : ce garçon nous ment. Je ne crois pas que ce qu'il a dit lui a échappé. Ni Zorr ni Madge n'étaient dupes, d'ailleurs. Mais pourquoi ?

Arik était dans sa chambre quand nous sommes rentrés.

Depuis, il est sombre, fermé, froid et efficace.

Il se rend en ville pour rencontrer Raoul, Dassouf et Gillil, ou Norrœke. Il ne nous reste que deux dizaines pour tout organiser.

Il en profite pour éviter toute occasion de se trouver seul avec moi. Je l'ai vu se rendre au temple, je l'ai même suivi, mais je n'ai pas osé entrer. Je ne saurais pas quoi lui dire. Je ne sais pas ce que Ian a vraiment vu, je ne comprends pas ce que tous ces secrets signifient.

Quel réconfort pourrais-je bien lui apporter ?

CHAPITRE TRENTE-SIX

On vous a peut-être dit que les magiciens clandestins ont élaboré des techniques de défense et de combat particulièrement efficaces. C'est faux. La preuve : nous sommes ici. Pouvez-vous me dire où ils sont ?

Hénnik Dott,
premier adjoint.

— Debout là-dedans, c'est l'heure !

Quelque chose se posa sur le front de Ian Bren. Légères, minuscules, agaçantes, des pattes le chatouillèrent.

Un insecte.

Il voulut le chasser, sentit qu'il échappait à son revers, ouvrit les yeux.

Un papillon de papier plié battait des ailes entre ses sourcils. À la porte du grenier, Arik Renshaw, les bras écartés devant lui, souriait aux dizaines de créatures posées dessus. Spectacle ridicule, songea Ian en s'enfonçant dans ses couvertures. Ce type ne pouvait-il donc pas cesser de minauder ? Une fille comme Arielle, qui était pourtant jolie et coquette, était bien moins sucrée, moins maniérée et virevoltante que ce soi-disant magicien.

Mais Ian ne devait pas penser à elle…

Il rejeta ses couvertures et s'assit sur les caisses recouvertes de coupons fanés et de rideaux mités qui lui servaient de lit. Une lumière dorée de beau jour froid tombait des lucarnes étroites du grenier de Madge Mayfield, indiquant que le Solaire n'était pas levé depuis bien longtemps.

Quelques jours plus tôt, Élisabeth, la pimbêche du château, avait tendu un fil au fond de la pièce : un drap quelque peu troué garantissait sa précieuse intimité.

Dès qu'Arik Renshaw avait ouvert la porte, son ombre s'était mise à bouger sur le tissu. Elle l'écarta, le souleva pour s'en envelopper et apparut, ses longs cheveux dénoués flottant sur ses épaules couvertes d'une fine chemise.

— Bonjour, Arik.

Il la regardait.

— Bonjour, Arik, répéta-t-elle en tendant une main dans sa direction.

L'un après l'autre, une douzaine de papillons multicolores s'envolèrent des doigts du magicien et vinrent se poser sur ses épaules.

— Encore des papillons. Il ne peut pas changer de numéro ?

Arik se tourna vers Ian. Les créatures de papier posées au bout de ses doigts se tassèrent sur elles-mêmes. Ian devina aussitôt son intention et leva les mains, paumes ouvertes.

C'était un exercice d'action sur l'air qu'ils avaient travaillé la veille. Comme s'il pouvait l'avoir oublié ! Ian projeta son esprit autour de lui et intercepta aisément les premiers projectiles. Hélas, les suivants furent beaucoup plus rapides.

Trop pour lui. Une grêle de boules de papier dures et compactes s'abattit sur ses bras, ses épaules, son visage. Les impacts étaient assez forts pour causer des bleus.

— Pas mal, Ian. Tu es en progrès. Mais si j'étais Hérus Tork, tu serais mort. Je vous attends dans le jardin, conclut Arik, qui pivota sur ses talons et quitta le grenier, suivi par un nuage de papillons virevoltants.

Derrière son rideau, Élisabeth s'habillait déjà.

— Sadique.

— Eh, tu le cherches, tu le trouves. Après ce que tu as dit l'autre soir, tu devrais t'estimer heureux qu'il ne t'en fasse pas baver beaucoup plus.

— Je n'ai rien dit !

Il ne savait plus très bien ce qui lui avait pris ce soir-là. Il avait voulu se vanter, c'était aussi bête que ça. Il n'avait pas imaginé qu'il révélait quelque chose de *vraiment* important. Mais il n'était pas mécontent du résultat.

— Ben voyons.

Elle sortit de derrière son drap, sa brosse à cheveux à la main.

— Ne t'attaque pas à Arik.

— Pardon ?

— Mon vieux, je ne sais pas quel est ton problème. Et vu les circonstances, je n'ai pas le temps de m'en occuper. Mais si jamais tu lui fais du mal… je te jure que tu auras affaire à moi.

Marcher. Mettre un pied devant l'autre, sur les pavés glissants des quais, dans les rues boueuses, sur les chemins bordés d'herbe blanchie de givre matinal, de la ville aux faubourgs et des faubourgs à la ville : depuis la fête du Bas-Solaire, Germain Comsic ne connaissait plus d'autre activité.

Du Tonneau de feu à l'hôtel particulier de Guy de Norrœke, de l'hôtel à l'entrepôt de maître Tornot, des quais chez Madge. Il portait des messages, des cartes, des plans, des comptes. Sa tête bourdonnait de communications secrètes et urgentes venues du front, sa vie n'était plus qu'allées et venues dans la ville. Pendant que les véritables acteurs de la pièce discutaient stratégie et stocks d'armes, plans et troupes, argent, argent et encore argent, il rentrait chez lui, épuisé, les pieds couverts d'ampoules et la peur au ventre.

Oubliés, ses exploits dans les cachots : il était redevenu messager, portefaix, second rôle. Pour se consoler et parce qu'il n'avait plus le temps de travailler à sa pièce, il avait entrepris une sorte de journal. Il notait tout ce qu'il voyait et entendait – sans avoir toutefois le temps de se relire pour prendre un peu de recul… ce qui chiffonnait sa nature d'indécrottable intellectuel.

Cependant, la ville se préparait pour les cérémonies du couronnement. La période de deuil était enfin achevée. Les tavernes et les théâtres avaient retrouvé leurs horaires habituels. On avait ôté les derniers tissus noirs des balcons et hissé les fanions aux portes de la ville. Dans les boutiques des tailleurs et des fleuristes, on pouvait acheter des rubans et des bouquets à mettre à sa boutonnière. On commandait des fournitures dans les ateliers des guildes et des corporations. Et maître Tornot plaisantait en disant que, s'il ne s'était pas mêlé de politique, il aurait fait des affaires en or…

L'avantage, conclut Germain en arrivant devant la maison de Madge Mayfield, c'est que cela rend la traversée de la ville un peu moins ennuyeuse.

Et il posa la main sur le loquet en songeant au thé fumant et aux brioches de la couturière…

Une boule de neige siffla à son oreille et s'écrasa sur la porte. Une deuxième suivit aussitôt, puis une troisième. La quatrième passa entre ses jambes, à un millimètre de la partie la plus sensible de sa personne, et alla se coincer sous le battant.

Germain ne chercha pas à savoir d'où elles venaient : il baissa la tête, leva un coude pour protéger son visage, serra contre sa poitrine le portefeuille de cuir qu'il portait et fonça droit sur la maison. Ce n'est qu'une fois sur le seuil de la cuisine qu'il releva le nez et put voir ce qui se passait.

Arik Renshaw était à genoux devant un baquet de bois rempli d'eau claire. Ses longues mains ornées de bagues étaient plongées dans l'eau, ses yeux fermés. Ian et Élisabeth étaient debout devant lui, le regard fixé sur l'eau. À intervalles réguliers, des paquets de liquide jaillissaient dans leur direction. Les deux jeunes gens les interceptaient, les transformaient en neige et les projetaient – de toutes leurs forces, semblait-il – au fond du jardin.

— Plus vite, disait Arik, plus fort ! Peu importe où elles atterrissent. On travaillera la précision plus tard.

Germain sentit que sa bouche s'arrondissait en un « oh » ébahi ; il se reprit. Écarquilla les yeux en voyant avec quelle puissance Ian projetait ses boules de neige. Le gamin était en sueur, mais ses yeux brillaient de fierté. Arik, au contraire, était pâle, les yeux cernés. Lorsqu'il les ouvrait pour observer un instant ses élèves, son front était barré de rides et son regard fixe, presque vitreux.

— Germain, vous aimez la neige ? lui lança Élisabeth.

Une boule fonça sur lui. Il leva les bras, attendit le choc. Rien ne se produisit. Il regarda : la boule flottait devant son visage. Il tendit la main pour l'attraper. Elle lui échappa et se mit à tourner autour de sa tête. Une deuxième vint la rejoindre ; elles se mirent à virevolter autour de lui comme des abeilles en colère.

Élisabeth et Ian riaient comme des fous.

— Ah ! c'est malin. Et ce n'est pas juste. Vous faites des progrès tous les jours !

Il se tourna vers le magicien.

— Vous pouvez être fier de vos élèves… Arik ?

Le magicien s'était levé. Il chancela en direction de Germain, s'appuya un instant contre le mur de la maison et tomba à genoux. La tête entre les mains, il se mit à geindre en se balançant d'avant en arrière.

Les boules de neige tombèrent sur les pieds de Germain. Les deux gamins avaient cessé de rire.

— Je vais chercher Madge, dit Ian avant de se précipiter aussitôt à l'intérieur.

Germain voulut s'approcher d'Arik.

Autour de celui-ci, un phénomène étrange se produisait : l'air tremblait comme dans les déserts aux moments les plus chauds. Le mur de pierre claire de la maison de Madge n'était plus d'un beau jaune crémeux, mais d'un noir grumeleux et suintant d'humidité. Une flaque de liquide nauséabond entourait les pieds de Germain.

— Qu'est-ce qu'il a ? Qu'est-ce qui se passe ?

— Je n'en sais rien, dit Élisabeth, de la peur dans sa voix.

Accourue vers lui, elle hésitait à s'approcher d'Arik. Lorsqu'elle pénétra dans la zone où l'air bougeait, Germain vit sa respiration s'accélérer. Ses yeux se révulsèrent. Elle recula, chancela. Germain dut l'aider à rester debout.

— Germain, vous voyez la même chose que moi ?

La pierre noire et translucide du château avait remplacé le mur humide. Des torches vacillaient dans des couloirs aussi larges que des champs de blé et dans lesquels, sous un ciel bas et gris, poussaient des arbres. Un jeune garçon vêtu de haillons mangeait un morceau de pain noir. Des jeunes filles vêtues comme des prostituées sautaient en riant sur un lit à baldaquin. Un jeune garçon – le même, plus âgé ? – subissait les assauts d'un vieil homme au ventre mou et gras.

— Je vois, souffla Germain. C'est lui qui crée ça ?

— Oui. Mais ne me demandez pas comment.

Renshaw avait glissé sur le sol.

— Que fait Madge ? On ne peut pas le laisser là, dit Germain en s'avançant.

Devant lui se dressa un mur noir, rugueux et suintant d'humidité. Il se trouvait au fond d'un cachot dans lequel ne pénétrait, par une meurtrière située à plusieurs mètres au-dessus de lui, qu'un mince filet de lumière hivernale. Le froid était glacial.

Un jeune garçon était enchaîné au mur par les pieds et le cou, de telle façon qu'il ne pouvait ni s'allonger ni se recroqueviller sur lui-même pour se réchauffer. Ce qu'il portait ne pouvait aspirer au titre de vêtements : c'étaient des chiffons usés jusqu'à la corde, des loques luisantes de saleté et grouillantes de vermine, tout comme sa longue chevelure noire.

Une silhouette d'homme apparut dans le faisceau de lumière pâle. Il tenait une large ceinture de cuir.

Le jeune garçon chercha à protéger son visage des coups. Reçut à la volée plusieurs gifles. Abandonna. L'homme avait de toute façon saisi sa main gauche ; il posa sa botte dessus et l'y laissa. Les coups commencèrent à pleuvoir. Épaules, poitrine, ventre, reins, fesses, cuisses. Aucune partie de son corps n'était à l'abri de la douleur, mais – comprit tout à coup Germain – ce n'était pas la brûlure du cuir sur la chair qui était la plus vive. Après tout, cette douleur-là cessait quand l'homme partait. Ce qui n'avait pas de fin, ne diminuait jamais, n'écartait jamais les griffes plantées dans son cœur, c'était le sentiment d'impuissance, d'humiliation absolues. La certitude qu'il n'était rien, ne serait jamais rien d'autre que ce corps qui n'était qu'une source de souffrance. Et de haine.

C'est dans la haine qu'il retrouva un peu de force : celle d'explorer pour la millième fois les recoins de sa prison afin d'y trouver un peu de poussière, un peu d'eau, de pisse, de merde et de sang séchés.

Un nuage s'éleva du sol du cachot, un tourbillon d'eau boueuse et de poussière qui enveloppa l'homme. Toussant et crachant, celui-ci lâcha sa ceinture et recula jusqu'à la porte pour se frotter les yeux. Le nuage s'éclaircit en se réduisant. Le jeune garçon leva sur l'homme son regard brûlant et sourit.

Mais il avait déjà épuisé ses maigres réserves d'énergie. L'homme ramassa la ceinture et s'approcha.

Germain sentit qu'on le saisissait par le dos de sa chemise. Madge était à ses côtés. Sa bouche n'était qu'une ligne froide, son visage sans expression.

— Germain, j'ai besoin de vous.

Besoin de lui ? Il ne savait même plus qui il était !

— Je ne peux lui donner de calmant que si on le tient bien. Germain, asseyez-vous sur ses jambes. Ne vous inquiétez pas, vous n'aurez pas à subir les hallucinations très longtemps.

Élisabeth et Ian, après s'être fait griffer une ou deux fois par des ongles manucurés et des bagues, parvinrent à tenir les bras d'Arik Renshaw. Germain ne s'autorisa pas à réfléchir et fit ce que Madge lui avait demandé.

Froid glacial. Pieds nus brûlants de froid dans la neige. Trouver un endroit où dormir…

Un lit. Un homme et une femme dedans, ils dorment ; le jeune homme se rhabille, compte son argent et s'en va. Il a faim.

Madge saisit les cheveux d'Arik à pleine main, lui maintint la tête en arrière, glissa une fiole entre ses mâchoires serrées et le força à boire, ne le libérant que lorsqu'elle fut sûre qu'il avait avalé plusieurs gorgées de liquide.

Ils le relâchèrent ; quelques minutes plus tard, ils le transportaient dans sa chambre.

De retour dans la cuisine, Madge ouvrit un placard, en sortit une bouteille et des verres et servit Germain. Il avala d'un trait le contenu du verre à liqueur. La chaleur de l'eau-de-vie de poire lui donna un coup de fouet qui le ramena brusquement dans le monde réel, sur ses fesses posées sur une chaise, devant la table où Madge préparait une théière tout en l'observant.

— Ça va ?

— Oui. Je crois. Mais ça n'irait pas plus mal si je comprenais ce qui s'est passé.

Madge attendit qu'Élisabeth et Ian soient eux aussi installés à la table de la cuisine pour lui répondre.

— C'était il y a une vingtaine d'années, dit-elle. À l'époque, Nathan possédait une boutique dans le quartier du marché. C'est l'endroit idéal où repérer les gosses. Ceux qui piquent aux étalages ou détroussent les clients aussi bien que ceux qui gagnent quelques pièces en aidant les commerçants à charger et décharger leur marchandise. Nathan a remarqué un gamin d'une douzaine d'années, beau comme un cœur. Excellent pickpocket. Il a mis des mois à l'approcher : il ne venait pas souvent dans le quartier et il était d'une méfiance rare. Il ne parlait à personne, n'avait pas d'amis, ne faisait partie d'aucune bande. En hiver, il était moins mal vêtu que les autres. Nathan a fini par apprendre qu'il ne fréquentait le marché que lorsqu'il avait du mal à trouver des clients.

Madge laissa ses auditeurs boire leur thé et absorber ces informations.

— Mais Nathan savait amadouer les gamins les plus sauvages. Il y en avait une demi-douzaine ici, à l'époque.

Elle soupira.

— Arik fut toujours le plus difficile de tous. Vous avez vu les images. Ce ne sont pas des illusions, ce sont des souvenirs. Pour autant que nous sachions, Arik est né dans une famille noble du Deuxième Quadrant, près de la frontière avec le Royaume intérieur où, en dépit de la guerre, l'influence de la politique de non-tolérance est grande. Nous pensons que la mère d'Arik l'a protégé de son père jusqu'à sa cinquième ou sixième année. Elle aurait alors succombé à une épidémie de fièvre des marais. Ensuite… – vous avez vu – son père n'était pas seulement brutal et stupide. C'était un sadique. Lorsque Arik est parvenu à s'enfuir, il avait une dizaine d'années. Une fois à la capitale, il a survécu comme il a pu. Par bien des aspects, il ne fonctionne pas comme vous et moi. Mais… quoi qu'il fasse et quoi qu'il lui arrive, il est bon de vous souvenir d'une chose : rien, vraiment, ne peut dépasser en horreur et en souffrance les premières années de sa vie.

— Mais que lui est-il donc arrivé ? demanda Germain. Il avait l'air très fatigué, c'est tout.

— Il a toujours eu des cauchemars. À son arrivée chez nous, il s'éveillait en hurlant presque chaque nuit. Il nous fallait des heures pour le calmer. Peu à peu, Nathan lui a appris à contrôler ses rêves – pour qu'il ne soit pas constamment le jouet de ses souvenirs. Je suppose que, comme d'habitude, Arik a poussé le procédé au-delà du raisonnable. Vous en avez vu les conséquences. Et, ajouta-t-elle, vous les verrez à nouveau si Germain ne va pas tout de suite en ville acheter du jorne.

— Pardon ?

— Le remède que je lui ai fait boire. En principe, ça s'achète en petite quantité, mais nous allons avoir besoin d'une réserve conséquente… Je vais vous donner l'adresse du seul apothicaire qui en vend.

Germain grogna, soupira, attendit que Madge lise les missives qu'il avait apportées et y réponde. Puis repartit. Dès qu'il se retrouva seul dans les rues, les images projetées par Arik Renshaw revinrent le hanter. Ni la belle lumière du jour froid et clair, ni les fenêtres décorées de rubans et de fanions, ni la foule animée du quartier du marché ne parvinrent à les chasser.

À son retour, vers le milieu de l'après-midi, Germain trouva Madge, Zorr, Élisabeth et Ian en train d'étudier des plans. Repoussés sur le côté de la table, les restes d'un pâté en croûte côtoyaient une tourte aux légumes à peine entamée.

— Sers-toi, dit Madge. Nous sommes en plein travail.

Ils préparaient ce que Zorr appelait la « prise en main » de l'École. Pendant qu'Arik s'occuperait d'Orhgon et que Guy de Norrœke et ses amis se chargeraient de la garde et du Haut-Conseil, ils devaient persuader les professeurs de l'École de se joindre à eux ou les mettre hors d'état de nuire.

— Merci, je meurs de faim.

— Ah, moi aussi.

Arik, enveloppé dans son dessus-de-lit, sortit tel un fantôme de sa chambre et s'assit à la table.

— Comment… tu devrais être en train de dormir ! dit Madge.

Elle avait l'air plus furieuse qu'étonnée que son remède n'ait pas eu plus d'effet.

— Avec plaisir. Si vous doublez ou triplez la dose…

Germain posa la bourse de cuir contenant les fioles de jorne sur la table. Arik tendit la main. Madge fut plus rapide que lui : la bourse se retrouva dans la sienne.

— Combien de temps ?

Arik ne répondit pas. Il picorait des miettes de tourte.

— Arik, il faut que je le sache. Avaler des litres de jorne n'est pas une solution. Depuis combien de temps t'empêches-tu de rêver ? Des semaines ? Des mois ?

— Des années, murmura Arik, toujours sans la regarder.

— C'est impossible, dit la couturière. Personne ne peut se passer de rêver pendant des années.

— Oh que si. (Le magicien eut un sourire triste.) Il suffit d'augmenter les périodes sans rêve progressivement et de prendre des doses massives de jorne pour supporter les cauchemars quand ils reviennent. Et de ne pas avoir le choix.

Madge avait ouvert la bourse. Elle en sortit une fiole, versa une dose de liquide d'un violet profond dans un gobelet et le tendit à Arik.

Il regarda le contenu du récipient en fronçant les sourcils, puis se mit à avaler le liquide à petites gorgées.

— Je suis désolé, dit-il. Ça n'avait jamais dégénéré à ce point.

— Ces cauchemars hallucinatoires ne cesseront que si tu arrêtes de contrôler ton sommeil.

— Mais…

— C'est ça ou devenir un dément qui projettera ses pires souvenirs dans l'esprit des autres vingt-quatre heures sur vingt-quatre ! C'est ça que tu veux ?

Arik ferma les yeux, baissa la tête.

— Non. Vous ne le méritez vraiment pas.

— Alors tu vas avaler tout ce que je te dirai d'avaler. Et dormir ; et manger. Élisabeth, Zorr et moi serons là, de toute façon. Comme tu es plus solide qu'un bloc de granit, tu seras sur pied dans une dizaine de levers.

Pendant qu'Arik et Madge parlaient, Germain, pour dissimuler sa gêne, avait jeté quelques coups d'œil subreptices aux feuillets étalés sur la table.

— Hé ! Vous avez réussi à obtenir le programme et l'itinéraire du couronnement ! s'exclama-t-il.

Arik, en l'entendant, sortit un bras nu des plis de son jeté de lit et s'empara des feuilles qu'il tenait.

— Enfin ! Voyons ça...

Il se mit à lire, s'absorbant aussitôt dans les documents.

— Il n'y a rien sur les parties privées du cérémonial, dit Germain.

— Non, dit Madge, c'est un secret bien gardé : ni moi, ni Pierre, ni Nathan n'avons pu trouver quoi que ce soit dessus.

— Ah, dit Arik sur un ton parfaitement détaché. Vous vous y connaissez pourtant pas mal en secrets...

Il y eut un silence. Arik le laissa prendre une certaine épaisseur puis enchaîna, calme et professoral, sans donner à personne le temps de répliquer.

— Eh bien, comme vous le savez, la partie publique du couronnement a lieu dans la grande salle du trône, en présence de toute la cour, de l'École, des représentants des divers ordres et guildes, des provinces et de l'armée. Au cours de cette cérémonie, Tork et le conseil supérieur de l'École échangent avec le nouveau roi la promesse de se soutenir et s'entraider mutuellement. C'est à ce moment-là qu'Orhgon devra déclarer qu'il annule l'obligation qui lie les magiciens au Royaume. Ils redeviendront des sujets comme les autres. Si mon intervention a été couronnée de succès, bien entendu.

Il posa une feuille sur la table et un doigt sur un plan.

— Ici. Trois jours avant la cérémonie, le futur roi se retire dans ce temple. Dans le château, oui, dit-il en réponse à l'expression plus qu'étonnée de Germain, d'Élisabeth et de Ian. Il se purifie pour être digne de devenir le garant de l'union entre les maîtres des quatre forces et la Couronne du Royaume extérieur.

Il y avait à la fois de la révérence et de l'ironie dans sa voix, et Germain était bien incapable de déterminer ce qui l'emportait.

— Trois jours, dit Élisabeth. C'est beaucoup.

— Oh, il en faut bien autant pour qu'Orhgon comprenne ce qu'on attend de lui.

— Pourquoi un ancien temple ? demanda Ian.

Arik répondit sans le regarder.

— Les fondateurs de l'École ont décidé que les dieux n'étaient que des mythes… Mais, lorsqu'il s'est agi de se donner des rituels pour fonder le nouvel ordre du monde, ils n'ont pas pu oublier les temples où ils avaient prié. Ils ont compris qu'ils étaient plus appropriés que d'autres lieux pour favoriser le contact avec les puissances qui contrôlent notre monde. Pendant la retraite, le futur roi doit entrer en relation avec les quatre éléments pour montrer qu'il est bien capable d'être le garant du pacte entre les mages et les souverains du Royaume extérieur. Mais peu importe le but de cette retraite… L'essentiel est que cela me laisse trois jours pour lui parler et le convaincre.

— Il sera sous bonne garde, dit Madge.

— Oui… Chasseurs, gardes. Ils ne vont pas le lâcher d'une semelle. Sargh essaiera d'en faire partie.

Arik clignait des yeux. Il resserra le jeté de lit autour de ses épaules et bâilla.

— Je m'endors, dit-il.

Comme si la sensation était infiniment nouvelle pour lui.

— Enfin, dit Madge. Va te coucher. Nous n'avons pas besoin de toi pour le moment.

Il bâilla à nouveau, acquiesça d'un bref hochement de tête, se leva et disparut dans la chambre.

— Ne vous inquiétez pas trop pour lui, Germain, dit Zorr qui, à la grande surprise du jeune homme, avait remarqué son expression soucieuse. Madge a raison : il est solide comme un roc.

Il paraissait décidé à traiter cet épisode comme le dernier d'une longue et ennuyeuse série d'incidents semblables.

— Vous croyez qu'il va se remettre ? Qu'il sera en état d'entrer dans le château et de convaincre Orhgon ?

Bien sûr, dit Zorr avec un haussement d'épaules. Ne serait-ce que par orgueil.

Et, comme Germain était surpris par le ton âpre de sa voix :

— Je sais ce que vous avez vu ce matin. Pour rien au monde je ne voudrais être à la place d'Arik. Il a eu une enfance horrible, et je le plains sincèrement. Mais il a survécu. Et il survivra. Et c'est tout ce qui compte, croyez-moi.

CHAPITRE TRENTE-SEPT

La Haute-École est invincible parce qu'elle est la seule à savoir comment former les mages. Les magiciens clandestins détiennent un savoir parcellaire et corrompu. Ils sont incapables de transmettre autre chose qu'une pâle copie du savoir véritable, que nous seuls détenons.

La Haute-École de Dramanorre : histoire et mœurs d'une institution,
Silvar Burdot.

Sommeil et marche.

C'était ce que Madge avait prescrit à Renshaw.

Et par la même occasion à nous tous, se disait Ian non sans rancœur.

Renshaw dormait au moins dix heures par jour, entrecoupées de cris d'animaux et d'hallucinations si horribles qu'on se demandait comment elles pouvaient naître dans le crâne d'un être humain.

Pour soulager Madge, Élisabeth et Zorr s'installaient dans la cuisine et affrontaient à tour de rôle les flots d'images répugnantes qui jaillissaient de son esprit malade.

Personne n'avait demandé à Ian de participer. Cela signifiait sans doute qu'on n'avait pas confiance en lui, mais il s'en félicitait. Il était régulièrement réveillé par les hurlements d'Arik et par les allées et venues de ses infirmiers. Cela lui suffisait amplement pour le détester un peu plus chaque nuit.

Et maintenant, au matin, il traînait la patte derrière Arik et Élisabeth sur un chemin de halage, entre la rivière et la forêt.

Zorr s'était joint à eux pour la première fois, vêtu de bottes, de hauts-de-chausse et d'une cape qui lui donnaient une allure plus énergique et plus solide, qui le faisaient ressembler un peu moins à un bibliothécaire et un peu plus à un guerrier. Une allure autrement plus convenable pour un instructeur, songeait Ian, que les dentelles et les boucles d'oreilles d'Arik, dont les diamants étincelaient, incongrus et magnifiques, dans la lumière du matin.

Ils suivaient la rive droite de la Brime. Agréable, peu fréquenté, le chemin leur permettait de rejoindre Raoul, Gillil et Dassouf dans une clairière, à l'abri des regards.

Là, ils s'entraînaient sous la direction d'Arik.

Ian était indifférent au paysage. Il ne comprenait pas pourquoi les autres se délectaient de la surface argentée de la rivière, visible entre les troncs d'arbres, d'où s'échappaient de minces écharpes de brume. Au-delà s'élevaient les masses grises et brunes des arbres derrière lesquels apparaissait le flanc couvert de toits de la colline des Grands Ormes ; et encore au-delà, noir et opaque sur le ciel bleu pâle et transparent, le château. Le Solaire montait dans leur dos, colonne de feu clair qui répandait son or aussi bien sur les bois que sur la ville.

Raoul, Gillil et Dassouf étaient déjà là, assis sur des souches, les saluant dès qu'ils les virent approcher.

— Encore tes grenouilles !

À ses pieds, dans l'herbe encore humide et mouchetée des feuilles rousses et dorées des bouleaux, des batraciens étaient réunis en cercles concentriques de grenouilles, crapauds et même salamandres, sortis de leur sommeil hivernal grâce à ce petit type au pouvoir insignifiant, mais qui apparemment fascinait les deux autres. Et cela l'agaçait.

— Hé, cracheur de feu, répliqua Gillil, essaie donc d'en faire autant.

Celui-là, le grand blond à l'air finaud qui croyait toujours être plus malin que les autres, paraissait se requinquer un peu plus chaque jour.

— C'est vrai, répliqua Dassouf. Je suis sûr que, même si tu crevais de faim au fond d'un bois, tu n'arriverais pas à attirer un lapin.

Ian haussa les épaules. Quel que fût le rôle qu'Arik et Zorr avaient attribué à Raoul, il savait au plus profond de lui-même que c'était lui le meilleur.

Néanmoins… Arik avait décidé qu'appeler des dizaines de bestioles dans l'enceinte de l'École ne pouvait que créer une panique fort utile.

Pendant l'heure sombre, il y aurait des crapauds et des rats dans le dortoir des professeurs, des chats et des chiens dans les cuisines, encore des rats dans les salles de classe… Des mouches, des cafards et des araignées partout.

Tout serait bon du moment que cela obligerait élèves et enseignants à quitter les bâtiments et à se rassembler dans la cour centrale, où Zorr leur expliquerait le choix qui s'offrait à eux : les rejoindre et être libres ou refuser et être enfermés dans les cachots.

Zorr, en grande conversation avec Élisabeth et Arik, les surveillait du coin de l'œil. Il devait y avoir une raison précise à sa venue, un exercice particulier qu'il voulait les voir travailler peut-être. Il fit signe à Arik et Élisabeth de l'excuser et s'approcha des garçons.

— Est-ce que tu peux les amener à bouger ? demanda-t-il à Raoul en s'accroupissant à la lisière du cercle de bestioles.

Il avait posé la question sur un ton amical, presque rassurant; mais son expression était sérieuse. Raoul, intimidé, inspira profondément.

Ian s'assit dans l'herbe mouillée. Il l'assécha et savoura le plaisir de cette action rapide et efficace. Oui, il avait fait d'étonnants progrès. La seule chose qui l'ennuyait était qu'il les devait en grande partie à un clown inverti doublé d'un malade mental. Mais qui l'avait entraîné à lancer des boules de feu, à enflammer les vêtements de ceux qui tenteraient de s'enfuir, à griller les cheveux des récalcitrants et des imbéciles… Ça, c'était de la magie !

Dans l'herbe, les animaux gluants se mirent à sauter les uns après les autres, comme autant de danseurs exécutant un pas de côté. Le résultat était si comique qu'un large sourire éclaira le visage sévère de Zorr.

— Bien ! Très bien.

— Et vous, qu'est-ce vous savez faire ?

Cette fois, il n'avait fait aucun effort pour retenir sa langue.

Zorr se leva et épousseta ses genoux couverts de brins d'herbe et de feuilles. Puis il regarda Ian dans les yeux.

— Selon Arik, j'excelle à soulever la poussière des livres.

Élisabeth s'était approchée d'eux.

— Arik plaisante, dit-elle. Il sait fort bien à quoi servent les livres.

— Oui, à apprendre quelque chose sur les dieux, dit Arik.

Zorr se tourna vers lui.

— S'il te plaît… Je croyais que tu avais enfin compris pourquoi nous avons choisi de ne rien te dire.

— Compris ? Oh, bien sûr que j'ai compris. Je suis instable. Malade. Incapable et indigne de porter un tel secret. Soit. J'ai compris. Mais savoir… savoir que je ne cherchais pas en vain, cela aurait apaisé une partie de mon esprit. Et ça, vous auriez pu le comprendre.

— Je ne crois pas que cela aurait apaisé quoi que ce soit, dit Zorr. Je n'ai jamais vu la Dame. Mais, si j'en crois ce que Pierre m'en a dit et ce que j'ai lu, son comportement n'a rien de serein. La rencontrer, elle ou ses semblables, ne t'aurait rien apporté. N'est-ce pas, Ian ?

Ian aurait préféré que sa provocation fasse son effet… mais baste, s'ils voulaient remettre le sujet sur le tapis…

— Je ne sais pas. Je ne l'ai pas vue longtemps, vous savez. Elle est apparue dans la tempête. Elle m'a abrité et protégé, et elle a permis à Pierre de me trouver. Quelques jours plus tard, nous l'avons revue près d'un étang. Elle était belle. Ses yeux étaient d'un vert profond, incroyable, ses cheveux paraissaient tissés dans un brouillard de glace, son sourire avait l'éclat des perles…

Arik fixa Ian pendant qu'il parlait. Et, par le feu et la glace, il n'y avait rien de plus terrifiant que la profondeur opaque et étincelante de ces prunelles où brûlait autant de colère que d'envie. Et puis, tout à coup, Arik détacha délibérément son attention de lui et la reporta sur Zorr.

Autour d'eux, les plus jeunes faisaient cercle, fascinés et effrayés par une conversation qui leur paraissait avoir commencé dans un passé immensément lointain, à une époque où Arik et Zorr étaient plus jeunes qu'eux-mêmes à présent.

— Certains se contentent des témoignages des autres, dit Arik. Pas moi. Tu le sais et Madge aussi. Vous savez que je n'ai jamais rien appris que de mes expériences. Vous m'avez privé de celle-là.

— Pour te protéger, dit Zorr.

Son expression était butée, mais le ton de sa voix trahissait un doute.

— Pour t'empêcher de te jeter dans n'importe quelle situation sans réfléchir. Pour te montrer que, contrairement à ce que tu penses, on peut tout connaître du monde et de la vie à travers les écrits des philosophes, des penseurs, des mathématiciens, des voyageurs. Même des dramaturges comme notre ami Germain.

— Soit, dit Arik. Admettons qu'on puisse comprendre le monde par les livres. Même si toutes les réponses y sont consignées – ce dont je doute –, même en admettant que tu passes ta vie à lire, jour après jour et nuit après nuit… *jamais tu ne pourras tout lire*. Tu ne pourras donc jamais tout savoir.

— Je n'ai jamais dit que c'était cela que je recherchais.

— Non ? Moi si. J'ai toujours *tout* voulu. Comprendre, agir et vivre. En toute franchise, je demeure étonné que tu sois venu nous rejoindre.

Zorr haussa les épaules.

— Il faut être idiot pour ne pas se rendre compte que notre marge de manœuvre est de plus en plus étroite. Je pouvais me contenter de survivre dans une niche minuscule tant que j'y trouvais un certain confort. Mais, de niche, il n'y en aura même plus lorsque Hérus Tork aura le pouvoir, n'est-ce pas ? Dans ces circonstances, rien ne peut me faire plus plaisir que tenter *ceci* sur Hérus Tork et ses amis.

Ceci quoi ? manqua dire Ian.

Puis il sentit la terre bouger sous ses pieds. Comme si des vers de terre géants étaient en train de creuser l'humus noir de la clairière.

Il leva un pied.

Bien lui en prit. Un silex gros comme un poing jaillit de l'endroit où, une seconde plus tôt, se trouvait sa chaussure. Non loin de là, d'autres pierres s'extrayaient de la terre. On aurait dit que des bouches dissimulées dans le sol crachaient leurs projectiles à la vitesse de boulets de canon. Au centre de la clairière, une colonne de pierres de toutes tailles et de toutes couleurs prit forme et, semblable à une tornade, commença à tourner lentement sur elle-même.

Raoul et Dassouf étaient toujours assis, bouche bée. Gillil n'avait pu s'empêcher de se lever. Les yeux brillants, il regardait le tourbillon de pierres accrocher les rayons du Solaire et prendre de la vitesse.

— Bien, dit Arik. Je vois que tu n'as pas perdu la main.

Les pierres qui formaient le bas de la colonne tombèrent sur l'herbe les unes après les autres. Bientôt il y en eut un tas, étrangement immobile et comme abandonné.

— Voilà ce que je sais faire, dit Zorr en regardant Ian droit dans les yeux. Mais ce n'est pas pour ça que je suis venu.

— Non ?

Gillil et Dassouf eurent l'air terriblement déçus.

— Non. Je vais certes vous apprendre les pierres. Mais ce n'est pas notre besoin le plus urgent. Arik ?

Il sortit un objet enveloppé d'un morceau de soie rouge d'une de ses poches. Le tissu glissa de lui-même, révélant un éclat de noirceur, un diamant mal taillé dans une substance vitreuse et impénétrable : la pierre mystérieuse avec laquelle les anciens avaient construit le château.

— Oui, c'est bien ce que vous pensez, dit Arik, et, non, je ne vais pas vous raconter comment ce fragment est entré en ma possession. Je préfère garder cette histoire pour une longue soirée. Zorr, vas-y, montre-leur.

Il lui donna la pierre et s'assit sur une souche à côté de Dassouf et Gillil. Zorr la posa au sommet du cairn et ferma les yeux.

Cela prit plus longtemps qu'avec les vulgaires cailloux nichés dans le terreau. Au bout de quelques minutes, des gouttes de sueur coulaient sur son front et le long de ses tempes. Et puis, tout à coup, les arrêtes irrégulières se brouillèrent. Le bloc changea de forme : ce qui quelques minutes plus tôt était un objet solide se transforma en une boule de matière noire et mate. Comme de la pâte à pain recouverte de suie. Zorr ouvrit les yeux.

— Désolé, dit-il, le souffle court. Je ne peux pas aller plus loin. Je n'arrive pas à l'obliger à adopter une forme précise.

— On ne t'en voudra pas, dit Arik. Fondre les chambranles des portes des appartements d'Hérus Tork nous suffira largement.

— Oui. Surtout si, après cette séance, d'autres que moi y arrivent.

Moi, songea aussitôt Ian.

Moi, je sais que j'y arriverai.

CHAPITRE TRENTE-HUIT

Journal d'Élisabeth de Siff.
Soixantième lever du dixième cent
du huit cent quatre-vingtième cycle après la Fondation.

Voilà.

Tout est prêt.

Il ne reste plus qu'à attendre.

Arik, tout à l'heure, m'a dit que c'était normal, que tout le monde est terrifié dans ce genre de circonstances. Que seuls les imbéciles et les inconscients n'ont pas peur.

Soit.

Guy de Norrœke et Oscar Lapaire ont placé des hommes à eux partout dans le château. Leurs partisans seront dans le hall au moment du couronnement et de la déclaration. D'après leurs informateurs, il semblerait que moins d'un tiers des membres du Haut-Conseil seraient prêts à s'opposer à notre mouvement par la force – mais on ne sait jamais.

Sargh s'est assuré de la participation de certains gardes. En ville, des hommes et des femmes sont chargés d'empêcher les mouvements de foule intempestifs et de contrôler les rumeurs.

Mais aucun d'entre eux n'aura plus rien à faire si nous échouons à neutraliser Hérus Tork et à prendre le contrôle de l'École.

Il y a quelques levers, Guy de Norrœke est venu nous voir nous entraîner.

Il s'est assis sur une souche et a regardé Ian, puis Zorr et moi-même déformer le morceau de pierre magique. Puis Raoul a appelé des crapauds et des serpents qui sont venus de la rivière et des berges pour s'installer en cercle autour de lui. Norrœke a eu l'air satisfait, mais je crois qu'en fin de compte, ce qui l'a le plus impressionné, c'est que Zorr et Arik sont parvenus à nous apprendre à travailler ensemble en un laps de temps aussi court.

— C'est remarquable. Vous en remontreriez presque à certains militaires, a-t-il dit.

— Question de survie, a dit Arik.

Tout à l'heure, quand, ne pouvant dormir, je suis allée jusqu'au temple, où je savais le trouver, il paraissait serein.

Vêtu de noir impeccable et de dentelle plus fine que jamais, ses longs cheveux flottant sur ses épaules, il était assis en tailleur au bord de la vasque, les yeux fermés, les mains posées sur les genoux.

— Impossible de dormir, ai-je soufflé en entrant. Je crois que Ian a l'intention de s'entraîner toute la nuit.

J'ai jeté un coup d'œil sur la déesse de la vasque.

— Que les dieux existent ou non, ai-je dit, cela ne change rien : c'est à nous de nous battre pour améliorer notre sort. Eux, ils s'en fichent.

Je n'arrivais pas à m'asseoir.

Il a ouvert les yeux et m'a fait signe de prendre place en face de lui. Quand j'ai été bien installée, en tailleur comme lui, il a pris mes mains dans les siennes.

— Tout le monde a peur, Élisabeth. Et tout le monde croit qu'il ne faut pas le montrer. Madge coud de la dentelle pour ne pas penser qu'elle risque de nous perdre. Zorr étudie je ne sais quoi. Guy de Norrœke règle les derniers détails de nos manœuvres avec ses amis et alliés. Ian fait et refait ses exercices. Je ne pense pas que Raoul, Gillil et Dassouf dorment. Je crois qu'ils regardent le ciel par la fenêtre de leurs chambres et qu'ils souhaitent que l'heure vienne enfin où ils cesseront d'avoir les mains tremblantes et les entrailles nouées.

— Vous *entendez* vraiment tous nos esprits…

— Si je le veux, oui. C'est pour cela que Raoul a pu me surprendre : parce que j'*écoutais*… la ville, le château. Je les *écoutais* si bien que je n'ai pas fait attention à lui.

— Pourquoi y penser maintenant ?

— Parce que ce que nous nous apprêtons à faire ne concerne pas que nous. Si jamais nous échouons, les enfants de l'École, mais aussi les habitants de cette ville, de ce royaume, en subiront les conséquences.

— Norrœke, Germain, Lapaire et les autres auraient agi sans nous. L'armée a compris que cette guerre avec le Royaume intérieur est absurde. Quant à la construction du mur…

— Tu n'as pas eu de nouvelles de ton père ?

— Non. Norrœke m'a dit qu'ils limitaient les messages au minimum indispensable. Tout ce que je sais, c'est qu'ils prévoient de déclencher leur insurrection au moment où nous affronterons Hérus Tork.

— Tu vas le revoir. Lui parler enfin. Je suis sûr qu'il sera enchanté de découvrir que sa fille est aussi brave que lui.

— Je n'ai fait que ce que je devais faire.

— Certes. Sargh et Germain aussi. Risquer sa vie pour un homme tenu pour mort, s'engager pour une cause à laquelle personne ne croit à part cet homme, c'est d'un banal…

— Zorr était bien le seul à ne pas vouloir qu'on aille vous chercher.

— Zorr est un érudit doublé d'un esprit pratique. C'est un mélange qui peut parfois frôler le cynisme. Ce qu'il n'aime pas chez moi, c'est le courtisan. Ce qu'il prend pour de la frivolité et que je considère comme le sel de la vie.

— Le lustre dans l'entrepôt de maître Tornot.

— Par exemple.

Il a souri.

— Mais Zorr est venu à nous. Il nous a beaucoup appris.

Et il a dormi dans la cuisine, il s'est levé pour vous donner du jorne quand les cauchemars vous ont réveillé.

— Vous ne rêvez plus ?

— Si. Mais ça ne me réveille pas. Et, surtout, les rêves restent à l'intérieur de ma tête.

Il serrait mes mains dans les siennes.

— Ce n'est pas votre faute.

— Pardon ?

— Ce qui vous est arrivé. Du moins ce que j'ai pu en comprendre. Vous n'étiez qu'un enfant.

Il a hoché la tête, mais il ne me regardait pas.

— Je l'ai tué. Mon père. Il est parti en voyage et le serviteur chargé de s'occuper de moi a eu pitié ; il a profité de son absence pour me nourrir correctement. Il n'a pas osé me détacher – il avait trop peur –, mais manger à ma faim a suffi à me redonner des forces. J'ai pu me concentrer, réfléchir, comprendre ce dont j'étais capable. Et lorsqu'il est rentré, prêt à se servir de moi pour purger ses colères et ses frustrations… je l'ai étouffé. J'ai écrasé sa trachée et ses poumons dans sa cage thoracique. Bloqué le sang dans ses artères et fait éclater son cœur.

Sa voix était blanche, son visage sans expression. Je me suis glissée à côté de lui. Il s'est laissé aller contre moi et a posé sa tête sur mes genoux. Comment aurais-je pu ne pas me pencher pour effleurer sa tempe de mes lèvres ? Il a souri et fermé les yeux.

— Seuls les dieux peuvent me pardonner, Élisabeth. Mais les dieux ne veulent pas de moi : ils ont choisi cet imbécile, ce petit cracheur de feu nommé Ian Bren.

— Nathan a dit que les dieux qui sont restés ne sont pas dignes de confiance.

— Non. Peut-être pas. Dans ce cas, il faudra que j'aille les chercher ailleurs, dans leur domaine…

— Arik, voyons… personne ne peut survivre au-delà des Murailles de Brume, tout le monde le sait.

— Personne n'a jamais vraiment essayé.

Il s'est tourné vers moi. A pris mes mains, les a posées sur sa poitrine. Son cœur battait très fort. Sa peau était chaude, douce malgré les cicatrices. J'ai eu envie de couler ma main un peu plus bas, jusqu'à son ventre, là où je devinais que son sexe dressé brûlait du désir d'une autre chair.

— Nous allons changer le monde, Élisabeth. Celui dont rêve Hérus Tork n'adviendra jamais. Mais je n'aurai pas ma place dans le nouveau.

Oui, il avait une érection et il regardait mes seins, et je voyais très bien que ses mains frémissaient de l'envie de les prendre comme de beaux fruits de chair douce et attirante.

— Pas votre place ? Et pourquoi pas ?

— Parce que je ne suis pas fait pour servir qui que ce soit, même un Royaume extérieur devenu civilisé. Comment crois-tu que les magiciens se comporteront une fois libres ? Les plus honnêtes feront profiter la société de leurs dons. Ils travailleront pour les villes ou les guildes. Mais les autres ? Ce ne sont que des hommes, après tout. Ils vendront leurs dons à qui les paiera le mieux. Que veux-tu que je fasse dans un tel monde ? Je ne peux être qu'un guerrier ou un bouffon. Quand la guerre est finie, on n'a plus besoin de soldats. Et quant à me vautrer dans les plaisirs de la cour… j'en ai eu mon compte. Non, il n'y aura pas de place pour moi dans ce nouveau monde, nulle part.

— Vous délirez.

— Pas du tout. La peur n'a jamais altéré mes facultés mentales.

— Que vous dites…

— J'avais dit… que tu étais un miracle. J'étais si heureux de t'avoir trouvée. Une personne dotée de tant de qualités et qui comprenait vraiment quelle a été ma vie… Mais tu es si jeune.

… et, que vous le vouliez ou non, votre corps désire le mien…

Mais il avait lâché mes mains et replié une jambe dans l'intention de se lever.

Non. Ce qui se passe n'a peut-être pas de sens, c'est peut-être une erreur, pour vous comme pour moi. Mais c'est ce qui doit être, maintenant.

J'ai passé ma jambe droite par-dessus la sienne et appuyé mon genou contre son périnée. Il a gémi. Je me suis penchée sur lui. Des frissons chatouillaient mon ventre. Une brûlure exquise a fleuri entre mes jambes et augmenté en intensité avec la proximité du sexe en érection que je devinais sous le drap de ses hauts-de-chausse, rendant impossible l'oubli de cette chair qui, malgré mes réticences et ma peur, exigeait son dû.

— Tu es sûre…

— Je ne suis sûre de rien. Mais les faits sont les faits.

J'ai commencé à déboutonner mon corsage. Je portais, depuis que je devais aller et venir en ville sans me faire remarquer, des culottes d'homme. Doucement, avec lenteur et délicatesse, il en a défait les boutons un à un et a fait glisser le vêtement sur mes hanches.

Sa cape doublée de fourrure n'était pas loin. Il l'a posée sur mes épaules, m'a embrassé les lèvres – les siennes étaient douces, et léger le désir pourtant intense de ses mains sur ma taille – puis les pointes des seins, le ventre, pendant que je l'aidais à se débarrasser de ses vêtements.

Nous nous sommes étendus, chair contre chair, son sexe gonflé contre mon ventre brûlant, mon sexe qui déjà voulait s'ouvrir et fondre et accueillir sa chair douce et dure dans la mienne.

Nous nous sommes perdus dans la chaleur primitive de la peau. Seins, tétons, creux du cou et des bras, peau fine de l'intérieur des cuisses, peau veloutée des fesses, muscles du torse, durs et marqués par les aiguilles d'Hérus Tork.

Et, voyant que goûter, toucher son corps était ce que je voulais… que, si je l'avais pu, je l'aurais non seulement caressé et léché, mais aussi absorbé et dissous en moi –, il a enfin cédé à ce que le sien lui criait, et ses doigts et sa bouche et puis son sexe ont enfin comblé la brûlure qui consumait le mien.

Et pendant tout ce temps, je n'ai plus eu peur.

Plus tard, je suis revenue au grenier.

Le Lunaire était descendu bien bas. Ian dormait ainsi que tous les autres. La peur m'avait quittée ; le sommeil aussi. Je n'ai rien trouvé d'autre à faire pour tuer le temps que d'écrire ce qui vient de m'arriver.

Pour en rechercher la portée ?

Non, je ne crois pas.

Il est des choses qui ne signifient rien. Elles sont, c'est tout.

Il sera bien temps, lorsque Arik et moi en aurons terminé avec ce que nous devons au monde, de voir si nous avons des conclusions à tirer de ce que nous avons fait pour nous deux.

CHAPITRE TRENTE-NEUF

Il avait le don de rendre la compagnie des pires imbéciles de la cour supportable. Pour un futur roi, c'était une qualité plus précieuse encore que le dévouement ou la loyauté.

Orhgon IV.

Orhgon.

Cette voix.

Il connaissait cette voix.

Elle appartenait au passé, et pourtant elle n'avait jamais cessé de résonner en lui. Elle signifiait sarcasmes et jeux d'esprit, fêtes et rires, femmes et boisson.

Elle signifiait le plaisir et peut-être même, après tout, une certaine forme de bonheur.

Cette voix était unique et possédait le don – précieux, inestimable – de charmer et d'enchanter tout ce qu'elle évoquait.

Orhgon.

Et cette voix signifiait aussi dissimulation, mensonge, traîtrise. C'était celle d'un homme qu'Hérus Tork avait démasqué, capturé, torturé et qui avait disparu. Et, bien que la fureur d'Hérus Tork lui eût paru sincère, Orhgon n'avait jamais pu s'empêcher de penser que le directeur de l'École, ne pouvant contraindre Arik Renshaw à parler, avait préféré le faire disparaître.

Il se dressa sur sa couche, couvert de sueur glacée.

L'ancien temple était un endroit étrange. Construit dans la même pierre noire et froide que tout le château – mais sans qu'aucune tapisserie, aucun lustre, aucun meuble précieux vienne en dissiper la splendide austérité. Orhgon dormait sur des fourrures jetées sur un bat-flanc, dans une alcôve creusée à même la paroi. Sur sa droite, une fenêtre étroite, presque une meurtrière, laissait passer un filet de lumière argentée : le Lunaire à son apogée. Des reflets métalliques jouaient sur la pierre glacée. Sauf en face de lui, où la silhouette d'un homme grand et mince se détachait.

Orhgon frissonna.

La main de l'homme bougea. Une lueur pâle apparut, une bulle de lumière opalescente flottant dans l'air au-dessus de son front.

— Arik. Tu es vivant.

Arik fit un pas en avant. Ses bras étaient croisés, son visage sévère et pâle, ses yeux cernés de bistre, ses joues creusées.

Orhgon sentit ses entrailles se tordre sous l'effet conjugué du remords et de la colère – et de quelque chose d'autre, un sentiment que, dans un instant de surprise horrifiée, il reconnut néanmoins pour ce qu'il était : de la joie.

— Pas grâce à toi, Orhgon. Grâce aux amis qui m'ont tiré des cachots. Mais j'ai quand même failli mourir.

Orhgon posa les mains sur le rebord du bat-flanc et prit une longue inspiration.

— Tu m'as trompé. J'ai cru, naïvement, que tu ne me flattais pas seulement pour avoir les faveurs du prince, mais aussi celles de l'homme. Je me trompais. Tu n'étais qu'un espion, un informateur pour des renégats qui ne cherchent qu'à déstabiliser mon royaume.

— C'est faux, murmura Arik. Tu sais que c'est faux. J'ai aimé la vie à la cour. Mes amis n'approuvent d'ailleurs pas cela. Et je t'ai aimé, toi, Orhgon, avec tes défauts et tes qualités. Ce que j'ai fait par ailleurs – écouter, noter, fournir des informations à ceux qui comptaient sur moi... – étant ce que je suis, c'était mon devoir, rien de plus.

— Le devoir des magiciens est de servir le Royaume.

— Foutaises. Toi et les tiens êtes tellement habitués à vous faire servir par des esclaves décervelés qu'il ne vous vient même pas à l'idée qu'ils auraient pu devenir des hommes et des femmes normaux.

— Comme toi ?

— Comme moi et mes amis. Et ne te moque pas. J'ai partagé ta vie et celle de tes semblables. Je sais que nous sommes pareils. La seule vraie différence réside dans les pouvoirs que nous possédons.

— Demain, je serai roi.

Et un roi ne connaît ni plaisir ni joie, un roi ne connaît que son devoir.

— Oui. Et Tork te mènera par le bout du nez. Ne proteste pas ! Tu le sais depuis qu'il t'a forcé à tuer ton père. Je suis ici parce que mes amis m'ont envoyé te proposer un marché. Un moyen de gouverner ce Royaume autrement. Sans soumettre les magiciens à l'École. Sans épuiser le peuple dans une guerre inutile. Nous t'offrons la possibilité de changer ce qui est. Un royaume différent de celui auquel Tork t'a fait rêver, mais un grand royaume tout de même. Peut-être même plus…

— Tu me connais si bien…

Alors que moi… qu'ai-je vu de toi, autre que des apparences ?

— Tu dis « nous ». Tu parles d'amis qui ont des propositions à me faire. Qui sont-ils ?

— Des magiciens libres. Ceux à qui j'ai transmis des informations pendant des années. Et, plus important pour toi, des nobles et des militaires. Au moment où tu seras couronné, des mutineries éclateront sur le front. Des messages circuleront, révélant la teneur des projets d'Hérus en ce qui concerne le mur. Une partie du Haut-Conseil refusera de te prêter allégeance. À moins que tu n'acceptes nos conditions.

— Tork ne vous laissera pas faire.

— Nous allons nous occuper de lui.

Il jeta un coup d'œil à la fenêtre.

— D'ici peu.

— Vous ne pouvez pas…

— Crois-tu ? L'autre fois, il m'a eu par surprise. Mais, là, je suis prêt – et je ne suis pas seul.

Arik s'était rapproché en parlant. Il se pencha sur Orhgon. Sa voix s'adoucit, devint caressante, persuasive, vibrante d'une tension qui fit se contracter malgré lui la gorge d'Orhgon.

— Les nobles veulent un Haut-Conseil élargi. Des représentants élus des guildes et du peuple. Ils ne veulent plus que des impôts soient votés sans que les premiers intéressés aient leur mot à dire. Les marchands refusent d'envoyer leurs fils à la guerre alors qu'un commerce fructueux pourrait exister entre les deux royaumes. Quant à nous, les magiciens… nous voulons que tu proclames l'abolition de l'École.

— Quoi ?

— Tu m'as bien entendu. Nous récusons la Haute-École. Elle ne sert qu'à tuer et à avilir. Nous la remplacerons par une institution qui traitera les mages comme des êtres humains. Ils ne consentiront à rendre des services à la communauté qu'à condition d'être traités comme tels. Et ils auront le droit d'exercer leurs talents comme bon leur semblera.

Pendant plusieurs secondes, Orhgon regarda Arik. Ses yeux brillaient, son expression était la fois lointaine et exaltée.

Il est si… Personne ne lui arrive à la cheville. Personne.

— C'est de la folie, dit-il. Les magiciens sont dangereux. Ils ne sont pas capables de se gouverner eux-mêmes. S'ils sont libres, ils feront de ce royaume un champ de ruines.

— Parce qu'Hérus est en train d'en faire un paradis ? Regarde les choses en face, Orhgon ! Ses projets, ses inventions… la maison des enfants : c'est une idée criminelle. Même toi, tu es capable de le voir.

— C'est un moyen d'obtenir les instruments de notre puissance !

— Si ces enfants n'avaient pas le moindre pouvoir, tu trouverais le projet abominable.

Orhgon ouvrit de grands yeux. Il n'y avait jamais pensé.

— Peut-être. Mais, sans École, comment ferons-nous fonctionner les ateliers royaux ? Et les Éclairants, les Portiers, les Porteurs, les Pousseurs… Et les dignitaires du Royaume ? Ils ont tous des mages à leur service.

— Ils s'en passeront. Comment font-ils, dans le Royaume intérieur où ils tuent les mages à la naissance ?

— Ce sont des barbares, ils n'ont pas les mêmes besoins que nous.

— Tiens donc ! Ils ne mangent ni ne boivent, et ils cueillent leurs enfants dans les arbres.

— Ce n'est pas ce que je voulais dire !

— C'est à peu près aussi idiot.

— Qu'est-il censé se passer si je ne collabore pas ?

— Le couronnement aura lieu mais l'armée entrera en scène. Tu liras la déclaration sous la menace. Le Haut-Conseil votera son indépendance et décidera l'introduction de nouveaux représentants. Je suppose qu'il y aura quelques morts…

— Tu ne vas pas me tuer ?

— Bien sûr que non ! Juste t'endormir. Si tu acceptes de rendre aux magiciens leur liberté, tu pourras discuter de tout cela avec mes amis. Sous bonne garde.

— Dissoudre l'École. Libérer les magiciens. Ne pas construire le mur. Je suppose que tu veux diriger ce qui la remplacera ?

— Diriger ? Moi ?

Arik se mit à rire.

— Non, vraiment, j'ai d'autres projets. Il se peut que j'aide à former les jeunes si on me le demande. Mais ce sera tout.

— Et vous avez des contacts avec le Royaume intérieur ?

— C'est possible.

Aucune émotion ne transparaissait plus sur le visage pâle et émacié d'Arik. Il scrutait celui d'Orhgon.

Il lit mes émotions, peut-être mes pensées…

Arik lui tendit un rouleau de papier.

— C'est le texte de la proclamation. Lis-le et tu comprendras.

— Hérus…

— Inutile de compter sur lui.

Arik fit un geste. Un jeune garçon entra dans la pièce. Assez grand, longiligne, de longs cheveux blond filasse. Orhgon l'avait déjà vu. Il ne savait plus où…

— Toi… tu étais à la Maison des enfants !

— J'y *étais*, oui.

Quelque chose qui ressemblait à de la crainte véritable envahit Orhgon. Si Arik avait des alliés, si leur influence s'étendait jusqu'aux projets les plus secrets du maître de la Haute-École…

Il froissa le texte de la déclaration et se redressa.

— C'est mon royaume. J'en suis responsable. J'ai des devoirs envers mes sujets. Je ne laisserai pas les affaires de l'État tomber dans les mains d'une bande de magiciens et de marchands en révolte.

Arik soupira.

— Orhgon… j'ai toujours pensé qu'il y avait en toi quelque chose de valable. Une toute petite partie de ton esprit qui ne succomberait pas à l'attrait du pouvoir et à la vanité. Je constate que cette partie existe, mais qu'elle n'est pas assez puissante pour combattre l'autre. J'en suis profondément désolé.

» Je vais l'endormir, dit-il à Gillil. Reste auprès de lui jusqu'à ce qu'on vienne te relever. S'il se réveille, rendors-le, c'est tout.

Il leva la main.

— Hérus ne te laissera pas échapper cette fois, dit Orhgon.

Des insectes noirs s'agitaient devant ses yeux.

— On t'entendra hurler jusqu'aux Murailles de Brume.

— Pourquoi pas ? dit Arik en lui adressant son plus tendre sourire. C'est peut-être un moyen de les faire tomber.

Il ferma la main. Les insectes grossirent, emplirent le champ de vision du futur roi.

Il s'effondra, endormi.

CHAPITRE QUARANTE

Nous avons des hommes et des femmes en bonne santé, des savants qui inventent des machines efficaces, des animaux bien nourris et bien dressés. Pourquoi nous encombrer de magiciens ?

Général Danys diCaravetto
(père d'Esquira diCaravetto),
Mémoires de guerre.

Raoul, Dassouf et les rats attendaient Arik sur le chemin de ronde, près des cuisines.

Après en avoir longuement discuté avec Raoul, Arik et Zorr avaient fini par décider que, même si le charmeur de crapauds avait un faible pour les grenouilles et les chats, le rôle principal serait donné aux rats.

Raoul était donc accroupi contre le mur d'enceinte, frissonnant malgré l'épais pourpoint que Madge avait tiré pour lui de l'un de ses coffres. À ses pieds, perchés sur les créneaux ou assis dans les merlons, les rats attendaient avec lui. Le Lunaire descendant luisait sur leur pelage lustré et, quand ils se dressaient sur leurs délicates petites pattes griffues, leurs yeux noirs brillaient comme des perles.

— Est-ce que tu leur parles ? demanda tout à coup Dassouf.

Les rats étaient supposés envahir le dortoir des professeurs et les obliger à descendre dans la cour centrale, aidés par quelques araignées et cafards qui se trouvaient sur place. Si la surprise et la peur ne suffisaient pas, s'ils essayaient de se défendre, Ian, posté un peu plus loin sur les remparts, devrait griller quelques barbes et mettre le feu à des chemises de nuit pour les convaincre de l'urgence de la situation.

Dassouf accompagnerait Arik.

Pour le moment, il préférait ne pas trop y penser. Accroupi en face de Raoul, il observait les rats, et son expression ne cessait d'alterner entre la curiosité et le dégoût.

— En quelque sorte, dit Raoul. J'*écoute* leurs esprits.

— Comme pour les humains ?

Dassouf fronça les sourcils et tenta de se concentrer sur le contenu de ces crânes minuscules. Les rats le regardèrent, les yeux brillants. Dassouf, mal à l'aise, haussa les épaules.

— Je ne sens rien de spécial.

— Zorr a consulté ses bouquins. Il dit que mon don est peut-être un moyen de me protéger. Une façon de ne pas exercer un pouvoir trop visible. Si vous avez l'habitude de vous servir des vôtres d'une certaine façon, il vous est difficile de le faire à la mienne. J'*entends* vraiment leurs esprits. Ils sont petits et ils ont de petites pensées… de faim, de peur, de satisfaction… Je peux leur montrer toutes les images que je veux. Par exemple, que terroriser les mages serait très amusant.

— Et ils sont d'accord ?

Les rats, toujours plus nombreux au fur et à mesure que le temps passait, ne semblaient pas montrer le moindre signe d'impatience.

— Oh oui ! Les professeurs les capturent pour se livrer à des expériences, et les élèves pour s'amuser. Ils sont très contents de pouvoir se venger en nous aidant.

Il regarda en direction de la ville, là où, au loin, dans la plaine, il pouvait voir la pointe du Lunaire disparaître à l'horizon.

Arik Renshaw n'allait pas tarder.

Ils n'auraient jamais dû me laisser seul, se disait Ian en descendant l'escalier qui menait du chemin de ronde à la petite cour.

Tous les autres attendaient le signal par groupes de deux ou trois. Raoul, Dassouf et les rats près des cuisines. Sargh et deux de ses amis près de l'entrée de l'École. Élisabeth et Zorr dans un escalier d'où ils pouvaient voir les appartements d'Hérus Tork. Arik était allé parler une dernière fois avec Orhgon.

Ian avait atteint le bas de l'escalier. Il jeta un coup d'œil vers les remparts, là où il aurait dû se trouver. Un rectangle de nuit piqué de la lueur de quelques solaires. En direction du Centre du Monde, la pointe argentée du Lunaire descendait lentement, repliant peu à peu ses reflets d'argent. L'heure sombre approchait, mais il avait encore le temps de réfléchir.

Voyons… il les avait vus et entendus étudier leur plan des dizaines de fois.

Adossé aux pierres lisses et froides, il ferma les yeux. Derrière lui se dressaient les bâtiments de l'École où les professeurs avaient leurs appartements. Ils l'avaient posté là-haut, en ce point du chemin de ronde qui surplombait le flanc nord de la colline des Grands Ormes, parce qu'ils craignaient que des professeurs ou des élèves tentent de s'échapper par là.

Mais en venant d'où ? Face à lui, Ian ne voyait qu'un mur. Il devait bien y avoir… des barreaux. Oui, il les voyait maintenant, à peine soulignés par des reflets froids. Impossible de distinguer où menait cet escalier de secours dont le sommet se perdait dans l'obscurité avec le mur, mais Ian n'hésita pas : il saisit la première barre qui se trouvait à sa hauteur et commença à grimper.

Une vingtaine de barreaux plus tard, il arrivait sur une étroite terrasse, qu'il traversa jusqu'à la balustrade où il se pencha… Oui, c'était bien la cour et le jardin décrits par Raoul. Deux niveaux de fontaines de marbre, de vasques débordant de fleurs et de parterres en dentelle de buis protégeaient les appartements d'Hérus Tork. Tout ce que Ian avait à faire, c'était les traverser sans être vu de Zorr et d'Élisabeth.

Il s'accroupit et écouta. Ils étaient bien là, sur sa gauche, dans l'escalier qui menait des cuisines au pied du jardin du directeur. Celui qui conduisait de la terrasse aux jardins se trouvait sur sa droite. Ils ne pouvaient pas le voir.

Plié en deux, rasant les murs, Ian monta et descendit des volées de marches, courut le long des haies, sous les arbustes que son passage débarrassa de leurs ornements de gouttes d'eau glacées. Il grimpa le dernier escalier presque à quatre pattes, la respiration courte et les mâchoires serrées.

Vous n'auriez jamais dû me laisser seul sur un morceau de rempart qui n'avait même pas besoin d'être surveillé, se dit-il.

Il se redressa et marcha droit vers les fenêtres éclairées.

Les gardes postés à l'entrée du temple où méditait Orhgon étaient aussi des amis de Sargh.

— Tout va bien, murmura Arik Renshaw lorsqu'il en sortit. Personne n'est censé venir ici avant la deuxième heure. Soyez bien attentifs, c'est tout ce dont nous avons besoin.

Puis il monta des escaliers et se glissa dans un passage secret – comme si rien n'avait changé, comme si Raoul n'avait jamais révélé son identité, comme s'il n'avait jamais quitté sa place au château. Malgré le rythme soutenu de sa marche et les vêtements chauds qu'il avait pris la précaution de revêtir, il frissonnait en arrivant sur le chemin de ronde où Raoul des Crapauds et Dassouf montaient la garde avec les rats.

Et ce n'était ni un frisson de froid ni un frisson de peur. C'était bel et bien un tremblement d'excitation, doublé d'une envie dévorante d'en arriver enfin au moment dont il rêvait depuis des dizaines de levers.

— Raoul ? Dassouf ?

Ils sursautèrent tous les deux en entendant leur nom.

Arik sourit en voyant le tapis de rats qui grouillait à leurs pieds. Il y en avait partout. Sur le chemin de ronde, sur le mur et dans l'escalier qui menait aux cuisines. Dans un recoin, près d'une flaque, il aperçut les silhouettes molles et ramassées de quelques crapauds que Raoul n'avait sans doute pas pu s'empêcher d'inviter à la fête.

— Arik ? C'est vous ? souffla Dassouf. On ne vous a pas entendu venir.

— Il ne manquerait plus que ça.

Il s'accroupit au milieu des rats et sortit un morceau de fromage d'une de ses poches. Un beau mâle aux moustaches frémissantes se dressa sur son train arrière et prit le cadeau du magicien dans ses griffes délicates.

— Vous savez y faire, dit Raoul. Ils vous aiment bien.

Non... ce qu'ils apprécient, c'est le calme que j'essaie de maintenir dans mon esprit. L'attente et l'acceptation de l'attente. La peur et l'acceptation de la peur.

— Il faut bien les traiter, Raoul. Nous avons besoin d'eux. Ce sont comme nous des créatures vivantes et sensibles. Mais tu le sais déjà.

Il se leva. Observa les remparts. *Sentit* les esprits de tous ceux qui, dans l'ombre, attendaient qu'ils passent à l'action.

— Bien. Tout va bien. Nous ne nous occuperons pas des professeurs tant qu'Hérus Tork ne sera pas hors d'état de nuire. Surtout, ne bouge pas jusqu'à ce que nous te donnions le signal. C'est compris ?

Raoul hocha la tête.

— Bien. Dassouf, viens avec moi.

Suivi du garçon, Arik sauta sur le chemin de ronde. Ils se fondirent dans les ombres qui s'épaississaient avec l'arrivée de l'heure sombre.

Arik *sentit* le malaise de Dassouf dès qu'ils furent hors de vue de Raoul. Il s'arrêta au sommet de l'escalier qui descendait vers l'intérieur de l'École et se tourna vers lui.

— Dassouf... si nous t'avons demandé de venir avec nous, c'est que nous pensons vraiment que tu peux nous aider.

Le jeune garçon regardait ses pieds, épouvantablement gêné, à la fois parce qu'il avait peur et parce qu'il savait qu'Arik pouvait si aisément *entendre* sa peur. Mais il prit son courage à deux mains, une grande inspiration et dit :

— Et je veux le faire. Je veux être de ceux qui auront mis fin au règne d'Hérus Tork. J'ai juste... J'ai eu tant de mal à changer la pierre... Si jamais je n'y arrive pas...

— Tu vas y arriver. Nous avons tous travaillé de notre mieux, et nous allons réussir. Il ne faut pas en douter.

Le garçon s'était assis sur la première marche de l'escalier. Arik s'accroupit devant lui et lui prit la main.

La peur est avec nous tous, Dassouf, car nous savons tous ce que nous risquons. Il ne faut pas en avoir honte. Il ne faut pas en avoir peur. Il faut juste la laisser être elle-même, en toi, et tu demeureras qui tu es, et tu feras ce que tu sais faire.

Les yeux de Dassouf s'agrandirent. Arik vit les muscles crispés de ses épaules se détendre, son souffle saccadé se calmer.

Il l'aida à se relever, et ils descendirent l'escalier puis se faufilèrent ensemble de passages en terrasses jusqu'à l'escalier où Zorr et Élisabeth les attendaient.

Le Lunaire avait enfin disparu. C'était l'heure sombre. Seule la faible lueur des solaires lointains éclairait la nuit. Un calme presque surnaturel planait sur le château et sur l'École. Même ceux pour qui la méfiance était une seconde nature étaient plongés dans le sommeil. Les Chasseurs dormaient dans leurs appartements situés près de ceux des professeurs. Les gardes somnolaient autour de leurs braseros ou buvaient du vin chaud en jouant aux cartes. Riches ou pauvres, courtisans ou serviteurs, élèves ou professeurs de l'École, tous dormaient, et aucun ne soupçonnait ce qui se tramait juste sous leurs fenêtres…

Il ne restait plus à Élisabeth, Zorr, Dassouf et Arik qu'à franchir la grille qui ouvrait sur les jardins d'Hérus Tork.

— Prêts ? demanda Arik.

L'un après l'autre, il rencontra les regards de ses amis.

Zorr avait son air le plus sévère et le plus professoral.

Élisabeth était pâle, les yeux cernés.

Il préférait ne pas penser au trouble qu'avait pu jeter dans son jeune esprit ce qu'ils avaient fait quelques heures plus tôt.

Les deux garçons avaient peur, mais leur détermination paraissait néanmoins solide.

— D'accord. Allons-y.

Un geste de sa main ayant pulvérisé le verrou qui fermait la grille, il s'élança le premier dans l'escalier.

Il s'arrêta au sommet des marches. Une allée de gravier pâle menait droit à la maison. De part et d'autre, les spirales des buis taillés s'enroulaient dans l'obscurité. Au centre des arabesques géométriques des parterres se trouvaient des fontaines de marbre.

L'eau glougloutait, paisible dans le silence absolu. Arik attendit quelques secondes puis fit signe aux autres de monter.

Ils avaient tous étudié les plans de la maison et savaient où se trouvaient chaque pièce, chaque fenêtre et chaque porte. À cette heure de la nuit, Hérus Tork dormait. Leur mission avait la simplicité des grandes idées : fondre la pierre des fenêtres et des portes de sa chambre, l'enfermer dans une prison de cristal noir d'où même sa magie ne pourrait jamais – *jamais* – lui permettre de sortir.

Arik commença à remonter l'allée.

Le gravier ne crissa pas sous ses bottes de cuir souple. Il fut surpris, en s'approchant, de constater que de la lumière filtrait sous les volets fermés.

Dans ce qui devait être le salon, où personne n'était censé se trouver.

Il s'arrêta net, leva les yeux et découvrit les silhouettes qui se détachaient sur le ciel noir piqueté de la pâle lueur des solaires lointains.

Oui, des Chasseurs étaient sur le toit.

Et d'autres pénétraient dans le jardin.

Élisabeth et Zorr avaient dit à Arik qu'ils le laisseraient s'avancer seul jusqu'à la maison, mais c'était une promesse qu'ils n'avaient jamais eu l'intention de tenir. Ils le suivaient à quelques pas de distance. Lorsque Élisabeth le vit s'arrêter, elle s'immobilisa aussitôt pour scruter l'obscurité autour d'eux.

Des globes de lumière s'élevèrent aux quatre coins du jardin. Les contours des massifs et le tracé des allées jaillirent des ombres. Une étrange lumière incolore, semblable à celle d'un feu d'artifice, les baigna tous, donnant à Élisabeth la sensation qu'ils étaient aussi nus et vulnérables que si la scène s'était déroulée en plein jour.

Hérus Tork se tenait devant eux. À sa droite se trouvait Ian Bren. À sa gauche Hénnik Dott et Milla Donne. Ils étaient juste debout, bras croisés sur la poitrine, mais il se dégageait d'eux une impression de pouvoir et d'assurance qui glaça les entrailles d'Élisabeth. Son cœur bondit dans sa poitrine, puis se mit à battre très fort tandis qu'elle sentait sa bouche se dessécher.

Hérus Tork fit un pas en avant.

— Bienvenue, Arik Renshaw. Je suis ravi de t'accueillir à nouveau chez moi, dit-il d'une voix qui n'avait pas besoin d'être forte pour être parfaitement audible. (De même que la grimace sarcastique n'avait pas besoin de déformer ses lèvres pour qu'Élisabeth sente sa joie mauvaise.) On m'a dit que tu voulais détruire l'École. Quelle erreur !... L'École est très utile. Vois ce jeune homme : il a bien compris qu'il ne réaliserait son potentiel qu'en nous rejoignant.

Le jeune homme eut un sourire cruel, fit lui aussi un pas en avant et esquissa un geste. Les arabesques de conifères et les entrelacs de buis taillés des massifs s'enflammèrent, transformant en un instant le jardin et les allées en labyrinthe de flammes.

Arik ne répondit pas. Il se tourna un instant vers Élisabeth et Zorr.

— Fuyez !

Puis il se retourna vers Tork et Ian et dessina une forme dans l'air.

Une créature de feu apparut.

Mi-papillon, mi-dragon, ses ailes étaient d'or en fusion veiné de lave brûlante, son corps et sa tête de rubis incandescent. La bête fondit sur Ian, ouvrit ses mains munies de griffes d'acier et le saisit à la gorge. Le jeune garçon commença à se débattre en poussant des cris qui trahissaient plus la surprise que la douleur.

Hérus Tork ignora les hurlements de son nouvel élève et leva lui aussi la main.

Une nuée d'insectes bourdonnants apparut devant lui.

Des moustiques ? Des guêpes ? Élisabeth ne comprit qu'il ne s'agissait pas d'animaux mais de longues et fines aiguilles de métal que lorsque le nuage étincelant fondit sur Arik.

Le magicien créa une bourrasque pour se protéger, mais elle ne fut pas assez puissante pour arrêter tous les projectiles : Élisabeth vit distinctement plusieurs dizaines d'entre eux se planter dans ses bras, son torse et ses cuisses. Le dragon d'Arik se dissipa en fumée dès que son créateur fut touché par les aiguilles.

Ian retomba à terre, haletant et furieux.

Dassouf était perdu, affolé, en proie à la plus absolue des paniques. Il y avait des Chasseurs partout, y compris derrière la grille par où ils étaient arrivés.

Zorr n'avait pas bougé.

— Aidez Arik, dit-il. Je m'occupe des Chasseurs.

Il croisa les bras et ferma les yeux. Quelques fractions de seconde plus tard, une rafale brûlante balaya l'allée, entraînant les graviers qui la recouvraient. Le sol frémit sous ses pieds ; d'autres pierres sortaient du sol, formant une tornade de projectiles incandescents qui commença à tourbillonner en direction de la maison.

Elle monta d'abord vers les toits, balaya les ardoises et s'abattit sur les Chasseurs, en aveuglant certains et en déséquilibrant d'autres, qui chutèrent droit dans les massifs. Une pluie de cailloux brûlants, de gouttes de lave et de gaz délétères retomba sur Hénnik Dott et Milla Donne, ainsi que sur les Chasseurs postés derrière eux, de l'autre côté de la grille. Ils s'éloignèrent aussitôt.

Cependant, Élisabeth avait aidé Arik à se relever. Ils avaient clopiné dans la direction de l'escalier par où ils étaient venus.

Et par lequel ils devaient maintenant repartir à tout prix. Il n'y avait plus un Chasseur en vue, mais la grille était fermée.

Lorsqu'elle se rendit compte qu'elle ne pouvait pas l'ouvrir à distance, Élisabeth alla voir pourquoi et constata que le métal des gonds et de la serrure réduite en miettes avait fondu puis s'était solidifié en grumeaux épais.

— Je n'arriverai jamais à plier ce métal assez vite, dit-elle, prise au dépourvu.

Accroupi près d'elle, le visage déformé par une grimace de douleur, Arik *écoutait* les environs.

— Ils ont envoyé les Chasseurs qui étaient ici chercher les professeurs, souffla-t-il, nous allons être encerclés. Il faut partir.

Et il vit que Tork rassemblait un nouveau nuage d'aiguilles.

Elles flottaient autour de lui, d'autant plus effrayantes qu'elles étaient presque invisibles, comme ces fils d'araignée qui flottent dans l'air et que seul un hasard de la lumière permet de distinguer. Et elles bruissaient, moucherons si minuscules que leur bourdonnement restait perpétuellement aux limites de l'audible.

Hénnik Dott et Milla Donne se contentaient de regarder le maître manipuler sa nouvelle arme. Ils ricanèrent ouvertement lorsque le nuage fondit sur eux.

Dassouf fut atteint aux jambes, Élisabeth saisit son bras en hurlant de douleur et tomba à genoux. Zorr l'aida aussitôt à se relever.

Il recréa une colonne de pierres en fusion et la fit osciller devant Hérus Tork, l'empêchant de projeter un troisième nuage.

Ian se mit à projeter des boules de feu dans leur direction. Arik, toujours à genoux, les dévia avec un reniflement de mépris.

Mais les Chasseurs s'étaient remis de la première tornade de pierres, Hénnik Dott s'était joint à Hérus Tork pour projeter des aiguilles, quant à Milla Donne, elle avait suffisamment observés ses adversaires pour commencer à se livrer à son activité favorite.

Zorr porta ses mains à son cou.

— Madge…

Il ferma les yeux, luttant de toutes ses forces.

Élisabeth projeta son esprit sur celui de la femme qui accompagnait Hérus Tork. Y jeta confusion et peur, et acheva son attaque en la poussant à terre, où elle culbuta dans un fouillis de jupons.

Zorr retrouva aussitôt son souffle.

— Madge a préparé des chevaux et un chariot, haleta-t-il. Ils nous attendent près des cuisines.

— Sans rien nous dire ? Pourquoi ? Oh, Arik, oui, bien sûr… Mais par où allons-nous partir ?

— Par où cette petite ordure de Ian est arrivée. Sur notre droite, au fond du jardin, il y a une porte qui donne sur un escalier. Il descend dans une cour. Il faudra la traverser jusqu'à un autre escalier, le monter, traverser une terrasse, descendre une échelle de fer, et nous serons aux remparts. Arik ?

Il s'était recroquevillé contre la grille.

— Qu'est-ce qui se passe ?

— Les aiguilles, siffla Arik entre ses dents serrées.

Elles s'étaient plantées exactement aux mêmes endroits que l'autre fois. Dans les cachots. Et la voix d'Hérus Tork résonnait dans son esprit.

Je te connais, Renshaw. Tu as peut-être réussi à protéger ton esprit, mais tu as oublié un détail : pendant ce temps, ton corps était à ma merci.

— Zorr, dit Élisabeth, vous pouvez aider Arik à marcher plus facilement que moi. Partez avec lui. Dassouf et moi allons les retenir.

Zorr hésita.

— Nous n'avons pas le choix.

— Attendez.

Arik était à genoux.

— Tenez-vous prêts. Je peux encore faire quelque chose.

La main qu'il leva tremblait et son visage ruisselait de sueur. Mais une lueur vacillait au bout de ses doigts.

Dassouf, Élisabeth et Zorr n'eurent pas besoin qu'il leur dise de s'écarter. Ils se rassemblèrent derrière lui. La lueur qui hésitait au bout des doigts d'Arik enfla soudain, et cinq rayons de feu allèrent frapper le premier adjoint en pleine poitrine. Zorr en profita pour esquisser un geste de la main qui fit pousser un cri à Ian, lequel enfonça ses poings dans ses orbites, tomba en arrière et atterrit sur son derrière. Puis Zorr saisit Arik sous les épaules et l'aida à se relever.

— Maintenant, Arik. Indique-nous le chemin.

Un brouillard rouge voilait son champ de vision. Des coups de poignard lacéraient son ventre.

— Par là, dit-il en indiquant une allée latérale, chemin étroit entre deux murs de feu.

— Dassouf, demanda tout à coup Élisabeth, est-ce que tu pourrais te servir de l'eau de la fontaine ?

— Oui, sans doute.

Mais Hérus Tork avait déjà récupéré. Une nouvelle volée d'aiguilles vibrantes s'abattit sur eux.

Elles s'enfoncèrent dans le bras de Zorr. Dans sa cuisse ; dans les jambes et la poitrine d'Élisabeth, et un peu partout sur le torse de Dassouf. Et Arik n'y pouvait rien. Les aiguilles agissaient sur son énergie, l'empêchaient de la rassembler, l'affaiblissaient de minute en minute.

Inutile d'attendre la volée suivante.

Zorr et Arik se mirent à courir en direction du fond du jardin.

Du coin de l'œil, Arik vit que Dassouf et Élisabeth regardaient la fontaine. Que fabriquaient-ils donc à rester immobiles au lieu de se mettre à l'abri ? Au même moment, l'eau du bassin se souleva en une vague qui s'arqua un instant au-dessus d'Hérus Tork avant de s'abattre sur lui et ses compagnons avec la force d'un tsunami.

À chacun de ses pas, Arik percevait les aiguilles comme autant de pointes de feu qui s'enfonçaient en lui. Mais il pouvait encore courir. Ils traversèrent le jardin, trouvèrent l'escalier, dévalèrent les marches, traversèrent la cour.

Élisabeth. Dassouf.

— Zorr, attends-les !

— Ils nous suivent.

Je ne les entends pas.

Zorr le regarda, réprima une grimace d'inquiétude.

— Les voilà.

Élisabeth et Dassouf dégringolaient l'escalier, hors d'haleine.

— Dassouf a gelé l'eau de la fontaine, dit-elle, riant à demi. Ils sont en train de patiner.

— Excellent, dit Zorr.

Il n'avait pourtant pas l'air spécialement content : à leur droite, sur le toit, venaient d'apparaître les silhouettes sombres de deux Chasseurs.

Zorr se retourna et fit fondre les barreaux de l'échelle pendant qu'Élisabeth et Dassouf aidaient Arik à monter l'escalier jusqu'aux remparts.

Ils commencèrent à trouver des rats, des araignées et des crapauds à mi-chemin des cuisines. Les animaux affolés s'égaillèrent sous leurs pieds, les crapauds jouant à saute-mouton au-dessus des rats. Raoul surgit au milieu des petits yeux brillants et des dos luisants, aussi effaré que ses ouailles.

— Ian nous a trahis, dit Zorr, nous n'avons pas pu enfermer Tork chez lui.

Raoul blêmit, serra les mâchoires et se reprit aussitôt :

— Madge nous attend au niveau des cuisines. Allez-y. Je vais dire aux rats, aux araignées et aux cafards de s'éparpiller dans l'École. Ça devrait mettre la pagaille et les retarder.

Il a raison. Et nous devrions aller chercher Sargh. Et Gillil. Ils ont dû avoir Gillil.

— Qu'est-ce qu'il a ? demanda Raoul en voyant que Dassouf et Zorr étaient obligés de soutenir Arik.

— Des aiguilles de métal. Nous en avons tous reçu, mais il est le seul à être atteint de cette façon.

— Sargh, râla Arik. Gillil.

Des bruits de sabots, de roues de chariot sur les pavés : Madge arrivait.

— Vite ! sautez, les Chasseurs arrivent.

— Mais les autres…, dit Élisabeth.

On n'a pas le droit… Ils vont les mettre en pièces.

— Trop tard.

Deux chevaux étaient attachés à l'arrière du chariot. Zorr et Dassouf bondirent sur leur dos et s'élancèrent. Élisabeth et Arik sautèrent à l'arrière. Le magicien se tordit une cheville et s'effondra, un brouillard rouge devant les yeux. Pendant que Madge fouettait les chevaux, Élisabeth tira la bâche et le prit dans ses bras.

Guy de Norrœke leur avait fourni de bonnes bêtes.

Dans les rues désertes de l'heure sombre, le chariot fila aussi vite qu'il put. À l'intérieur, il était impossible de se tenir debout ou même assis. Arik serra Élisabeth contre lui et fourra son visage dans ses cheveux, gémissant entre ses dents serrées chaque fois qu'un cahot ravivait la douleur qui le déchirait.

TROISIÈME PARTIE

CHAPITRE QUARANTE ET UN

Journal d'Élisabeth de Siff.
Soixante-quatrième lever du dixième cent
du huit cent quatre-vingtième cycle après la Fondation.

J'ai commencé ce journal le jour où j'ai enfin compris qu'Hérus Tork était bien l'homme le plus monstrueux que l'École avait jamais engendré.

Puis j'ai rencontré Arik Renshaw.

Et Sargh, Madge, Zorr et Nathan.

Hérus Tork a capturé Arik ; après son évasion, les magiciens libres ont décidé qu'ils ne pouvaient plus se contenter de se tenir à l'écart de leurs ennemis. Ils ont pris contact avec le parti des réformateurs et organisé un coup d'État. Qui a échoué.

Voilà.

C'est ce qui s'est passé.

Objectivement.

J'ai toujours gardé ce journal sur moi en me disant que, si je mourais, il resterait un témoignage, une trace du passage d'Élisabeth de Siff en ce monde.

Quelle présomption !

Une trace de quoi ? Qui ma vie pourrait-elle bien intéresser ? À quoi mon expérience pourrait-elle servir ?

Avant que je commence à noircir ces pages, il ne restait déjà plus que quelques dizaines de magiciens libres dans le monde. Bientôt, il n'y en aura probablement plus un seul.

Je crois que c'est pour cela que je suis restée si longtemps sans rien écrire, bien que nous soyons chez Pierre depuis une dizaine de levers.

Je n'avais pas le courage de regarder la réalité en face.

Oui, nous sommes parvenus à nous enfuir.

Mais c'est tout.

Nous avons reçu un message de Guy de Norrœke. Il a réussi à échapper aux contrôles de la garde et aux patrouilles des Chasseurs sans être soupçonné. Mais Oscar Lapaire et Violette Chimain ont été capturés. On ignore s'ils sont encore en vie. On est également sans nouvelles de Raoul, de Gillil, de Sargh et de Germain.

En ville, des dizaines de personnes ont été exécutées ou jetées en prison. Le couronnement a bien eu lieu, mais les fêtes ont été annulées et le couvre-feu déclaré. La plupart des Chasseurs ont été envoyés aux quatre coins du Royaume à notre recherche…

Je garde de ce qui s'est passé dans le jardin de la villa d'Hérus Tork un souvenir vague, agité et chaotique. Le choc de la trahison de Ian a été tel que, passée la première vague de terreur, je suis entrée dans ce qu'Arik appelle une transe de défense : un état où toutes les capacités sont mobilisées dans le seul but de se protéger. Dassouf m'a confié qu'il avait ressenti, et ressentait toujours, la même chose.

Confusion, peur, tristesse.

Je suis assise à la tête du lit, celui-là même que Pierre a offert à Ian quand il l'a accueilli. Il aurait mieux fait de le laisser à la tempête ! Et la Dame des Neiges – pourquoi l'a-t-elle sauvé ? Qu'a-t-elle vu en lui à quoi nous sommes tous restés aveugles jusqu'au bout ?

Dassouf est allongé à plat ventre à l'autre bout du lit. Il a trouvé une pile de vieux numéros de *La Gazette de Virreleau* et les dévore avec application. Nous ne pouvons pas sortir : il neige à gros flocons depuis notre arrivée. Tristesse et impuissance. Pourquoi Ian nous a-t-il trahis ? Que nous reproche-t-il ? Qu'a bien pu lui promettre Hérus Tork ? Même si nous pouvions répondre à ces questions, il serait trop tard. Le pire est déjà arrivé.

Madge est assise à l'unique table de la maison. Elle a entrepris de repriser nos vêtements déchirés dans notre fuite. Elle coud sans lever les yeux de son ouvrage et sans prononcer un mot, pendant des heures, sauf lorsqu'elle se met à cuisiner.

Arik est couché dans l'alcôve. Inconscient. Rongé par la fièvre. Agonisant. C'est bien le mot qui convient lorsque quelqu'un est en train de mourir, non ? Ni Zorr ni Madge ne savent comment le soigner ; son état s'aggrave d'heure en heure.

Pierre est dehors ; il relève les pièges qui nous ont permis de manger à notre faim depuis notre arrivée. Zorr l'accompagne ; il dit que marcher le détend. Cela lui permet surtout d'être le premier à voir arriver les pigeons porteurs de messages.

C'est grâce à Madge et à Guy de Norrœke que nous en avons réchappé.

Sans rien en dire à Arik, Madge a prévu et organisé une retraite. Norrœke lui en a fourni les moyens – les chevaux et le chariot.

Madge a conduit l'attelage jusqu'à ce que les chevaux n'en puissent plus. Nous les avons abandonnés près d'une auberge en bordure de la Jaune.

C'était un établissement important où faisaient halte nombre de péniches. Il y avait peu de trafic sur les quais, mais assez de marchandises en attente pour fournir quantité de cachettes.

Accroupis dans un fossé, derrière des tonneaux, nous avons attendu qu'un train de barges s'arrête. Cela n'a pas tardé ; dès que les mariniers ont quitté le bord, nous nous sommes glissés sous les toiles huilées qui protégeaient leur chargement.

C'est alors que j'ai *entendu* l'esprit d'un Chasseur. Il venait d'arriver au village et s'était dirigé aussitôt vers les quais. Pendant que nous progressions à quatre pattes entre les ballots et les caisses, il a remonté et descendu plusieurs fois les quais en interrogeant les bateliers. Personne ne nous avait vus. Nous n'avons plus bougé et, fermant les yeux, je me suis imaginée, comme Arik me l'avait appris, en train d'exécuter les passes qui calment l'esprit et le rendent invisible à ceux qui *écoutent*.

Le Chasseur est remonté à cheval et a regardé une dernière fois les quais. Son masque noir et le cuir de son pourpoint luisaient d'humidité. Puis il est parti.

— Où allons-nous ? a demandé Dassouf une fois que nous avons pu souffler, recroquevillés les uns contre les autres au milieu de balles de laine.

C'étaient ses premiers mots depuis le début de notre fuite.

— Chez Pierre, a dit Madge. Nous allons attendre que ces barges repartent. Elles se rendent probablement à Virreleau, mais nous descendrons avant pour éviter le port et marcher à travers bois.

Dassouf n'a pas eu l'air enchanté par cette perspective – c'est un euphémisme ! – mais il s'est contenté de hocher la tête.

— Madge, a demandé Zorr, je suppose que tu as emporté du jorne ?

Madge lui a tendu un pot de pilules. Il en a fait rouler plusieurs au creux de sa paume et les a avalées.

— Tu es blessé ?

J'ai réalisé tout à coup que les aiguilles de Tork s'étaient enfoncées dans ma cuisse sans provoquer le moindre saignement. Pourtant, elles étaient bien là. Maintenant que j'étais immobile et que j'avais le temps d'y penser, je sentais la brûlure s'emparer lentement de ma cuisse.

— Nous le sommes tous.

Dassouf a hoché la tête. Il avait dénoué les lacets de sa chemise et examinait sa poitrine à la recherche des aiguilles. Mais elles étaient invisibles. Enfoncées dans la chair. Progressant lentement mais sans répit.

— Saletés. Comment a-t-il fabriqué des trucs pareils ?

Tout en enlevant ses bottes puis en remontant ses chausses, Zorr a raconté à Madge comment s'était déroulé l'affrontement.

— Ian… a-t-elle soupiré. Tu avais raison, Arik.

Un haussement d'épaules pour seule réponse. Il avait ramené ses jambes contre lui, sa cape autour de ses jambes, et demeurait les yeux clos, la respiration courte.

— Comment il s'y est pris ? Je n'en sais rien, a dit Zorr, mais je finirai bien par comprendre.

La main au-dessus de son mollet, il a fermé les yeux et s'est concentré jusqu'à ce qu'un éclair d'argent jaillisse tout à coup du muscle. Il l'a saisi au vol comme on attrape une mouche, puis a procédé de même pour une demi-douzaine de projectiles plantés un peu partout dans sa chair.

— Désolé de vous avoir fait attendre, a-t-il conclu en se rhabillant. Mais je serai bien plus efficace si je n'ai plus mal.

Ce disant, il s'est tourné vers Arik, qui n'avait même pas ouvert les yeux pour le voir procéder.

Le soir avait commencé de tomber. Le ciel s'assombrissait au-dessus de nos têtes. Le brouillard déposait de fines gouttelettes sur nos vêtements, nous incitant à nous enfoncer plus encore entre les ballots de tissu pour chercher un peu de chaleur et nous protéger de l'humidité.

Bien nous en a pris, car les bateliers revenaient. En quelques minutes, ils ont relevé les passerelles et les amarres, et le train de péniches s'est éloigné du quai vers le milieu de la rivière.

Nous étions, pour le moment du moins, à l'abri.

Arik a secoué la tête et repoussé la main de Zorr qui voulait l'examiner.

— Occupe-toi des gosses.

— C'est toi qui souffres le plus…

— Parce que les aiguilles ne sont pas plantées au hasard.

Il avait relevé la tête pour parler. Je vis alors qu'il était aussi pâle que lorsque nous l'avions sorti des cachots.

— Comment ça, pas au hasard ?

— Aux bons endroits. Sur les points d'énergie. Allez, vas-y, occupe-toi d'eux.

Zorr a secoué la tête, incrédule, mais n'a pas insisté. Il est parvenu à nous débarrasser assez rapidement de nos aiguilles. Il a dû s'y reprendre à plusieurs fois lorsque l'objet, en bougeant, a déclenché des douleurs insupportables malgré le jorne que nous avions avalé, mais il y est arrivé.

Madge donnait du jorne à Arik et le persuadait de se mettre à l'abri.

À force de pousser et de décaler les balles de laine, nous avons réussi à nous fabriquer une petite grotte à peu près confortable, à l'abri des gouttelettes de brouillard.

— Bien, a dit Zorr en s'agenouillant devant Arik.

Madge avait créé une petite boule de lumière qui nous donnait aussi un peu de chaleur et dont la lueur jaune soulignait le teint cireux d'Arik.

— Pas placées au hasard… a marmonné Zorr. Impossible.

— Il a eu le temps de m'étudier pendant que j'étais inconscient. Il en sait autant sur moi que sur un de ses mannequins de cire. J'ai réussi à dévier une bonne partie des aiguilles. Sinon, il m'aurait eu.

— Montre.

— Non. J'en ai assez de souffrir.

Jamais je n'aurais cru l'entendre dire cela. Même Zorr, choqué, a eu un léger mouvement de recul. J'ai tendu la main pour saisir celle d'Arik et la serrer. Il m'a rendu mon geste. Zorr l'a vu et s'est contenté d'un haussement de sourcils.

— Je… Il faut que je te remette sur pied. Nous allons quitter cette barge et marcher, et il n'est pas question de te laisser en arrière.

— Vous devriez. Je ferais un très beau noyé.

Cette remarque a fait rire Dassouf.

— Non. J'ai laissé Élisabeth et Sargh te sortir seuls du château. Cette fois, je ferai tout ce qui est en mon pouvoir pour t'aider.

Arik a haussé les épaules, mais son visage s'était un peu détendu. Il a déplié ses jambes, défait sa cape et sa chemise. On ne voyait rien. Pas la moindre trace de blessure. Mais Zorr savait entendre le chant du métal au sein de la chair aussi bien qu'il entendait celui des pierres au sein de la terre. Il a posé sa main sur la poitrine d'Arik dont le corps s'est soudain raidi puis arc-bouté au bout de quelques secondes. Zorr a aussitôt ôté sa main.

Trop tard.

Arik s'est jeté contre les ballots pour étouffer son cri de douleur.

Le silence est aussitôt retombé, mais il nous semblait impossible que personne n'ait rien entendu.

J'ai joué des coudes entre les balles de tissu pour sortir de notre abri.

Le brouillard était tombé. Les barges avançaient dans un monde de coton silencieux, froid et humide d'où émergeaient parfois les branches nues et noires des arbres, ou quelques longueurs de berge, herbes ployant sous les gouttes de pluies et troncs luisants. Même s'ils avaient entendu quelque chose, les bateliers n'avaient probablement pas la moindre envie d'aller voir ce que c'était.

Je suis redescendue dans notre abri.

— Elle a bougé !

Arik, à nouveau assis, adossé au mur de laine, paraissait aller moins mal.

— Merci, Zorr.

Mais Zorr a passé la main au-dessus des bras et des jambes d'Arik en se mordant la lèvre, l'air mécontent.

— Il en reste au moins une quinzaine, mais je ne recommencerai pas, a-t-il dit.

— Pourquoi ?

Arik souffrait. Il *fallait* le débarrasser de ces aiguilles !

— Trop risqué, Élisabeth. Elles sont toutes sur des points focaux ou près d'organes vitaux. Tu as vu le résultat.

— Mais…

— Trop douloureux et surtout trop dangereux. Je n'ai pas envie de le tuer.

Les soins donnés par Zorr ont néanmoins permis à Arik de nous suivre lorsque nous nous sommes glissés hors de la barge.

Elle a accosté sur les quais d'un hameau situé en aval de Virreleau. Quitter la péniche à ce moment-là impliquait une marche plus longue pour atteindre notre destination mais permettait d'éviter les routes les plus surveillées. Qui plus est, il nous fallait profiter du brouillard.

Dès que nous avons quitté le village, nous nous sommes aperçus qu'il dissimulait la neige. Une couche épaisse recouvrait la campagne et les sous-bois. Très vite nous avons tous été trempés et transis. Mais il fallait nous éloigner le plus possible d'Hérus

Tork, nous le savions tous, et pour cela nous étions prêts à nous passer de sommeil, de nourriture et de confort aussi longtemps qu'il le faudrait.

Arik n'a de nouveau ressenti les effets des aiguilles qu'au bout de plusieurs heures de marche. Dès lors, seule sa volonté l'a tenu debout. Chaque pas était pour lui une torture, un effort proprement surhumain.

Nous avons progressé ainsi pendant deux levers complets, aussi bien à la lueur du Solaire que du Lunaire. Nous n'avons pas allumé de feu tant que Madge a estimé que nous étions trop près d'une habitation.

Arik, à ce stade, était pour ainsi dire incapable de marcher, et nous nous demandions à voix basse comment nous allions nous organiser pour repartir en le portant lorsqu'une silhouette a surgi entre les troncs d'arbres ? Un homme barbu et large d'épaules qui se déplaçait à l'aide de raquettes.

Pierre le Sculpteur.

— Enfin ! s'est-il écrié. Je vous cherche depuis des heures. La Dame m'a dit que vous étiez au sud, mais elle n'a pas précisé à quelle distance.

Zorr et Pierre et ont aussitôt entrepris de fabriquer un brancard pour transporter Arik.

J'ai levé un instant la plume pour repenser à cette marche dans la neige.

— Qu'est-ce que tu fais ? m'a tout à coup demandé Dassouf.

— J'écris mon journal.

— Ton quoi ?

— Mon journal. Ce qui m'arrive. Pas tous les jours, mais le plus souvent possible.

— Des souvenirs ? Ça sert à quoi ?

— Ce ne sont pas mes mémoires ! C'est... J'ai commencé pour raconter des faits, des anecdotes. Et puis... Je ne sais pas. Ça m'aide à mettre de l'ordre dans mes pensées. À y voir plus clair.

Je ne devais pas avoir l'air très convaincue car il a ri.

— Alors là… si tu aperçois la moindre lueur d'espoir, fais-moi signe…

— On va trouver un moyen…

J'éprouvais exactement les mêmes sentiments que lui, mais je ne supportais pas d'entendre un autre les exprimer à voix haute.

— Quoi ? Comment ? Il est en train de mourir, non ? Et les autres sont morts, ou en prison.

— Guy de Norrœke est vivant.

Madge a relevé la tête. Prête, comme elle l'était depuis le début, à empêcher le flot des pensées mauvaises de nous envahir.

Zorr est entré à ce moment-là, un pigeon sur l'épaule, ce qui aurait été comique si son visage n'avait pas été fermé. Il a successivement évité mon regard, celui de Dassouf et celui de Madge. Puis il est allé s'asseoir en face d'elle, a posé le ruban de papier sur la table et l'a lissé du plat de la main.

— Gillil est en prison. Maître Tornot aussi. Norrœke dit qu'il n'a toujours pas de nouvelles de Germain et de Violette, ni de Raoul.

Il m'a regardée, puis il a jeté un bref coup d'œil à Madge. Elle a pris le morceau de papier, l'a lu et l'a reposé sans rien dire. Alors j'ai compris.

— Et l'armée ? Est-ce qu'on sait ce qui est arrivé aux militaires qui avaient prévu de se révolter ?

Zorr a tenté d'éviter mon regard, mais il a aussitôt compris que c'était inutile.

— Ton père est mort les armes à la main, Élisabeth. Je pense que c'est ce qu'il voulait.

Oui. Au moins, là-bas, il n'y avait pas de Tork et de Ian pour torturer les gens. Mais il est mort sans savoir qui était sa fille. Voilà une infamie supplémentaire que jamais je ne pardonnerai à ces fumiers.

Pierre est entré à son tour. Il avait lu le message avant nous.

— Norrœke pense quitter Diamanorre sous peu pour retourner sur ses terres. Rester en ville est trop dangereux, et il ne voit aucun espoir de réorganisation efficace dans les circonstances actuelles. En ce qui vous concerne, les Chasseurs sont partout sur la rivière. Je crois que vous devriez partir. Essayer de rejoindre Nathan, d'aller vous réfugier dans les montagnes de Brume.

— Arik n'est pas en état de se déplacer.

— Arik n'en a plus pour très longtemps.

Il y a eu un silence.

— Madge a raison, a dit Zorr.

La couturière gardait le regard fixé sur le rideau de l'alcôve. Son visage était soudain devenu celui d'une très vieille femme aux rides profondes et au regard hanté par le chagrin.

— Je ne peux pas le soigner, a-t-il poursuivi, ces maudites aiguilles sont plantées sur les principaux points d'énergie de son corps. De manière à provoquer la douleur la plus intense possible et surtout à épuiser le flux vital. Vous avez vu le résultat lorsque j'essaie de les ôter. Il n'a plus de réserves. Je ne vois pas ce que nous pouvons faire pour lui.

Il a cligné des yeux pour en chasser les larmes, que Dassouf et moi avons prétendu ne pas voir.

C'est à ce moment-là que j'ai légèrement tourné la tête et que je l'ai vue. J'ai d'abord cru que le vent avait amassé contre la fenêtre des volutes de brouillard. Mais ces voiles étaient légers et immaculés, pas aussi gris et cotonneux que le brouillard dont nous avions l'habitude ; des flocons d'argent dansaient dans leurs replis de gaze glacée.

J'ai aperçu les contours d'un visage de statue, des yeux de braise verte, des lèvres d'un rose de sucre candi et de soie givrée.

À peine avais-je compris que je venais de voir la Dame qu'elle a quitté la fenêtre à la faveur d'une bourrasque. La porte d'entrée s'est ouverte. Neige, froid et volutes de brouillard glacé se sont engouffrés à l'intérieur. Des flocons se sont déposés sur la table, sur les meubles et nos vêtements ; des glaçons se sont formés sur les étagères.

Et la Dame était là, devant moi. Telle que cette petite ordure de Ian l'avait décrite.

J'ai un message pour vous.

Fascinée, partagée entre la peur et une curiosité dévorante, j'ai tenté de voir son corps enveloppé de brumes. Mais on n'en distinguait que la partie supérieure, qui semblait vêtue d'un fourreau de cristaux de glace ; le reste disparaissait dans le tourbillon de neige qui l'accompagnait.

— De la part de Celle de la Fontaine. Elle dit qu'elle veut bien aider celui qui souffre. Allez au lavoir de Virreleau et vous saurez.

Un coup de vent a soulevé la neige fraîchement déposée, et la Dame est sortie, laissant derrière elle des flaques d'eau froide, des cheveux mouillés et des esprits tourneboulés.

— Qu'est-ce que…

Furieux, Dassouf brossait ses manches couvertes de poudreuse.

Pierre s'est approché de la fenêtre et a examiné le ciel.

— Le temps va changer, a-t-il marmonné.

— Où est le lavoir ? a demandé Madge.

— À l'extérieur de Virreleau, comme elle l'a dit. Mais il est fréquenté. Ce sera dangereux.

Zorr se leva pour voir comment allait le magicien blessé.

— Ne me dites pas que vous voulez lui faire confiance ! Vous avez oublié que c'est elle qui a sauvé cette petite crevure de Ian.

— Elle ne pouvait pas deviner ce qu'il ferait, a dit Madge.

— Crois-tu ?

— Là n'est pas la question, est intervenu Pierre. La Dame de l'Eau ne peut pas se déplacer, mais elle m'a toujours fait transmettre ses messages par la Dame des Neiges. Et elle est beaucoup plus fiable. Si elle prend la peine de nous dire qu'elle pense pouvoir aider Arik, nous devons répondre à son invitation.

— Donc revenir vers Virreleau.

— Ce lavoir est tout de même à l'écart du village.

Zorr s'était assis au bord du lit. Il avait pris le poignet d'Arik et, les yeux fermés, écoutait le battement de son pouls. Rien n'indiquait qu'il avait entendu quoi que ce soit de notre conversation.

— Combien ? ai-je demandé.

— Je ne sais pas… C'est difficile à dire…

— Que diriez-vous si c'était un patient ordinaire ?

— Douze heures, sans doute moins.

— Si c'était l'un d'entre nous, il irait voir cette Dame, a dit Dassouf.

Sans la moindre hésitation.

— Et nous allons le conduire à elle, ai-je conclu.

Sans la moindre hésitation.

CHAPITRE QUARANTE-DEUX

Que se serait-il passé si Arik n'avait pas été là et, surtout, s'il n'avait pas été prêt à se battre jusqu'au bout pour obtenir les réponses aux questions qu'il se posait ?

Rien. Pour la bonne raison qu'aucun d'entre nous n'était prêt à s'engager sur le chemin qu'il emprunta.

Germain Comsic,
Journal.

Brouillard.

Épaisse et collante, une brume de souffrance engluait sa conscience, empêchait sa mémoire de fonctionner.

Il se souvenait de la barge.

Zorr avait essayé d'ôter les aiguilles. Brave Zorr…

L'éclair blanc d'une douleur sans nom l'avait déchiré, puis il s'était senti mieux – il avait pu marcher et marcher encore… Ensuite ? Un lit, des visages penchés sur lui. Ses amis… inquiets et effrayés… En danger. Et c'était – encore une fois – de sa faute : il n'avait pas su voir que cette petite vermine de Ian était prête à les trahir.

Et puis une autre marche, dans les bois. Ils le portaient. Zorr et Élisabeth, au péril de leur vie, et lui impuissant, ligoté à un brancard jusqu'à ce qu'ils trouvent le lavoir, l'eau noire sous le toit de tuiles moussues, et qu'ils le déposent ici et le laissent…

Ici ?

Un temple.

Entre les colonnes, un entrelacs de végétation ne laissait filtrer qu'une faible lumière hivernale, des pépites d'or pâle éparpillées sur les dalles. Seul le puits de jour, au centre du dôme, était demeuré libre. Un unique rayon plongeait dans une large vasque creusée dans le sol.

Arik réalisa qu'il était allongé près du bord. L'eau de la vasque avait la couleur du jade. Des feuilles mortes et des brindilles flottaient à sa surface. Le temple sentait la mousse, le champignon, la terre humide, les odeurs mortes de tous les automnes et les étés enfuis… Lentement, il se redressa, les dents serrées.

Il aurait voulu ôter ses vêtements mais il n'en avait pas la force. De ses doigts tremblants, il ouvrit son pourpoint et sa chemise, défit le lacet de cuir qui retenait ses cheveux.

— Est-ce que vous m'entendez ? L'un d'entre vous a parlé à ce gosse… ce traître. À cause de lui des innocents sont morts… des gens bons et honnêtes…

Il se pencha, trempa sa main dans la vasque. L'eau froide se referma autour de son poignet avec la force d'un bracelet de fer. Il sentit le froid. Il ne neigeait pas, le Solaire brillait, mais on n'était pas encore au printemps. Pourtant, aux abords de la vasque, des fleurs poussaient entre les dalles. Des anémones sauvages aux corolles blanches et légères. Dans l'air il lui sembla sentir le parfum délicat du jasmin et du muguet.

— Alors tout est dit. Je ne suis plus d'aucune utilité à ceux que j'accompagne. Ils comptaient sur moi, et j'ai laissé un gamin balayer tous leurs efforts.

Chaque mouvement lançait des éclairs de douleur dans son corps, mais il parvint à se soulever et, lentement, à se laisser glisser dans l'eau. Le froid glacial anesthésia en partie la souffrance. Claquant des dents, il parvint à rester à genoux.

Ils n'avaient pas pensé à le débarrasser de son ceinturon et de sa dague. Il dégagea la lame de son fourreau, posa la pointe sur la peau fine de l'intérieur du poignet, là où les veines bleues se détachaient avec netteté, et incisa la peau sur plusieurs centimètres. Il répéta aussitôt le geste sur l'autre poignet.

Le sang coula dans l'eau.

Des voiles de corail se mêlèrent aux mailles du filet d'or qui se tordaient à sa surface.

Il lâcha la dague.

— Voilà. Maintenant vous pouvez me parler.

Lutter n'avait plus de sens. Un feu noir consumait Arik de l'intérieur et il n'avait aucun moyen de lutter. Tout ce qu'il pouvait faire, c'était libérer ses amis du poids de sa présence.

À genoux, il regarda le sang couler des veines entaillées et attendit la mort.

Les longs doigts noirs de l'aubépine frémirent dans l'ombre. Une branche se détacha de la masse, s'allongea, plongea dans l'eau, vint s'enrouler autour de son poignet droit.

Il tressaillit et ramena son bras contre sa poitrine.

— Je n'ai plus de place en ce monde… Je l'ai dit à Élisabeth…

Dans un bruissement à peine perceptible, de longs doigts épineux d'aubépine, des lianes de chèvrefeuille et de clématite se détachèrent de l'ombre, glissèrent sur les dalles, plongèrent dans la vasque et vinrent s'enrouler autour des poignets, des bras, des hanches, des cuisses, de la poitrine d'Arik.

— Regarde-moi.

Arik ouvrit les yeux.

Le torse de la créature qui émergea de la vasque semblait sculpté dans l'eau. Des plantes et des fleurs étaient mêlées à ses cheveux liquides. Dans son visage aux traits aigus, ni féminins ni masculins, des yeux ronds dépourvus de pupille brûlaient d'un éclat doré et humide.

— Tu me vois ?

— Je vous vois et je vous entends.

Certaines des lianes enroulées autour d'Arik replongeaient dans l'eau de la vasque et se mêlaient aux plantes dont étaient tressés les cheveux de la Dame. À chaque mot que prononçait la déesse, une vibration courait dans leurs fibres, qui se communiquait aux nerfs d'Arik et se propageait jusqu'à son cerveau. Presque à chaque phrase ou à chaque mouvement qu'esquissait l'habitante de la vasque les plantes resserraient leur étreinte comme si la créature n'avait pu prolonger la communication qu'à ce prix.

— Oui. J'ai vu ton esprit et j'ai su que tu étais celui qu'il nous faut. Celui qui peut traverser les Murailles de Brume.

— Je suis en train de mourir. Hérus Tork a utilisé une arme terrible contre moi. Des aiguilles sont plantées dans ma chair. La douleur me dévore. Pardonnez-moi d'avoir souillé votre temple... Je me suis taillé les veines pour que cela cesse.

— Non ! Tu ne mourras pas. Ta magie est forte, je le sens. Ton esprit connaît la souffrance, il pourra passer l'épreuve de l'Arbre. Oui, tu es celui qu'il nous faut...

D'autres plantes plongèrent leurs vrilles dans la vasque : chèvrefeuille, saule, volubilis. Elles s'enroulèrent autour des poignets d'Arik, d'où le sang cessa de couler. Des liens parfumés l'enveloppèrent. Une soudaine sensation de tiédeur apaisa ses nerfs.

— Est-ce mieux ainsi ?

— Oui...

C'était comme si la sève verte et dorée des plantes se répandait en lui, sucrée et apaisante. Sa respiration se calma. Les pointes de feu noir qui transperçaient son crâne parurent se dissoudre sous l'action des filaments de chair végétale qui plongeaient dans la sienne. Il sentit que des vrilles s'insinuaient là où étaient enfoncées les aiguilles et s'enroulaient autour d'elles. Le mouvement déclencha une vague de douleur, aussitôt arrêtée par la dissolution des pointes de métal. La douleur cessa, définitivement cette fois. Il put se redresser et faire face à la Dame de l'Eau.

— Merci.

— Ce n'est rien. Tu es celui qu'il nous faut. Tu abandonneras ton enveloppe charnelle pour connaître l'extase de l'Arbre et passer de l'autre côté.

— Mais... Je ne comprends pas. Que voulez-vous que je fasse ? Vous êtes une déesse. Vous n'avez pas besoin de moi !

— Si, hélas. Je suis faible. Lorsque mes frères ont quitté ce monde, nous avons été quelques-uns à décider de rester. Mais en agissant ainsi nous avons perdu une grande partie de notre substance. Nous ne pouvons plus entrer en contact avec l'énergie de l'univers. Même en demeurant près des anciens temples où nous la percevons mieux, sa puissance primordiale nous manque. Mais toi… tu possèdes la vraie magie. Tu connais les vibrations des éléments, tu peux t'unir à eux. Si tu veux me remercier, tu dois aller voir l'Arbre. Tu ouvriras la Porte et nous pourrons nous replonger dans les énergies qui nous manquent.

Ces mots pénétraient sans effort dans l'esprit d'Arik puis, lui semblait-il, s'insinuaient dans son corps en suivant le chemin tracé par les vrilles.

Et ils lui donnaient la plus grande joie qu'il ait connue de toute son existence.

— Donc… ils sont vraiment partis. Ils nous ont abandonnés à notre sort et voilà le résultat ! Hérus Tork va s'emparer du pouvoir et la terreur régnera sur le monde. Comment peuvent-ils laisser faire ça ?

— Ils ont d'autres préoccupations. Mais nous qui sommes restés, nous pourrions vous aider. Si tu nous permets de retrouver nos forces… Si tu nous ouvres la Porte et si nous pouvons à nouveau accéder aux énergies de l'autre côté…

— Franchir les Murailles de Brume ?

— Oui, j'ai des amis là-bas. Ils seront heureux de me revoir.

C'était logique. Seuls des alliés de cette taille pouvaient leur permettre de vaincre Tork. La neige, l'eau, le feu et le vent… Seule la puissance des éléments déchaînés était en mesure de dérouter ce cerveau machiavélique, de venir à bout de cette implacable volonté.

Arik s'inclina profondément devant la créature d'eau et de plantes. Celle-ci leva une main liquide au sein de laquelle flottaient des feuilles et des fleurs et, doucement, tendrement, essuya sa poitrine souillée de sang et d'humus.

Zorr souleva le rideau de feuillage et fit signe à Élisabeth d'entrer.

Ils étaient accroupis près du lavoir depuis plus d'une heure, surveillant les environs, attendant qu'il se passe quelque chose.

Arik était allongé près de la vasque, un bras et la moitié du corps dans l'eau. Il était couvert de feuilles et de ronces. Élisabeth s'agenouilla près de lui.

— Il dort.

— Oui.

Zorr l'avait vu tout de suite à la régularité de sa respiration, aux traits détendus de son visage.

La jeune fille voulut ôter les longues tiges vertes qui recouvraient la poitrine d'Arik. Les fleurs se détachèrent sans résistance de la peau humide, mais, sous les fleurs, il y avait des ronces, des tiges violacées porteuses de longues épines, des vrilles de liseron et de chèvrefeuille – certaines profondément enfoncées dans la chair.

— Qu'est-ce que ?…

— Tu vois pourquoi Madge et Nathan n'ont jamais voulu qu'il apprenne leur existence ? Ils sont sournois et menteurs, pleins de faux charmes et de duplicité… Il se serait jeté entre leurs griffes et ils l'auraient mis en pièces alors qu'il n'était pas en état de se défendre…

Zorr, ce disant, étudiait l'entrelacs de lianes. Les tiges allaient rejoindre l'enchevêtrement du toit et des murs. Il posa la main sur la poitrine d'Arik et hocha la tête.

— Elle a ôté les aiguilles.

Arik gémit et ouvrit les yeux.

— Élisabeth ? Zorr ?

— Comment te sens-tu ?

Il se redressa. Ce faisant, il dérangea les épines encore plantées dans ses bras et sa poitrine. Du sang perla. Il baissa les yeux, sourit et grimaça presque en même temps.

— La Dame de l'Eau est venue, dit-il. Elle m'a soigné, Élisabeth. Elle m'a parlé !

— Elle t'a ligoté dans des ronces.

— Ce n'est rien, dit Zorr, satisfait de son examen.

— C'était pour enlever les aiguilles. Et parce qu'elle a besoin d'un contact physique pour communiquer avec nous.

Il se défit des lianes comme s'il s'était agi d'un vêtement ordinaire. Il saigna à nouveau lorsqu'il se débarrassa de certaines épines enfoncées en profondeur dans sa chair, mais il se rhabilla et boucla son ceinturon en leur décochant son sourire le plus radieux, celui qu'il réservait aux jours de gaieté et de victoire.

— Qu'est-ce qu'elle t'a dit ?

— Où sommes-nous ? Dans un temple, je sais, mais où exactement ?

— Près de Virreleau. Que t'a-t-elle dit ? Je suis sûr qu'elle t'a raconté n'importe quoi...

— Partons d'ici, alors. Des gens pourraient venir. Ne t'inquiète pas, Zorr, je me sens en pleine forme.

— Elle t'a dit quelque chose... Et tu l'as crue... Bon sang, Arik, comment faut-il te l'expliquer ? Elle t'a sauvé la vie, soit, mais ça ne veut pas dire qu'il faille se fier à elle... Regarde ce qui s'est passé avec Ian. Ils mentent tout le temps. On ne peut pas leur faire confiance.

Arik souleva les draperies de feuillage. Le soleil hivernal tomba sur son visagc rayonnant.

— Oui, Zorr, elle m'a parlé. Et je sais qu'elle ne m'a pas trompé.

Il descendit les marches du petit temple en quelques bonds légers et souples. Au pied de l'escalier, il exécuta les passes destinées à redonner de la force après une épreuve... Toute trace des souffrances qu'il venait de traverser semblait avoir disparu.

CHAPITRE QUARANTE-TROIS

Journal d'Élisabeth de Siff.
Soixante-septième lever du dixième cent
du huit cent quatre-vingtième cycle après la Fondation.

C'était tout à l'heure, en début d'après-midi, après le repas.

Le retour du mauvais temps nous a tous rendus impatients, agités, pressés de prendre une décision mais incapables, pour les mêmes raisons, de nous mettre d'accord.

— Voyons, a dit Madge, faites preuve d'un peu de logique : si la tempête protège votre fuite, elle me protégera également si je reste ici.

Le beau temps n'a duré que deux jours. Au cours de l'après-midi du troisième, d'énormes nuages chargés de neige sont descendus des montagnes. Un vent glacé et humide, une bise d'hiver râpeuse et impitoyable, les pousse devant lui. Depuis, la lumière demeure oblique et jaunâtre. Il neige sans discontinuer et le ciel n'est qu'un dégradé de gris de plomb, d'argent, d'acier et d'étain.

Nous avons décidé de nous rendre chez Nathan. Son village au pied des montagnes de Brume paraît un abri bien plus sûr que la maison de Pierre, trop proche des villes et des axes de circulation que sont la Jaune et la route de Virreleau à Dramanorre.

Madge ne veut pas nous accompagner.

— Je suis trop vieille pour marcher pendant des jours dans la neige, a-t-elle répété pour la centième fois au moins.

Arik était assis sur son lit, une jambe repliée, le bras posé avec nonchalance sur le genou.

Sa rencontre avec la Dame de l'Eau l'a transformé.

Il refuse de nous dire ce qu'elle lui a révélé, mais son mutisme n'est que le manteau radieux dans lequel s'enveloppent les dépositaires de messages qui ne concernent pas le commun des mortels. Cela m'effraie, et je ne suis pas la seule : Dassouf l'évite, Zorr garde ses distances. Madge et Pierre tiennent à voix basse des conférences et les achèvent en secouant la tête, l'air impuissant et atterré.

— Nous n'allons pas te laisser seule ici, a dit Arik.

— Pierre n'a pas l'intention de s'en aller.

— Tu sais très bien ce que je veux dire.

Pierre est justement rentré à ce moment-là d'une des rondes qui lui permettent à la fois de relever ses pièges, de ramasser du bois et de surveiller les environs.

— Des problèmes ? s'est enquis Zorr en voyant son expression.

— Non. Tout est tranquille. Les Chasseurs sont partis en amont, et les autorités locales ne semblent pas avoir envie d'envoyer leurs hommes patauger dans la neige... Nous avons peut-être quelques heures de répit devant nous.

— Alors ? Qu'est-ce qui cloche ?

Pierre a froncé les sourcils. Il a passé sa grande main carrée dans ses cheveux saupoudrés de neige fondante.

— Le mieux est que vous veniez voir. Il y a de la magie là-dessous, mais laquelle ?... Je ne sais pas quoi penser.

Ce prétexte était aussi bon qu'un autre pour couper court à une discussion qui ne menait nulle part.

Nous avons endossé nos pourpoints et nos capes, chaussé des raquettes. Le froid pinçait, de petits flocons voletaient dans l'air pâle sous un ciel lisse et cotonneux. Les bois étaient silencieux et calmes. Les arbres, sapins et bouleaux, se dressaient, dignes et élégants sous leur charge de neige, et, pour la première fois depuis notre fuite, je n'ai pas eu l'impression que des gens se cachaient derrière les buissons de houx, sous les branches les plus basses des sapins ou derrière les congères.

Nous avons marché en direction de la route qui rejoint Virreleau par le nord. Dassouf ne semblait pas rassuré et jetait constamment des coups d'œil par-dessus son épaule. Zorr n'a pas tardé à exprimer son inquiétude.

— Pas de panique, nous n'allons pas plus loin, l'a rassuré Pierre.

On apercevait la route au-delà des troncs noir et blanc des bouleaux et d'une succession de petites congères qui s'étaient formées au contact de buissons de ronces et de houx. Pierre s'est approché de l'une d'elles et, d'un large mouvement de bras, a débarrassé le sommet de l'éminence de la neige qui la recouvrait. La faible lueur du Solaire s'est reflétée sur une surface aussi lisse et transparente que du verre. Surpris, nous nous sommes tous rapprochés.

— J'ai vu quelque chose briller tout à l'heure… J'ai balayé la neige pour voir ce que c'était mais, quand j'ai vu, je l'ai recouvert aussitôt et je suis rentré vous prévenir.

À nous cinq, nous n'avons pas mis longtemps à débarrasser entièrement l'objet de la neige qui le recouvrait. C'était… On aurait dit un cercueil de cristal, comme dans le conte. Mais un cercueil est un objet fabriqué par l'homme : cette chose ressemblait plutôt à une gangue de glace naturelle. Un énorme grêlon tombé au cours d'une tempête qui n'avait jamais eu lieu.

La glace était d'une transparence parfaite ; nous avons vu tout de suite ce qu'elle enfermait.

Une jeune fille.

Très jolie, les lèvres roses, un teint de porcelaine, de longs cheveux blonds, vêtue assez simplement d'une robe et d'une cape, elle paraissait dormir d'un sommeil comme on n'en voit que dans les histoires destinées aux enfants.

— À première vue, dit Arik, je dirais que c'est l'œuvre de la Dame des Neiges.

— Pourquoi aurait-elle fait cela à cette pauvre fille ?

— Parce que c'est un être malfaisant et imprévisible ? N'est-ce pas, Zorr ?

Agacé, celui-ci a haussé les épaules.

Pierre et Madge examinaient la glace, donnant de petits coups ici, grattant la surface là.

— Comment allez-vous la dégager ? a demandé Pierre. Il vaudrait mieux éviter de fondre le bloc ici.

— On peut l'emmener, ai-je dit.

— Mais on risque de nous voir depuis la route, est intervenu Dassouf.

Dans notre dos et sans rien dire, Arik avait posé les mains à plat sur la glace.

— Je suggère de ne pas traîner, a-t-il dit.

La glace fondait rapidement autour de ses doigts.

Zorr a levé les yeux au ciel. Mais il partageait plus ou moins l'inquiétude de Dassouf : rester ainsi dehors, à découvert, près d'une route, n'était pas très malin.

Il s'est joint à Arik. À eux deux, ils ont fait fondre le bloc de glace jusqu'à ce que nous puissions en extraire la jeune fille. Pierre l'a alors prise dans ses bras. Son corps était froid, inerte mais pas rigide.

Il recommençait à neiger, aussi sommes-nous rentrés, tête baissée et col relevé.

Après le repas, à la nuit tombée, nous buvions nos infusions du soir lorsqu'un petit bruit nous a rappelé que quelqu'un dormait derrière le rideau tiré sur l'alcôve. Une inspiration comme on en prend quand on est saisi par la surprise.

Madge s'est levée, Zorr l'a suivie, et Dassouf et moi avons suivi Zorr.

— Vous allez la terrifier, a dit Arik.

— Non, l'étouffer, a répliqué Madge en nous écartant de la tête du lit où la jeune fille venait d'ouvrir tout grand ses beaux yeux bleus.

Madge s'est assise près d'elle et lui a pris la main.

— Mon nom est Madge Mayfield. Ces jeunes gens indiscrets sont des amis. Nous t'avons trouvée dans la forêt. Te souviens-tu de ce qui t'est arrivé ?

Les grands yeux bleus sont allés de l'un à l'autre de nos visages. Je n'ai pas pu m'empêcher de me demander si notre apparence trahissait les épreuves par lesquelles nous sommes passés. Peut-être pas. Peut-être la vérité des êtres demeure-t-elle à tout jamais invisible et hors d'atteinte. À preuve le fait que nous n'avons rien compris à ce qui se passait dans la tête de Ian.

Derrière nous, Pierre préparait une assiette de soupe pour notre rescapée.

— La tempête… a-t-elle dit. Nous nous sommes perdus. Ian n'a pas réussi à allumer de feu…

Arik a renversé sa chaise en se levant, l'a aussitôt rattrapée et s'est jeté à genoux devant le lit.

— Ian ? Ian Bren ? Tu connais cette petite ordure ?

— Arik… laisse-la reprendre ses esprits !

— Tu le connais, hein ? Tu viens du même village.

Entre ses doigts, le tissu brodé de sa chemise. Ôtée, séchée puis remise alors qu'elle dormait encore.

— Même tissage et surtout même style de broderie que ce qu'il portait en arrivant. Typique de la région de Mongeronde. J'aurais dû le voir tout de suite.

— Vous êtes tailleur ?

Dassouf et Zorr ont pouffé de rire. Arik s'est contenté d'un sourire bienveillant.

— Non, magicien en fuite.

Il a pris l'assiette que Pierre apportait et l'a donnée à la jeune fille.

— Comment t'appelles-tu ?

— Arielle.

— Mange, Arielle. Reprends des forces. Ensuite tu nous diras ce qui s'est passé. Encore que je commence à m'en douter…

Elle a pris l'assiette des mains d'Arik et la cuillère de celles de Pierre. Mais elle ne s'est pas mise à manger. Elle nous regardait comme si c'était *nous* qui sortions d'un conte !

— Des magiciens ? De Dramanorre ? Vous avez trouvé Ian ? Il est en vie ?

— En excellente santé. Mange, a dit Arik.

Elle a avalé une cuillerée de soupe, a paru en apprécier la chaleur et le goût, et surtout se rendre compte qu'elle était affamée. Elle s'est alors attelée à la tâche de finir son assiette de bon appétit. Nous l'avons laissée manger. Tout en avalant cuillerée après cuillerée, elle nous jetait des coups d'œil mi-inquiets, mi-amicaux par-dessus le bord de son assiette.

Lorsque Pierre la lui a reprise – pour la remplir à nouveau –, Arik lui a demandé de quoi elle se souvenait exactement.

— Du froid. Nous avions rassemblé du bois, mais Ian n'arrivait pas à allumer le feu… Il voulait que je marche alors que j'étais trop fatiguée. Je crois que je me suis endormie. Je me suis réveillée en sursaut et j'ai vu… une créature blanche… très belle, enveloppée de brouillard et de grésil… J'ai eu l'impression qu'elle parlait à Ian mais je n'ai rien entendu. Je me suis allongée… Je ne sentais plus rien. Lorsque j'ai repris conscience, vous étiez là. Et, si je comprends bien, il s'est passé pas mal de temps entre les deux événements.

— Environ un demi-cent, a confirmé Arik en lui tendant une deuxième assiette de soupe.

Tandis qu'elle recommençait à manger, nous avons tenté de lui résumer de notre mieux tout ce qui s'était passé depuis sa rencontre avec la Dame. À la fin de notre récit, Arielle avait les larmes aux yeux.

— Vous êtes… Vous êtes sûrs qu'il n'a parlé de moi à personne ?

— Non. J'ai senti dès son arrivée qu'il cachait quelque chose, mais il savait comment protéger ses pensées, je ne suis jamais arrivé à savoir quoi.

— Mais pourquoi… N'aurait-il pas pu revenir ici ? Demander à la Dame de me délivrer ?

— Il aurait pu faire des tas de choses, a dit Madge. À commencer par nous parler… Il a préféré le secret. Puis le pouvoir. Nous avons commis l'erreur de ne pas voir qu'il nourrissait assez de sentiments négatifs pour se retourner contre nous. Mais il est trop tard pour les regrets, a-t-elle conclu. Pour l'instant, je crois que les choses sont claires.

Elle regardait Arik et Zorr.

— Cette jeune fille n'est pas en état de vous suivre jusque chez Nathan. Qui plus est, la prendre avec vous l'exposerait au danger de façon parfaitement inutile. Elle va donc rester ici, et moi avec elle. Après tout, on ne sait jamais, peut-être sait-elle quelque chose sur Ian qui pourrait nous être utile.

— J'aimerais aller avec eux, dit Arielle.

— Ils vont marcher sous la neige pendant des heures, dormir dehors et manger froid. Je te propose de rester ici avec Pierre et moi, de reprendre des forces et de remettre à plus tard ta vengeance contre Ian. Crois-moi, quand le moment sera venu, aucun de nous ne portera de jugement sur toi.

Cette fois, ni Arielle ni aucun d'entre nous n'avait d'argument à lui opposer. Et voilà pourquoi j'écris tout cela ce soir, alors que nous nous préparons à quitter le chalet de Pierre demain, dès le lever du Solaire, pour partir en direction des montagnes de Brume.

CHAPITRE QUARANTE-QUATRE

Bien sûr que nous n'avons jamais pensé qu'il nous avait trahis. Pourquoi aurions-nous cru une chose pareille ?

Dassouf Bozim.

Arik se réveilla au moment où le Lunaire disparaissait dans les entrailles du désert au centre du monde.

Bien que chargé de monter la garde, le pauvre petit Dassouf somnolait déjà, pelotonné sous une cape poudrée de neige. Arik effleura son esprit de manière à le plonger aussitôt dans un profond sommeil. Il aurait préféré ne pas avoir à faire de même avec Élisabeth mais, bravant les regards désapprobateurs de Zorr, elle l'avait rejoint sous ses couvertures dès que les tours de garde avaient été distribués. Et il n'avait pas eu le courage de la repousser.

Sa première intention avait été de leur parler. Élisabeth, Pierre, Madge, Zorr… et même Dassouf. Leur expliquer comment il comptait les sauver. Seule leur attitude devant le changement qui s'était opéré en lui, la méfiance et la peur qu'ils avaient tous ressentie à l'égard de la Dame de l'Eau et, partant, à son endroit l'en avaient dissuadé.

Il avait été seul dans sa quête. Il serait également seul dans l'action.

Bien que la Dame ne lui ait rien dit à ce sujet, il savait où se trouvait l'Arbre.

Ils marchaient depuis trois jours en direction des montagnes de Brume et de La Grome, le village où habitait Nathan. Leur progression dans ces vallées étroites était considérablement ralentie par la neige, le vent et le brouillard, mais ils espéraient gagner en protection ce qu'ils perdaient en rapidité.

La veille au soir, ils avaient établi leur camp en lisière d'un bois de grands sapins noirs, près d'un muret de pierre – tout ce qui restait d'une bergerie abandonnée.

Arik savait qu'il trouverait un col à l'extrémité de cette vallée, qui lui permettrait de pénétrer dans les contreforts des montagnes proprement dites, puis de s'enfoncer dans cette région où le froid était tel, disait-on, que les paroles des hommes gelaient dans leur bouche.

Avec d'infinies précautions, Arik s'écarta de la forme endormie d'Élisabeth. Il aurait préféré qu'il ne se passe rien entre eux. Il avait cédé… à quoi au juste ? À l'appel de l'âme pure et innocente qu'il avait été si heureux de rencontrer dans les couloirs du château ? Ou à celui de leurs chairs affamées ?

À une faiblesse impardonnable, du même ordre que celle qui l'avait conduit à jouer avec le désir d'Orhgon.

S'en voulait-il vraiment ? Oui. Non. Pas tout à fait.

Maintenant, le simple fait de se détacher des courbes chaudes du corps endormi d'Élisabeth pour se lever lui causait une tristesse dans le ventre, une langueur, le désir aigu au point d'en être douloureux d'une chaleur et d'une intimité humaines…

Trop tard.

Il rabattit la couverture sur la jeune fille et se leva.

Il ne neigeait pas. Le ciel était d'un gris très clair, lourd de flocons retenus ; un petit vent froid balayait le champ, faisant frémir le noir sommet des sapins.

Le plus dur était accompli. Il passa son maigre bagage en bandoulière, resserra les boucles de ses bottes et de son ceinturon, s'enveloppa dans sa cape et se mit en marche. Dassouf se réveillerait dès qu'il serait hors de vue. Il ne courait aucun risque et les autres non plus. Depuis leur départ, ils n'avaient vu personne, ni police locale ni Chasseurs. Le dernier message qu'ils avaient reçu avant de prendre la route faisait état de troubles dans les Franges. Le roi avait dû y envoyer des troupes pour rétablir l'ordre…

Il s'arrêta. Il avait *entendu* quelque chose.

Non, c'était juste parce qu'il se tenait sur ses gardes. La campagne était vide de tout être humain à des kilomètres à la ronde.

Mais là-bas… oui, là-bas, à la lisière extrême de son champ de perception… il *sentait* une ombre, une présence lointaine et quasi imperceptible, mais qu'il ne connaissait que trop bien.

Ses bottes s'enfonçaient profondément dans la neige craquante. Il accéléra le pas. S'éloigner d'abord, le plus possible, au cas où l'un de ses compagnons s'éveillerait et se lancerait à sa poursuite

Il s'arrêta seulement lorsqu'il eut atteint l'entrée du col. Là, il lança son esprit vers ceux de ses amis.

Élisabeth ! Zorr ! Dassouf !

Réveillez-vous !

Ian et des Chasseurs sont sur votre piste.

Mettez-vous à l'abri !

CHAPITRE QUARANTE-CINQ

La magie n'est pas dans la nature de l'homme. Elle lui a été donnée par des dieux fantasques et capricieux qui se sont empressés de l'abandonner dès qu'ils ont vu qu'il n'était pas capable de s'en servir à bon escient. Souvenez-vous-en chaque fois que vous verrez des hommes se comporter de façon étrange : la magie vient d'ailleurs; très rares sont les êtres capables de l'apprivoiser totalement.

Nathan l'Horloger.

Pour la première fois depuis qu'il avait quitté son village, Ian se sentait à nouveau en paix avec lui-même et avec le monde.

Juché sur un étalon noir pris dans les écuries de la Chasse, la poitrine bombée et le menton haut, il observait la vallée comme si elle lui appartenait.

— Nous les tenons, dit Gaskar. Ils sont de l'autre côté du bois.

— Bien. Vous les encerclez ?

— Naturellement, et ce sera d'autant plus facile qu'ils sont tous les trois à pied.

Ian avait tout de suite compris qu'il aurait été très mal avisé de douter, fût-ce une fois, des perceptions des Chasseurs. Depuis leur départ de la capitale, il s'était donc contenté de suivre leurs indications et n'avait agi que sur leur conseil. Mais à présent que leurs proies étaient proches, il ne pouvait empêcher un peu d'impatience de transparaître dans sa voix.

— Trois ? Pas plus ?

Il était déçu. Il aurait aimé montrer à Gaskar de quoi il était capable face à des adversaires dignes de ce nom.

Hérus Tork et Milla Donne lui avaient promis que, dès son retour, il bénéficierait du meilleur enseignement de l'École.

Quoi que Arik Renshaw et Madge Mayfield t'aient appris, lui avait dit Tork, ce ne peuvent être que des miettes de savoir déformées par ces esprits décadents. Avec Milla Donne, tu apprendras réellement à maîtriser le feu qui est en toi.

Les Chasseurs n'étaient après tout que des chiens bien entraînés à relever des pistes. Ils ne feraient pas le poids face à Zorr et à Renshaw.

— Oui, trois. Un gamin, une jeune fille et un homme.

Madge n'était donc plus avec eux. Le trio devait être composé de Dassouf, Élisabeth et soit Renshaw, soit Zorr. Bizarre – non qu'ils se soient séparés, mais qu'ils l'aient fait de cette manière... Ian ferma les yeux et tenta d'ouvrir son esprit aux vibrations des leurs. Mais ils étaient trop loin et, de surcroît, protégeaient sans doute leurs pensées. Il ne sentait rien d'autre qu'un chatouillement lointain, le vague indice d'une présence.

— Vous les voulez toujours vivants ? demanda Gaskar.

— Oui. Je vous l'ai déjà dit : Hérus Tork a des questions à leur poser... et j'ai quelques comptes à régler.

Ian sentit une désapprobation mêlée de mépris émaner du Chasseur, dont le visage n'était évidemment pas lisible derrière son masque. Gaskar n'appréciait pas la place qu'il avait prise auprès d'Hérus Tork. Sans doute aurait-il préféré capturer Renshaw lui-même.

Sans ajouter un mot, il fit faire demi-tour à sa monture. Ian l'imita.

Ce n'était pas Renshaw.

Renshaw aurait déjà *senti* leur approche. Il n'aurait pas laissé les Chasseurs prendre position autour d'eux.

D'un geste, Ian ordonna à Gaskar de rester en arrière afin que le cercle demeure fermé et s'avança jusqu'aux trois silhouettes qui se détachaient au milieu du vaste champ de neige.

Elles le laissèrent approcher sans un geste jusqu'à ce qu'il soit à portée de voix.

Zorr, Élisabeth et Dassouf.

Debout l'un à côté de l'autre tels les trois uniques survivants d'un troupeau de moutons prêts à être abattus.

— Vous êtes encerclés. Rendez-vous, vous vous épargnerez un combat inutile.

Il s'arrêta à un pas d'eux.

Visage épuisé, vêtements trempés, ils se tenaient épaule contre épaule. Dans leur regard brûlait encore une ridicule lueur de défi.

— N'y compte pas, traître.

Zorr, les bras croisés, regardait le cercle des Chasseurs se refermer sur eux.

Ils n'étaient plus qu'à quelques pas des trois fuyards lorsque la neige se souleva.

Des pierres jaillirent vers le ciel. Des pierres ? Non – des boulets de canon. Énormes et rougeoyants, ils retombèrent en grêle fumante sur les flancs des chevaux, les cuirasses et les masques des Chasseurs – et les épaules de Ian.

Non. Ils n'avaient pas essayé de s'enfuir.

Ils avaient préparé leur défense.

Une vague de fureur s'empara de Ian.

Il n'était pas venu ici pour être bombardé de pierres par trois lâches.

Il leva le coude gauche pour se protéger des projectiles et tendit sa main droite devant lui, doigts écartés. Les vêtements et les cheveux de Dassouf s'enflammèrent. Le garçon poussa un hurlement et se jeta dans la neige. Aussitôt, Zorr contre-attaqua en dirigeant sur Ian les pierres brûlantes.

Pendant ce temps, Gaskar descendit de cheval et entreprit de ceinturer Zorr. Quand celui-ci fut à terre, la pointe d'une épée sous le menton, les pierres retombèrent en creusant des trous fumants dans la neige.

La pimbêche s'était jetée sur Dassouf. Elle essayait d'étouffer les flammes à l'aide de son manteau.

Ian, sourire aux lèvres, enflamma ses cheveux et éprouva l'intense satisfaction de la voir elle aussi se rouler dans la neige. Lorsqu'elle se remit à genoux, sa longue chevelure roussie et trempée et ses joues rougies par le froid, il enflamma ses vêtements et sourit en la regardant se jeter à nouveau dans la neige pour tenter de les éteindre.

— Ça suffit, dit Zorr.

Ignorant les épées pointées sur son cou et sa poitrine, il se redressa sur ses coudes.

— Ian, c'est Arik que tu veux. Il n'est pas avec nous. Il est parti suivre sa chimère : il nous a abandonnés pour tenter d'atteindre les Murailles de Brume. Il croit qu'il va pouvoir parler aux dieux.

— Parler aux dieux ?

Ian ricana.

— Les dieux ne s'adressent pas aux vaincus.

— Dans cette région, dit Gaskar, la seule route qui mène aux Murailles est celle qui aboutit à la passe de Pollar.

— Nous en sommes loin ?

— Deux jours et demi de marche.

— Combien a-t-il d'avance ?

— Au moins une demi-journée, sans quoi nous aurions *entendu* son esprit.

— Hmmm. Peut-être pas. N'oubliez pas qu'il a vécu des années au château sans que vous le repériez.

— Voulez-vous que Borht et Virian ramènent les prisonniers jusqu'à Virreleau ?

— Non. Nous ne serons pas trop de six pour le neutraliser. Et puis… je veux que ces trois-là assistent à sa défaite.

Gaskar n'approuva pas, mais on ne contredisait pas le favori d'Hérus Tork. Le Chasseur donna ses ordres pour leur départ.

CHAPITRE QUARANTE-SIX

Journal d'Élisabeth de Siff.

(Quelque part dans les montagnes de Brume, deuxième soir après notre arrestation.)

Épuisée. Doigts gourds. Écris ces mots cachée sous ma couverture. Pieds gelés, chausses trempées.

Et ventre creux…

Ian prend plaisir à nous obliger à marcher derrière les chevaux, s'amuse à nous nourrir des restes du repas des Chasseurs.

Que nous refusons.

Zorr dit qu'il a révélé où se dirigeait Arik pour gagner du temps. Tant que nous serons sur la route, dit-il, ils ne nous emprisonneront pas au château – mais je ne vois pas quel plan machiavélique nous pourrons échafauder une fois épuisés et morts de faim !

Arik… Zorr a sans doute raison, il est parti tenter de traverser les Murailles de Brume – et je lui en veux.

Oh oui, je lui en veux.

De ne m'avoir rien dit, d'être parti seul en se cachant de nous.

De nous avoir abandonnés.

Avec lui, nous aurions pu battre Ian et les Chasseurs.

CHAPITRE QUARANTE-SEPT

Je ne me suis mis à écrire de la poésie qu'après avoir vu l'Arbre. Avant, je n'en avais jamais éprouvé le besoin. Après… Après, c'était essayer ça ou ne plus rien écrire du tout.

Germain Comsic.

Depuis qu'il avait passé le col, la désolation s'était ajoutée au froid pour composer un paysage abrupt et nu, pointes de roc hostiles émergeant de pentes couvertes d'herbe rase où soufflait une bise coupante.

Attiré par un point invisible situé quelque part en altitude, au-delà des tourbillons de neige et du brouillard omniprésent, Arik progressait sur un chemin étroit, le long du lit d'un torrent.

Les roches noires et luisantes étaient les seules taches sombres dans un paysage blanc et glacé, à peine allégé çà et là par des bouquets d'arbres. Le froid était tel qu'il ne pouvait plus susciter de bulle de lumière pour se réchauffer lorsqu'il s'arrêtait – cela lui demandait trop d'énergie. Il se contentait de chasser l'eau de ses bottes et de ses chausses, empêchant ainsi ses pieds de geler.

À l'heure qu'il était, Ian avait sans doute rejoint Zorr et Élisabeth, et il préférait ne pas penser à la façon dont s'était déroulée la rencontre.

Il sut tout de suite qu'il était arrivé. Une bourrasque balaya l'épais tourbillon de flocons qui l'isolait du monde. Devant lui, sur une colline, se dressaient les fûts d'arbres hauts et droits.

Arik avança dans leur direction.

Le silence était si total autour de lui qu'il pouvait presque entendre, en un chuchotement microscopique, les flocons de neige se poser sur le sol, sur les branches et sur lui.

Les arbres… leurs fûts s'élançaient, noirs et dénudés, vers le ciel uni : les arbres seraient les seuls témoins de ce qu'il allait faire. Si toutefois il y parvenait.

Au centre, l'un d'entre eux l'appelait.

Il était incapable de dire à quelle espèce il appartenait. Le tronc et le port auraient pu être ceux d'un chêne, mais, lorsqu'il arriva sous la ramure, Arik vit que les branches basses portaient de longues épines. Son écorce était épaisse, plissée et charbonneuse, comme calcinée. Pourtant, il sentait la vie dans cet arbre. La vie… et une présence

Il se laissa tomber à genoux et posa ses mains engourdies par le froid sur le tronc.

— Me voilà.

Silence.

Arik sentit un mouvement d'impatience naître en lui… Très loin, dans une partie de son esprit vers où il avait décidé de ne plus se tourner.

— Arik Renshaw. La Dame de l'Eau m'envoie à vous. Elle a dit que vous pourriez m'aider.

Je sais.

Une voix pleine et sonore, qui pénétrait dans son esprit sans le moindre effort.

De temps à autre, la Dame croit avoir trouvé un humain assez résistant pour traverser les Murailles de Brume. Mais elle vous surestime tous.

— Que voulez-vous dire ?

— Rien de plus que la vérité : tu n'es pas le premier, et tous les autres sont morts avant même d'avoir ouvert le passage. Mais c'était il y a longtemps. Je pensais que la Dame avait renoncé. Que t'a-t-elle dit exactement ?

— Qu'elle voulait entrer en contact avec… l'autre côté. Mais qu'elle n'en a pas la force. Elle a dit que *moi*, j'y arriverai.

— Elle ne t'a pas dit comment, hein ? Non, elle ne le dit

jamais… Elle préfère me laisser le plus difficile. Installe-toi dos contre mon tronc.

Arik se leva sans hésiter, ôta sa cape et s'adossa contre l'écorce rugueuse.

— Lève les bras.

Il obéit.

Il n'avait vu aucune ronce près de l'Arbre.

Elles jaillirent de nulle part et emprisonnèrent ses poignets, ses chevilles et son torse. Des épines s'enfoncèrent aussitôt dans sa chair.

— Je vois, dit l'Arbre. Elle a raison. Ta vie n'a pas été facile. Tu as acquis une résistance rare. Tu perçois les esprits de tes semblables avec une acuité remarquable. Tu les connais mieux que quiconque, et pourtant tu trouves injuste et intolérable que des êtres humains souffrent. Serais-tu capable de te sacrifier pour eux ?

— Oui. Bien sûr. Dites-moi comment. Les Chasseurs sont sur la trace de mes amis. D'autres sont aux mains d'Hérus Tork. Si nous ne l'arrêtons pas, il fera de ce Royaume un enfer…

— Hmmm, je vois. Discours et préoccupations d'humain. Je me moque d'Hérus Tork… Je vais plonger mes aiguilles dans tes veines, Arik Renshaw, et me nourrir de ton sang et de ta magie. Lorsque ton esprit atteindra l'ultime extase, il quittera ton corps et, parce que je me tiens à la frontière entre les mondes, je le pousserai de l'autre côté…

— Comment…

— Tu ne vois qu'une partie de mon être. Je suis l'Arbre et je suis la Porte – mes racines et mes branches plongent au-delà du monde visible, au-delà de la brume, de l'autre côté.

— Et les dieux ? Les amis de la Dame ?

— Ne t'inquiète pas pour eux. Ils savent déjà ce qui se prépare. Regarde.

Il obéit.

Ils étaient là.

Venus d'au-delà du monde, du plus profond des brumes, des régions lointaines et glacées où ils n'avaient plus vu ni senti la présence d'un être humain depuis des milliers de cycles. Ils firent cercle autour de l'Arbre et fixèrent leur attention sur Arik.

Plaqué contre le tronc suintant d'humidité du chêne, il sentit la sueur couler dans son dos.

Une silhouette se détacha de la foule. Il reconnut les membres de jade et les yeux d'or de la Dame de la vasque. Mais ce n'était pas elle. Juste une créature divine qui lui ressemblait.

— Arik Renshaw, dit-elle, nous avons entendu l'appel de la Dame de l'Eau. Elle nous a annoncé qu'elle avait enfin trouvé quelqu'un capable d'ouvrir la Porte et de nous permettre de rejoindre nos frères et sœurs de l'autre côté. En échange de cela, nous nous engageons à t'aider dans ta lutte.

— Je vous en remercie, dit Arik. Au nom de toute l'humanité.

— C'est nous qui te sommes reconnaissants. Seuls quelques-uns d'entre nous vont bénéficier de ton geste, mais c'est notre peuple tout entier qui te remercie. Et c'est pour cela que nous sommes venus si nombreux : nous avons voulu que tous entendent et que tous sachent ce que tu vas faire pour nous. Si toutefois tu en as toujours le désir.

Le désir ? songea-t-il. Tout cela a moins à voir avec le désir qu'avec la nécessité.

— Mais assez de paroles. Nous devons agir vite, avant que la peur ne te saisisse et ne te paralyse complètement.

Ils se rapprochèrent.

Des arbres creux, des ombres entre les feuilles, des plis de la rivière, des tapis de mousse : ils quittèrent leurs cachettes et parurent au grand jour. De l'air, du feu, de la terre et de l'eau, du vide entre les grains élémentaires de la matière, de tous les lieux où ils s'étaient réfugiés.

Partout, dans l'air glacial, les dieux affamés chuchotaient, et cela faisait comme un brouillard de corps translucides, un ballet de formes transparentes et bleutées où Arik distinguait parfois des visages, de doux sourires aux dents de perle, des cils blancs et veloutés, des mains aux ongles sculptés, des chevelures d'algues couleur d'aigue-marine ou d'émeraude qui ondulaient lentement dans l'air autour d'épaules de marbre blanc.

Ils vinrent à lui, Arik Renshaw, aussi pâles et faméliques que des loups après un trop long hiver, aussi transparents et glacés que le vent dont ils semblaient constitués, ils vinrent à lui comme des hommes se rassemblent autour du feu au cœur de l'hiver, pour y trouver un peu de vie.

Et, dans cette vie, ils ne voulaient pas seulement puiser de nouvelles forces : ils voulaient la prendre, la dévorer, en remplir leurs corps translucides et évanescents jusqu'à ce qu'ils retrouvent la substance vitale qu'ils avaient perdue en demeurant dans ce monde.

Des ronces noires hérissées d'épines violacées s'enroulèrent soudain autour de lui, pareilles aux lanières d'un fouet. Sans aucune pitié, elles plantèrent en lui leurs crocs avides.

Mais il avait déjà vécu pire et savait ce qu'il devait faire : se détacher de lui-même, rompre les liens qui unissaient son esprit à son corps. Cesser d'entendre, de voir, de sentir.

Pendant un moment, il crut qu'il y était parvenu. Il flottait, détaché et paisible, tandis qu'autour de lui le grouillement de ronces l'enserrait, lorsqu'il se sentit aspiré par la douleur. Écrasé et broyé par elle.

— *Non… Pas si vite… Je ne peux pas… Attendez…*

L'Arbre ne répondit pas.

Arik étouffait.

Le carcan de ronces et d'aubépines était si serré qu'il ne pouvait plus esquisser le moindre geste.

Mais ce n'était pas cela qui l'avait fait sortir de sa transe. C'était l'emprise que l'Arbre avait sur son esprit.

Arik haletait. Il avait tout à tour l'impression d'être déchiré et étouffé par une force contre laquelle il ne pouvait rien. Et il avait peur. D'autant plus peur qu'il devinait que cette force pouvait en quelque sorte entrer en résonance avec la sienne et, ce faisant, l'anéantir.

S'il vous plaît. J'ai mal. Votre esprit est trop fort pour moi. Je dois me reposer.

Les plantes se resserrèrent sur lui au moment où la créature reprenait la parole.

Je ne comprends pas. Nos esprits vibrent à l'unisson. Je vais pouvoir ouvrir la Porte.

Bien. Mais je vais m'évanouir si nous continuons ainsi. N'y a-t-il pas un autre moyen ? D'autres plantes ?

Évanouir ?

Perdre conscience.

Non, il ne faut pas. Vous devez demeurer éveillé jusqu'au bout. D'autres plantes ?

Sans épines. Sans crochets, sans griffes.

Est-ce parce que vous souffrez que vous respirez ainsi ?

Oui.

Et que votre cœur bat si vite ?

Oui.

Il n'y a pas d'autre moyen.

D'autres épines vinrent, plus minces, plus résistantes. Celles-là plongèrent directement dans ses veines.

Arik gémit et se tordit dans ses liens. Du sang coula le long des ronces et colora la neige. Assez peu, en fin de compte, car l'Arbre surveillait sa proie de près : il ne fallait pas qu'elle meure – pas avant qu'elle lui ait donné ce qu'elle avait promis.

Et, se dit Arik, ce n'était pas très difficile. Il suffisait de renoncer.

Renoncer à son esprit, renoncer à sa magie, les laisser couler dans les ronces qui plongeaient dans les lignes énergétiques de son corps, laisser sa vie même s'écouler dans les branches de l'Arbre et se perdre dans les profondeurs infinies de la brume…

CHAPITRE QUARANTE-HUIT

Que la mort vienne
Qu'elle m'emporte et m'éloigne
Sur des ailes de sang
Que la mort vienne
Et que les portes s'ouvrent
Pour moi
Rien que pour moi

Germain Comsic,
premiers poèmes.

La rudesse du paysage de montagne n'affecta pas le moral de Ian tant que les chevaux acceptèrent de progresser le long du chemin étroit et caillouteux qui longeait le lit du torrent.

Ni la vision des parois de roche noire et luisante que dévalaient des cascades glacées, ni la neige elle-même, qui tombait en abondance au point que le chemin disparaissait sous une épaisse couche, ne semblaient en mesure de l'obliger à ralentir, encore moins à reculer.

Au contraire. Il trouvait très amusant de voir ses prisonniers trébucher sur les pierres couvertes de glace, tomber, se relever puis tomber à nouveau.

Il prit moins de plaisir lorsqu'ils durent abandonner les chevaux à la garde de Borlu. Mais ils avaient par ailleurs suffisamment de provisions. Ils n'avaient aucune raison de revenir en arrière.

Ian avait promis à Hérus Tork de lui ramener Renshaw et les autres fuyards – et il les ramènerait.

Pourtant, lorsqu'ils arrivèrent devant un champ de neige sur lequel planaient des volutes de brume, alors que le ciel tout entier était d'un gris de plomb qui paraissait vouloir descendre sur eux et les engloutir, il sentit sa gorge se serrer.

— Monsieur… dit Gaskar, si nous allons plus loin, nous entrons dans la brume. Voulez-vous vraiment prendre ce risque ?

— Pourquoi pas ? La piste mène bien dans cette direction ?

Après avoir franchi le col, Renshaw ne s'était plus vraiment préoccupé de dissimuler son passage. Ils avaient trouvé des restes de feu de camp et des traces de pas.

— Il ne peut pas être allé ailleurs, n'est-ce pas ?

— Non.

— Alors suivons-le. Il ne doit plus être bien loin.

Ian devina à nouveau de la désapprobation dans l'attitude du Chasseur, et peut-être même de la colère dans ses yeux.

Bah, se dit-il, il changera d'avis quand nous rapporterons la tête de Renshaw à Hérus Tork.

Ils s'enfoncèrent dans la brume en file indienne, Ian et Gaskar ouvrant la marche, suivis des prisonniers puis des deux autres Chasseurs.

Les volutes de brouillard qui roulaient sur la neige à hauteur de leurs chevilles s'élevèrent jusqu'à leurs genoux puis leurs cuisses. Les prisonniers, silencieux depuis des heures, ne semblèrent même pas s'en apercevoir. Attentifs à économiser leurs faibles forces, ils avançaient en silence et en regardant où ils posaient les pieds. Quand ils relevaient la tête, leur regard était aussi vide et blafard que le brouillard qui les entourait.

Et Ian aimait cela. Il se contentait de ricaner intérieurement, mais, par les dieux ! qu'il s'amusait à les voir tituber dans leurs vêtements trempés et serrer les dents pour ne pas laisser échapper des plaintes.

Il ne manquait plus qu'Arik Renshaw, promis au même sort entre les mains de Tork, pour que sa joie soit complète.

Lorsque les fûts des premiers arbres se dressèrent devant eux, verticales grises dans la blancheur uniforme, les prisonniers ne manifestèrent aucune émotion.

Les Chasseurs, quant à eux, échangèrent des regards interrogateurs.

— Je n'en sais pas plus que vous, dit Ian d'un ton brusque. Peut-être moins, car vous avez dû lire des textes auxquels je n'ai jamais eu accès. Et la Dame ne m'a rien dit sur la brume…

— Tous les textes disent la même chose, fit Gaskar. Les Murailles de Brume marquent la frontière du monde, et ceux qui y pénètrent n'en reviennent jamais pour raconter ce qu'ils ont vu.

Ce n'étaient après tout que quelques arbres. Des chênes, qui n'auraient pas dû pousser à cette altitude et dans ce froid… mais des chênes tout de même, comme cela se confirma lorsque la brume se leva peu à peu pour révéler une colline au sommet de laquelle un bosquet d'arbres nus se détachait sur le ciel à la fois opaque et incolore.

Quelque chose se serra un peu plus dans la gorge de Ian, descendit jusqu'à son diaphragme et s'empara de ses entrailles. Il sentit une sueur glacée couler dans son dos, mais il serra les dents et parvint à ne pas ralentir.

Ils avancèrent.

Parmi les arbres se détacha bientôt un chêne plus imposant que les autres. Tronc large et puissant, ramure étendue et splendide. Il en aurait émané une aura de sécurité et de force si, en approchant, Ian n'avait deviné une silhouette humaine adossée au tronc.

Il sentit soudain que les muscles de ses cuisses refusaient de se contracter. Ses jambes étaient devenues plus lourdes que des sacs de charbon, ses pieds étaient des pierres prises dans la glace.

Mais il vit Zorr et Élisabeth échanger un regard et tenter aussitôt d'accélérer le pas.

Il n'était pas question de les laisser le dépasser. Mâchoire bloquée, Ian se força à soulever ses pieds enfoncés dans la neige et, le regard fixé sur la silhouette, avança vers l'arbre.

Arik Renshaw

Il était ligoté au tronc par des ronces et des aubépines. À ses pieds la neige était de ce rouge délavé des tissus imprégnés de sang.

— Eh bien… voilà la réponse des dieux.

Zorr, Élisabeth et Dassouf s'étaient figés à quelques mètres de l'arbre. En se moquant d'eux, Ian parvint à ne pas laisser transparaître la répulsion qui s'empara de lui.

— Il faut le détacher, dit-il à Gaskar.

— Pardon ?

— Hérus Tork ne se contentera pas d'un beau récit. Il voudra voir le corps.

Il voudra l'étudier, l'utiliser peut-être…

Gaskar haussa les épaules.

— Si vous le dites. Allez-y. Montrez-moi comment vous voulez l'extraire de là.

Ian voulut déglutir ; sa bouche était sèche. Il dissimula ses mains tremblantes sous sa cape pendant qu'il s'approchait de l'arbre sous les regards attentifs de Gaskar, Zorr, Élisabeth et Dassouf.

Arrivé au bord de la flaque de sang, il s'arrêta.

Arik Renshaw était ligoté à l'arbre, bras relevés au-dessus de la tête.

Les ronces le serraient étroitement, au point de ne laisser apparaître aucun espace entre le corps et l'arbre, aucun morceau de chair ou de vêtement entre les liens végétaux.

— Alors ? demanda Gaskar.

— Votre dague, s'il vous plaît.

Le Chasseur lui tendit l'arme avec un éclat ironique dans le regard. Ian s'approcha, le cœur au bord des lèvres.

Le seul endroit, se dit-il, où l'on devait pouvoir glisser une lame entre les plantes et la chair se situait au niveau des poignets. Détournant le visage pour ne pas affronter le regard mort et serein d'Arik Renshaw, il essaya d'insérer la pointe de la dague sous une ronce aussi épaisse que son pouce.

Surgie de nulle part, une liane épineuse s'enroula autour de son poignet. Il poussa un cri, lâcha la lame, sentit que quelque chose s'emparait de ses chevilles et se retrouva à plat ventre, le visage dans la neige sanglante, tiré en arrière par une force irrésistible.

Gaskar vint l'aider à se relever.

— Eh bien, dit-il, je crois que c'est clair. Hérus Tork devra se contenter de nos témoignages.

— Mais il nous le faut... Pourquoi...

— La Dame ne vous l'a pas dit ?

Le regard du Chasseur était neutre. Ian n'aurait su dire s'il se moquait ou non de lui.

— Partons d'ici.

Il n'éprouvait déjà plus aucun plaisir à constater qu'Arik Renshaw était bel et bien mort. Et il commençait à soupçonner que la vision de son corps transpercé par les épines allait le hanter bien plus longtemps qu'il ne le souhaitait.

— Non !

Jusqu'alors, les prisonniers s'étaient tenus tranquilles. Le petit Dassouf était muet, anéanti par le spectacle. Élisabeth pleurait en silence, soutenue par Zorr.

— Non ! hurla-t-elle à nouveau.

Elle échappa à Zorr et se jeta sur Renshaw. Mais Zorr la rattrapa aussitôt.

— Élisabeth... s'il te plaît. On ne peut plus rien pour lui.

— Vous, non. Mais moi, si.

Ils se retournèrent en direction de la voix.

— Arielle ?

Vêtue d'une chemise, de chausses d'homme et de bottes trop grandes pour elle, Arielle pointait le canon d'un pistolet sur la poitrine de Ian.

Arielle... Ses yeux bleus, ses longs cheveux blonds, ondulés et mousseux, son sourire si doux...

— A...

La surprise le faisait bégayer.

Une partie de son cerveau lui disait qu'il avait été bien bête de croire résoudre le problème qu'elle posait en cessant d'y penser. L'autre enregistra que Zorr, Élisabeth et Dassouf semblaient surpris de la voir là, mais sans ignorer qui elle était.

— Tu me reconnais, non ? Tu n'as pas pu m'oublier en si peu de temps.

Elle s'adressa aux Chasseurs.

— Vous allez ôter leurs chaînes à ces trois personnes ou je tire votre cracheur de feu comme un lapin.

— Obéissez, dit Ian. Elle a de bonnes raisons de le faire.

Leurs chevilles libérées, Zorr, Élisabeth et Dassouf allèrent se placer derrière Arielle.

— Voilà. J'aurais bien aimé te montrer combien je t'en veux pour ce que tu m'as fait, Ian Bren, mais je n'en ai pas le temps – ces gens ont besoin de moi. Allez, avance, nous te suivons. Et ne bougez pas, vous autres ! Je sais tirer. Il marchera en poussant des cris de douleur à chaque pas, mais il marchera, je vous le promets.

Ian fit signe à Gaskar de ne pas bouger.

Il leva la main.

La boule de feu qui en jaillit atteignit Arielle en pleine poitrine.

Ses vêtements prirent feu, puis ses cheveux.

Ian lança une autre sphère flamboyante qui envoya la jeune fille rouler dans la neige. Transformée en torche vivante, elle se mit à hurler et se recroquevilla sur elle-même.

Cependant, Zorr, Élisabeth et Dassouf avaient pris leurs jambes à leur cou.

Les Chasseurs n'eurent aucun mal à les rattraper.

CHAPITRE QUARANTE-NEUF

J'ai fui, j'ai eu peur, je me suis inquiété pour mes amis, mais je ne suis pas allé en prison. Pour l'écrivain, c'est peut-être un manque. Pour l'homme, c'est une bénédiction !

Germain Comsic,
Journal.

La cellule était semblable à celle dont Élisabeth avait tiré Arik.

Minuscule, basse de plafond, le sol de terre battue recouvert de paille grouillante de vermine. Glaciale, plongée dans la plus totale obscurité.

Et située dans les mêmes cachots.

— D'après vous, pourquoi ne nous ont-ils pas séparés ?

— Manque de place ?

Élisabeth et Zorr étaient assis face à face, chacun dans un coin, les bras passés autour de leurs genoux pour tenter de conserver un peu de chaleur.

— La question est plutôt : pourquoi ne nous ont-ils pas déjà tués ? ajouta-t-il.

Ils n'avaient pas pu détacher le corps d'Arik de l'arbre.

Les aiguilles étaient trop profondément enfoncées dans la chair. Les ronces avaient résisté aux dagues et aux couteaux. Et aucun des Chasseurs n'avait voulu aider Ian et Gaskar.

Élisabeth revoyait encore l'expression de l'un d'eux lorsqu'il avait répondu à la question de Gaskar :

— Tant pis. On le laisse là. Nous ne manquons pas de traîtres à exposer aux portes de la ville.

Et il les avait regardés en souriant.

— Vous voulez dire, interrogea Élisabeth, une exécution publique ?

Elle essaya de se lever, se cogna aussitôt le sommet du crâne et trébucha dans les chaînes qui lui entravaient les jambes.

— Possible.

La voix de Zorr aurait pu être neutre, mais ce n'était pas le cas… Non, elle était… *résignée.*

— On peut sortir d'ici, souffla Élisabeth avec détermination, il suffit d'arriver aux latrines. Je connais le chemin.

— Qui est gardé. Par des gardes ou des Chasseurs, ou les deux. Rends-toi à l'évidence : nous ne *pouvons pas* sortir d'ici.

— Mais…

Ses yeux se remplirent de larmes. Une boule d'angoisse lui étreignit la gorge. Ses mains s'étaient mises à trembler.

— Je ne veux pas mourir, dit-elle.

— Je croyais que tu avais confiance en Arik.

Est-ce qu'il se moquait d'elle à présent ? Non, il n'en était plus là. À moins qu'il ne fût en train de devenir fou lui aussi.

— Arik est mort. Nous l'avons vu. Que pouvez-vous attendre de lui ?

— Je l'ai touché.

— Quoi ?

Elle devina qu'il hochait la tête.

— Quand Ian s'est retrouvé à terre. J'ai profité d'un instant d'inattention des Chasseurs pour lui fermer les yeux.

Élisabeth avait eu envie d'un dernier contact. Une caresse, un baiser… Elle n'avait pas osé. Le corps d'Arik avait pratiquement disparu sous l'enchevêtrement de plantes. La neige était rouge de son sang… Un spectacle si épouvantable qu'elle avait encore la nausée en y pensant.

— Je l'ai touché et j'ai perçu quelque chose. Il n'était pas mort, Élisabeth. Je ne sais pas ce qui s'est passé avec cet arbre, mais je suis sûr de ce que j'ai senti… Alors, quoi qu'il puisse nous arriver, j'ai confiance et j'attends.

La première chose que Dassouf vit en s'éveillant fut un mur noir, humide et sinistre.

Il comprit alors qu'il avait dormi et il se souvint du geste qu'avait esquissé Zorr au moment où les Chasseurs les avaient rattrapés : une passe rapide qui lui avait épargné aussi bien les lanières de feu de Ian que le trajet jusqu'au château... Et il ne savait même pas s'il pourrait un jour remercier Zorr de sa sollicitude...

Il se redressa, ce qui lui permit de se rendre compte que Ian avait effectivement profité de son avantage.

Plusieurs grandes balafres zébraient sa poitrine et ses vêtements étaient en lambeaux. Il avait froid. Il s'assit sur le bat-flanc et entoura ses jambes de ses bras.

— Ah. Enfin. J'ai cru que tu allais dormir jusqu'à la fin des temps.

Quelqu'un occupait la planche fixée au mur opposé. Dassouf plissa les yeux.

— Mazid ?

— Ça t'en bouche un coin.

— Non. Pour ça, il aurait fallu que j'aie le temps de penser à la rue des Évines ces derniers temps. Qu'est-ce que tu fiches ici ?

— La même chose que toi, qu'est-ce que tu crois ?

Dassouf ouvrit de grands yeux. Mazid, comme les autres locataires de la maison, avait deviné que Gillil et lui cachaient quelque chose. Sans doute avait-il compris de quoi il retournait au dernier moment. Mais il n'avait pas cafté.

— Tu ne me crois pas ? Tu as tort. J'ai vu comment il a tué Sargh. Après ça, j'ai décidé que je ne resterai pas dans une école qui abritait des monstres pareils, et j'ai essayé de me mesurer à lui. Une idée stupide, comme tu peux le constater.

Dassouf ne sut que dire.

— Il est mort, hein ? demanda tout à coup Mazid.

— Pardon ?

— Arik. Ils n'ont rien dit, mais, sinon, je ne vois pas comment ils auraient pu vous mettre la main dessus.

— Oui.

Et il se souvenait comment à présent. En quelque sorte. Mazid le regarda, l'air… pas curieux, non, juste interrogateur.

Dassouf en était encore à se demander comment il allait bien pouvoir lui décrire ce qu'il avait vu lorsque la porte bardée de fer de leur prison s'ouvrit. Poussé sans ménagement à l'intérieur, un nouveau prisonnier trébucha, tituba et s'étala de tout son long dans la paille qui recouvrait le sol.

Mazid se leva aussitôt pour l'aider à se relever puis à s'asseoir, dos contre le mur.

Dassouf reconnut alors le corps longiligne et les cheveux blonds de Gillil. Mais celui-ci, dont les yeux étaient clos, ne l'avait pas vu. Sous ses cheveux collés en paquets gluants de transpiration, l'expression de son visage était lointaine et hagarde. Ses mains tremblaient. Il était sale et maigre. Effrayant.

— Tork et les autres se servent de lui pour leurs expériences depuis sa capture, expliqua Mazid.

Il se pencha et murmura, aussi bas que possible :

— Tu me raconteras plus tard, quand il sera reparti.

Gillil n'ouvrit pas les yeux. Il ne se tourna pas vers Dassouf.

— Non, dit-il. Dis-nous. Je veux savoir ce qui s'est passé.

Comme si j'avais compris quelque chose ! se dit Dassouf.

Mais il prit une grande inspiration, ferma les yeux pour mieux se concentrer et entreprit de leur raconter tout ce qui s'était passé depuis leur départ de Dramanorre.

Lorsqu'il se tut, Gillil poussa un grand soupir.

— Il n'est pas mort, affirma-t-il.

— Hein ? Tu es sourd ? Je viens de te dire que lorsque nous l'avons trouvé…

— Il n'est pas mort, coupa Gillil. Il ne *peut pas* être mort. Pas Arik.

Dassouf et Mazid se regardèrent.

— Pas Arik, répéta Gillil.

CHAPITRE CINQUANTE

Ce que nous avons éprouvé dans les jours et les semaines qui ont suivi la défaite des magiciens ? Le désespoir. Le désespoir le plus absolu, le plus noir que j'ai jamais ressenti de ma vie.

Germain Comsic.
Journal.

Bien qu'il sût pertinemment que ce n'était pas une très bonne idée, Germain Comsic ne put s'empêcher de traîner un peu sur les quais.

Le batelier qui l'avait conduit en ville livrait des légumes du domaine de Guy de Norrœke. Après l'avoir aidé à décharger des cagettes de salades et de fraises, le jeune homme avait eu envie de se promener, de se fondre dans le va-et-vient des mariniers, des maraîchers, des pêcheurs et de leurs clients, pour s'imaginer, ne fût-ce que quelques minutes, qu'il était un citoyen de la capitale comme les autres.

Le trafic était à peine un peu moins dense qu'avant… Les seuls changements notables étaient l'absence totale de Porteurs, réquisitionnés par l'armée et, lui avait-on dit, le passage régulier de Chasseurs qui vérifiaient que des imbéciles dans son genre ne traînaient pas dans les parages, prêts à se laisser ramasser et jeter en prison.

Mais il n'en avait vu aucun depuis leur arrivée, et il se disait qu'il pouvait profiter de l'animation pour passer inaperçu.

Maître Tornot ayant été arrêté et jeté en prison, il ne pourrait pas aller au Tonneau de feu. Germain préférait ne pas songer à la manière dont il était probablement mort, ni voir ce qui restait de son établissement, fouillé de la cave aux combles avant d'être incendié.

Mais il passa devant l'entrepôt et constata, non sans surprise, qu'on n'y avait pas touché.

Il profita de l'agitation provoquée par la rencontre de deux charrettes chargées de poisson, dont aucun des conducteurs ne voulait céder le passage à l'autre, pour sortir la clé de sa poche et ouvrir la petite porte. Il l'avait emportée en guise de fétiche, sans réfléchir à ce qu'il ferait si jamais l'occasion de l'utiliser se présentait.

Il s'était bien entendu montré trop optimiste. Vidé de ses tonneaux, l'entrepôt désert n'était plus qu'une carcasse immense et désolée.

Germain ne voyait pas à plus d'un mètre ou deux. La rumeur de la rue lui parvenait encore, bien qu'étouffée et mêlée à une sorte de bruissement… Un bruit de piétinement, comme si une armée minuscule était en train de prendre position autour de lui.

— Ne bougez pas ! Je crois qu'ils ont compris que nous nous connaissons, mais on ne sait jamais…

Quelqu'un alluma une torche.

Germain Comsic vit alors ce qui se trouvait à ses pieds, autour de lui et au-delà dans tout l'entrepôt, semblait-il.

Des rats.

Gras, le poil lustré, leurs petits yeux noirs brillant d'une forme particulièrement malveillante d'intelligence. Et, au milieu d'eux, les jambes écartées et la torche à la main, un des élèves d'Arik Renshaw.

— Raoul ? Raoul des Crapauds ?

— Germain Comsic ? Oui, c'est moi. Mais… je vous croyais mort. Que faites-vous ici ?

— Et toi ? Ils ont arrêté Tornot et brûlé son auberge. C'est dangereux de traîner dans le coin.

— Non, plus maintenant. Ils ont cessé de s'y intéresser. De toute façon, les rats me préviendraient. Je suis ici parce que j'en ai assez des égouts… Et vous ?

— Des égouts ? C'est là que tu t'es réfugié ? On t'a cru mort.

— Grâce aux rats, oui. Ils ont senti tout de suite que quelque chose n'allait pas… Ils m'ont sauvé. Ils m'ont éloigné des remparts et guidé vers les souterrains.

— Je vois, dit Germain en baissant le regard sur le tapis grouillant.

La plupart d'entre eux, simplement assis sur leur postérieur, paraissaient les écouter avec attention en passant leurs horribles petites pattes griffues sur leur museau aux moustaches frémissantes. Les autres allaient et venaient.

— Franchement, j'aurais préféré que tu sois sauvé par les chats ou même les grenouilles…

— Oh, mais nous sommes restés amis… Et vous, comment vous en êtes-vous sorti ?

— Je me trouvais avec Guy de Norrœke. Nous nous sommes mis à l'abri dès que nous avons été avertis de la trahison de cette petite ordure de Ian. Puis nous sommes partis nous abriter dans son domaine, à la campagne. Ceux qui ont pu nous y rejoindre ont échappé aux Chasseurs et à la garde.

— Gillil ?

— Non, hélas. Il est en prison. Mort probablement.

— Et Arik et les autres ?

— Dassouf, Arik, Élisabeth, Zorr et Madge avaient réussi à rejoindre Pierre le Sculpteur.

— « Avaient » ?

Germain haussa les épaules.

— C'est pour ça que je suis là. On doit me donner un message. Des rumeurs assurent qu'ils ont été capturés.

— Sargh ?

— Il est mort. Ian l'a tué. C'est Kristan, le servant de Marcus de Krome, le conseiller municipal, qui nous sert d'informateur.

— Vous le rencontrez où ?

— Au marché. Avant la sixième heure, à laquelle le batelier qui m'a amené repart. D'ailleurs…

Il s'interrompit.

— Oui ?

— Je me demandais s'il valait mieux lui demander la permission de te prendre à bord ou te faire monter en douce.

— Ça dépend plus des rats que de moi.

— Hein ?

— S'ils veulent tous me suivre, ça va être dur de les cacher, et ça m'étonnerait qu'un marinier apprécie leur présence à son bord.

Germain ne se souvenait pas avoir jamais entendu Raoul des Crapauds parler de ce ton pince-sans-rire. Toutefois, la façon dont le jeune garçon avait survécu allait au moins lui permettre d'écrire quelques lignes un peu moins sombres dans son journal. Depuis quelque temps déjà, il n'avait plus du tout envie d'y consigner quoi que ce soit, mais Guy de Norrœke, à qui il avait parlé de son entreprise, tenait absolument à ce qu'il continue et lui demandait même des comptes – sous forme de lectures à haute voix.

— Pour une fois que nous avons quelqu'un qui sait écrire, écouter et parler à la fois aux magiciens et aux gens ordinaires, disait Norrœke pour l'encourager, nous n'allons pas cesser d'en profiter sous prétexte que son travail est devenu un peu moins exaltant !

— On ne peut tout de même pas emmener des rats !

— Juste un ou deux. Des ambassadeurs. Nos activités les intéressent, vous savez. De la façon dont Tork et Orhgon vont réorganiser l'École, l'armée et le reste dépendra la circulation des marchandises, et par conséquent leurs sources d'approvisionnement.

Germain eut soudain la vision de tout le Royaume envisagé du point de vue des rats. C'était une idée… Une bonne idée, même. Après tout, débâcle ou pas, un jour viendrait où il éprouverait le besoin de transformer ce qu'il avait vécu en théâtre.

— Tu sais, ce que tu dis n'est pas idiot. Ça pourrait même faire une bonne pièce.

— Je suis sûr que les rats apprécieraient.

— Je leur aurai des billets au premier rang, promis… Bon. Trêve de plaisanteries. On va demander à Panire de te prendre à bord. Tu l'aideras à charger quelques caisses, cela devrait l'amadouer… Pour les rats, à toi de te débrouiller : je ne veux pas savoir combien seront à bord et encore moins les voir une fois que nous serons chez Norrœke.

Les rongeurs assemblés ne bronchèrent pas – Germain n'aurait pas été surpris outre mesure qu'ils donnent leur avis. Ceux qui étaient assis non loin d'eux se contentèrent de montrer leur approbation en hochant la tête et en nettoyant vigoureusement leurs moustaches.

Dix minutes plus tard, sur la place du marché, Germain achetait des tourtes à un marchand ambulant lorsqu'il entendit qu'on murmurait son nom.

— L'entrepôt de maître Tornot, souffla-t-il tout en payant le vendeur. La porte est ouverte.

Le messager s'éloigna sans le regarder. Germain l'observa un instant avant de le suivre. Il n'eut aucun mal : les livreurs, les servantes en train de faire des courses, les simples badauds s'écartaient en voyant sa livrée.

Depuis les événements, tout ce qui se rattachait à l'École suscitait encore plus de méfiance et de peur que jamais auparavant. Les employés municipaux bénéficiaient d'un respect voisin de la terreur. Sur ce front comme sur tous les autres, Hérus Tork était vainqueur.

Germain retourna rapidement sur les quais. Après avoir vérifié que nul ne l'avait ni remarqué ni suivi, il se glissa à nouveau à l'intérieur de l'entrepôt. Kristan s'y trouvait avec Raoul. Les rats étaient partis. Seuls deux ou trois d'entre eux revinrent pour saisir au vol les miettes qui tombaient de sa tourte lorsque Raoul commença à manger.

— Vous m'en avez pris deux, j'espère ?

— Non. Tu as l'air bien trop gras, dit Germain en lui lançant le paquet rebondi.

Kristan fit flotter dans l'air un pli cacheté.

— Nous devons partir tôt, dit Germain, je reviendrai demain pour la réponse.

— Ça m'étonnerait.

— Comment ça ?

Le garçon haussa les épaules.

— Parce que c'est fichu. Ils les ont pris.

Raoul laissa tomber sa tourte. Les rats s'en emparèrent aussitôt, la lui rendirent puis se mirent à se partager les miettes restées à terre.

Germain se sentit devenir froid. D'abord le visage, puis les membres et enfin la poitrine qui se contracta au point qu'il dut chercher son souffle pour parler.

— Comment peux-tu savoir ? Tu n'as pas lu le message.

— Non. J'ai fait bouger la plume qui l'a tracé.

Germain avait failli oublier que le vieux conseiller était à demi paralysé. C'était la raison pour laquelle il avait droit à un serviteur particulier. Et c'étaient justement son grand âge et sa réputation de sénilité qui l'avaient protégé de tout soupçon.

— Ils sont tous en prison ? Tu en es sûr ?

— Non, pas tous. Renshaw est mort.

— Surtout, ne te sens pas obligé d'avoir l'air affligé.

Germain ne ressentait plus rien maintenant. Du coin de l'œil, il vit Raoul serrer les poings ; quelques rats se rapprochèrent de Kristan, l'œil brillant et la moustache agressive.

Le garçon haussa les épaules.

— Il m'aurait tué, n'est-ce pas, s'il l'avait pu ? Rien que parce que je lui faisais horreur. Je me fiche qu'il soit mort. De toute façon, je n'ai jamais cru que vous réussiriez à vaincre Tork. Et, même si vous y étiez parvenus, ça ne m'aurait pas rendu mes mains.

CHAPITRE CINQUANTE ET UN

Devenu le pivot du monde
Je tourne avec lui
Et les cieux me regardent
J'ai oublié qui je suis.

Germain Comsic,
premiers poèmes.

Arik ne savait plus s'il avait espéré survivre à l'épreuve de l'Arbre.

Il n'avait pas exactement pensé mourir… mais il n'avait pas non plus envisagé que son corps puisse résister à un tel traitement.

Il reprit conscience.

Il était adossé à l'Arbre, mais ses mains étaient libres. Il se redressa, baissa les bras, fit glisser ses paumes sur son torse. La chair était intacte – si toutefois on pouvait donner le nom de chair à la matière dont était à présent constituée son enveloppe corporelle.

Cela ne ressemblait plus du tout au réseau serré d'os, de ligaments, de muscles et de vaisseaux dont il avait été l'hôte plutôt satisfait tout au long de sa vie.

C'était une enveloppe de brouillard couleur de glacier au sein de laquelle tourbillonnaient des éclats de cristal et des flocons d'argent. L'apparence splendide et inhumaine de la Dame des Neiges.

L'Arbre était là, mais ce n'était plus un chêne noir et nu dressé sur une colline couverte de neige, aux confins de l'univers connu : c'était un arbre de pierre, étincelant et translucide.

Ses branches vert émeraude étaient parcourues de veines de lumière dorée, pareilles aux reflets du soleil dans la vasque de la Dame de l'Eau. Quant à ses racines, elles plongeaient dans une surface laiteuse semblable, sous la plante des pieds nus d'Arik, à une porcelaine douce et tiède.

Il respira profondément. L'air était frais, limpide, dépourvu d'odeur caractéristique.

Le brouillard avait disparu.

Devant lui, aussi haut que son regard pouvait monter, s'élevait une surface lisse d'un gris aussi argenté et doux que la gorge d'un oiseau. Emporté par cette immensité, le regard d'Arik suivit une courbe qui s'élançait vers l'horizon aussi bien sur sa droite que sur sa gauche.

Une coupole.

Il se trouvait au bord d'un dôme dont les proportions dépassaient l'entendement humain. Ou, plus précisément, il se tenait à sa lisière, à l'endroit où il se fondait dans le sol d'une zone frontière, une sorte de bourrelet de matière opalescente. L'Arbre poussait sur l'un de ses nombreux plis.

Arik se retourna.

Au-delà du bourrelet, le sol s'inclinait en pente douce vers une plaine. Une immensité au doux relief rehaussé de couleurs irisées et chatoyantes, et qui semblait s'étendre à l'infini, sans rencontrer ni horizon ni montagne, ni même rien qui ressemblât à un ciel.

Arik n'eut pas le temps de s'interroger sur ce spectacle à la fois grandiose et déroutant, car quelque chose lui chatouilla les pieds. Il baissa les yeux. Des champignons ondulaient autour de ses chevilles comme sous la caresse d'une brise. Leur pied, très long, fin et souple, soutenait une ombrelle grise qui s'ouvrait et se refermait avec la délicatesse de paupières d'enfant.

Arik s'accroupit pour les observer de plus près, caressa du bout des doigts les chapeaux nacrés – le contact en était doux et velouté, très agréable. Relevant les yeux, il vit qu'une large langue de ces étranges champignons s'étalait sur la pente, au sein d'une mer d'autres plantes elles-mêmes assez hautes, composées de bulbes et de bols renversés de couleur orange, portés par des tiges rose vif. Dans le lointain, ces taches de végétation bleutées ou grises, roses, mauves ou orangées, s'interpénétraient en un vaste panorama de flaques de couleur lui-même reflété dans le ciel.

Non, le ciel ne pouvait pas être constitué d'eau. Et là-bas, à mi-distance de ce qui pouvait être l'horizon, il apercevait une sorte de renflement – un champignon ? Non, qu'il était sot, c'était un dôme ! Un dôme semblable à celui près duquel il se trouvait. Et sur la droite, au milieu de cette nappe d'un jaune citron très pâle, une autre coupole, illuminée de l'intérieur tel un lampion de glace dont la lueur éclairait de rose délicat la coulée de végétation la plus proche, projetant une ombre mauve sur la plaine. Laquelle n'était pas une plaine, mais une colonne qui s'étirait vers les cieux et se fondait dans la voûte céleste. Plus loin, une autre langue pendait du ciel avant d'y remonter pour y disparaître à nouveau. Et les vagues régulières qu'il avait cru interrompues par une forêt s'arrêtaient en fait devant un gouffre à l'intérieur duquel se tordaient et s'enroulaient des rubans de matière de la taille de continents.

Et partout, maintenant que son œil avait enfin compris ce qu'il voyait, Arik découvrait autant de perles lumineuses qu'il devait y avoir de solaires lointains dans le ciel des deux royaumes.

Et nulle part dans cette immensité son regard n'avait rencontré la moindre esquisse de mouvement. Pas la plus petite vibration, pas la trace d'un tremblement, pas l'ombre d'une silhouette.

Les dieux ? Où étaient-ils ? Il les avait pourtant vus. Et l'Arbre lui avait dit qu'il ouvrirait une porte qu'ils pourraient franchir.

Élisabeth, Zorr, Madge…

— Non, il ne t'a pas menti. Et la Dame de l'Eau t'aurait aidé… si nous l'avions laissée faire.

Il sursauta et se retourna.

Devant lui se trouvait une créature dont le corps bleu translucide était emmailloté dans de lâches voiles vert amande. Ses grands yeux aux cils blancs étaient également verts, d'un vert émeraude semblable à celui de l'Arbre ; ils brillaient d'une lueur dont l'intensité, sans qu'il sût pourquoi, fit prendre conscience à Arik de sa fatigue et de sa faiblesse.

— C'est normal. Nous avons utilisé beaucoup de ta magie. Mais ne t'inquiète pas. Tu récupéreras assez vite.

— Vous avez utilisé ma magie ? Comment ? Pourquoi ?

La créature regarda Arik en inclinant la tête sur le côté et se mit à rire.

— Je ne comprends pas… Vous êtes des dieux, n'est-ce pas ? Vous n'en avez pas besoin.

— Comme tu es naïf, Arik Renshaw. Mais c'est aussi pour cela que nous t'avons choisi…

Arik sentit un peu d'agacement monter en lui.

— Je ne vois pas pourquoi je suis ici. J'ai laissé mes amis dans une situation extrêmement périlleuse. Ils ont besoin de moi. J'ai déjà mis leurs vies en danger, et je n'ai accepté de passer l'épreuve de l'Arbre que dans l'espoir de tirer le Royaume extérieur des griffes d'Hérus Tork. Si je ne peux pas le faire d'ici, il faudra que je retourne là-bas…

— Chhh. Ne t'affole pas. Tout cela est en réalité très simple. L'Arbre s'est servi d'une partie de ton pouvoir pour ouvrir la Porte, nous en avons utilisé une autre pour nous débarrasser de celui que tu vas remplacer.

— Simple ? Je ne comprends rien à ce que vous me dites. J'ai une mission à accomplir. Ce qui se passe ici ne m'intéresse pas.

— Mensonge ! dit la créature qui se rapprocha de lui et plongea son regard dans le sien. Cela t'intéresse au plus au point, au contraire. Car ce que tu voulais, Arik Renshaw, ce que tu as toujours voulu, c'est connaître la vérité. Tu as toujours cru à l'existence des dieux et tu n'as jamais accepté l'idée qu'ils soient inaccessibles. Encore moins celle qu'ils aient pu condamner les magiciens à n'être que des esclaves… Tu as toujours voulu *savoir*. Sinon, tu ne serais pas ici.

— Et alors ? Ils ont créé le monde. Ils nous ont donné la magie. Si nous avions des défauts, ils en étaient responsables. Si notre comportement leur déplaisait, ils devaient punir les coupables, pas condamner des générations d'innocents.

Il fit un pas vers la créature.

— N'approche pas ! Je n'y suis pour rien. Les dieux dont tu parles, nos maîtres, ont abandonné ce monde il y a longtemps. Oh, il y a bien eu une époque où ils revenaient ici pour voir si leur gardien et ses aides faisaient bien leur travail. Mais ils ont trouvé mieux ailleurs, et ils ont fini par se lasser.

— Vos maîtres ? Que veux-tu dire par là ?

— Nos *anciens* maîtres. Cela fait des cycles et des cycles qu'ils ne sont pas revenus. Ce sont eux, les vrais dieux. Les créateurs de mondes. Ils ont créé celui-ci, s'y sont intéressés un temps et puis s'en sont lassés. Je crois qu'ils l'ont complètement oublié. Il ne reste que nous. C'est la pleine et entière vérité.

D'un geste, la créature désigna les immensités semées de perles lumineuses.

— Nous ne sommes que leurs humbles serviteurs et ceux des mondes qu'ils créent. En ce qui concerne celui-ci, il est dommage qu'ils aient nommé un si piètre gardien... Cela a pris du temps, mais nous avons fini par nous en débarrasser. Les choses vont changer maintenant que nous lui avons trouvé un remplaçant.

— Des serviteurs ? *Vous n'êtes que des serviteurs ?* Peu importe. Je me moque de savoir qui vous êtes. Les raisons qui ont poussé les dieux à nous abandonner m'indiffèrent. Je veux sauver ce monde et ses habitants. Et la Dame m'a dit que vous m'aideriez.

D'autres êtres s'étaient joints à la première créature pendant qu'ils parlaient. Certains ressemblaient à ceux entrevus par Arik durant l'épreuve de l'Arbre. D'autres, dont les mains et les pieds étaient palmés, la peau tavelée de vert d'eau, de jaune rouillé et de brun terreux, avaient le crâne couvert d'excroissances semblables à des algues.

L'un d'entre eux prit la parole.

— N'aie crainte, Arik Renshaw. Nous allons t'aider. Nous avions besoin de ta magie pour nous débarrasser du gardien, mais nous ne sommes pas ingrats. Nous tenons à te remercier pour ce don inestimable.

— La Dame de l'Eau ne m'a pas parlé de ce gardien. Elle m'a dit qu'elle voulait retrouver ses amis, et avoir accès à des sources d'énergie dont elle est privée.

— La Dame de l'Eau et la Dame des Neiges sont des renégates. Elles sont restées dans votre monde sans en avoir le droit. En l'absence des vrais dieux, elles ont tenté de se faire passer pour ce qu'elles ne sont pas. Si elles revenaient parmi nous et accédaient aux énergies qui leur manquent, elles nourriraient aussitôt d'autres ambitions… Aussi, bien que la Dame des Eaux t'ait amené à nous, nous nous méfions d'elle. Nous trouvons qu'elle est très bien là où elle est… et nous souhaitons qu'elle y reste.

— Oui, reprit une créature de glace et de brume, nous savons que ton passage ne s'est pas fait sans douleur. Les hommes ne sont pas destinés à vivre ici. Le seul moyen de leur permettre de franchir ce qu'ils appellent les Murailles de Brume consiste à arracher leur esprit à leur corps. Comme tu l'as constaté, ce n'est pas facile… et, même une fois cela réalisé, la plupart trouvent leur nouvelle condition trop étrange et ne peuvent la supporter. Mais nous allons t'aider à t'y habituer. Nous pouvons t'assurer que ta nouvelle existence te conviendra.

Arik venait de réaliser que, lorsque l'un d'entre eux parlait, il était incapable d'en détacher son attention pour examiner ce qui se passait alentour. Il avait pourtant l'impression de sentir du mouvement autour de lui, et il était certain que d'autres créatures rejoignaient les premières. Il profita d'une pause dans les explications de l'être de glace pour regarder autour de lui et constata qu'il était au cœur d'une foule nombreuse et dense.

Ils s'approchèrent et posèrent leurs longues mains fines sur ses bras, leurs doigts palmés sur sa poitrine, leurs ongles étincelants sur ses épaules, leurs lèvres veloutées sur son cou…

Lorsqu'il reprit conscience, il était étendu sur un lit de parfums et de corolles ouvertes, dans une caverne de cristaux étincelants de blancheur pure.

— Qu'est-ce que… Où suis-je ?

Il ne ressentait nulle peur. Dans son dos, sous ses reins, sous ses talons, le contact des fleurs était frais et doux. Dans l'air flottait un parfum de jasmin et de rose.

— Tu es au centre même de ton monde, dit la créature aux mains et aux pieds palmés. C'est ici que le Solaire naît, au cœur du Lac de Feu. En son milieu se trouve une île de diamant pur : une fois qu'il y est installé, le gardien est pour ainsi dire invulnérable.

— Je vous ai déjà dit que je me moque de votre gardien. Je veux repasser de l'autre côté et tenter de sauver ce qui peut encore l'être !

— Mais c'est pour cela que nous t'avons amené ici. Parce que nous savons que tu es assez solide pour prendre sa place.

Arik se redressa sur ses coudes.

— Au milieu du Lac de Feu, dites-vous ? Comment se fait-il qu'il n'y ait pas plus de lumière ?

Les créatures rirent. Puis hochèrent la tête avec une expression approbatrice.

— Ah ! tu n'as pas perdu une once de ta merveilleuse intelligence. C'est l'heure sombre. Le meilleur moment pour t'installer.

— Mon intelligence ? Je ne sais pas si elle est merveilleuse, mais on ne peut pas dire qu'elle m'ait mené bien loin.

— Tu aimes ce monde, n'est-ce pas ? Tu voudrais que ses habitants vivent heureux et en paix ?

— Oui. Je l'ai dit à l'Arbre. Je vous ai laissés prendre ma magie… Je croyais que vous m'aideriez… Mais Zorr et Madge avaient raison : vous êtes des créatures viles et trompeuses.

Il se leva. Des mains saisirent aussitôt ses poignets, d'autres firent plier ses genoux ; il n'eut pas la force de leur résister.

— Non. C'est faux. Nous ne ressemblons pas à la Dame de l'Eau et à la Dame des Neiges. Comment crois-tu que ce monde fonctionne ?

— Vous avez parlé d'un gardien.

— Oui. Le gardien en est le centre. L'œil du monde, son cœur, son âme. Mais, sans nous, rien de ce qu'il voit ne pourrait être entretenu et réparé. Comment crois-tu que le vent souffle, que les rivières coulent, que les nuages se forment ?

— Le gardien… celui que vous avez éliminé… pourquoi ne vous convenait-il plus ?

— Parce qu'il a accepté le départ des dieux. Lorsqu'ils ont commencé à espacer leurs visites, il aurait pu se plaindre, leur envoyer des messages, leur demander de revenir. Il n'en a rien fait. Et puis il a laissé grandir le pouvoir de l'École. Il n'a pas empêché l'ascension d'Hérus Tork. Cela ne nous plaît pas. Nous ne sommes pas là pour entretenir un endroit où si peu d'humains sont véritablement heureux.

— Vous pourriez partir.

— Non, justement. Nous ne sommes pas des dieux, nos corps ne peuvent survivre qu'ici, à proximité du dôme. Et puis… tu viens de nous dire que tu es attaché à ce monde, n'est-ce pas ?

— Oui. Et à ceux qui y vivent.

— Alors tout est bien. Tu veux les sauver ; nous te voulons pour gardien.

Et sans même avoir eu le temps d'esquisser un geste, Arik se retrouva allongé entre deux créatures aux flancs mordorés, aux longs ongles d'émeraude et aux prunelles de soufre. Des serviteurs de la terre et du roc, dont le sourire découvrait des dents de cristal de roche.

— Nous commencerons par t'unir avec la terre. Parce que les métaux, les roches et les pierres précieuses sont le socle de tous les mondes…

Arik n'eut le temps ni d'avoir peur ni d'espérer de quelconques délices.

Déjà des mains le caressaient, des lèvres se posaient sur cette peau qui n'était plus vraiment la sienne, et les nerfs qu'il aurait cru à jamais brûlés et détruits par son passage de l'autre côté des Murailles réagirent comme ils auraient réagi dans n'importe quelle étreinte.

Au bout de quelques instants, l'une des deux créatures de bronze parvint à réveiller son sexe en le prenant dans sa bouche. La chaleur qui naquit alors dans ses reins exigea qu'il réponde en rythme à ses coups de langue. Il eut peur tout à coup et tenta de se dégager.

— Non…

Une main fraîche se posa sur son front. D'autres, aux doigts savants et forts, commencèrent à masser ses épaules contractées.

— Ce qui est infiniment douloureux, c'est de séparer un être humain de son enveloppe corporelle sans qu'il devienne fou ou qu'il meure. Mais, une fois cela réalisé, c'est le réseau d'énergie vivante nommé Arik Renshaw qui demeure. Et demeurera toujours. Et ce que nous faisons, bien que surprenant pour toi, ne peut en aucune façon porter atteinte à ton intégrité physique ou mentale.

Au sol, autour de lui, les fleurs avaient disparu, remplacées par des gemmes de toutes formes, tailles et variétés : émeraudes, cristaux de roche, agates, rubis, grenats, améthystes, lapis-lazuli, quartz rose, gypse, malachite… Au-dessus de lui, la lumière émise par les cristaux était si intense qu'il ne pouvait plus les regarder.

Il ferma les yeux.

Les ongles des deux créatures qui lui tenaient les épaules s'enfoncèrent dans sa nuque à l'endroit exact où le conduit nerveux rencontrait la base de son cerveau. Au même instant, les mains de celle qui arrachait des frémissements à son sexe le guidèrent entre ses cuisses.

Alors il vit les cristaux de la voûte étirer vers ses yeux leurs pointes incandescentes. Crut que son sexe s'enfonçait dans une cavité de terre noire, douce et humide. Crut qu'on versait du mercure, de la lave et de l'or en fusion dans sa bouche et le long de sa colonne vertébrale. Crut qu'il allait enfin se consumer et enfonça ses ongles dans la terre tandis que la jouissance annihilait en lui toute pensée, que sa conscience explosait et qu'il comprenait enfin que le réseau d'énergie Arik Renshaw venait d'entrer en relation, en résonance, en union… de se fondre, se couler dans les artères et les nerfs de pierre et de métal du monde.

Il avait acquis en un instant ce que Zorr avait mis une existence à développer. Et ce qui s'offrait à lui était incomparable.

Sa conscience pouvait voyager partout où il la dirigeait.

Il connaissait les limites du désert de feu qui entourait le Solaire, il ressentait les rivages de la mer, les lits des fleuves et des rivières, les plis des montagnes, et percevait en leur sein les filons exploités par les mines royales.

— Je peux les empêcher de se fournir en minerai de charbon et de fer… murmura-t-il. D'accéder à l'or, à l'argent et à toutes les pierres précieuses…

— Quand nous aurons terminé, tu pourras faire ce que tu veux. Changer le lit des rivières, déclencher des éruptions, créer une nouvelle mer…

— L'heure avance, dit la créature de la Terre. Il faut qu'il apprenne l'élément liquide.

— Nous avons le temps, dit la créature de l'Eau.

— Tork vient de décider d'avancer l'exécution au lever du Solaire.

— Quoi ? Qui ?

Arik se débattit, tenta de repousser les créatures et de se lever.

— Chhhh… Calme-toi… Zorr, Élisabeth et Dassouf ont été capturés après ton départ. Et Ian a tué la jeune fille que vous aviez sortie de la glace. Je n'aurais rien dû te dire, cela va te troubler.

— Non, au contraire. Maintenant, je sais ce que j'ai à faire. Tout va bien, continuez.

Alors ils le noyèrent.

Dans l'eau verte et pailletée d'or d'une vasque. Les yeux grands ouverts, il avala l'eau fraîche et respira dans l'élément liquide comme s'il l'avait fait toute sa vie.

Autour de lui, les êtres aux chevelures d'algues et aux pieds palmés dansaient main dans la main. Et, lorsqu'il entra dans leur ronde, l'eau des fleuves et des rivières, des ruisseaux et des cascades se mit à couler dans ses veines. La pluie tomba sur les champs, stagna dans les marais, emplit les fossés… Il respira des odeurs de vase et d'herbe pourrissante, de bois mouillé, d'algue et de sel. Il sentit monter en lui la force incommensurable d'une tempête et il communia aussi bien, et peut-être mieux que

Raoul, avec toutes les créatures marines, des anchois dont les pêcheurs suivaient les bancs argentés aux plus minuscules grenouilles.

— Le Feu maintenant, dit un être couleur d'amadou et de soufre.

Les serviteurs du Feu étaient jusque-là demeurés plutôt discrets. Tout au plus Arik avait-il remarqué leur présence lorsqu'il était entré en contact avec la chaleur des volcans.

C'étaient de minuscules créatures dont la chevelure d'étincelles dessinait une aura crépitante. Leurs ongles noirs ou vermillon étaient longs et recourbés, les baisers avides de leurs bouches cramoisies enflammèrent sa chair d'un désir dévorant et aveugle. Il s'empara de la taille fine d'une des créatures qui se pressaient autour de lui pour le chevaucher et la renversa sur le lit de braises qui était à présent leur couche. Il emplit sa bouche de la pointe dressée de ses seins ardents, plongea son sexe durci dans sa chair et jouit si longtemps et avec tant d'intensité que ceux qui l'observaient s'écartèrent, satisfaits et cependant surpris par les réactions de leur nouveau gardien.

Le feu de l'éclair, de la foudre et de la forge le secoua, la braise qui cuit les repas et l'incendie qui ravage les sous-bois trop secs et les récoltes prêtes à être engrangées crépitèrent sous ses paupières. Il fut la flamme de milliers, de millions de bougies et de lampes brûlant dans des milliers de chambres, de cuisines et d'alcôves.

— Doucement, dirent les créatures. Ne voyez-vous pas qu'il est épuisé ?

— Regardez comme il sourit.

— Ce n'est pas une raison pour le vider de ses forces.

— Le Lunaire est levé. Il ne nous reste plus qu'à l'unir à l'air, et il sera notre gardien.

Il avait terriblement envie de dormir.

— Élisabeth, Zorr, Dassouf et Gillil… où sont-ils ?

— Au château. En prison.

Oui, bien sûr. Désormais il pouvait sentir les antiques pierres comme si elles faisaient partie de lui.

— Je peux les sauver… animer les pierres… déchaîner la foudre…

— Oui, mais pas tout de suite.

— Tork va les tuer.

— Pourquoi crois-tu que nous ne nous manifestons jamais à l'intérieur du dôme ?

— Parce que c'est ici que ce trouve votre résidence naturelle. Mais c'est possible. Je peux aller les sauver.

— Oui. À condition d'être le gardien et d'agir avec prudence.

— Alors finissez-en. Le Lunaire est en train de redescendre. Il ne me reste pas beaucoup de temps.

La créature de l'Air consulta ceux qui l'entouraient. Les représentants des éléments auxquels il avait déjà été uni vinrent l'examiner et confirmèrent que rien ne s'opposait à ce que le processus se poursuive.

Cette fois, ils sortirent de la grotte.

L'île n'était pas bien grande. Les serviteurs du monde devaient jouer des coudes et se marcher sur les pieds pour assister à l'intronisation de leur nouveau gardien. La surface lisse du lac ressemblait à un miroir de mercure. La lumière argentée du Lunaire paraissait monter de ses profondeurs opaques telle une vapeur opalescente. Rien n'était visible de ses lointains rivages ni du désert qui l'entourait. Ils se trouvaient véritablement au centre du monde, au cœur du pivot de lumière qui lui donnait la vie.

Les serviteurs de l'Air chassèrent ceux qui voulaient s'approcher d'Arik tandis qu'il marchait jusqu'au rivage de l'île. Lorsqu'il y parvint, le représentant de ces êtres argentés, transparents et ailés lui prit les mains et plongea dans les siens ses yeux de perle transparente.

— Ne dis rien. Laisse-toi faire.

Au même moment, Arik sentit ses pieds quitter le sol. La créature et lui s'élevèrent lentement dans les airs. Sous eux, l'île diminua, devint peu à peu un point au centre d'une immensité de mercure incandescent. Puis les rives du lac apparurent ainsi que les immensités du désert qui l'entourait. Plus ils s'élevaient, plus Arik se sentait devenir léger, semblable à une plume d'oiseau ou à une aigrette végétale portée par le vent.

Au bout d'un temps qui lui parut interminable, il aperçut enfin la frontière qui séparait le désert où aucun être humain ne pouvait survivre et les terres arides dont parlaient les récits de voyage dans le Royaume intérieur.

Puis apparurent les premières traces de végétation, les fameuses oasis, jardins irrigués par d'ingénieux systèmes dont il aurait pu, s'il l'avait voulu, explorer les mécanismes. Enfin ce furent les terres fertiles autour des rivages de la mer d'Avole, les embouchures des fleuves et les ports, les villes et les routes qui disparurent bientôt dans les plis de la terre, tandis qu'ils s'élevaient encore et qu'il découvrait la totalité du monde, champs, bois et fleuves, rivières et canaux, villes, villages et hameaux, routes, chemins, sentes, et à nouveau bois et forêts s'élevant peu à peu sur les contreforts des montagnes. Et, enfin, les Murailles de Brume et le dôme qu'il avait découvert de l'extérieur en reprenant conscience.

Arik leva les yeux et vit qu'ils approchaient du faîte de la coupole. Il se sentait toujours aussi léger, étourdi, presque grisé.

Des serviteurs de l'Air volèrent au-dessus d'eux, levant les bras comme pour saisir quelque chose : une ouverture apparut dans la calotte, leur permettant d'entrer dans une caverne transparente.

Ils le firent s'allonger. La matière était semblable à la chair des champignons qui poussaient au pied de l'Arbre : veloutée, tiède et enveloppante. Il s'abandonna à la sensation et emplit ses yeux du spectacle du monde déployé sous lui.

— Voilà, tout est prêt, dit le représentant des serviteurs de l'Air.

— Prêt pour quoi ?

— Tu dois faire l'expérience simultanée de tous tes sens de gardien. Alors tu seras véritablement lié à ce monde et tu pourras en assurer la santé et la sécurité.

Arik s'était légèrement enfoncé dans le matériau gélatineux dont la bulle était constituée.

C'était frais, caressant, agréable. Il ne lui vint même pas à l'idée de résister lorsque la substance couvrit son visage. Le liquide avait le goût salé de l'eau de mer. Il continua à respirer comme si de rien n'était pendant qu'il sentait la substance le pénétrer et se répandre en lui.

Cependant, il regardait le monde.

Le delta de la Jaune et ses jonques, les palmeraies du Royaume intérieur dont il avait si souvent entendu parler et qu'il n'avait jamais visitées, les forêts profondes du Troisième Quadrant, la région d'où était venu Sargh, et les rivières dans lesquelles il avait pêché. Sargh, qui avait été si courageux, qui avait aidé Élisabeth à le sauver et qui n'avait pas mérité de mourir…

Élisabeth enfermée avec Zorr dans une des cellules de Tork. Terrifiée et désespérée en dépit des paroles de son compagnon. Zorr, qui était pour une fois le seul à croire en lui. Il pouvait toucher son esprit de la même façon qu'il pouvait pénétrer la pierre de leur cellule, les profondeurs du piton rocheux sur lequel était construit le château, les racines des arbres qui poussaient sur la colline, l'eau qu'elles buvaient, leur sève, leurs feuilles, la brise qui les faisait frémir et la lumière du Solaire sur les feuillages, les ardoises colorées des maisons, les pavés, les passants…

Tout cela.

En même temps.

Et plus encore.

De l'eau claire des ruisseaux sur les pierres moussues aux galets sur les plages, du nid des oiseaux aux mains des enfants ramassant les œufs, des oisillons perçant leur coquille aux brins de paille arrachés du nid par le vent, emportés par-delà les champs et piétinés par les chevaux menés à la forge pour être ferrés. Il était la braise de la forge et le vent du soufflet, il était les étincelles sous le marteau et la bière dans l'estomac du forgeron, il était la pisse de l'homme et le crottin du cheval, il était le fer de l'épée et la douceur de la soie, le parfum des roses et du jasmin recueilli dans un flacon, le cristal taillé d'un verre, la mécanique d'une montre, d'un moulin, le grain broyé, le pain cuit…

Il pouvait être partout. À l'infini.

Il pouvait être dans chaque particule infinitésimale du monde.

Il était le monde.

Il était l'extase que seul pouvait connaître un dieu.

CHAPITRE CINQUANTE-DEUX

Arik m'a dit un jour qu'il y avait un prix à payer pour toute chose. Ce qu'il a oublié de préciser, c'est que, dans la plupart des cas, il est exorbitant.

Orhgon IV.

Arik était mort.

Debout devant une des hautes fenêtres de ses appartements, Orhgon observait le reflet du Solaire sur les toits d'ardoise mouillés, incapable de chasser cette pensée de son esprit.

Arik Renshaw était mort.

Ian Bren, le petit monstre favori de Tork, lui avait décrit en détail et avec délectation l'état dans lequel les Chasseurs et lui l'avaient trouvé.

Ligoté à un arbre par des ronces, vidé de son sang.

Inconcevable.

Impossible.

Mais si Ian l'avait tué lui-même, il n'aurait pas manqué de s'en vanter…

Orhgon se souvenait de la rage qu'il avait éprouvée lorsqu'il avait découvert la trahison d'Arik. Il avait encore honte de ce qu'il lui avait fait.

Une longue journée de réunions, d'entrevues et de dossiers à étudier l'attendait, et il était incapable de penser à autre chose qu'à cette mort. Il avait renvoyé son Servant.

Il n'éprouvait plus le moindre plaisir à choisir ou à porter de beaux vêtements. En dépit de l'insistance de ses proches et de ses amis, il n'avait assisté à aucun dîner, à aucune fête depuis la mort de son père.

Il acheva de boutonner son gilet. Dès qu'il posa la main sur les poignées des portes intérieures de ses appartements, les gardes ouvrirent les portes extérieures et se mirent au garde-à-vous.

Pendant qu'il se rendait à la salle du conseil, Orhgon essaya de se souvenir de ce qu'Arik lui disait quand il devait effectuer des tâches qui l'ennuyaient.

Il entendait encore sa voix – mais combien de temps cela durerait-il ?

Tu te souviens du représentant de la guilde des bouchers ? Le grand type blond, celui qui a un gros nez ? Eh bien, il paraît qu'il n'aime que les dames bien en chair. Toutes les fins de cycle, les mères maquerelles de son quartier se réunissent pour lui fournir de jeunes personnes aux formes amples. Au moins dix, sinon il leur reproche d'avoir les couilles encore pleines à la fin de la nuit...

Un vague sourire flottait sur les lèvres d'Orhgon lorsqu'il entra dans l'antichambre où Hérus Tork l'attendait déjà, bouche close et sourcils froncés.

— Vous êtes presque en retard. Heureusement, on est train d'installer la cage. Nous avons le temps de parler.

Orhgon n'avait pas souhaité assister aux expériences auxquelles Tork et ses adjoints s'étaient livrés sur certains des prisonniers. Aucun d'eux n'avait vraiment insisté pour bénéficier du privilège de sa présence.

— Vous avez obtenu des résultats ?

Les doigts couverts de bagues du directeur se crispèrent légèrement sur la manche bordée de fourrure de son habit.

Il n'aimait pas l'attitude réservée et le ton sec qu'Orhgon avait adoptés depuis la révolte des magiciens. Il y voyait de la méfiance à son égard... Orhgon exagérait la froideur de ses manières tout en sachant qu'il n'avait ni l'énergie ni la volonté d'aller plus loin. Il pouvait à la rigueur refroidir l'enthousiasme de Tork pour certains de ses projets, calmer ses ardeurs inventives en retardant la signature de tel ou tel décret. Mais pas s'opposer à lui.

— Bien sûr. Je vais montrer à nos édiles qu'ils peuvent compter sur l'École pour leur fournir le matériel dont ils ont besoin. Et vous allez pouvoir leur assurer que le Royaume se dirige vers une nouvelle période de prospérité et de grandeur.

Prospérité et grandeur… se répéta intérieurement Orhgon. Pourquoi ces mots sonnaient-ils creux ? Pourquoi n'avaient-ils plus le moindre écho en lui ?

Dans la salle du conseil, quatre Pousseurs plaçaient une énorme cage recouverte de tissu au bout de la grande table de réunion.

Les représentants des guildes les observaient avec inquiétude et circonspection.

Domos Arnold, le gros boucher blond, fronçait les sourcils. Thomas Biran, l'élégant et hautain drapier, prétendait ne pas s'intéresser à ces grossières manœuvres. Le représentant des bateliers bavardait avec Bonnot, le chef de la police, et la représentante des maraîchers, mais gardait un œil méfiant sur la scène.

Il y avait en tout une quinzaine de personnes autour de la table, et le seul sentiment positif que certains manifestaient était une vague et prudente curiosité.

Ils se levèrent quand Orhgon et Tork entrèrent, s'assirent lorsque le monarque prit place à l'extrémité de la table. Tork s'installa à sa droite, ses mains et ses bagues dissimulées dans ses manches. Une intense lueur de satisfaction s'allumait dans ses ternes yeux gris à chaque fois qu'il regardait la cage.

— Mesdames et messieurs les représentants… je déclare ouverte cette session du conseil des corporations. Hérus Tork, directeur de notre École, va faire le point sur la situation après les graves événements que nous avons connus.

Voilà. À la façon dont la main de Tork se relâchait, Orhgon sut qu'il avait trouvé le ton adéquat. Dignité et assurance, et ne jamais montrer qu'on éprouve le moindre doute. La technique qu'il avait vu Arik appliquer à l'organisation de ses soirées galantes fonctionnait à la perfection dans bien d'autres situations…

Mais il ne devait pas y songer et, comme le directeur de l'École prenait la parole, il n'y pensa effectivement plus.

— Mesdames et messieurs… je ne vous ferai pas l'injure de vous rappeler combien les terribles événements des dernières dizaines ont mis en danger la stabilité même du Royaume. Je peux aujourd'hui vous confirmer que les derniers meneurs de la révolte fomentée contre l'École viennent d'être arrêtés. Ils seront exécutés publiquement devant les portes du château demain au lever du Solaire.

Un murmure d'approbation parcourut l'assemblée. Depuis la découverte en la personne du bijoutier Oscar Lapaire d'un traître parmi eux, les chefs des corporations saisissaient chaque occasion de montrer qu'il avait bien été le seul à souiller leurs rangs.

— De qui s'agit-il ? demanda le drapier.

— Uniquement de magiciens clandestins. Zorr, un des piliers de leur organisation, un certain Dassouf Bozim et Élisabeth de Siff, la fille de Bertrand de Siff, autrement dit l'officier qui a tenté de semer le trouble dans l'armée de Sa Majesté.

Les représentants témoignèrent avec force hochements de tête et grimaces dégoûtées à quel point ils appréciaient l'étendue du complot auquel ils avaient échappé.

— Mais là n'est pas le plus important… susurra Hérus Tork.

Il était difficile de parler de gourmandise au sujet d'un homme dont les lèvres étaient minces au point d'en être quasi invisibles. Pourtant, « délectation » était bien le terme qui convenait à la façon dont il se mit à parler de la cage et de son contenu.

— Voici une expérience sur laquelle mes meilleurs collaborateurs et moi-même travaillions déjà avant que ces individus malfaisants viennent mettre en danger le Royaume.

Le tissu qui recouvrait la cage glissa. Orhgon, sans broncher, avala sa salive en reconnaissant le grand garçon aux cheveux filasse qu'Arik avait chargé de veiller sur lui cette fameuse nuit… Il était maigre, les yeux cernés, les traits tirés, mais décemment vêtu d'un pantalon propre et d'une chemise ouverte. Les chevilles attachées aux pieds de la chaise sur laquelle il était assis, il promenait autour de lui un regard absent, reflet d'un esprit qui s'était réfugié dans les régions obscures d'au-delà de la souffrance.

— Je sais, poursuivit Hérus Tork, que vous attendez avec impatience que la situation redevienne normale, que le couvre-feu soit levé, les contrôles aux portes des villes relâchés et que l'École soit à nouveau en mesure de vous fournir les matériaux dont vous avez besoin. Bref, que les conditions favorables à l'exercice profitable de vos diverses professions soient rétablies. Cela ne va pas tarder. Ce que vous allez voir vous prouvera que l'École est prête à vous procurer à tous des services meilleurs que jamais.

Il se leva et fit le tour de la grande table pour se placer devant la porte de la cage. Bien évidemment, tous les yeux de l'assistance étaient rivés sur lui.

Orhgon regardait la poitrine du jeune garçon. Des aiguilles y étaient enfoncées. Elles dessinaient un motif complexe qui se déformait légèrement avec les mouvements de sa respiration.

Il songea au récit qu'avait fait Ian – cette petite vermine était incapable de tenir sa langue – de la façon dont Tork, Milla Donne et lui-même avaient repoussé l'attaque des clandestins. Il se rappela ce que Tork lui-même avait essayé de faire pendant qu'il tenait Arik Renshaw à sa merci…

— Nous sommes tous conscients du fait que le petit nombre d'êtres humains dotés de pouvoirs est un obstacle majeur au développement de quelque activité que ce soit. Je suis sûr, monsieur Bonnot, que vous seriez ravi si on pouvait vous fournir des moyens d'éclairage plus efficaces et moins dangereux que les torches, lampes et bougies que vous êtes contraint d'utiliser là où vous ne disposez pas d'Éclairant.

Plusieurs représentants hochèrent la tête. Les Éclairants avaient toujours été parmi les plus convoités des matériaux que pouvait fournir l'École.

— Eh bien, voilà. Imaginez que nous ayons fait deux découvertes absolument primordiales. D'une part, le moyen d'extraire l'énergie que nous autres magiciens produisons directement à la source et, d'autre part, celui de stocker et de distribuer cette énergie à la demande.

Hérus Tork ouvrit la porte de la cage d'un mouvement des doigts et pénétra à l'intérieur. Gillil ne réagit pas. Il ne bougea pas non plus lorsque Tork commença à attacher des pinces aux aiguilles plantées dans sa poitrine. Les pinces pendaient au bout de fils, eux-mêmes reliés au dernier barreau de la cage, sur lequel se trouvaient également de grosses boules de verre soufflé, semblables à celles que les marins utilisent pour leurs filets.

Quand il eut attaché toutes les pinces, Hérus Tork se pencha sur le jeune garçon. Personne n'entendit ce qu'il lui disait ni ne vit ce qu'il lui faisait. L'assistance constata simplement que Gillil fermait les yeux et croisait les bras sur sa poitrine.

Du temps passa.

Le chef de la police, habitué à des Éclairants qui produisaient des boules de lumière à la demande, esquissa un haussement d'épaules. Les autres, plus diplomates, froncèrent les sourcils, se mordirent la lèvre inférieure ou regardèrent leurs bottes d'un air gêné.

Et puis, peu à peu, de la brume apparut dans les boules de verre. Un filet de brouillard blanchâtre commença à s'enrouler à l'intérieur de la plus proche. Puis ce fut le tour de la deuxième, de la troisième, de la quatrième, de la cinquième... jusqu'à ce que tous les récipients de verre soient pleins d'une substance laiteuse dont la luminosité augmenta peu à peu. Au bout de cinq minutes, cette lumière était si vive que le regard ne pouvait la soutenir.

Orhgon nota que le jeune garçon ne tenait assis sur la chaise que parce qu'il y était attaché.

Les commentaires se mirent à fuser à voix basse. Les notables ne savaient pas encore s'ils avaient affaire à une exception quelque peu monstrueuse ou à un échantillon d'une technique véritablement nouvelle et prometteuse.

— Étonnant.

— Pratique ! On peut éclairer tout un hangar avec un seul garçon !

— Combien de temps peut-il faire cela ?

— Est-ce transportable ? La lumière demeure-t-elle à l'intérieur des boules si on coupe les fils ?

— Je savais que cela vous intéresserait, dit Hérus Tork en croisant ses mains et ses bagues sur son ventre. Et pour répondre à vos questions : il peut faire cela pendant plusieurs heures, mais c'est un de nos meilleurs sujets. L'endurance est un facteur sur lequel nous devons encore travailler. Par contre, nous sommes parvenus à ce que la lumière produite reste stockée dans les boules, cela grâce à une technique dont je vous épargnerai l'explication. Elles peuvent être transportées et utilisées au moins vingt-quatre heures après avoir été fabriquées. Je suis sûr que vous voyez toutes les possibilités de ce nouveau procédé.

— Y a-t-il une déperdition du pouvoir lumineux selon la longueur des fils ? demanda tout à coup le chef de la police.

— Très peu. Et c'est un problème auquel nous pensons pouvoir remédier en procédant à des essais avec différents métaux. Pourquoi ?

— Parce que, dit le chef de la police en tirant sur sa moustache, mes hommes rapportent que la révolte a laissé un courant de sympathie vis-à-vis des magiciens dans une partie de la population. Si on peut produire de la lumière – ou autre – en dissimulant les Éclairants grâce à la longueur des fils, on les éliminera de la voie publique, et par là même une cause de pitié inutile.

— Et de jalousie, ajouta la représentante des maraîchers qui, Orhgon n'en doutait pas, imaginait déjà des marchés illuminés jusqu'au cœur de la nuit.

Le représentant des mines royales voyait déjà les obstacles qui pouvaient se dresser entre lui et cette extraordinaire invention.

— Quand sera-t-il possible d'obtenir ces nouveaux Éclairants ? demanda-t-il. Sa Majesté comprend probablement que notre corporation en a le plus grand besoin.

— L'armée, la garde royale et la police municipale de Dramanorre auront la primauté des découvertes de l'École. Dans cet ordre, dit Orhgon.

Mais l'armée avait la haute main sur les mines ainsi que sur toutes les corporations qui travaillaient à l'érection du mur.

Orhgon vit les représentants se diviser en deux camps dont l'humeur et la disposition étaient désormais radicalement opposées. Les charpentiers, tailleurs de pierre et verriers contribuaient directement à l'érection de la muraille. Quoi qu'il arrive, ils auraient la priorité. Les autres, drapiers, apothicaires, maraîchers, médecins et hôpitaux civils, tous ceux dont l'armée n'avait pas un besoin immédiat et direct, auraient du mal à obtenir ce qu'ils voulaient.

— Avez-vous quelque chose à dire, docteur Sissis ?

— Non, Votre Majesté.

Orhgon se souvenait très bien d'une demande de Porteurs pour les hospices ainsi que de fonds pour la construction d'une sorte d'auberge gratuite pour les vagabonds et autres indigents. Le genre de requête dont Hérus Tork se servait pour nourrir le feu dans la cheminée de son bureau.

— Soyez assurés, messieurs et mesdames, que la Couronne fera en sorte que les inventions de maître Hérus Tork et de ses collaborateurs soient utilisées au mieux, c'est-à-dire dans l'intérêt du Royaume.

Orhgon se leva.

— On m'attend pour un rapport sur le chantier. Hérus, je vous remercie de cette éclatante démonstration et je vous laisse donner les derniers détails.

Ce n'était pas prévu. Ils étaient censés assister à la totalité de la réunion ensemble ; Orhgon ne savait pas très bien pourquoi il avait eu soudain envie de voir d'abord les contremaîtres seul.

Les gardes ouvrirent les portes, mais il ne sortit pas directement. Il fit le tour de la salle et s'arrêta devant la cage de manière à ce que sa silhouette dissimule celle du jeune garçon aux yeux de tous. Aussitôt, celui-ci ouvrit les yeux.

Ils n'étaient pas vides.

— Tuez-moi.

Ce n'était qu'un murmure rauque, un souffle de voix porté par des cordes vocales abîmées, mais il ne douta pas de ce qu'il avait entendu.

— Si vous aimiez vraiment Arik… ne laissez pas Tork continuer…

Que pouvait-il répondre ?

— Nul ne peut l'arrêter.

Personne n'avait entendu la phrase murmurée et Orhgon sortit de la salle, conscient du regard d'Hérus Tork fixé dans son dos. Le directeur était surpris de n'avoir pu lire son intention et agacé d'être abandonné à régler des détails.

Seul Arik aurait pu s'opposer à lui, songeait Orhgon. Et Arik est mort.

CHAPITRE CINQUANTE-TROIS

> *Je ne lui ai jamais dit que j'aurais préféré qu'il m'en veuille. Qu'il me fasse payer ce que je lui avais fait. Mais je crois qu'il le savait, c'est pour cette raison qu'il m'a choisi.*
>
> Raoul Terrime, dit Raoul des Crapauds.

Raoul des Crapauds n'avait jamais pénétré à l'intérieur de la demeure d'un gentilhomme.

Après quelques semaines passées à l'École, il s'était dit que cela finirait peut-être par lui arriver, comme à tous ceux qui, au lieu d'être employés par des services municipaux, l'étaient par des particuliers, mais il n'y avait jamais vraiment cru.

Passés la terreur du coup d'État manqué et son séjour dans les égouts, il se sentait plus que jamais déplacé. Aussi égaré que les animaux qu'il avait entraînés dans son sillage.

Guy de Norrœke l'avait pourtant accueilli avec chaleur. Il aurait préféré apprendre qu'il était encore en contact avec des magiciens, mais il était tout de même heureux de trouver un conspirateur vivant.

— Ce sont les animaux qui m'ont sauvé, avait expliqué Raoul en arrivant.

C'était une façon comme une autre d'expliquer la présence du chien et des deux chats qu'il avait amenés à bord de la barge – les rats étant montés seuls, dans la plus parfaite clandestinité.

Il avait espéré que quelqu'un de familier – Madge, par exemple – serait venu se réfugier dans la propriété.

— Elle est loin d'ici et il n'est pas question qu'elle revienne, avait dit Norrœke, c'est vraiment trop dangereux.

Puis il avait écouté les nouvelles apportées par Germain, et ils avaient mangé presque en silence, assis à la grande table dans l'immense salle à manger décorée de tapisseries, de tableaux, de bibliothèques et de trophées de chasse. Ses deux compagnons n'étaient guère joyeux, encore moins bavards, aussi Raoul avait-il eu tout loisir pour observer ce décor paisible et luxueux.

Après le repas, Norrœke avait laissé entrer deux de ses propres chiens. Les animaux étaient venus s'allonger devant le feu avec les compagnons de Raoul, à qui leur sympathique sans-gêne avait arraché le seul sourire de la soirée.

Car les humains étaient tristes et abattus ; les images de leurs amis morts et de leurs espoirs désormais réduits en cendres les hantaient. Assis dans les fauteuils devant la cheminée, ils essayaient de réchauffer leurs corps et leurs âmes en buvant un alcool et en regardant le feu.

Ils en étaient là lorsqu'un serviteur se présenta. L'homme avait l'air troublé, incertain, presque terrorisé. Guy de Norrœke se leva.

— Garh ? Que se passe-t-il ? Pourquoi cet air affolé ? La garde est-elle ici ? Avez-vous vu un Chasseur ?

— Non, monsieur, non, dit l'homme qui pétrissait son chapeau avec une expression embarrassée. C'est notre métayer qui est venu m'avertir au sujet des animaux. Vous devriez venir voir. Sinon, je crains que vous ne me croyiez pas.

L'alcool de poire avait eu un étrange effet sur Raoul : il gisait dans son fauteuil comme au fond d'un lit, prêt à s'endormir. Mais lorsqu'il entendit parler d'animaux, il se redressa aussitôt. Un bref coup d'œil autour de la pièce confirma ce qu'il savait depuis le début de la soirée : les rats étaient là, cachés derrière les tapisseries et les meubles, tapis dans les fentes, perchés derrière les chandeliers et les statues, assis en haut des bibliothèques. Et ils étaient bien plus nombreux qu'à leur arrivée.

Germain et Guy de Norrœke se levèrent et suivirent le serviteur sans s'apercevoir que Raoul ne venait pas avec eux. Il savait déjà ce qu'ils allaient voir.

Il avait senti la présence.

Il se contenta de s'approcher d'une des fenêtres qui donnaient sur l'immense pelouse et les douces collines plantées d'arbres du parc qui entourait le château.

Les vaches, au lieu de rentrer d'elles-mêmes à l'étable comme tous les soirs, s'étaient dirigées vers le corps principal de bâtiment. Là, elles s'étaient arrêtées et avaient refusé de bouger, même lorsque les chiens de meute enfermés dans le chenil s'étaient mis à hurler.

Ces hurlements n'avaient en aucune manière empêché plusieurs cerfs, biches et daims accompagnés de leurs petits d'apparaître à la lisière du petit bois qui délimitait le parc sur sa gauche.

Il y avait également des sangliers, des putois, des belettes, des martres et divers oiseaux qui, heureusement, vu leur nombre, ne produisaient pas le moindre bruit. Enfin, si on observait avec attention les mouvements qui agitaient la pelouse, on devinait la présence de serpents, lézards, tritons, grenouilles, salamandres et autres crapauds.

Raoul regarda Norrœke et Germain pendant qu'ils prenaient toute la mesure de ce spectacle, puis lentement, très lentement, car il n'était pas tout à fait sûr de ne pas mourir de peur lorsque son regard rencontrerait enfin celui qui était la cause de tout cela, il se retourna et fit face à la cheminée.

Il savait qu'Arik se trouvait là. Pourtant, au début, il ne vit rien d'autre qu'une colonne de flammes. Un feu de cheminée qui ne consumait ni les bûches ni le tapis et n'effrayait pas non plus les animaux couchés devant l'âtre.

— N'aie pas peur. Approche-toi. Je suis si heureux de te voir.

C'était bien sa voix. Celle qui lui avait montré qu'il n'avait pas à avoir honte de posséder un don un peu inhabituel, celle qui les avait guidés, lui et les autres, et leur avait indiqué comment utiliser au mieux ce que les dieux leur avaient donné.

Une silhouette apparut à l'intérieur du pilier de feu. Un corps qui brûlait sans se consumer, le même que celui de l'homme dont il se souvenait – la même main, sans les bagues, tendue vers lui, le même regard encore plus profond, plus ironique et plus tendre, le détaillant comme si c'était lui, Raoul, qui était revenu d'au-delà de la mort.

Raoul fit un pas vers la cheminée.

— Ils ont dit que vous étiez mort. Que vous est-il arrivé ?

Il tendit vers l'apparition une main timide et agitée de tremblements.

Les doigts de feu se refermèrent sur les siens.

— Tu leur raconteras. Moi, le temps m'est compté.

… Et Raoul sentit un flot de chaleur et d'images passer d'Arik à lui.

Il secouait la tête, essayant encore de comprendre ce qui venait de lui arriver, lorsque Germain et Norrœke rentrèrent dans la salle à manger.

— Raoul ? Saurais-tu par hasard ce que toutes ces bestioles font ici ?

— Elles sont ici à cause de lui, dit Raoul sans détacher son regard d'Arik.

Germain et Norrœke demeurèrent muets si longtemps que Raoul finit par se retourner.

Ils étaient toujours conscients.

Bouche ouverte, pâles et figés par la terreur, incapables de la moindre réaction.

— S'il vous plaît, finit par dire Arik, avancez, asseyez-vous. Je peux produire de la chaleur à votre convenance sans brûler un centimètre carré de votre belle demeure, cher Norrœke.

Germain reprit ses esprits le premier. Il regagna son fauteuil, s'y laissa tomber, rafla le verre qu'il avait posé avant de sortir et en avala le contenu cul sec.

Norrœke fit de même.

— Je ne comprends pas, dit-il. Ian Bren est revenu de son expédition dans les montagnes avec un récit particulièrement horrible de votre mort. Récit corroboré par les Chasseurs.

— Ils n'ont pas menti. Je suis bien mort. Je n'appartiens plus à ce monde. Raoul vous dira ce que vous devez savoir à ce sujet. Mais ce n'est pas la raison de ma présence ici. Ils veulent exécuter Zorr, Élisabeth et plusieurs autres prisonniers au lever du Solaire.

— Leur dernière manœuvre. Après cela, nous aurons perdu nos meilleurs éléments. Plus personne n'osera se joindre à nous.

— Je veux que vous alliez à Dramanorre. Je veux que vous assistiez à la cérémonie.

— Assister à la mort d'Élisabeth et de Zorr ? Vous êtes cinglé, dit Germain

— J'ai dit *cérémonie*, pas exécution. Et vous devez y aller. Il faut que tous ceux qui sont susceptibles de se ranger à vos côtés y soient également.

— Pour se faire arrêter ? Tork sera ravi.

— Germain... je ne suis pas seulement mort. Je suis passé *de l'autre côté* des Murailles de Brume. Je crains de ne pas parvenir à vous expliquer la nature exacte de mes pouvoirs.

— Vous voulez dire que vous êtes devenu un dieu ?

L'être qui avait été Arik Renshaw ignora le sarcasme dans la voix du jeune homme et regarda Germain Comsic pendant plusieurs secondes avec une expression à la fois si lointaine et si perplexe que le jeune dramaturge finit par détourner le regard.

— Suis-je un dieu ? C'est une question très intéressante. Vous demanderez à Raoul. Peut-être trouvera-t-il une réponse qui vous conviendra.

Raoul se rendait peu à peu compte que son crâne, qu'il n'avait jamais jugé apte à contenir grand-chose, était maintenant rempli d'images toutes plus étranges et plus terrifiantes les unes que les autres.

Pourquoi moi ? se dit-il. Il sait très bien que je préfère parler aux animaux qu'aux hommes. Si nous survivons à ce qu'il prépare, tout ce que je désire, c'est me retirer dans les bois avec mes bêtes...

— Justement, dit Arik. Ainsi, ceux qui voudront vraiment apprendre quelque chose à mon sujet devront faire l'effort de te trouver.

À nouveau, il se tourna vers Germain Comsic et Guy de Norrœke.

— Je vais vous emmener dans un endroit où vous serez en sûreté jusqu'au lever du Solaire. Tout ce que vous aurez à faire, c'est attendre le début de l'exécution.

À son grand soulagement, aucun des trois hommes ne se rendit compte qu'il avait du mal à maintenir une apparence physique cohérente.

Il les transporta en ville, épuisant ainsi ses dernières réserves, et se retrouva allongé dans la grotte cristalline, en proie à un indéfinissable malaise.

— Et voilà, dit une voix près de son oreille. Pourquoi ne nous as-tu pas écoutés ? Nous t'avons pourtant dit que repasser de l'autre côté si vite après ton union avec les éléments était dangereux.

Arik tourna la tête et vit la créature de l'Eau.

— Fichez-moi la paix avec vos leçons. Dites-moi plutôt comment je peux repartir.

— Tu ne peux pas. L'Union est un processus exténuant. Tu n'avais pas beaucoup de réserves, tu n'aurais pas dû les utiliser si vite.

Arik se redressa et saisit le poignet de la créature.

— Tu sais très bien que je n'ai pas le choix. C'est aussi pour ça que vous m'avez choisi : pour que j'anéantisse Tork.

— Tu me fais mal.

— Il doit bien y avoir un moyen de me redonner un peu de force. Vous avez réussi à m'unir aux éléments… Vous devez pouvoir faire ça pour moi.

Il plongea son regard dans celui de la créature.

— Vous *allez* faire ça pour moi, ou vous regretterez de m'avoir choisi pour gardien.

Dès que le serviteur eut quitté la grotte, Arik se rallongea, immobile et les yeux clos. Chaque seconde qui passait le rapprochait un peu plus d'une inconscience vague, un état qui aurait pu être agréable s'il n'avait pas su qu'il lui fallait absolument rester éveillé.

Il se sentait faible et épuisé… Céder à la fatigue, c'était plonger dans un sommeil si profond qu'il n'en sortirait pas avant que le Solaire se soit levé plusieurs fois sur le monde.

— Ah, voici donc notre nouveau gardien.

Il sursauta, ouvrit les yeux et découvrit l'être de l'Eau, accompagné par une nouvelle créature.

Comme celle du Feu, elle était de petite taille. Son corps paraissait constitué de terre et de mousse, mais ses yeux étaient d'un bleu pur, perçant et métallique.

La créature s'approcha de lui et lui prit la main. La sienne brûlait comme du métal par temps froid.

— Je vois, on a abusé de ses nouvelles capacités. Un peu de repos et il n'y paraîtra plus.

— Je ne peux pas me reposer. Il a dû vous le dire.

— La mort de ces quelques humains ne changera pas grand-chose au sort du monde. Par contre, vous avez réellement besoin de repos. Votre organisme a subi un choc majeur. Ne le sentez-vous pas ?

Bien sûr qu'il le sentait. Sa substance était vague et éthérée ; il avait l'impression qu'il était sur le point de se dissocier, de se décomposer, de disparaître…

Il se jeta en avant, saisit la cheville de la créature, lui fit perdre l'équilibre, roula sur le côté et la coinça sous lui.

— Aide-moi. Je suis le gardien. Tu dois m'obéir quelles que soient les circonstances.

— Quoi que je tente, l'effet sera de courte durée. Et, une fois de retour, tu ne pourras plus du tout passer de l'autre côté pendant des cents et des cents.

— Peu importe. C'est maintenant que je dois y aller.

Il relâcha la créature. Elle se redressa, et ils se retrouvèrent assis l'un en face de l'autre.

— T'a-t-il dit pourquoi on ne m'invite pas lors des cérémonies de l'Union ?

Impossible de lire quoi que ce soit dans son regard couleur de glacier.

— Il ne m'a rien dit sur toi.

L'être posa les mains sur ses épaules. Ses ongles étaient de la même couleur que ses yeux. Ils s'allongèrent de plusieurs centimètres pendant qu'il parlait.

— Ma puissance est celle de l'éclair et de la foudre. Ma force celle du volcan. À côté de moi, les gardiens ordinaires sont des microbes.

Il approcha une main de sa bouche. Arik prit les doigts entre ses lèvres. Les ongles continuèrent à pousser, tandis qu'une sensation qui mêlait picotement et chaleur se répandait dans sa gorge.

Énergie pure.

Volcan. Tempête. Orage. Foudre.

Arik se mit à trembler de tout son corps.

La créature enroula ses jambes autour de ses reins et serra jusqu'à ce que le tremblement se transforme en spasmes. Il sentait ses ongles traverser sa gorge et transpercer sa colonne vertébrale.

Puis elle leva la main gauche et plongea ses ongles flamboyants d'énergie dans ses yeux.

CHAPITRE CINQUANTE-QUATRE

Quand ils ont emmené Gillil, nous avons cru qu'ils allaient le tuer. Malgré tout ce que nous avions vu, nous étions encore bien naïfs, bien incapables de comprendre que, pour Hérus Tork et ses semblables, les autres êtres humains n'étaient que des instruments, du matériel destiné à la réalisation de leurs desseins.

Dassouf Bozim.

Lorsque Orhgon lui avait avoué son impuissance, Gillil avait glissé dans un état indéfinissable, quelque part entre la catatonie et l'évanouissement.

Son esprit s'était détaché de son corps, et il avait flotté, hébété et stupide, pendant qu'on le ramenait à la cellule.

Il était incapable d'estimer combien de temps il était resté dans cet état. Il lui semblait se souvenir que les gardiens avaient déposé plusieurs repas sur le guichet. Puis, comme il n'y touchait pas, ils avaient cessé de lui apporter à manger, se contentant de jeter un coup d'œil sur lui de temps à autre.

En émergeant de cette transe, il avait constaté que personne n'avait pris la peine d'ôter les aiguilles enfoncées dans sa poitrine.

À quoi bon ? N'était-il pas un des sujets d'expérience favoris d'Hérus Tork ?

Gillil était allongé, un collier de métal autour du cou ; la courte chaîne qui le reliait au mur l'empêchait de se lever pour s'étirer ou marcher de long en large. Il se tourna sur le côté et saisit une des aiguilles entre le pouce et l'index. Tira un peu et ne put retenir une exclamation de douleur. Tira à nouveau, cette fois assez fort pour extraire l'aiguille.

Des étincelles noires flottaient encore devant ses yeux lorsqu'il s'attaqua à la deuxième – à quoi bon traîner ? il n'avait aucun autre moyen de s'en débarrasser. Il ferma les yeux, serra les dents et recommença.

— Non. Attends.

Cette voix… il connaissait cette voix.

— Allonge-toi. Ne bouge plus. Je vais m'occuper de ça.

— Arik ?

Gillil se redressa et se trouva face à une statue qui paraissait avoir été sculptée dans la pierre noire du château.

Pourtant, c'était bien Arik.

Là, à genoux près de lui. C'était son regard posé sur lui, inquiet et plein de sollicitude. Il souriait, l'aiguille entre les doigts de sa main gauche tandis que la droite se posait sur sa nuque, l'extrémité des doigts appuyant sur les points qu'il fallait précisément stimuler pour atténuer la douleur.

Arik retira les aiguilles une à une avec des gestes si rapides que le jeune homme eut l'impression que le contour de ses mains se brouillait. Ensuite Arik le débarrassa du collier de métal, qui resta pendu au bout de la chaîne, inutile, pendant qu'il empêchait Gillil de se relever aussitôt.

— Je suis désolé.

Le jeune homme eut à nouveau l'impression d'un contact sur son crâne. La douleur reflua, totalement cette fois.

— Désolé ? Pourquoi ?

Gillil ouvrit les yeux. Il ne pouvait plus en douter à présent : un miracle était assis à côté de lui.

— Pour tout ce qui t'est arrivé. Comment te sens-tu ? Tu n'as plus mal ?

— Non, plus du tout. Merci.

— J'aurais préféré t'éviter ça. Ainsi que tout ce qui a précédé. Je n'aurais jamais dû te laisser seul avec Orhgon.

— Je ne sais pas ce que vous auriez pu faire d'autre, vraiment. Et je ne crois pas que quiconque aurait pu s'en sortir. Arik, qu'est-ce que… Comment… Ils nous ont dit que vous étiez mort.

— Je *suis* mort. L'Arbre m'a envoyé de l'autre côté des Murailles de Brume. Si tu te sens mieux, je vais t'emmener chez Guy de Norrœke. Tu y seras en lieu sûr.

Gillil n'était pas certain d'avoir compris les deux premières phrases. Il regardait les cheveux qui cascadaient sur les épaules d'Arik. Bien qu'apparemment constitués de pierre noire et translucide, ils ondulaient exactement comme avant. Mais des reflets étranges d'or et de lave en fusion miroitaient dans les boucles.

— J'ai essayé de parler à Orhgon lors de la dernière réunion de la commission d'attribution. Je lui ai dit qu'il fallait qu'il arrête Tork…

— Et qu'a-t-il répondu ?

— Que c'était impossible. Que personne ne pouvait l'arrêter.

— Ah ? dit Arik en se levant. Tu vas rater le spectacle, mais je préfère te savoir à l'abri.

Le spectacle ? Quel spectacle ?

Gillil n'eut pas le temps de poser cette question. Les murs de sa cellule disparurent. Sans aucune transition, il se retrouva allongé sur une chauffeuse devant un feu. Raoul des Crapauds était en train de rajouter une bûche.

— Raoul ?

— Gillil ?

— Où sommes-nous ?

— À la campagne, chez Guy de Norrœke.

— Ah, oui. C'est vrai. Il me l'a dit.

Gillil regarda autour de lui. Ils se trouvaient dans une grande salle à manger cossue. Hormis des dizaines de rats plus ou moins bien dissimulés dans les recoins, des chiens de chasse et des chats, ils étaient seuls. Et il se rendit compte pour la première fois depuis des semaines que ses vêtements étaient sales et grouillaient de vermine.

— Il m'a également dit qu'il s'occuperait des prisonniers… Pourquoi ai-je encore du mal à le croire ?

— Norrœke et Comsic sont partis hier pour Dramanorre, mais Arik a donné des instructions. Allons à l'office te faire prendre un bain et manger. Pendant ce temps, je te raconterai ce qui s'est passé…

Gillil vit plusieurs expressions, soulagement, fierté, agacement, fatalisme, se succéder sur le visage de Raoul.

— … puisque c'est ce qu'il veut.

Il n'eut pas le temps de s'interroger sur la signification de cette mimique. Une silhouette se matérialisa sur le tapis.

— Mazid !

— Je vois, dit Raoul. Combien de bains et de repas ?

— S'il nous transporte tous ici ? Une douzaine.

— Alors va pour une douzaine. Mais je vous préviens, je ne raconte qu'une fois !

CHAPITRE CINQUANTE-CINQ

Je l'ai vu avant ce qui s'est passé et il m'a parlé. Assez longuement. Ce n'est pas une consolation.

Orhgon IV,
Mémoires.

Orhgon s'était éveillé bien avant l'heure sombre ; il n'avait pas jugé utile de se rendormir.

Les exécutions devaient avoir lieu au début de la matinée. Le petit matin a toujours quelque chose d'un peu solennel qu'un metteur en scène aussi avisé que Tork pouvait difficilement négliger.

Orhgon avait réfléchi depuis le jour où le jeune mage l'avait supplié de mettre fin à ses souffrances. Beaucoup réfléchi.

Mais il n'avait pas trouvé d'issue.

Tork détenait une puissance illimitée. Quiconque s'y opposerait ne pourrait qu'être balayé par lui. Et lui, Orhgon, ne voulait pas être balayé. Il voulait vivre – et régner.

Son Servant toqua à la porte avant d'entrer, le plateau du petit-déjeuner royal flottant dans l'air devant lui. Orhgon se leva, enfila la robe de chambre suspendue dans le vide à côté du plateau, à sa portée, et alla s'asseoir à sa table, devant la fenêtre donnant sur les jardins.

— Beau spectacle, hein ? Ce serait vraiment dommage de ne plus pouvoir en profiter.

Il sursauta. Son cœur cogna dans sa poitrine et continua à battre douloureusement, même après qu'il fut parvenu à s'empêcher de se retourner.

— Tu n'es pas là. Tu es mort. Ils me l'ont tous affirmé.

Il posa ses poings serrés de part et d'autre de son assiette de porcelaine ornée d'un filigrane d'or et ferma les yeux à en avoir mal aux paupières.

Il sentit un mouvement. On se déplaçait en direction de la table. Il ouvrit les yeux.

— Je suis mort, en effet. Dans d'atroces souffrances, si cela peut te consoler. Je suis passé de l'autre côté des Murailles de Brume et j'ai compris la nature véritable de ce monde. Je suis revenu débarrasser *ton* Royaume de Tork et de l'École.

Arik était vivant, assis au bord de sa table.

Arik était une créature d'eau verte, vivante et translucide, dont les veines, visibles dans les profondeurs d'obsidienne, pulsaient de reflets outremer et lapis-lazuli.

— C'est impossible. Tork est plus puissant que toi.

— Non. Il ne l'a jamais été. Même lorsque je n'étais qu'un magicien ordinaire. Je l'ai toujours trompé. Il ne s'est jamais douté de mon existence. S'il nous a mis en déroute, mes amis et moi, c'est uniquement parce qu'un traître l'a soutenu. Sans lui, notre plan aurait fonctionné. Mais peu importe le passé. Ce qui compte maintenant, c'est l'avenir et la place que tu vas y occuper… ou non.

Orhgon essaya de se lever. Il y avait des Chasseurs postés dans l'antichambre. Des Chasseurs entraînés à détecter la moindre présence suspecte.

— Inutile de songer aux Chasseurs : je les ai endormis. Mange plutôt et écoute-moi. Tu veux régner, je le sais. J'avais du mal à y croire lorsque j'étais à la cour ; je me rends compte à présent que ton désir est sincère. Tu n'as peut-être pas l'étoffe d'un roi, mais peu importe : il y aura toujours de bonnes âmes toutes prêtes à te seconder dans ta rude tâche. La question est : voudras-tu régner sur le Royaume qu'ils s'apprêtent à créer ?

— Je n'obéirai jamais à ce Zorr ni à Élisabeth.

— Pourquoi ? Ils sont bien plus dignes de respect que Tork et Ian. À ta place, je mangerais. La matinée va être longue. Très longue.

Orhgon n'avait pas faim. Regarder les cheveux d'Arik ondoyer lui donnait la nausée. Et ses yeux d'or en fusion le transperçaient de part en part.

Il en avait la gorge serrée, la bouche sèche.

Avant qu'il ait pu esquisser un geste, la carafe se souleva et lui versa un verre d'eau.

Il le prit et but.

— Je vais éliminer Tork, Ian et leurs principaux lieutenants, dit Arik. Je vais faire en sorte qu'ils ne puissent plus nuire à personne. Jamais plus. En toute franchise, je ne me pose plus qu'une seule question. Que dois-je faire de toi ? Te traiter comme eux ou t'épargner et te permettre de négocier avec Norrœke.

— Je n'ai rien à lui dire. Même si tu réussissais à vaincre Tork et Ian – ce dont je doute –, je n'aurais toujours rien à partager avec des nobles en révolte et des magiciens renégats.

— Que leur reproches-tu donc ? De vouloir sauver ce royaume ? Au fond de toi, tu n'es pas d'accord avec Tork, avoue-le. Son mur t'inquiète plus qu'il ne te rassure. Ses expériences t'écœurent. Tu désires son pouvoir, mais il te terrifie un peu plus chaque jour.

Il avait raison.

Mais Orhgon ne pouvait accepter de marchander son trône. Un roi dépourvu de pouvoir absolu n'était pas un roi, c'était ce qu'on lui avait enseigné et, en dépit de tout, il continuait à y croire.

— Il y a toujours un prix à payer, murmura-t-il.

— Pardon ?

— C'est toi qui me l'as dit, non ? Le pouvoir se paie. Tork est le prix à payer pour la force et l'identité du Royaume. Quoi que tu sois devenu, je ne crois pas que tu le vaincras. Et si tu y parviens malgré tout... (il redressa la tête) eh bien, je l'ai suivi dans la victoire, je le suivrai aussi dans la défaite.

— Tu ne sais pas de quoi tu parles. Tu n'as pas la moindre idée de ce que je leur réserve... Je n'en suis pas particulièrement fier, à vrai dire, mais je n'ai pas d'autre solution pour me débarrasser d'eux.

Orhgon haussa les épaules. Il plongea son regard dans les yeux d'or de la créature infiniment étrange qui avait remplacé l'homme qu'il avait aimé.

— Je ne sais pas ce que tu es devenu, Arik. Mais tu n'es pas un roi. Si tu l'étais, tu saurais que, pour moi, seule la défaite est pire que la mort.

S'il avait été un peu plus vieux, être le favori d'Hérus Tork, son bras droit, presque son confident, aurait valu à Ian le poste de premier adjoint. Hénnik Dott ne perdait pas une occasion de rappeler à Tork à quel point sa formation était incomplète.

Il devait prendre des leçons et s'armer de patience. En attendant, il y avait des compensations comme ces appartements splendides dans l'aile réservée aux professeurs, le droit de partager les repas d'Hérus Tork et de ses adjoints, et surtout la garantie d'être intouchable quoi qu'il fasse.

Ian songeait à tout cela tous les matins au réveil, en particulier lorsque la nuit lui avait apporté son cortège de cauchemars tous plus déplaisants les uns que les autres.

— Ils sont bons ? On m'a dit que la qualité de la cuisine avait bien baissé depuis la disparition de Raoul des Crapauds.

Ian mangeait des œufs brouillés aux truffes. Il s'immobilisa, fourchette au-dessus de son assiette.

— Les desserts seulement. Al ne lui aurait jamais confié la préparation d'un repas complet.

Avec lenteur, il se tourna dans la direction d'où venait la voix.

La fenêtre sur sa droite.

Arik Renshaw était assis sur le rebord. Adossé au chambranle, un bras passé autour de son genou replié. Une attitude nonchalante, tout à fait dans sa manière et qui aurait pu passer pour *naturelle*. Mais Ian avait à l'esprit l'image sanglante de l'homme ligoté à l'arbre…

Il recula vivement sa chaise et se leva.

— Vous… Vous ne *pouvez pas* être là. Vous êtes *mort*. Je vous ai vu. Vous êtes une illusion envoyée par l'un ou l'autre de vos amis…

— Je suis mort, c'est vrai, dit Arik. Mais je ne suis pas une illusion. Je suis bien réel. Et j'ai quelque chose à te proposer.

— Réel ?

Son corps paraissait taillé dans une pierre de vision. Il était translucide, pareil à un cristal vivant parcouru de veines de lave en fusion.

Ian baissa les yeux sur son plateau. Les œufs brouillés étaient déjà froids. Il pouvait à la rigueur boire son café, mais il n'était pas sûr que le breuvage passerait l'obstacle qui lui obstruait désormais le gosier.

— Oui, je suis réel. Je suis passé de l'autre côté et je suis devenu… ce que je suis désormais. Je suis plus puissant que Tork, Milla Donne, Hénnik Dott et tout le collège des professeurs réuni. Tout à l'heure, je vais empêcher Tork d'exécuter Zorr et Élisabeth. Et je vais l'éliminer, lui, Hérus Tork. Tu comprends ce que cela signifie ?

— C'est impossible.

— Orhgon vient de me dire la même chose. Mais il n'est qu'un homme ordinaire. Il n'a pas beaucoup d'imagination. Toi, par contre…

La panique s'apprêtait à submerger Ian. La bouche desséchée, ne sachant que faire, il se força à avaler une gorgée de café. Puis il fit un pas en direction d'Arik. Quelque chose l'arrêta. Un mur d'air. Une cloison, une paroi invisible. Il continua tout de même à avancer, appuyant de tout son corps contre l'obstacle.

— Inutile de te fatiguer. Tu ne peux ni m'approcher ni m'attaquer. En vérité, tu es impuissant face à moi.

— D'accord. Mettons que je vous croie. Vous avez acquis un pouvoir extraordinaire. Que pouvez-vous bien avoir à me proposer ?

— C'est très simple. Tout à l'heure, lorsque vos apprentis vermines vont diriger leur feu sur les prisonniers, je vais les empêcher de les atteindre. Tork va tenter d'intervenir. Mais il ne saura pas à quoi il s'attaque. Toi, si. Tu auras alors deux possibilités : t'abstenir de répliquer et rester en vie… ou résister, me faire perdre mon temps et finir comme Tork et les autres.

— C'est-à-dire ?

— C'est-à-dire partager un sort pire que la mort – et je sais de quoi je parle, n'est-ce pas ?

Ian réprima un frisson.

— Je n'ai aucune raison d'avoir confiance en vous.

— Et alors ? Si ça peut te consoler, sache que je n'ai aucune confiance en toi non plus.

— Mon cher Germain, je ne vous savais pas si pudibond, dit Guy de Norrœke en se servant sans façon dans la corbeille de brioches qu'on lui tendait.

La prostituée posa la corbeille sur leur table et tourna les talons pour rejoindre ses compagnes dans la pièce voisine, où elles prenaient elles aussi leur petit-déjeuner.

— Je ne suis pas pudibond, répondit alors Germain. Je ne suis pas d'humeur à la gaudriole. Ça n'a rien à voir.

Guy de Norrœke rit de plus belle.

— Vous auriez préféré qu'il nous cache dans une cave ?

Depuis le couronnement, les heures d'ouverture des lieux de plaisir, aussi bien les auberges et les théâtres que les bordels, étaient strictement réglementées. Un établissement comme celui-ci, situé près du château, avait perdu l'essentiel de sa clientèle.

— Ça dépend qui fournit les draps.

— Ah, je vois. Quel hypocrite ! Vous n'avez jamais eu recours au savoir-faire de ces charmantes personnes, soit, mais pensez un peu à ceux qui ne sont ni drôles, ni cultivés, ni jolis garçons. Nous ne sommes pas en province. Ces dames exercent leur profession de leur plein gré, vous savez. Et elles sont fort bien payées…

— Je sais tout ça, concéda Germain sans se départir de son air renfrogné. Mais, franchement, vous croyez que c'est le moment d'en discuter ?

Norrœke haussa les épaules.

— Quel sujet voulez-vous vous donc que j'aborde ? Je ne suis pas stupide. Je vois bien que vous êtes sur les nerfs. Bien à tort, d'ailleurs : pour une fois, toutes les chances sont de notre côté. Qu'est-ce qui vous trouble à ce point ?

Norrœke observait à présent Germain par-dessus sa tasse de café. Le jeune homme, qui s'était jusque-là seulement senti nerveux et maussade, commença à éprouver un sentiment de malaise presque insupportable. Norrœke s'attaqua à une grappe de raisin. Pour se donner une contenance, Germain coupa une brioche en morceaux et se mit à les pétrir en boulettes de mie compactes.

— Ce qui me gêne ? À votre avis ? Zorr, Élisabeth et les autres sont prisonniers. Nous n'avons pas d'autre moyen de les tirer d'affaire que nous en remettre à une… une espèce de créature…

— Vous m'étonnez, Germain. Je pensais que vous aviez assez d'imagination pour concevoir que le monde n'est peut-être pas tel qu'on nous l'a toujours décrit.

— Élisabeth m'avait parlé des idées d'Arik, oui. Mais il y a tout de même une sacrée différence entre des idées et ce que nous avons vu… Je sais que nous n'avons pas rêvé, et pourtant je n'arrive pas à m'y faire. Les dieux… vous croyez qu'ils existent vraiment ?

— D'après Raoul, Arik lui-même ne les a pas rencontrés. Vous avez l'intention de manger ça ?

— Heu… oui. Non. Je ne sais pas. Je suppose que non.

— Alors sortons. Marcher vous calmera.

Germain ne savait pas ce qu'il voulait, mis à part en finir avec cette attente. Ils atteignirent le bout de la rue qui débouchait sur la place. Les portes du château étaient grandes ouvertes ; la foule se pressait déjà à l'intérieur de la grande cour. Norrœke saisit Germain par la manche et le tira en arrière en le traitant d'inconscient. Mais le jeune homme avait eu le temps d'apercevoir la plate-forme et les poteaux sinistres qui se dressaient en son centre.

— Je veux pouvoir intervenir si ça tourne mal, oui.

Norrœke leva les yeux au ciel.

— Intervenir ! Comme si vous ou moi avions encore notre mot à dire ! Ne voyez-vous pas que tout cela nous échappe désormais ? Il n'y a plus qu'à attendre et laisser Arik agir comme il l'entend. Nous reprendrons le contrôle de la situation quand il en aura terminé.

— Et qu'est-ce qui vous fait croire que nous ne l'avons pas déjà ?

Il se retourna vivement et se retrouva face à une jeune femme vêtue comme une simple bourgeoise s'apprêtant à aller faire ses courses sur les quais.

— Esquira ?

— Accompagnée de douze hommes armés dispersés dans la foule, prêts à intervenir, comme vous dites.

— Esquira ! Depuis quand êtes-vous ici ?

Il fallait être de pierre pour résister à ce sourire et à ces yeux d'un noir si profond et si doux...

— Quelques jours à peine. Les nouvelles de votre défaite ont voyagé vite, mais nous n'avons pas pu monter d'expédition de secours aussi rapidement que nous l'aurions désiré.

— Vous voulez dire...

Guy de Norrœke jeta un coup d'œil circonspect autour de lui. La plupart des passants se dirigeaient tranquillement mais avec détermination vers les grandes portes du château. Les autres habitants du quartier vaquaient à leurs occupations habituelles. Un homme, justement, ouvrait les volets de son auberge.

— Nous avons le temps de parler, dit-il en montrant les tables. Cet endroit vous convient-il ?

Elle acquiesça d'un signe de tête.

— Votre présence ici signifie-t-elle que le gouvernement du Royaume intérieur s'intéresse à nous ? demanda Guy de Norrœke.

Il sembla à Germain qu'il avait quelque chose à reprocher à la belle espionne.

— Dans une certaine mesure, oui. Les élections ont eu lieu. Je suis désormais député et je siège au Parlement, où je peux défendre mon point de vue sur la guerre qui nous oppose. Point de vue minoritaire, certes... mais bel et bien officiel.

— Député, dit Norrœke, voilà qui est intéressant. Dans vos derniers messages, vous disiez hésiter à vous présenter.

— Je sais. Et lorsque j'ai pris ma décision, mes amis m'ont demandé de me consacrer totalement à cette tache. Ce que j'ai fait. Raison pour laquelle j'ai manqué de temps pour rester en contact avec vous. J'espère que vous me pardonnerez. J'ai gagné les élections et je suis maintenant en mesure de vous aider.

— Vous voulez dire que votre présence ici est officielle ?

— Non. Ceux qui sont ici sont des amis. Qui partagent mes idées. Pourquoi Germain a-t-il l'air si troublé et pourquoi essayiez-vous de le calmer ?

Germain n'osa pas répéter qu'il n'était pas troublé. Pendant qu'ils buvaient du cidre chaud à la cannelle, Guy de Norrœke résuma la situation à Esquira. Tout en l'écoutant, elle glissa la main sous la table et prit celle de Germain pour la serrer.

— Si un autre que vous m'avait fait ce récit, dit-elle lorsque Norrœke lui eut tout expliqué, je ne crois pas que je l'aurais cru.

— Nous avons vu la même chose, précisa Germain.

— Hmm. Peu importe ce que tout cela signifie en ce qui concerne les dieux et la magie. Ce qui compte, c'est ce qui va se passer ici. Si Arik fait ce qu'il a dit... voilà qui va singulièrement nous faciliter la tâche. Mes amis sont déjà dispersés dans la foule, voyez-vous.

— Et vous dites qu'ils n'ont pas d'autre but que celui de nous aider ? demanda Norrœke.

— Oui, bien sûr. Croyez-moi, nous ne sommes pas demeurés silencieux pour mieux comploter contre vous. Nous avions d'autres chats à fouetter, vraiment.

Quelques secondes s'écoulèrent pendant lesquelles Guy de Norrœke parut peser le pour et le contre. Il finit par signifier à Esquira qu'il lui faisait confiance d'un minuscule hochement de tête.

Elle but une gorgée de cidre, accentua sa pression sur les doigts de Germain et commença à leur exposer son plan.

Élisabeth n'était pas prête à mourir.

Assise dans un coin de la cellule qu'elle partageait toujours avec Zorr, grelottant de froid, tremblant de peur, elle songeait que c'était toute la différence entre Arik et elle. Elle avait toujours été déterminée à se battre pour ce en quoi elle croyait. Mais lui avait su, dès le départ, qu'il n'hésiterait pas à donner sa vie.

Pas moi, se disait Élisabeth.

— Zorr ?

Il ne répondit pas.

Depuis qu'on était venu leur annoncer que leur exécution aurait lieu deux heures après le lever du Solaire, il s'était réfugié dans le silence puis dans le sommeil.

Élisabeth avait essayé d'utiliser sa technique – en vain. Elle allait devoir passer les dernières heures de son existence seule dans le noir, à se répéter qu'elle n'était même pas capable de mourir à la manière des héros dont leur cause avait eu si désespérément besoin – et qu'elle n'avait pas trouvés.

On ne leur avait plus donné à manger depuis le moment où on leur avait annoncé qu'ils allaient être exécutés. Lorsqu'elle vit des formes humaines apparaître dans les profondeurs des murs de leur cellule, elle crut qu'elle avait des hallucinations. Une des apparitions se rapprocha peu à peu d'elle et finit par sortir de la pierre. Arik se tenait devant elle.

— Ce n'est pas vrai, dit-il. Que vous le vouliez ou non, vous êtes des héros et je vais faire en sorte qu'on vous considère comme tels.

Arik transformé en statue d'or liquide, mouvante et chatoyante. Élisabeth eut l'impression que les battements de son cœur s'arrêtaient.

— C'est bien moi, oui. Je n'ai pas le temps de t'expliquer, ils viennent vous chercher. Mais n'aie pas peur, il ne peut plus rien vous arriver.

Zorr, réveillé, le souffle court, enfonçait ses doigts dans l'épaule d'Élisabeth.

— Arik ?

— Les voilà. Surtout ne tentez rien, je me charge de tout. Je vous laisse. Je dois préparer mon piège.

La porte de leur cellule s'ouvrit. La lueur de plusieurs globes à lumière maintenus en l'air par des Porteurs les éblouit. Étourdie, encore sous le choc de l'apparition d'Arik, Élisabeth laissa les gardes la tirer hors de la cellule et la pousser le long d'un couloir.

Guy de Norrœke était un homme plein de tact : il quitta Esquira et Germain lorsqu'ils sortirent de l'auberge et se dirigea seul vers les portes du château.

Main dans la main, le couple se mêla à la foule. Germain prit le bras d'Esquira et commença à l'entraîner vers l'estrade dressée au milieu de la grande cour centrale. Elle l'arrêta un peu avant qu'ils franchissent les portes d'entrée.

— Avançons, insista le dramaturge en la prenant par le coude. Je veux m'approcher le plus possible.

— Mais pourquoi ?

— Pourquoi ? Mais parce que je suis terrifié à l'idée qu'on ait besoin de nous et que nous soyons trop loin pour intervenir.

— Je ne vois pas comment Arik pourrait avoir besoin de nous.

— Pas Arik. Élisabeth, Zorr et les autres. Il paraît qu'Hérus Tork et sa clique seront là au grand complet. Je n'imagine pas Arik en train de les combattre tous en même temps…

Deux matrones encore plus décidées que Germain à profiter du spectacle les bousculèrent à ce moment-là, interrompant le jeune homme dans sa réflexion. Il regarda autour de lui. La grande majorité des gens ne partageaient pas l'excitation des deux femmes. Ils entraient dans la grande cour du château, un mélange de curiosité et de circonspection sur le visage.

— Je comprends, dit Esquira que l'atmosphère de plus en plus pesante ne semblait pas affecter. Je ne m'attendais pas du tout à ça. À défaut d'autre chose, Arik nous procurera sans doute une bonne diversion. Mais, Germain…

Ils se remirent en marche, bras dessus, bras dessous, entraînés par la foule qui entrait dans la cour du château.

— Vous savez, les gens avec qui je suis venue sont des militaires. Ils auraient très bien pu se passer de moi.

— Vraiment ?

— Oui. J'ai insisté pour les accompagner.

Ils étaient devant les portes. Germain dégagea son bras de celui de la jeune femme et l'entraîna sur le côté, près du mur d'enceinte. Là, il la prit par les épaules et plongea son regard dans le sien.

Elle sourit, et ils s'embrassèrent, un baiser aussi intense que rapide, car Germain sentit que les gens se hâtaient autour d'eux. Les portes commençaient à se refermer. Le jeune homme serra Esquira contre lui et ils se laissèrent porter par un flot d'hommes et de femmes décidés à atteindre l'estrade.

Lorsque le flot humain s'immobilisa, les déposant à quelques mètres à peine de la tribune dressée derrière l'estrade, Germain jeta un coup d'œil derrière lui pour voir les portes se fermer. Les silhouettes des Chasseurs apparurent une à une sur les remparts, se découpant, noires, sur le ciel pâle du matin.

Quelques secondes à peine s'écoulèrent. Des silhouettes familières s'avancèrent. D'abord Ian Bren, puis Hénnik Dott, suivi de Milla Donne et d'Hérus Tork.

L'un après l'autre, Tork et les autres magiciens s'assirent dans la tribune. Deux Chasseurs apparurent. Ils précédaient Orhgon. Deux autres le suivaient. Ils furent les derniers à s'installer. Douze élèves de l'École vinrent prendre place autour de la plateforme, face aux poteaux d'exécution. Le silence avait commencé à gagner la foule dès l'apparition des chefs de la Haute-École. Lorsque Hérus Tork se leva et prit la parole, il était aussi compact que du plomb.

Germain sentit un irrépressible sentiment d'angoisse l'envahir. En cet instant, espoir et terreur coexistaient en lui à parts égales. Il était incapable de dire lequel allait l'emporter et tout à coup, il n'eut plus qu'une envie : serrer Esquira dans ses bras et s'enfuir avec elle loin de cette horreur.

— Citoyens de Dramanorre, loyaux sujets de Sa Majesté Orhgon IV, disait Hérus Tork, nous vous avons demandé de venir assister à l'exécution de plusieurs traîtres à cette Couronne que vous chérissez autant que nous. Soyez assurés que la mort de ces individus malfaisants débarrassera le Royaume de dangereux ennemis. Habitants de Dramanorre, voyez et méditez : ceux qui vont mourir devant vos yeux ont commis le plus grand des crimes, celui d'oser s'attaquer à leur souverain et aux magiciens qui le servent. En assistant à l'exécution de ces traîtres, ce sont le roi et l'École que vous servez.

Il se tourna vers les Chasseurs.

— Qu'on amène les prisonniers.

Les portes s'ouvrirent à nouveau, livrant cette fois passage à plusieurs silhouettes escortées par des gardes.

— Élisabeth !

— Chhht.

— Mais on ne peut pas… Où sont tes amis ?

— Cachés dans la foule, tu le sais bien. Et leur cible est avant tout Orhgon.

Les gardes attachaient les prisonniers titubants aux poteaux. Un à un, Germain les identifia : Élisabeth, Zorr, Gillil, Dassouf et Violette ! Violette qu'il avait crue morte depuis cette terrible nuit.

Leur tâche achevée, les gardes descendirent de l'estrade. Les élèves de l'École formaient un cercle silencieux autour des prisonniers. Il ne restait plus qu'une place vide, devant la tribune.

Ian Bren vint l'occuper, fermant le cercle.

Lorsqu'il leva le bras, les autres magiciens l'imitèrent. Au bout de ses doigts apparut une vive lumière.

Faisant soudain volte-face, il lança une boule de feu sur Hérus Tork.

Au même instant, les liens qui attachaient Gillil au poteau se consumèrent. Le jeune garçon changea d'apparence.

Ce n'était pas Gillil ; c'était Arik, élégamment vêtu, sa longue chevelure noire se détachant sur l'ivoire lumineux d'un habit de soirée. Son regard étincelant balaya les occupants de la tribune.

— Merci, Ian. On peut toujours compter sur toi dans les situations désespérées.

Un geste de sa main défit les liens qui retenaient les autres prisonniers.

Sur les remparts, certains Chasseurs s'étaient accroupis et paraissaient regarder quelque chose qui se mouvait près d'eux, d'autres sautaient d'un pied sur l'autre. D'autres encore s'étaient assis, tiraient sur leurs jambes comme si elles avaient été prisonnières de quelque substance collante. Ce qui était le cas. La pierre noire des anciens avait pris vie. Le chemin de ronde bouillonnait et, malgré tous leurs efforts, les pieds des Chasseurs s'enfonçaient dans une épaisse substance noire qui, une fois solidifiée, les gardait prisonniers.

Hérus Tork, quant à lui, s'était effondré. Milla Donne tâchait de le faire revenir à lui. Hénnik Dott se précipita sur Ian, vit Arik et esquissa un geste destiné à briser sous lui les planches de la plate-forme. Rien ne se produisit, mais celles qui se trouvaient sous ses propres pieds éclatèrent en un millier d'échardes. N'ayant rien à quoi se retenir, il tomba dans le trou ainsi formé avant d'avoir trouvé une riposte appropriée.

Pendant ce temps, un phénomène encore plus étrange avait atteint le mur contre lequel était construite la plate-forme.

La pierre noire s'était liquéfiée. Deux ruisseaux sombres s'écoulaient de part et d'autre de la tribune. La logique aurait voulu qu'ils continuent à couler vers le milieu de la place, mais les rigoles se rejoignirent, formant un cercle autour de la plate-forme. La pâte d'un noir étincelant se solidifia alors à nouveau. Un mur se construisait.

— Tu vois ces murs, Orhgon ? dit Arik. Ce sont ceux d'une prison. Veux-tu y mourir de faim et de soif avec tes amis, ou préfères-tu échanger ta vie contre un serment ?

— Un serment ? balbutia Orhgon.

À côté de lui, Hérus Tork parvint à se mettre à genoux.

Ses yeux couleur d'huître brûlaient de rage et un rictus déformait sa bouche réduite à un trait.

— Le serment qui va libérer les magiciens. Et te permettre de régner.

Les murs de pierre noire arrivaient maintenant à la hauteur des cuisses d'un homme.

— Décide-toi. Un peu plus haut, et je ne te laisserai plus les franchir.

Éperdu, le monarque regarda les magiciens qui tentaient vainement de se relever. Ils avaient l'air de marionnettes répondant involontairement à des tractions exercées au hasard sur leurs fils. Leurs pouvoirs magiques paraissaient annihilés.

La foule muette observait et attendait.

— De faim et de soif ? Tu ne peux pas te contenter de les tuer ?

— Non. Désolé. La clémence ne figure pas au nombre de mes nouvelles qualités. Et leurs crimes sont trop nombreux et trop affreux. Tork a tué les adjoints de Mérot. Il a torturé Gillil et des dizaines d'autres élèves. C'est aussi lui qui a tué ta mère, Élisabeth, alors qu'il n'était qu'un élève de première année. Ian, quant à lui, a massacré Sargh, un des êtres humains les plus merveilleux qu'il m'ait jamais été donné de connaître. Si je te propose un marché, Orhgon, ce n'est pas par bonté d'âme, mais parce que je pense que tu peux encore être utile.

Le mur arrivait au bas-ventre d'Orhgon lorsqu'il le franchit. Dès qu'il eut quitté l'enceinte de la future prison, celle-ci acheva presque instantanément de se construire.

Pendant ce temps, Germain était monté sur l'estrade.

Les compagnons d'Esquira empêchèrent d'autres personnes de les suivre. Germain aida Violette à marcher tandis qu'Esquira s'occupait de Dassouf et d'Élisabeth. Zorr demeurait immobile, le regard fixé sur Arik.

Lentement, comme par inadvertance, celui-ci laissait apparaître l'aura de son pouvoir magique. La lumière qui coulait de lui était si intense et si pure que Germain aurait pu la contempler pour le restant de ses jours sans désirer rien de plus.

— À genoux, dit Arik à Orhgon. Répète après moi.

À ses pieds, le bois de l'estrade se tordait. Des branches neuves jaillirent des planches. Les hommes d'Esquira durent emmener plusieurs personnes dont les pieds venaient d'être brûlés par des flaques de lave apparues entre les pavés. Le soleil accrocha des éclats de pierre précieuse sur les angles des murs tandis que plantes et fleurs éclaboussaient tous ceux qui se trouvaient à proximité des grandes portes.

Orhgon obéit et répéta.

— Moi, Orhgon IV... libère les magiciens du Royaume extérieur... du serment qui les lie à la Couronne... Désormais... ils pourront éduquer les leurs comme ils jugeront bon, et exercer leurs pouvoirs ainsi qu'ils le désireront… à l'égal de tout citoyen de ce royaume… Je jure, tant que moi et mes descendants régneront… que plus jamais les souverains de ce royaume ne chercheront à traiter les magiciens différemment de leurs autres sujets ; c'est-à-dire avec le respect qui est dû à tout être humain.

Arik se tourna vers la foule hypnotisée.

— Vous avez désormais un roi prêt à vous servir et des magiciens libres. Écoutez ceux qui vous parleront de ce que j'ai vu, et tâchez de ne pas gâcher ce don.

» Ce sera le seul.

Zorr, Élisabeth et Germain s'élancèrent vers Arik. Mais sa silhouette se dissolvait au sein de sa propre lumière, qui pâlit à son tour et se fondit dans celle du matin.

CHAPITRE CINQUANTE-SIX

Journal d'Élisabeth de Siff.
Soixante-dixième lever du cinquième cent
du sixième cycle après la Refondation.

Je suis venue pour Germain Comsic.

Voilà. C'est ce que je me suis dit avant de prendre la route. J'avais besoin d'une raison, et celle-ci m'a paru excellente : Germain désirait se rendre au mont de l'Arbre, il me l'avait écrit plusieurs fois depuis deux ans.

Il sait que je considère encore maintenant son départ pour Céradolle comme une insulte personnelle. Comme si le charme d'Esquira diCaravetto justifiait que l'on quitte sa ville et ses amis pour s'installer en pays étranger !

J'ai su dès notre arrivée à la passe de Pollar que je ne supporterais pas longtemps l'atmosphère qui y règne.

À première vue, les habitations qui composent le village ressemblent à des auberges ordinaires.

Il n'y a pas et il n'y aura jamais, je l'espère, de clergé pour administrer ce culte aussi aberrant que spontané. L'École l'a ignoré dès le début et continuera de l'ignorer tant qu'il durera. Les refuges sont donc tenus par des volontaires que les pèlerins rémunèrent selon leurs souhaits et leurs moyens. Les propriétaires attendent d'eux qu'ils participent à la préparation des repas et à l'entretien des locaux.

D'où, j'imagine, cette ambiance « bon enfant » qui m'exaspère, tant je déteste être obligée de me conduire envers des inconnus comme si notre amitié datait des bancs de l'école.

Néanmoins, rien n'oblige à partager les dortoirs si l'on n'en a pas envie et si, surtout, l'on en possède les moyens. Le gérant de notre refuge, un petit homme jovial et agité qui ne cesse de parcourir en tous sens son minuscule domaine pour s'assurer que ses pèlerins se sentent à leur aise, n'a rien trouvé à redire à notre demande de deux chambres séparées. Soulagement ultime, il ne semble même pas nous avoir reconnus.

— Vous joindrez-vous à nous pour le repas ? nous a-t-il demandé, un peu soupçonneux, sur le seuil de la chambre de Germain.

Le plus souvent, les pèlerins qui requièrent des chambres particulières voyagent avec des guides, des directeurs de conscience et autres visionnaires itinérants qui les accompagnent dans leur quête. Les solitaires sont en général des professionnels du pèlerinage, bien connus des gens comme Ernie. Nous n'entrions dans aucune de ces catégories.

— Oui, bien sûr, a aussitôt répondu Germain. Et nous aurons le plaisir d'être des vôtres demain matin, n'est-ce pas ?

Cette réponse a paru le soulager. Tous les matins, notre hôte emmène un groupe de pèlerins jusqu'à l'enclos gardé par les Chasseurs, d'où l'on peut voir l'Arbre, s'agenouiller dans la neige… et prier, je suppose. Mais j'ai du mal à l'imaginer, tant l'idée me semble ridicule. Prier quoi ou, plutôt, prier qui ? C'est absurde. Ces gens n'ont rien compris à ce qui s'est réellement passé.

Germain et moi n'avions pas encore parlé de cette marche. J'attendais le repas du soir pour en discuter avec lui, et j'imagine qu'il en était de même pour lui. Avec appréhension.

À Pollar, nous avons pu aisément éviter de discuter avec les autres pèlerins. Ils sont tous là : estropiés, malades, mystiques et illuminés de tout poil. Dans les escaliers, dans les dortoirs, à la cuisine, dans les salles communes… Impossible de les éviter… Et encore moins, du moins de mon point de vue, de ne pas penser que certains parmi eux pourraient, si on leur en laissait l'occasion, agir de même que les premiers d'entre eux il y a deux cycles et demi.

Ernie, notre hôte et maître des lieux, qu'il a construit lui-même à partir des ruines d'une ferme, a recouvert les murs de pierre de planches de sapin que quelques années ont suffi à teinter d'une belle couleur de miel.

L'effet est très agréable, très chaleureux et accueillant. Je suppose que c'est également celui que produisaient la cheminée et les grandes tablées sur l'ensemble des pèlerins.

Mais pas sur moi.

Lorsqu'est arrivée l'heure du repas du soir, j'étais de mauvaise humeur, déjà excédée à la seule vue de nos futurs voisins de table, exaspérée à l'avance de devoir suivre les conversations ineptes dont j'avais entendu des bribes à notre arrivée.

— On mange et on retourne dans nos chambres, m'a dit Germain comme nous descendions l'escalier.

Il était conscient de mon état d'esprit – et pour cause : je ne faisais rien pour le cacher, marmonnant à chaque fois que j'entendais quelque chose qui me déplaisait. Mais Germain est Germain et il me supporte, même dans mes pires moments.

Nous avons pris place à l'une des tables, où pouvaient s'installer pas moins de douze personnes.

— Un peu de tolérance, m'a-t-il soufflé en s'asseyant. Après tout, ils ne sont pas dangereux.

— Parce qu'on ne les laisse pas faire !

On nous a servi du lapin en sauce et des lentilles. J'avais faim : je me suis jetée dessus en espérant que manger m'occuperait l'esprit et que je parviendrais à oublier mes voisins de table, deux jeunes gens à cheveux longs et manières alanguies qui me paraissaient appartenir à la pire des engeances : le mystique de salon venu rendre visite à sa divinité de bazar.

— Ah, disait l'un deux en se coupant une tranche de pain, c'est tout de même agaçant de voir qu'ils n'ont pas renvoyé les Chasseurs, après toutes ces années sans incident notable.

— Sans incident…

— Presque. Et, de toute façon, le risque n'est pas proportionnel à la taille du périmètre de sécurité. Ils pourraient nous laisser *le* voir, au moins.

Zorr a envoyé des Chasseurs dans les montagnes dès qu'il est apparu que des citoyens ordinaires avaient découvert l'Arbre, établi la relation entre le corps d'Arik et ce qui s'était passé à Dramanorre, et s'étaient installés à Pollar avec l'intention de ne plus en bouger.

Il s'est rapidement rendu compte que, s'il est parfois nécessaire d'assurer la sécurité des pèlerins, il n'est pas utile de protéger l'Arbre.

— Savez-vous pourquoi l'École a décidé d'envoyer des Chasseurs ? ai-je demandé aux deux gommeux, à la grande horreur de Germain qui a essayé, par signes, de me convaincre de me taire.

Mais j'étais trop en colère. Il fallait que je me défoule sur quelqu'un.

— On dit que des pèlerins ont essayé de le toucher.

» Un homme et une femme. Pour une raison que j'ai oubliée, il s'est trouvé qu'un seul Chasseur était en faction. Profitant d'un instant d'inattention de celui-ci, ils se sont approchés de l'Arbre. L'homme a essayé d'arracher des épines ou de les desserrer, peu importe. La femme a tenté de couper une boucle de ses cheveux. Elle a survécu, mais ses mains étaient brûlées au point qu'elle n'en a jamais récupéré l'usage. On a retrouvé l'homme mort, étouffé par des ronces.

» Depuis ce jour, la mission des chasseurs s'est limitée à empêcher d'autres imbéciles de réitérer le même type d'« exploit ».

Les deux jeunes gens m'ont regardée comme si je m'étais changée en monstre.

— Vous devriez avoir honte, a dit une voix flûtée au bout de la table – une jeune fille aveugle. Il n'apprécie pas qu'on vienne à lui dans un tel état d'esprit.

— C'est-à-dire ?

— De rancœur et de mépris. Il n'aurait pas aimé cela. Et il n'aurait jamais fait de mal à des personnes qui se seraient approchées de lui dans un esprit d'amour et de confiance.

— Parce que vous le connaissez assez pour savoir ce qu'il aurait fait en toutes circonstances, bien entendu.

— Il nous enseigne la douceur et le sacrifice.

Un silence de mort régnait soudain à notre table.

— Ah. Dites-moi, jeune fille, est-ce qu'on vous a raconté comment il nous a débarrassés d'Hérus Tork et de ses complices, dans la région reculée du monde d'où vous venez ?

— Oui. Bien sûr, tout le monde le sait.

— Eh bien, méditez un peu sur le genre de douceur que cela implique… Ça élèvera votre esprit plus sûrement que de risquer une pneumonie en priant debout dans la neige.

Sur ce, n'en pouvant plus, je me suis levée et j'ai quitté la table, laissant au pauvre Germain le soin d'expliquer pourquoi sa compagne de voyage était si mal embouchée.

Une fois dans ma chambre, j'ai enchaîné une série d'exercices destinés à me permettre de retrouver un peu de calme. Une fois arrivée à la fin, je n'ai pas trouvé d'autre moyen de m'occuper que de reprendre mon bon vieux journal.

Il m'a accompagnée tout au long de ces cycles, et avec lui le souvenir des moments passés avec Arik.

Oui, il me manque.

Il me manque chaque jour un peu plus.

Il ne cessera jamais de me manquer.

Je me suis endormie aussitôt après avoir écrit. Après tout, la journée avait été longue.

Je me suis réveillée au lever du Lunaire et j'ai tout de suite su que je ne me rendormirais pas.

Je me suis levée et habillée. Ernie nous avait dit qu'on pouvait prendre le petit-déjeuner très tôt, avant même que les premiers groupes de pèlerins soient levés.

Mais je n'avais pas vraiment faim et, surtout, je ne voulais pas me faire remarquer.

Je suis sortie par la fenêtre. Cela n'avait rien de difficile : nos chambres sont au premier étage, mais la couche de neige dépasse un mètre. Il suffisait de sauter puis de se frayer un passage dans la congère.

Une fois sur le chemin, rien de plus simple que de marcher : il est délimité par des barrières et des piquets qui mènent tout droit jusqu'à la colline. Ou plutôt jusqu'à un cul-de-sac où les pèlerins accomplissent leurs dévotions sous l'œil attentif des Chasseurs.

Ces derniers ont toutefois tendance à s'endormir au petit matin et à rechercher la chaleur d'un feu ou d'un brasero, surtout si un mauvais brouillard se lève et plonge le périmètre qu'ils surveillent dans une impénétrable purée de pois.

Si j'avais su jouer ainsi de l'eau et de l'air lorsque Ian et Gaskar nous ont poursuivis, j'aurais pu aider Zorr. Ils ne nous auraient peut-être pas rattrapés, en dépit de l'expérience de l'un et de l'obstination de l'autre… Mais les choses ne s'étaient pas passées ainsi. Arik avait accompli ce qu'aucun être humain n'avait jamais réalisé avant lui et j'étais là, aujourd'hui, dans ce lieu qui ne m'inspirait que de l'horreur. Et si j'en savais bien plus sur la magie et son utilisation, je n'en savais pas davantage sur ce qui était vraiment arrivé à celui grâce à qui les vies des magiciens des deux royaumes avaient changé.

Protégée par le brouillard, j'ai sauté par-dessus les barrières.

De l'autre côté, la neige était intacte. Tout le contraire de la boue compacte et glacée que les pèlerins étaient contraints de fouler. Le brouillard épais réduisait la silhouette imposante de l'Arbre à un trait sombre à mi-hauteur de la colline.

J'ai marché droit vers lui.

J'étais terrorisée, mais quel choix avais-je ?

Il était bien tel qu'on me l'avait décrit.

Et tel que dans mon souvenir.

Les épines sont toujours aussi profondément enfoncées dans les tempes. Le sang a l'air de couler, liquide et vermeil.

Je suis restée un moment à le regarder.

Et puis, comme le brouillard se levait, je me suis dit que le Solaire allait apparaître, et avec lui les premiers pèlerins.

Alors je l'ai embrassé.

Il y a eu un éclair.

Une lumière blanche et un mouvement : les ronces s'étaient enroulées autour de ma taille.

Hé, ai-je pensé, bas les pattes, je ne suis pas un de ces imbéciles cueilleurs de reliques.

La lumière est devenue nacrée et aveuglante. Elle m'a enveloppée en palpitant, m'a obligée à fermer les yeux et même à les protéger derrière mon bras levé.

J'ai perdu conscience.

Lorsque je me suis réveillée, j'étais étendue au pied de l'Arbre. Quelque chose me chatouillait les pieds, mais je ne me sentais aucune envie de faire l'effort de voir ce que c'était.

Je regardais l'Arbre.

Il s'élevait toujours au-dessus de moi, mais il avait changé. De noir et opaque, son tronc était devenu vert et cristallin – un arbre d'émeraude translucide.

— Élisabeth ?

Une main s'est posée sur mon front ; au même moment, mon cœur a bondi dans ma poitrine.

— Arik ?

Je me suis redressée sur mes coudes.

Il était à côté de moi, à genoux sur des tiges pourvues de chapeaux de velours gris, et passait sa main sur mes cheveux, mon cou, tâtait mon pouls. Son apparence avait à peine changé depuis sa dernière apparition : c'était Arik, certes, mais un Arik d'obsidienne bleue parcourue de veines d'or en fusion.

— Ça va. Je me sens bien.

— Tu en es sûre ? Il m'a fallu si longtemps pour convaincre l'Arbre qu'il devait y avoir un moyen de faire franchir les Murailles à des humains ordinaires sans que ce soit une torture. J'ai bien cru qu'il changerait d'avis à la dernière minute et te contraindrait à subir le même sort que moi.

— Et alors ? Si j'avais su que c'était le prix à payer pour te retrouver…

— Je ne l'aurais pas laissé faire. Je ne laisserai jamais personne subir *ça* sans savoir à quoi il s'expose…

— Parce que toi, tu le savais ?

— Oui. Je savais que ce serait la plus terrible expérience de toute ma vie. Mais j'ignorais ce qui se passerait ensuite.

D'ailleurs, c'est pour cela que je suis venu te chercher… Pour te montrer ceci.

L'Arbre et la prairie de champignons ont disparu. Je pense avoir à nouveau perdu conscience pendant quelques secondes. Lorsque je me suis réveillée, Arik et moi étions allongés côte à côte dans une bulle translucide. Une sorte de berceau à la fois immatériel et élastique.

Nous étions apparemment suspendus dans le vide et je n'ai pu retenir un cri. J'ai essayé de me lever, mais le sol était si souple que je m'y suis enfoncée comme dans un matelas de duvet tiède et glissant.

— N'aie pas peur. Tu ne risques rien. C'est ici que j'ai passé la plupart de mon temps depuis le jour où tu m'as vu pour la dernière fois. Allonge-toi et regarde : c'est le monde que l'on voit d'ici.

Il désignait nos pieds, mais c'est lui que j'ai regardé.

J'ai tendu la main et je l'ai posée sur sa poitrine : cette chair étrange était aussi tiède et douce que l'enveloppe qui nous protégeait.

— Je peux adopter l'apparence que je désire. Celle-ci est la plus pratique lorsque je me tiens ici. Elle me permet d'entrer en contact avec l'air et d'observer le monde.

Je venais de réaliser qu'aucune de ses enveloppes surhumaines ne portait de vêtements. Pas plus que moi, d'ailleurs. Me tournant sur le côté, je me suis rapprochée de lui. Au même moment, du coin de l'œil, j'ai aperçu une forme quelque part sur ma droite, à l'extérieur de la bulle.

— Moi. Le monde. C'est la même chose, en réalité. Mais je ne suis pas sûr d'avoir su faire comprendre cela à Raoul.

— Il nous a dit que les dieux existaient mais qu'ils étaient partis.

— Oui… C'est d'ailleurs pour cela que je suis venu te chercher. Regarde.

J'ai levé les yeux dans la direction qu'il indiquait.

Au-dehors, les créatures ailées que j'avais entraperçues volaient non loin de nous.

— Qui sont-ils ?

— Ce sont les serviteurs et les gardiens de ce monde. Ils m'aident à le maintenir en bonne santé. Je suis beaucoup plus proche d'eux que de vous à présent.

— C'est pour cette raison que tu n'es jamais revenu ?

— Oui. Exister à l'intérieur du dôme requiert trop d'énergie. Les gardiens m'avaient prévenu qu'intervenir serait épuisant, mais je n'avais pas compris à quel point. J'aurais aimé pouvoir revenir vous rendre visite, mais je manquais de force. Et puis qu'aurais-je fait parmi vous ? Vous vous en êtes fort bien sortis sans moi…

— Tu aurais évité de devenir une idole.

— Oh, ça. Je n'y peux rien. Mon corps demeurera tel qu'il est à présent tant que je vivrai… Et cela même si je quitte cette partie de l'univers. Regarde encore, Élisabeth, et dis-moi ce que tu vois.

Il me montrait à nouveau les lointains bleutés qui se trouvaient sous nos pieds. Ce que j'ai distingué tout d'abord, c'est une immense tache de couleur outremer. Puis, tout autour, de l'ocre jaune, du vert et différentes teintes de terre.

— Dramanorre est ici, dit Arik. Et voici Paladance et Avolinas. Et Céradolle.

Il désignait les lieux du bout des doigts, comme s'ils lui étaient très familiers.

— Madge et Nathan sont enterrés ici. J'ai terriblement regretté de ne pas avoir pu assister à leur inhumation.

C'est là que j'ai compris. Nous étions si haut dans le ciel que ce qui nous apparaissait sous forme de taches de couleur se fondant les unes dans les autres, de zones lisses ou plissées, balayées de vert ou de brun, traversées de traits sinueux qui coulaient vers la mer étaient véritablement *le monde, notre monde,* vu dans sa totalité et sa splendeur.

— C'est… C'est magnifique.

— N'est-ce pas ? C'est si beau qu'on voudrait remercier quelqu'un. Mais il n'y a personne. À part moi, bien entendu. Les créateurs de mondes sont partis il y a bien longtemps. Partis là-bas.

Cette fois, il a désigné le sommet de notre bulle.

Au-delà de notre dôme protecteur s'étendaient d'étranges immensités colorées et parsemées de perles grises et lumineuses : les solaires lointains dont nous voyons la lueur chaque nuit.

Alors j'ai senti mon corps s'enfoncer dans le gel tiède et caressant de la bulle… et j'ai compris pourquoi Arik était venu me chercher.

CHAPITRE CINQUANTE-SEPT

Journal de Germain Comsic.
Soixante-treizième lever du cinquième cent
du sixième cycle après la Fondation.

Je ne sais pas ce qui s'est passé.

À l'avenir, je passerai pour le témoin le plus aveugle et le plus stupide que l'histoire ait jamais connu.

Je n'avais pas deviné qu'Élisabeth voulait y aller sans moi.

Mais je jure que c'est ce qui est arrivé : les Chasseurs n'ont rien deviné jusqu'à ce que le brouillard se lève. Elle avait passé ses bras autour des épaules et de la tête d'Arik; les ronces s'étaient enroulées autour d'elle. Bien que les épines ne fussent pas enfoncées dans son corps, il était impossible de les séparer.

J'ai trouvé son journal dans la neige à ses pieds.

Ma chère femme, quand je lui ai tout raconté, s'est contentée de hausser les épaules puis de me laisser la prendre dans ses bras.

Nous sommes en route pour Dramanorre. Je vais raconter tout cela à Zorr et à Gillil, qui y trouveront plus que probablement matière à se moquer de ma naïveté.

Il ne me reste plus qu'à rentrer chez moi.

Que faire d'autre, dans ce monde où il est désormais évident que peu importe si les dieux existent ou non ?

Ils se sont toujours joués de nous.

Achevé d'imprimer en février 2004
par l'Imprimerie Bussière
à Saint-Amand-Montrond (Cher)
pour le compte de
la Librairie l'Atalante

N° d'imprimeur : 37651
Dépôt légal : février 2004

IMPRIMÉ EN FRANCE